PRIMA ERUZIONE

I CONQUISTATORI DI K'TARA
LIBRO 2

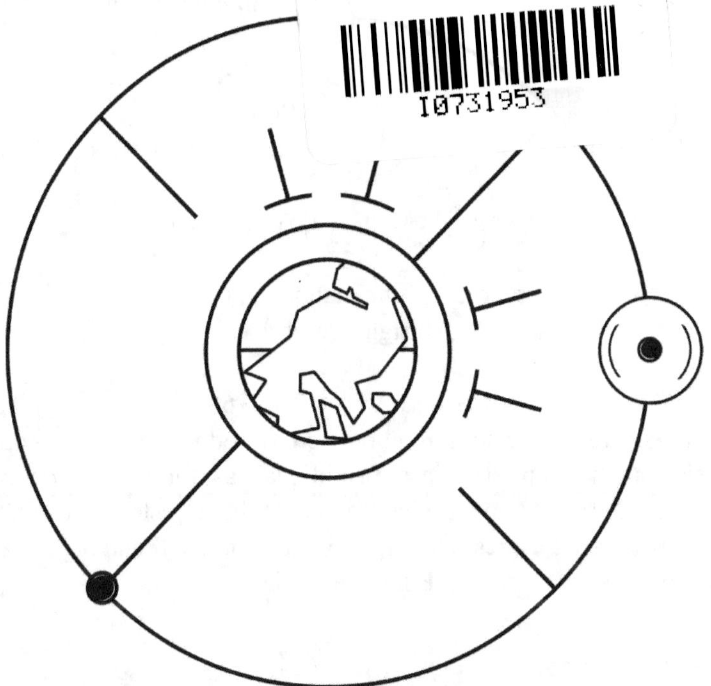

L.A. DI PAOLO

Tradotto da Paolo Pilati

Cattivi Presagi—I Conquistatori di K'Tara, Libro 2
Traduzione di Paolo Pilati
Titolo Originale dell'Opera: First Eruption—Conquerors of K'Tara, Book 2
Copyright © 2021 L.A. Di Paolo

ISBN-13: 978-1-7345766-7-2

A coloro che ci credono.

RINGRAZIAMENTI

I miei ringraziamenti non saranno così lunghi in **Prima Eruzione** come lo sono stati per **Cattivi Presagi**.

Per cominciare, desidero ringraziare Michele Parisi, il mio illustratore, per aver collaborato con me alla creazione di un'altra serie di illustrazioni belle e suggestive come quelle da lui create per **Forebodings**, e per averlo fatto con spirito e gentilezza nonostante le mie ripetute richieste di cambiamento.

Desidero inoltre esprimere la più profonda gratitudine al mio buon amico e scrittore, Jim Crichton, della Philadelphia Science Fiction Society. In effetti, il consiglio e la critica di Jim hanno avuto un valore inestimabile: mi hanno aiutato ad apportare miglioramenti sostanziali alla storia, così come a tutta una serie di scene cruciali. Soprattutto, i suoi commenti mi hanno aiutato a capire l'importanza delle emozioni e penso che la storia sia molto meglio così. Insieme a Jim, devo anche, ancora una volta, ringraziare Valentina Salierno, che ha accettato di correggere il manoscritto ultimato, facendo un ottimo lavoro, proprio come aveva fatto per **Cattivi Presagi**.

La mia gratitudine la più grande va a Paolo, che ha fatto un altro capolavoro nella traduzione di **First Eruption**, spesso dando alle frasi o a vari passaggi maggiore impatto con le sue scelte stilistiche.

Infine, desidero ringraziare tutti che mi hanno incoraggiato coloro — tra i miei amici e la mia famiglia —, nel momento in cui ho messo in dubbio la sanità mentale di questo progetto ed ero pronto ad abbandonarlo, così come coloro che mi hanno aiutato a capire che la creazione non dovrebbe essere vincolata da scadenze — auto-imposte o meno.

L.A. Di Paolo

Sommario

Da Cacciatore a Preda

Con una voce sibilante, volta a superare i venti che imperversavano, Toras esclamò: "Sheffar! Le creature possono affrontare il ciclone e, se restiamo qui, ci troveranno, proprio come hanno trovato il povero Elmanon. Dobbiamo muoverci!"

Il Secundus abbassò lo sguardo, incerto. Scosse la testa. Ebbene, quelle vili creature avevano già preso uno di loro, infilzando ripetutamente il povero Elmanon.

Il soldato aveva sfidato le creature ad avvicinarsi. E quelle l'avevano fatto per davvero, attraversando la radura deserta che separava la linea degli alberi dalla roccia dietro la quale lui si era riparato.

Sheffar non riuscì a dimenticare il fatto che le creature avevano sventrato Elmanon proprio lì davanti ai loro occhi impotenti. Secundus Sheffar stesso era quasi stato spazzato via da una raffica quando aveva cercato di attraversare la radura che lo separava dal compagno per aiutarlo.

Fortunatamente per il resto del gruppo, i grugni si erano accaniti sul corpo del povero Elmanon, così, ne avevano approfittato per allontanarsi, aggrappandosi ai rami bassi degli arbusti d'arruffio per raggiungere il loro attuale riparo.

Tuttavia, sembrava impossibile avanzare, poiché c'era solo la spoglia radura oltre al loro riparo e cercare di avanzare senza l'ausilio di piante saldamente radicate a cui potersi appigliare era un suicidio. In effetti, la tempesta delle bollhorae era particolarmente impetuosa quel giorno, i venti violenti imperversavano, raccogliendo da terra tutto ciò che non era saldamente ancorato dalle radici profonde o dalla forza del proprio peso.

Eppure, il comandante aveva ragione; dovevano proseguire. Se non l'avessero fatto, i grugni li avrebbero sicuramente raggiunti. Comunque, restava la domanda: in che modo proseguire? Sheffar lo chiese a Toras, nel momento stesso in cui rispondeva ai suoi ordini.

Laiella, appoggiata con la schiena sulla dura roccia della sporgenza sotto la quale avevano trovato rifugio, guardò Sheffar con sprezzo. Le sue sopracciglia rosse la rendevano ancor più sprezzante, in quell'ora buia di mezzogiorno. Ma poi la donna si voltò verso Toras e disse: "Sono d'accordo; muoviamoci. Possiamo provare a raggiungere quella grotta laggiù; ho visto i furani andare lì prima, mentre il vento si alzava. Come avrete notato, le creature sembrano terrorizzate dai furani, quindi potremmo essere al sicuro laggiù finché non passa la tempesta."

Secundus Sheffar disse: "E come pensa di arrivarci senza venire spazzati via all'istante dal vento o finire coi crani o i corpi schiacciati da qualche pietra volante, piuttosto che da un ramo?"

Laiella rispose con un ghigno: "Per la mia gente a Bremin sfidarsi durante le tempeste è comune, vince chi raggiunge ripari sempre più lontani. Ha paura di fare ciò che noi *stranieri* facciamo per gioco?"

Con furia e indignazione, l'ufficiale disse: "Paura?! Io non ho—"

"Secundus! Faremo come suggerisce la Prima. Ora, come è meglio muoverci, Laiella?"

Secundus Sheffar lanciò un'occhiataccia inviperita alla Prima, poi si voltò a guardare i grugni.

Laiella non perse altro tempo e iniziò a dare istruzioni alla compagnia, parlando a voce alta per assicurarsi che tutti la sentissero: "Toglietevi eventuali cinghie o cinture di dosso e portatele a mano se potete; lasciatele qui in caso contrario. Dobbiamo tenere il corpo ben aderente al terreno. Inoltre, dato che nessuno di voi è esperto, dovremo restare vicini; nel caso in cui i venti inizino a trascinare via qualcuno e io debba intervenire per salvarlo."

Toras si accigliò, ma non intervenne.

Prima Barriera Laiella, ora "*Prima* Prima Barriera", si gettò a terra e iniziò ad avanzare senza ulteriori indugi, uscì da sotto la sporgenza, guardandosi a destra e a sinistra. Una volta assicuratasi che non ci fossero grugni nei paraggi, fece cenno a Toras e agli altri di seguirla.

Toras era ancora stupito dall'impavidità di quella donna. Naturalmente, era già al corrente della sua reputazione a Urbs Lucis, ma vederla in azione era diverso: affrontare certe situazioni che facevano tremare persino i suoi uomini con quegli occhi calmi e freddi. Eppure, mentre avanzavano compatti, i venti riuscirono a infilarsi al di sotto di Laiella e iniziarono a sollevarla. Toras deglutì e la chiamò preoccupato, ma Laiella non fece altro che ripiantarsi saldamente a terra con veemenza; mantenendo la sua solita espressione impassibile. Invece, i volti degli uomini, incluso Toras, avevano assunto un'aria spettrale. Il principe tirò un sospiro di sollievo quando vide il suo primo ufficiale tornare ad avanzare con la stessa sicurezza di prima.

Laiella fece cenno agli uomini di proseguire. Toras, Sheffar, Falor, Yaris e Hanne ripresero a strisciare goffamente, facendo del loro meglio per rimanere piatti al suolo.

Non passò molto tempo prima che uno dei soldati venisse trascinato via dai venti gridando aiuto. Era Yaris, un uomo di mezza età e di bassa statura. Ma nonostante le sue piccole dimensioni, né il forte Falor né il possente Hanne erano stati in grado di afferrarlo e tenerlo stretto quando ci avevano provato. Dopo essersi assicurata che gli altri si fossero saldamente riancorati, Laiella si lasciò trasportare leggermente all'indietro dal vento, verso Yaris che si era appeso a una piccola roccia con la sola forza delle sue dita contratte.

Quando Laiella raggiunse l'uomo, lo afferrò, lo spinse giù a terra e gli ordinò di rimanere piatto al suolo. Il soldato la ringraziò con parole non udibili e la seguì verso gli altri.

Ancora una volta, la compagnia riprese a strisciare verso la grotta, che distava ancora una decina di metri. Nemmeno un secondo dopo, Hanne scivolò. Quando Falor cercò di afferrarlo per la spalla, venne colpito da un ramo rotto, che gli lasciò un grosso taglio sul braccio. Il dolore gli fece perdere la presa sul compagno, e così il vento continuò a trascinare Hanne verso la sporgenza da cui erano partiti — e dove tre grugni già lo aspettavano.

Una paura irrazionale colse gli uomini che guardavano le creature con gli occhi sbarrati, ma non Toras. Il principe si lasciò trasportare dal vento verso Hanne. Una volta raggiunto, lo spinse giù — come aveva fatto Laiella con Yaris — e gli ordinò di avanzare. Proseguì poi verso Falor che era in preda al panico, nonostante la sua esperienza e la sua possenza, forse a causa della ferita appena rimediata. Ricordando il loro primo incontro con le creature, tre mesi prima, quando il suo gemello Felor era stato ucciso da una delle creature, Toras pensò tra sé: *Non perderò anche Falor.*

Laiella osservò tutto questo con uno sguardo ipnotizzato impresso su quel suo viso verde, mentre teneva d'occhio Yaris e Sheffar. Poi, guardò le creature che stavano iniziando a camminare verso di loro. La sua mente s'affannò alla ricerca di una soluzione.

Devo fare qualcosa per raggiungere le grotte più velocemente. Ma cosa?

Toras si era riunito a Falor e gli aveva tolto un ramo che era rimasto incastrato ai pantaloni, riducendo l'attrito del vento, ma il principe non era di certo in grado di trascinare Falor dietro di sé. Fortunatamente per lui, Hanne era tornato indietro a dargli una mano. Tuttavia, se non si fossero sbrigati, i grugni li avrebbero presi prima che potessero raggiungere la grotta.

A quel punto, una soluzione emerse rapida nella mente pulsante di Laiella e, in una frazione di secondo, un peso schiacciante appiattì i soldati a terra.

La guardarono tutti, chiedendosi cosa stesse succedendo. Non potevano sentire le sue parole con il soffiare dei venti, ma la videro inginocchiarsi e poi alzarsi in piedi con movimenti lenti e pesanti. Toras capì che stava usando Legame perché i detriti sfilavano attorno a loro senza colpire nessuno, inoltre si poteva udire quel sibilo strano che accompagnava molti dei vincoli delle Lux Baiulae. D'un tratto mosse le braccia, ma si muovevano stranamente. Nessuno sembrava aver capito cosa stesse succedendo, finché una voce risuonò nella mente di Toras, esortandoli a rialzarsi in piedi e a camminare.

Anche se confuso e incerto, il principe rivolse una preghiera veloce ai Fondatori, e si alzò. Si sentiva pesante e riusciva a resistere ai venti. Cercò di tirare su Falor, ma sembrava pesare una tonnellata, quindi gli urlò di alzarsi. Hanne, che si era già rialzato, andò all'altro lato di Falor, e insieme, i tre uomini avanzarono. Il suo intervento fu provvidenziale, poiché i grugni erano ormai giunti solo a pochi metri di distanza.

Nonostante la raffica di detriti che li colpiva costantemente, nonostante fossero affannati, contusi e sanguinanti, i guardiani forzarono le loro gambe a correre, sfidando il peso innaturale dei loro arti, fino a raggiungere la grotta.

I furani, rannicchiati nel retro della grotta, si alzarono e stridettero eccitati.

Brucio corse da Toras. Non appena si avvicinò al suo padrone, prese a strillare e a scuotere la testa avanti e indietro; i grugni stavano arrivando.

Toras disse: "Lo so, Brucio, lo so. Prima, Secundus, ci serve subito un piano. E recuperate tutti la vostra sella, ora!"

Mentre slacciava la sella dalla schiena del suo furano, Toras sentì un rumore proveniente dall'entrata della grotta. Si girò e vide Griso, il destriero di Elmanon. Il furano si muoveva inquieto.

Yaris, che era lì dietro a Toras, disse: "Dobbiamo fare qualcosa per lui."

Toras espirò ad alta voce; non era proprio il momento di doversi occupare del furano disgiunto. Corse verso l'animale, determinato a ricongiungerlo col resto del branco. Invece, quando raggiunse Griso, il furano lo spinse contro una roccia. Toras sentì la rabbia salire.

"Griso, non abbiamo tempo per questo!"

In effetti, i grugni erano ormai a un minuto di distanza. Sghignazzavano, con quei loro orribili ringhi eccitati.

Toras fece un respiro profondo, si calmò e mise premurosamente la mano sinistra sulla testa di Griso e la destra sul becco.

Il furano, inizialmente, oppose resistenza alla procedura calmante, ma dopo un breve momento, che sembrò fin troppo lungo, cominciò a rilassarsi. Toras disse: "Stai buono, Griso. Elmanon non è qui. Cercheremo Elmanon più tardi. Devi stare là dietro adesso", accompagnando le sue parole a dei gesti.

Quando un ago rimbalzò sulla parete appena dietro di lui, Toras si spazientì. Esortò il furano ad andare in fondo alla grotta. Tuttavia, Griso non si mosse e si agitò di nuovo. Sapendo di non poter spostare il furano contro la sua volontà, Toras ripeté la procedura per tranquillizzarlo. Il furano si rilassò un po' di più questa volta e seguì Toras verso gli altri.

Toras sospirò quando il destriero si sdraiò giù insieme ai suoi simili. Ruotò sui talloni, pronto a lanciarsi al combattimento, quando sentì Sheffar urlare: "Comandante! Sono quasi arrivati. Dobbiamo prepararci. Come faremo a difenderci? La grotta è troppo poco profonda."

Toras si voltò verso la Prima con uno sguardo fiducioso.

"Mi dispiace, Toras, ma non c'è niente che io possa fare. Gli scudi vincolati non aiutano contro gli aculei che ci lanciano e, se generassi delle armi vincolate, finirebbe rapidamente l'ossigeno qui dentro."

Sospirando esasperato, il principe disse: "Va bene, in tal caso, tre di noi si schiereranno da questa parte della colonna e gli altri tre dall'altra. Useremo le selle per bloccare gli aculei meglio che possiamo. Poi aspetteremo l'esaurirsi della sostanza che usano per generare i loro proiettili aghiformi." Detto ciò, Toras fece arretrare i furani ulteriormente, i quali si allinearono tra i gemiti e gli sbuffi.

I grugni apparvero all'entrata della grotta ringhiando con eccitazione. Ma i loro ringhi si trasformarono rapidamente in grida e le creature rincularono; avevano intravisto i furani sul retro.

Ma le creature sembravano aver capito che non gli avrebbero lanciato contro i tanto odiati quadrupedi, così il primo proiettile organico sfrecciò, piantandosi vicino a Toras. Il suo cuore saltò un battito e lui si voltò preoccupato. Griso era rimasto lì tranquillo con tutti gli altri, fuori dai piedi.

I gemiti umani pervasero le cavità della grotta, mentre un'innumerevole quantità di aculei, scagliati dalla mezza dozzina di grugni in prima linea, si piantava nelle selle. Intanto, le creature nelle file arretrate urlavano e danzavano, aspettando impazienti l'arrivo del loro turno.

Mentre una raffica apparentemente infinita di aghi colpiva le selle o attraversava spazi vuoti per proseguire oltre, verso il fondo, il principe si chiese perché le creature non li avessero semplicemente assediati, in attesa che lui e i suoi compagni fossero morti di fame. Apparentemente, i grugni non erano così intelligenti. Perciò, continuarono a sparare quei loro proiettili, finché non li esaurirono e furono costretti ad entrare nella grotta.

Sfortunatamente per gli aggressori, nessuno dei loro proiettili aveva colpito alcun bersaglio, anche se parecchi c'erano andati vicini, sfiorando l'ala di un furano o l'uniforme di un soldato. Allora, avanzarono cauti nella grotta, con diffidenza e con i loro artigli fissi pronti a fendere, osservando al contempo i furani che sembravano pronti a saltargli addosso.

I soldati indietreggiarono il più possibile per attirare sul fondo le creature, che continuarono ad avanzare verso di loro. Quando Toras vide che anche gli ultimi erano entrati nella grotta, ordinò ai soldati di farsi da parte e ai furani di avanzare.

I destrieri si lanciarono contro le creature e i guardiani li seguirono. Il rischio era alto lo stesso, soprattutto nel combattimento ravvicinato, ma in questo modo *avevano* più possibilità di scamparla, considerata la paura che i furani incutevano alle creature.

Gli aggressori si sentirono alle strette e perciò si fecero più aggressivi, tirando fendenti alla cieca coi loro artigli in tutte le direzioni, nella speranza di respingere i furani. L'attenzione frammentata dei grugni causò la loro disfatta e, dopo alcuni intensi minuti di schivate e stoccate, o morsi e scansate, tutti e dodici gli aggressori caddero a terra con il cranio schiacciato dal becco dei furani, o con il corpo dilaniato dalle lame degli umani.

Seppur non riuscissero ancora a crederci, la compagnia era sopravvissuta a un altro giorno di lotta, e dovevano ringraziare i loro furani e il loro comandante per questo. *Se solo finisse la tempesta...*

Punizione o Rituale

La Guardia Nera fu costretta a sopportare il cattivo odore delle creature morte e dei loro fluidi corporei per almeno un'altra mezz'ora, prima che la tempesta passasse. I soldati si erano messi a maledire e imprecare, ma la finirono non appena Laiella li guardò storto, con un lampo di rabbia nei suoi occhi grigi come la pietra. Quindi, trascorsero il resto del tempo brontolando e sputando, cosa che, stranamente, alla Prima non sembrava dare particolare fastidio.

Il comandante Toras e la sua compagnia erano giunti in mattinata poche ore prima dell'inizio delle bollhorae, in quella valle, a metà strada tra Passo del Corno e l'avamposto del Lago Montagna. Si erano recati lì in seguito a svariate segnalazioni di un folto gruppo di grugni che attaccava i villaggi nei dintorni. I rapporti erano stati sorprendentemente accurati — quando si tratta di soggetti innaturali, i resoconti dei testimoni spesso distorcono i fatti — e quando la compagnia arrivò in loco, trovarono effettivamente un gran numero di quelle creature banchettare sui resti di alcuni poveri allevatori di belatri.

Ciò aveva, giustamente, disgustato e fatto infuriare la Guardia Nera, che aveva fatto presto piazza pulita grazie all'aiuto dei loro furani. In effetti, i soldati e i loro destrieri si erano specializzati nell'uccisione dei grugni durante gli ultimi tre mesi. Fatto ciò, la compagnia era risalita in cielo per tornare al Passo prima che arrivassero le bollhorae.

Tuttavia, mentre sorvolavano una foresta in cui vi era un piccolo villaggio incastonato tra le piante, videro uscire allo scoperto una nuova orda di creature, che poi si era diretta verso il borgo. La compagnia fu dunque costretta ad atterrare e a combattere. Fortunatamente per i difensori, quando i soli gemelli erano quasi arrivati al loro apogeo, i grugni si erano ritirati nel bosco, per continuare lì lo scontro.

Le parti si erano esaurite a vicenda nel campo di battaglia boschivo, caldo e umido, finché le bollhorae non erano passate e la tempesta si annunciò ruggendo. A quel punto, da cacciatore, la compagnia era diventata preda, poiché né gli umani né i furani potevano resistere ai venti, che avrebbero potuto rovesciare un belwohr, o ai detriti svolazzanti, che tagliavano la carne e rompevano le ossa. Le creature, tuttavia — per quanto incredibile e ingiusto fosse — non subivano in alcun modo le raffiche. Le circostanze avevano poi condotto alla morte di Elmanon e alla disperata fuga della compagnia.

Ma il combattimento era finito; i rinforzi delle creature erano cessati e la tempesta stava passando. Toras se ne stava lì in piedi, vicino all'entrata della grotta, lanciando sguardi furtivi alla sua "Prima Barriera Laiella Lux Baiula Fascia Rossa". La donna odiava quando Toras la infastidiva con quel lungo titolo, che lui stesso gli aveva affibbiato, non sapendo in che altro modo rivolgersi a lei. In effetti, nessuna Lux Baiula era mai entrata a far parte della Guardia Nera — o della Guardia Reale — prima di lei.

Toras fu sorpreso di constatare che gli piaceva quella donna, sebbene fosse stata assegnata alla sua Guardia dal padre, il Gran Re Octavius I, dopo i ripetuti gravi errori commessi dal principe a inizio anno. Infatti, Laiella aveva l'ordine di deporre il principe dal ruolo di comandante prima che potesse eventualmente commettere un altro sbaglio.

In principio, Toras aveva provato risentimento nei confronti della donna — ce l'aveva con lei solo perché era lì e perché la sua presenza gli ricordava dell'allontanamento di Primus Kendor, sebbene lei non ne avesse colpa alcuna. Aveva ridicolizzato i suoi suggerimenti tattici, anche quando non erano poi così malsani, e l'aveva ignorata sempre quando poteva. Eppure, Laiella era rimasta imperturbabile e non aveva mai fatto nulla che potesse metterlo in imbarazzo davanti ai suoi uomini. E anche se c'erano ancora dei giorni in cui desiderava che sparisse, si rese conto in quel momento, mentre la spiava con la coda dell'occhio, che l'ammirava, la rispettava — le piaceva, addirittura.

In quel momento, sentì la voce di Falor. Tra i lamenti, l'uomo fece una domanda alla Prima.

Laiella si strofinò le sopracciglia: "Ho usato due vincoli sonattivi: uno per appesantirvi e un altro per schermare i detriti. Ho barato, in effetti, ma era l'unico modo per essere sicuri di raggiungere la grotta prima che le creature ci prendessero; dopotutto siete solo alvinoriani, e uomini per giunta."

Falor rispose con grande indignazione: "Cosa?! *Solo* alvinoriani? E *uomini*? Sono sicuro che un uomo sia più bravo a strisciare al suolo di chiunque con... beh, sa cosa intendo."

I compagni di Falor iniziarono a ridere, ma si fermarono quando la Prima aggrottò la fronte minacciosa. "No, non so cosa intendi, Guardiano. In realtà, l'*apparato* dei *nostri* uomini risulta ben più fastidioso dei nostri seni. Ovviamente, voi non avete questo problema — essendo alvinoriani."

Falor, grosso e imponente com'era, divenne rosso come una foglia e provò a rispondere a modo, ma Toras intervenne: "Giusto! Te la sei cercata Falor."

Mentre guardava il suo comandante con un'espressione oltraggiata e bofonchiando qualche frase abortita, il guardiano si accorse di una cosa ben più importante del suo orgoglio. Coprendosi gli occhi dalla luce brillante che contornava la silhouette di Toras, disse con una certa euforia: "Signore Comandante, la tempesta è finita."

Il principe si voltò a guardare fuori. Il suo tono era grato e frettoloso al tempo stesso: "Già. E credo di aver appena visto qualcosa strisciare fuori dalla sua tana là dove comincia il bosco. Prendete le vostre cose e andiamocene via di qui. Non appena avremo mangiato qualcosa, voglio provare a capire da quale grotta arrivano i grugni."

Yaris chiese: "Signore Comandante, pensate che provengano da qualche tunnel sotterraneo?"

Toras annuì. "Ci stavo pensando mentre voi altri... stavate là a punzecchiarvi."

Laiella guardò il principe con un'espressione incuriosita.

Lui continuò fiducioso il suo discorso: "Ricordo che ai piedi delle Cime del Furano ci sono le entrate di diverse grotte; devono per forza provenire da una o più di quelle. Io—"

Falor esclamò: "Signore Comandante, è così! È da lì che vengono! Sapete che quelle grotte fanno parte di una rete che si estende per decine di chilometri? Spiegherebbe come facciano ad apparire un giorno in un posto e, poi, per incanto riapparire il giorno seguente in un altro posto assurdamente lontano."

Toras sbuffò, tirando indietro la testa, un po' sorpreso e un po' soddisfatto di dove la sua intuizione li stesse portando: "È così, Falor. È *così* per forza. Ecco, ora abbiamo la nostra missione."

Proprio in quel momento, Yaris disse: "Non mi piace, Comandante; non mi piacciono le grotte, e non mi piace che le creature possano spuntare intorno a noi come *funghe* velenose, così, senza preavviso."

Hanne sembrava infastidito dall'errata pronuncia del nome da parte dell'uomo e disse: "Funghi Yaris, non funghe. E per di più, i funghi velenosi non spuntano nelle grotte e non spuntano senza preavviso; arrivano sempre un quarto dopo le Piogge."

"Sì, ma quando arrivano le Piogge, eh? Sa prevedere anche questo?"

Laiella e il principe si guardarono con espressioni di sconcerto. Forse, questo era il modo in cui gli uomini affrontavano lo stress degli ultimi mesi, ma avevano ancora del lavoro da fare, erano pur sempre soldati. Perciò, Toras batté le mani per riportare la loro attenzione sulla missione.

Funzionò, ma quel suono li fece anche sussultare. Magari era il riverbero della grotta, pensarono gli uomini. Laiella doveva avere in mente qualche altra spiegazione, perché guardava Toras con gli occhi sbarrati e pieni di meraviglia.

Lo sguardo della Lux Baiula mise Toras un po' a disagio, ma aveva cose più urgenti per la testa. Afferrò la sella e uscì, chiedendo a Brucio ma ordinando ai guardiani di seguirlo. Parlandogli alle spalle, aggiunse: "Qualcuno si prenda cura di Griso, in modo che non voli via in cerca di chi sapete."

Fuori dalla grotta, animali raccoglitori[1] di ogni specie e tipologia erano venuti fuori allo scoperto per raccattare foglie strappate, rami spezzati e piante sradicate, troppo deboli per resistere alla furia dei venti, nonché le carogne di qualche volatile morto, colto impreparato dalla tempesta.

Vedere i volatili morti fece fermare un attimo Toras a fissare Brucio con quella che sembrava delusione sul volto. Ma, anche se i furani erano molto più grandi dei volatili e non erano solitamente vittime delle tempeste, potevano comunque essere gravemente feriti,

---

[1] Piccoli animali che uscivano dal terreno per raccogliere animali morti e residui vegetali in seguito alle tempeste.

proprio come era accaduto un paio di anni fa quando uno sciocco soldato pensò di addestrare il suo furano mentre la tempesta stava ancora finendo. I venti avevano spinto all'indietro le ali del suo furano, proprio come con un ombrello, finché non si erano slogate, così l'uomo e la bestia erano precipitati, schiantandosi a terra.

"Non ti biasimo per averci abbandonato prima, Brucio. Vorrei solo... Arghh! Che posso volere? Le vostre ali saranno anche la vostra debolezza, ma sono anche ciò che ha reso la Guardia Alvinoriana l'esercito più temuto di tutte le Terrae Regis. È solo che i grugni hanno più paura di voi che di noi, e non avremmo perso Elmanon se voi foste rimasti lì."

Brucio rispose con uno sguardo risentito e brevi strida lamentose, per poi partire a esplorare la miriade di suoni che giungeva dai boschi. I raccoglitori fuggirono non appena intravidero l'intruso, non senza trascinare il loro raccolto nelle loro dimore in terriccio o in legno, ringhiando, abbaiando o strillando tutto il tempo per tenere a distanza il furano.

Toras era sull'orlo di richiamare indietro il suo destriero e scusarsi, quando una voce femminile gli risparmiò l'umiliazione. "Signore Comandante, come proponete di cercare il punto da cui arrivano le creature?"

Toras si grattò la testa per un momento, poi esclamò: "Ho una vecchia mappa geologica della regione."

Laiella fece un verso di sorpresa e disse: "Perché avete una mappa geologica con voi?"

Il principe scrollò le spalle, sperando di evitare di dover rispondere. Ma la donna dalla pelle verde non desistette, perciò lui disse: "La uso quando viaggio con Brucio."

La donna sollevò le sopracciglia con aria beffarda e Toras raddrizzò le spalle, dicendo: "Con questa mappa, dovremmo essere in grado di trovare e ispezionare prima del tramonto tutte le entrate in un raggio di cinquanta chilometri."

La Prima non fece commenti questa volta e il principe si allontanò da lei per cercare la propria cavalcatura. Guardò il punto in cui il furano se n'era andato e, non vedendolo più, urlò: "Brucio! Dove sei? Mi serve la sella!"

Ci vollero tra i venti e i trenta secondi prima che Brucio si palesasse in fondo alla radura. Tuttavia, una volta lì, si fermò per un brevissimo momento a fissare Toras con i suoi occhi scuri e penetranti.

Toras si chiese se prima avesse davvero ferito il suo furano con quel commento. Abbassò lo sguardo alla sua destra, lontano da Laiella, non volendo mostrare la crescente frustrazione che provava nell'essere sfidato dal suo destriero. Stava per ordinare a Brucio di raggiungerlo immediatamente, quando il furano iniziò ad avanzare di sua iniziativa verso di lui, perciò Toras tirò un lungo e silenzioso sospiro di sollievo.

Vedendo che la postura del suo padrone era diventata più docile e accogliente, Brucio accelerò e si fermò proprio davanti a Toras. Poi, prese a colpire ripetutamente — l'umano lo percepiva più che altro come degli spintoni — il petto del suo padrone con il becco, in segno di riconciliazione.

Il principe si fece più consapevole in quel momento, mentre Laiella osservava quel curioso siparietto. Quindi, fece un movimento per recuperare la mappa dalla sella, dicendo piano: "Va bene, va bene. Basta così, Brucio."

Brucio rispose con un ultimo urto e lasciò prendere la mappa al padrone, che poi la srotolò sul dorso dell'animale.

Il principe chiamò Laiella e si misero a cercare inscrizioni che indicassero l'entrata di una grotta. Tuttavia, tali indicazioni non c'erano. Infastidito, iniziò a distendere e risistemare la mappa ripetutamente. Apparve, così, una piega tra le sue sopracciglia e chiamò Falor.

"Sì, Comandante?"

"A quanto pare sapevi qualcosa che noi non sapevamo su queste grotte. Saresti in grado di indicare la posizione delle entrate sulla mappa?"

Falor scansionò rapidamente la mappa e annuì.

"Mostracele."

Mentre Falor indicava una serie di aree generiche — la mappa era in scala 1:100.000, quindi non molto precisa — Toras si distrasse sentendo i lamenti degli uomini in sottofondo, infelici per la perdita di Elmanon. Certo, il vecchio soldato non era sempre stato un piacevole compagno, ma era un veterano della Guardia Nera e la perdita gravava ancora sui loro umori. Per i soldati era la prova che non erano invincibili.

Dobbiamo tornare sui nostri passi e ritrovare il corpo, così possiamo seppellirlo e riportare a casa la sua uniforme.

Toras spostò l'attenzione su Falor e gli chiese di ripetere alcune cose. Una volta concordato lo schema di ricerca, il principe disse agli altri che avrebbero iniziato la caccia ai grugni nei punti di ingresso e di uscita non appena fossero riusciti a recuperare il corpo di Elmanon.

La ricerca non prese poi molto tempo, grazie al furano oramai senza padrone che faceva strada. Però fu estenuante; Griso si era precipitato freneticamente alla ricerca e Hanne, che si era offerto di prendersi cura di lui, fu costretto a richiamarlo diverse volte per non perderlo di vista. Quando Griso finalmente trovò il corpo del vecchio soldato lo raggiunse lentamente, sbattendo ansiosamente le ali. Griso rimase lì accanto al corpo dilaniato per diversi lunghi minuti, strillando o stridendo quando qualcuno cercava di avvicinarsi.

Laiella scosse la testa e disse a Toras: "Dovremmo iniziare a lasciare i nostri furani legati nelle stalle e a cavalcare i rimpiazzi perché non possiamo far così ogni volta che muore qualcuno. E *molti* di noi moriranno."

Toras scosse la testa come se la sua Prima avesse detto un'assurdità. "*Non* sostituirò Brucio."

La Prima alzò gli occhi al cielo esasperata. La riluttanza di Toras ad accettare la realtà delle cose era probabilmente il motivo principale per cui il re aveva deciso di assegnarla alla Guardia Nera.

Trascorsi dieci minuti, Toras scosse la testa e si diresse con cautela verso Griso. Griso gli strillò contro inizialmente, ma le parole rassicuranti di Toras lo fecero rilassare e gli permisero di avvicinarsi. Toras gli appoggiò un'altra volta le mani sulla testa e sul becco. Dopo alcune carezze calmanti, le ali dell'animale si distesero e lui si rilassò. Griso seguì il Signore Comandante fino al punto in cui aspettavano gli altri furani e poi fu Hanne a tenerlo sotto sorveglianza.

A quel punto, i soldati si rimboccarono le maniche e cominciarono a scavare una fossa non troppo profonda per Elmanon. Nel frattempo, Toras tolse l'uniforme del soldato morto contenendo i conati di vomito suscitati dalla vista del ventre aperto e vuoto, e poi la porse ad Hanne, che la infilò nella sella di Griso.

Mentre il furano picchiettava il becco sulla sella e si lamentava dolcemente, gli uomini misero il corpo nella terra, lo coprirono e lasciarono che Yuuto declamasse la preghiera per il loro compagno defunto.

Erano circa le quattro PAS[2] quando la squadra finalmente si divise per iniziare a indagare i sospetti movimenti sotterranei dei

---

[2] PAS: post-altosole

grugni. Hanne e Falor si diressero con Toras verso le entrate a sud di Lianor — il villaggio più vicino — mentre Yaris e Sheffar andarono con Laiella a nord del villaggio. La squadra si sarebbe riunita nella taverna del paese alle otto PAS per aggiornarsi.

La squadra del principe impiegò trenta minuti di volo e ripetuti atterraggi per trovare il primo ingresso. Toras, gli uomini e i furani entrarono nell'alta grotta con cautela, per ispezionarne l'interno alla ricerca di segni delle creature. Non trovando nulla, passarono all'entrata successiva. Né questa né la terza rivelarono alcun segno.

Quando arrivarono all'ultima entrata che avevano deciso di ispezionare — circa sei chilometri a sud-ovest di Lianor — si avvicinarono quasi con incuria, certi che non avrebbero trovato nulla nemmeno lì. Ma, mentre si avvicinavano, i furani reagirono con strida sibilanti e Brucio si mise in mezzo al passaggio, drizzando i peli irti della schiena.

Il corpo di Toras si irrigidì subito. "Che c'è, Brucio? Senti l'odore dei grugni?"

Brucio scosse la testa e Toras alzò la mano per far fermare gli uomini dietro. Fece *shhh* per fermare i furani che procedevano davanti agli uomini. I furani non avevano orecchie grandi per udire bene, ma avevano dei micropeli molto sensibili sul becco, che captavano le vibrazioni di suoni non udibili agli umanoidi.

Toras sguainò la spada ed entrò nella grotta con Brucio alla sua destra.

Il tunnel che li portava nel cuore della caverna era umido e aveva un odore forte e pungente. Delle gocce d'acqua caddero sul terreno arido con una risonanza inquietante. Toras temeva che sarebbe diventato troppo buio per avanzare oltre, ma una tremolante luce crepuscolare sembrava illuminare un ampio spazio più avanti, quindi proseguirono.

Poco dopo, Hanne sussultò. Appesi alla parete sulla destra c'erano due grugni morti. Erano impiantati lì da aculei un po' più spessi di quelli che solitamente sparavano le creature. I loro ventri erano stati svuotati degli organi, i cui resti giacevano carbonizzati in un falò improvvisato, che ancora ardeva, vicino a una grossa stalagmite. Le teste delle creature erano state bloccate, così che riflettessero la luce in direzione dell'ingresso della caverna.

Hanne chiese: "È una punizione o un rituale religioso?"

Falor disse: "Penso che quello a sinistra sia quello che mi ha attaccato. Anzi, ne sono sicuro. Aveva la testa larga e un artiglio a uncino sul braccio sinistro, proprio come questo. L'ho pugnalato dritto in un occhio e urlava come non ho mai sentito prima; era piuttosto inquietante. Son sicuro che sia proprio lui."

Hanne disse: "Sì, e io riconosco l'altro coso. È quello che ho ucciso. Ero così infuriato che gli ho tagliato via una gamba, poi l'ho trafitto dalla spalla all'ombelico e ci ho sputato sopra. Penso che abbia fatto arrabbiare uno dei suoi compagni."

Toras scosse la testa: "Probabilmente *è* una specie di rituale per avvertirci di quello che sta per accadere. Non bene. Significa che *dobbiamo* trovarli prima noi."

Hanne disse: "Come faremo? Noi tre soli con i nostri furani non possiamo certo inseguire le creature in queste grotte; chissà cosa troveremmo."

"Sono d'accordo. Discuteremo il da farsi con gli altri, quando torneremo in città."

Il Signore Comandante annuì tra sé, come se avesse preso una decisione, poi se ne andò con la sua squadra per ricongiungersi agli altri nel villaggio di Lianor.

PERMANERE USQUE AD FINEM

La Vigilante

Non supponga di aver capito come mi faccia sentire, Mitsuko. So che lei è qui per aiutare, ed è *già* stata utile in un paio di situazioni. Ma anche solo la tua presenza, comunque, turba i miei ospiti e li indispone."

Mitsuko Lux Baiula, la Fascia Viola incaricata di proteggere il re da potenziali Temptatori, disse: "Mi scuso se—"

"Non *se*, Mitsuko."

La Lux Baiula, immigrata dal lontano continente beltaniano ma cresciuta a Dgiba, presso la foce del fiume Jalahrani sulla costa occidentale dell'Alvinoria, continuò in un alvinoriano quasi perfetto, storpiando esclusivamente la lettera "r".

"Perdonate la mia presunzione, mio Re. Se ho capito bene, volete che io sia più discreta e che discuta esclusivamente in privato le mie preoccupazioni su un qualche ospite in particolare."

"Sì. La sua presenza li turberà in ogni caso, ma almeno non se ne andranno credendo che la Sorellanza mi stia controllando."

"Capisco, Sire. Farò... come richiesto."

"Grazie, Mitsuko. Ora mi dica, cos'è successo nella sala del trono? Stava alimentando di proposito l'ira di Donna Moradina? La conosco da tempo, ed è sempre stata una persona rispettosa e padrona di sé. Invece, quella che ho visto prima sembrava fuori di testa e continuava a guardarla con occhiatacce minacciose e furtive. Le stava facendo qualcosa attraverso il Legame?"

Imperturbabile e calma, Mitsuko Lux Baiula rispose: "Mi dispiace, Sire. Non le stavo facendo nulla, però *stavo* sondando i segnali del suo cervello, come mi avete autorizzato a fare. Credo che Donna Moradina sia stata... influenzata."

Ancora non abituato ai modi indiretti della Fascia Viola — alquanto inusuali per un membro dell'Ordine della Luce — Octavius gemette: "Cosa intende dire, Lux Baiula?"

"Voglio dire... influenzata da un Temptatore."

"*Cosa?* In base alla sua reazione al sondaggio?"

"In effetti sì, Sire."

La risposta della Fascia Viola turbò Octavius, facendolo sentire in imbarazzo. E poi, invece di calmarsi, si agitò ancora di più. Disse con un tono insolitamente aggressivo: "Quindi, crede che la sua reazione sia stata insolita? Tuttavia, come dovrebbe sapere, Donna Moradina ha due Lux Baiulae al suo servizio. È quindi molto probabile che le sia stato insegnato da loro a capire quando qualcuno la sta sondando. Penso che sia andata *così* e che Donna Moradina si sia arrabbiata perché ha continuato a sondarla anche quando ne era consapevole."

Mitsuko Lux Baiula aggrottò le sopracciglia mentre si chiedeva per un breve momento se anche il re potesse essere stato influenzato in qualche modo. Ma sapeva che non era così e scacciò subito via quel pensiero, mentre rispondeva all'accusa del re:

"È stato qualcos'altro, Sire, a farla arrabbiare — due cose, in effetti." Queste parole fecero strabuzzare gli occhi al re, ma lei lo ignorò: "Per prima cosa è quasi come se un pensiero di monitoraggio esterno fosse stato posto nella sua mente, per avvisare qualcuno quando il suo cervello viene sondato."

Mitsuko Lux Baiula attese la reazione del re. Quando le fece cenno di continuare, lei proseguì:

"In secondo luogo, vi prego di tenere a mente, Sire, che questa è solo una mia supposizione: ho percepito una quantità inaspettatamente densa di impulsi nella corteccia cingolare di Donna Moradina, cioè, un'area del cervello associata alle menzogne; così come un'intensa attività nella corteccia prefrontale, associata alla verità. Era come se entrambe le regioni fossero in lotta per avere il controllo. Donna Moradina potrebbe essere consapevole che qualcosa la sta controllando e potrebbe volerla smascherare. L'influenza esterna e questa lotta tra lei e il nostro presunto Temptatore—"

"Il *suo* presunto Temptatore."

"E questa lotta tra lei e il *mio* presunto Temptatore avrebbero potuto causare la reazione sconsiderata a cui abbiamo assistito."

Octavius camminava furiosamente avanti e indietro per tutto l'ufficio, mani dietro la schiena, sbuffando e scuotendo la testa, talvolta. Poi si fermò, rilassò le spalle e sospirò quando sentì i canti delle *Voces Creatoris*.

Il coro della capitale era stato chiamato Voci del Creatore perché, in qualche modo, quei canti erano in grado di lenire la tensione dei cittadini, se questi avevano bisogno di calmarsi, oppure di renderli euforici quando invece avevano bisogno di un incentivo, o addirittura di stimolare le menti che avevano bisogno di ispirazione. Il coro cantava da mattina a sera, tutto l'anno, sei giorni per ogni quarto, e i cantanti si alternavano durante la giornata. Le loro voci venivano amplificate per tutta la città dai vincoli delle Lux Baiulae in pensione.

In quel momento, un lungo e placido diminuendo finì per fiaccare l'ira del re, lasciando solo un pensiero logico nella sua mente. Si rivolse alla sua vigilante e disse: "Se è come dice lei, allora, questo sarebbe il primo caso di... come la chiamate? Corruzione?"

Mitsuko annuì.

"Il primo caso, a noi noto, di corruzione tra i patrizi. Non che cambi poi molto... Sarebbe il primo di quanti a venire?" Octavius stava per stringere i pugni, ma sentendo ancora la musica si rilassò. "Dovremmo verificare la sua intuizione. Ma cosa facciamo se alla fine avesse ragione?"

Con le labbra strette, Mitsuko disse: "Sfortunatamente, la Sorellanza non ha ancora sviluppato i mezzi per annullare i danni inflitti dai Temptatori, né tantomeno abbiamo sviluppato un protocollo formale per confermare la presenza di... di un faro nella mente di qualcuno. Senza, non possiamo intraprendere alcuna azione."

Octavius intuì che la propria logica si era inceppata: "Ha detto di aver percepito quella cosa nella mente della Moradina. Quindi, perché la Sorellanza non può usare la stessa tecnica per cercare questi... fari?"

"Beh, non sono sicura nemmeno io di sapere il modo preciso in cui l'ho percepito. Ma permetterò alle Gialle di sondarmi appena possibile."

Octavius sbottò, poi aggrottò le sopracciglia incuriosito e ripeté la parola "faro" tra sé e sé; gli ricordava qualcosa. Mentre la sua mente indagava quel sentore, i suoi occhi si spostavano da sinistra a destra. Poi, si sbarrarono quando gli venne in mente.

Improvvisamente, assunse consapevolezza dell'arguta considerazione di Mitsuko, alzò di nuovo lo sguardo verso la vigilante e chiese: "Come possiamo confermare se Donna Moradina sia stata influenzata o no?"

"Chiederò alle mie Sorelle di Urbs Lucis di aiutarmi. Dovremo agire con attenzione, lavorando con le due Lux Baiulae al suo servizio, il che significa che dobbiamo prima accertarci che non siano state influenzate anche loro. Possiamo usarle per ottenere la conferma che ci serve. Se c'è qualcosa nel suo cervello che la controlla o la monitora, la faremo esaminare da Lorina e Silla Lux Baiulae, ciò dovrebbe impedire che il sondaggio susciti sospetti."

"Va bene, per favore riferisca tutto a Urbs Lucis. Ma ricordi a Krystiana di *non* intraprendere alcuna azione contro nessun mio vassallo senza prima consultarmi, Moradina in particolare."

La vigilante annuì con un lamento, irritata dalla presunzione del re nei confronti della Magna Mater. Poi, uscì dagli uffici del re e lo lasciò a se stesso, a rimuginare sui preoccupanti eventi di quel giorno.

E il rimuginare di Octavius fu a dir poco inquieto. Infatti, nonostante le Voces Creatoris, che in quel momento eseguivano un canto sulla fiducia e sulla crescita, Octavius riprese a camminare, fermandosi di tanto in tanto, poi riprendendo. Mentre ripensava alla parola "faro", i suoi passi rallentarono. L'aveva sentita da Aithen. Era un qualcosa che i Locari avevano posto in lui, per aiutarli a imparare nuovamente la lingua alvinoriana. Si chiese se la parola che Mitsuko aveva usato fosse correlata al vincolo dei Locari o se fosse solo una coincidenza.

I suoi piedi ricominciarono a consumare il pavimento in legno grezzo, nel frattempo considerava un altro elemento che lo turbava alquanto: Donna Moradina era Signora della Città di Antar, dove nelle vicinanze c'era la magione estiva del re e dove presto avrebbe tenuto un ballo regale. Rabbrividì quando si chiese se anche le Lux Baiulae della donna fossero state convertite dai Temptatori. Urbs Lucis — per quanto ne sapeva lui — non ne aveva scoperto neanche uno e, per ora, le memorie trasferite delle Sorelle non avevano fornito alcun indizio sul come identificare i servi di Noctiferus. *Non bene. Preoccupante, anzi.*

La Taverna di Lianor

La Prima Laiella parlava con voce sommessa per mettersi in guardia da orecchie indiscrete. Aveva creato uno scudo acustico, ma, non essendo esperta in questo particolare vincolo, le loro voci, se particolarmente rumorose, potevano ancora passare attraverso lo scudo. Il gruppo dei cacciatori di grugni si era riunito a Lianor e ora discutevano le loro scoperte e i passi successivi da compiere, e nel frattempo sorseggiavano una pinta di sidro e consumavano un pasto frugale nella taverna del villaggio.

"Comunque, non consiglierei di entrare nelle grotte da soli, neanche con delle torce o delle lampade viventi portatili. Non sarei in grado di usare in sicurezza il Legame lì dentro e nessuno di noi ha esperienze di combattimento nelle caverne."

Sheffar guardò la Prima annuendo col capo, ma gli altri si chiesero se l'impetuosa Barriera avesse perso d'un tratto il suo coraggio.

Laiella lo notò e aggiunse: "Non ho paura di morire, *ho* paura di condurre una missione suicida insensata. Nel migliore dei casi, uccideremmo alcuni grugni prima di soccombere; nel peggiore dei casi, non uccidiamo nessuno e ci massacrano tutti."

Toras disse: "Va bene, Prima, allora cosa propone?"

"Consiglio di convocare Marena Lux Baiula. È una Fascia Gialla specializzata nella lettura animale. Possiamo piazzare delle cimici nelle grotte, così lei potrà vedere quello che vedono loro. Se trovano i grugni, lo sapremo anche noi, così come scopriremmo dove si trovano le creature e come arrivarci. E se Marena riesce a registrare tutti gli input sensoriali degli animali — a quanto pare lo sa fare — avremo anche una mappa dei tunnel da loro esplorati. Una volta che avremo queste informazioni, avremo un vantaggio, o una possibilità di successo, e sarò più che felice di guidare un attacco alle sozze creature, insieme ad altre Fasce Rosse a capo di ogni squadra."

Falor e Yaris esclamarono insieme: "Lo può fare davvero? Non solo leggere sa leggere le loro menti, ma può vedere quello che vedono?"

"Percepire ciò che vedono, odono, annusano, toccano, sentono. Sì."

Yaris sbottò un "Uh", poi chiese: "Ma perché dovrebbero esserci altre Fasce Rosse a capo di ogni squadra?"

Laiella sospirò: "Perché ogni squadra deve poter vedere ciò che vedono le creature, ovvero deve disporre di qualcuno che possa collegarsi a Marena, che sarà connessa a sua volta con gli animaletti."

Yaris inarcò le sopracciglia perplesso, proprio come gli altri soldati.

Toras, invece, capì il senso insito nella proposta della Prima: "Possiamo decidere i dettagli quando arriveranno qui le altre. Laiella, per favore chiami Marena Lux Baiula e le chieda di unirsi a noi, illico presto[3]. Suppongo che lei possa contattarla attraverso il Legame?"

Laiella disse: "Posso. Ma consiglierei di incontrarla all'avamposto di Lago Montagna, Signore Comandante. I paesani — aizzati dai chierici della Chiesa di Aiala che sembrano essersi insediati permanentemente in questa regione — non sembrano troppo felici di vedermi qui. Lo saranno ancor meno quando vedranno arrivare Marena con un manipolo di Fasce Rosse."

Toras fu sorpreso da quel commento, poi sbottò rabbioso, costringendo Laiella a cercare di rafforzare lo scudo acustico. Comunque, le teste di alcuni clienti si erano già voltate verso di loro. Fece cenno al principe di abbassare la voce, ma ciò lo fece solo arrabbiare di più:

"Io sono il loro Principe, e lei è un mio ufficiale! E le sue Sorelle sarebbero qui su mia richiesta. Gli abitanti del villaggio non hanno alcun *diritto* di opporsi."

"Forse è così, Signore Comandante, ma, a meno che qualcuno non faccia cambiare idea ai chierici, gli abitanti del villaggio continueranno a diffidare di noi Lux Baiulae. E *noi* — tutti noi, intendo — siamo soldati; non disponiamo dei mezzi adeguati per affrontare i chierici."

"Lo so! Lo so. Ma queste sono le terre di mio padre e tutti ne beneficiano solo grazie alla sua benevolenza. L'avamposto è troppo piccolo affinché le nostre forze vi si possano riunire, quindi non ci sposteremo. Parlerò personalmente con il capo villaggio e con i chierici per assicurarmi che non interferiscano con quello che dobbiamo far qui, cioè *proteggerli*!"

Toras si alzò e sorprese Laiella — ma non i suoi soldati — cambiando argomento all'improvviso: "Ecco cosa faremo allora: continueremo a monitorare l'area in cerca di tracce dei grugni, mentre aspettiamo Marena Lux Baiula, e ci difenderemo se ne incontreremo. Ma! *Dobbiamo* prepararci meglio all'eventualità che i combattimenti avvengano durante le bollhorae. Significa che dobbiamo identificare le zone sicure in cui ritirarci prima di ingaggiare qualsiasi combattimento."

Toras si avvicinò alla sua sella, appoggiata al bracciolo di una sedia vicino all'ingresso della taverna, e tirò fuori la mappa. Dopo

---

[3] Illico presto: immediatamente

essere tornato dagli altri, spiegò il piano e ordinò di identificare tutti i posti sicuri.

I soldati annuirono e Toras aggiunse: "Quando Marena Lux Baiula arriverà qui e sapremo dove abitano le creature, le assaliremo con forza per sterminarle. Significa che avremo bisogno di più uomini." Rivolgendosi a Laiella, disse: "Prima, una volta che avrà contattato la Sorella, voglio che contatti anche Passo del Corno e chieda rinforzi."

Laiella riconobbe le istruzioni del principe, pur mantenendo un'espressione impassibile.

La Manu Dextra

Seduta nel suo ufficio a Urbs Lucis, la Manu Dextra della Magna Mater aveva un'aria preoccupata mentre guardava i soli attraverso le porte del patio. Con le gambe incrociate, il mento tra le mani e i gomiti sul tavolo laccato, pensava a... troppe cose.

Gli ultimi tre mesi avevano impegnato tutti quanti a Urbs Lucis nella preparazione per contrastare l'invasione pianificata da Zebula e dalla Serpe, che imperversava in tutto il regno, il tutto mentre al contempo cercavano di accrescere le loro fila e addestrare le Sorelle nella generazione di nebulose. E, data l'incertezza diffusa, nonostante — e talvolta a causa delle loro memorie antiche e poiché, in quanto Manu Dextra, il ruolo di Elyana era quello di consigliare — si cercava costantemente in lei la guida che potesse risolvere questo o quell'altro problema.

Sfortunatamente per lei, le sue responsabilità non finivano lì. Esse includevano anche le questioni "minori", come capire cosa fare con tre delle cinque ragazze che erano tornate dai Campi di Purificazione a Furania, senza aver apparentemente migliorato la loro comprensione dei princìpi che guidavano la Sorellanza. Moradien, in particolare, continuava a sfidare i suoi istruttori e, quel giorno, aveva creato delle difficoltà a Elyana. D'altra parte, Lisandeka e Morla sembravano temere Moradien e perciò facevano tutto ciò che diceva lei. Solo Carrain e Lopenia, forse, avevano imparato la lezione durante quei tre mesi, trascorsi a purificare i reflussi della capitale, e attualmente se ne stavano alla larga dalle altre.

Elyana raccolse il calamo lungo e affusolato sul tavolo, lo immerse nell'inchiostro e iniziò a scarabocchiare sul suo taccuino. Lasciò che la sua mano si muovesse liberamente, su e giù e a sinistra e a destra, poi disegnò alcune curve, senza prestarci troppa attenzione. Pochi minuti dopo, spostò indietro la testa con un leggero sbuffo; aveva disegnato un viso.

Perché l'ho disegnato? L'altra parte di se stessa rispose: *Forse è perché ti manca lui, la sua compagnia, i suoi modi tranquilli, la sua natura meditabonda, il suo sorriso e le conversazioni insieme.* A questo la prima parte di se stessa rispose: *Forse dovrei recarmi in visita alla capitale. Ne è passato di tempo.*

Elyana sospirò forte, poi si alzò, si diresse verso il balcone e si appoggiò allo stipite della porta. I suoi occhi erano attratti dal Sole Rosso. Stava iniziando a tramontare e subito dietro c'era la sua controparte blu, già per metà nascosta al di sotto del bordo del cielo. Le notti si erano fatte più fredde, con l'avvicinarsi dell'inverno, ma le giornate erano ancora calde, e la temperatura, a quell'ora, era ancora piacevole.

Non c'è niente che io possa fare riguardo alle mie responsabilità ufficiali nel futuro prossimo, ma sicuramente posso porre fine ai mal di testa che le ragazze mi stanno causando. Tutto ciò che devo fare è riuscire a comunicare con Moradien. C'è qualcosa in lei che non quadra; è figlia di una proprietaria terriera rispettata e, sebbene abbia sempre messo in discussione tutto, non è mai stata una ribelle. Cosa l'ha resa così rivoltosa, così indifferente al suo futuro nell'Ordine — o in società?

Ad alta voce, esclamò: "Forse, abbiamo sbagliato qualcosa in principio, quando l'abbiamo testata?"

In risposta alla propria domanda, sbuffò, sollevò le spalle e scosse la testa.

"O Fondatori!"

Ooldrina

Ooldrina, non ti stai lasciando agganciare. Per farlo, devi letteralmente aprire la tua mente al Legame."

Mordendosi le labbra, la ragazza dai capelli scuri, con la pelle color nocciola tipica del suo popolo, disse: "Mi dispiace, Lux Baiula, ma questa cosa mi spaventa. Quando mi apro, sento una presenza sporca. Questa cosa mi dà pensieri malvagi."

"Questa *cosa*?"

Dopo un mese di addestramento con la ragazza, Clara Lux Baiula aveva ancora qualche difficoltà a capirla. Fortunatamente l'altra, Raaviana, era più pratica con l'alvinoriano e stava anche imparando a controllare le sue abilità di vincolo molto più facilmente. *Forse il Maestro Methrim può aiutare Ooldrina a superare ciò che la blocca. Ma preferirei non doverlo chiedere a lui. Mi fa provare sensazioni che non dovrei provare.*

Ooldrina rispose: "Questa cosa... voglio dire... l'apertura al Legame."

Clara scosse la testa per la frustrazione, iniziò a camminare, poi invitò la ragazza a seguirla con un sorriso paziente.

La Fascia Gialla portò la zebuloniana sulla terrazza, una grande area a forma di mezzaluna, con piante che ricoprivano le pareti e nulla al centro, se non un cuscino di foglie di lacora. L'aria era fresca, ma comunque piacevole.

Clara Lux Baiula indicò i cuscini.

Quando Ooldrina si sedette, la pianta reagì rinculando leggermente, poi si adattò a sostenerla fino a quando non si sedette dritta ed equilibrata.

"Conosco questa tua sensazione, Ooldrina, ma spesso è illusoria. D'altro canto, se fossi stata danneggiata da vibrazioni indesiderate, capirei la tua esitazione. Ti è successo?"

La ragazza abbassò lo sguardo, mordendosi le labbra, e scrollò le spalle esitante. La sua pelle pallida assorbiva la luce viola di Alba, creando uno strano effetto.

La reazione della ragazza confermò il suo sospetto, così Clara disse: "Va bene. Rallentiamo allora. Entrerò nel Legame insieme a te."

Ooldrina fece un cenno provvisorio, un cenno verso l'alto, che Clara aveva capito essere l'equivalente zebuloniano di "sia quel che sia" o "non importa".

"Come qualsiasi altro senso, l'abilità di sensazione richiede un input, il che significa che devi aprire la tua mente al Legame. Ma devi essere pronta a proteggerla nel momento in cui c'è pericolo. È proprio come tenere gli occhi e le orecchie aperti per vedere e sentire quello che *c'è* da vedere e sentire, ma anche permettere che i tuoi riflessi chiudano gli occhi quando una scheggia vola dritta verso di loro, o tappare consapevolmente le orecchie quando si propagano suoni dal volume pericolosamente alto. Man mano che progredisci, imparerai a proteggere la tua mente anche mentre è aperta al Legame, nonostante ciò offuschi in parte la percezione."

La ragazza dal viso largo fece un altro cenno verso l'alto, che accompagnò l'inarcamento delle sopracciglia e un sospiro ben udibile: "Ma Bilena vuole mandare a me in Zebulonia il mese prossimo. Non ho tempo a imparare."

"Vuole *mandarmi* in Zebulonia... e non ho tempo *di* imparare."

"Lux Baiula, chiedo scusa."

Clara sospiro preoccupata. C'era molto che la Sorellanza ancora non sapeva della fisiologia zebuloniana o del modo in cui accedevano al Legame, e Clara temeva che i loro metodi potessero danneggiare la ragazza. Ma *doveva* prepararla alla missione in Zebulonia. Se solo le avessero trovate quando erano più giovani. *Dicono che la necessità sia la madre del progresso, ma è anche la madre del male.*

"Ooldrina, ascoltami. Non lascerò che le richieste ingiuste di accelerare il tuo addestramento possano comprometterlo, né ti farò del male. Ti fidi di me?"

Sebbene il naso dritto di Clara, il suo viso indisciplinato e il suo sguardo profondo e onesto suscitassero fiducia, il tono della donna risultava, a volte, piuttosto brusco. Ci volle un attimo prima che la profuga zebuloniana rispondesse: "Le credo."

Clara alzò un occhio. La ragazza aveva usato intenzionalmente l'espressione "le credo" invece di "mi fido"? O credere era ciò che gli zebuloniani chiamavano fiducia? Non volle approfondire.

"Bene. Una volta che ti unirai a me nel Legame, creeremo un nodo mentale tra di noi; mi permetterà di percepire, vedere e ascoltare quello che ricevi dal Legame. Ci eserciteremo poi a scudare la mente. Se, in qualsiasi momento, dovessi percepire vibrazioni dannose, le bloccherò io al posto tuo, qualora non riuscissi a farlo da sola. Se dovesse succedere, mantieni la calma e fai attenzione; percepirai il modo in cui lo faccio e, con la pratica, alla fine riuscirai a replicare il metodo."

"Alla fine?"

"Alla fine. Significa: successivamente, ad un certo punto nel futuro."

Ooldrina distese le labbra in risposta, come lei e Raaviana sembravano fare quando capivano qualcosa.

"Ti ricordi come stabilire un nodo mentale?"

La ragazza fece uno strano cenno verso l'alto, accompagnato da un'inspirazione ancora più forte, il contrarsi delle dita e lo sgranamento degli occhi.

Suppongo che significhi di sì. "Prometto di essere gentile, Ooldrina, ma farà comunque un po' male."

La ragazza rispose con un'insolita sicurezza. "Sto pronta, Clara Lux Baiula."

Con uno sguardo scherzoso, Clara disse: "Dovrai anche passare più tempo ad imparare l'alvinoriano... Per adesso, chiudi gli occhi ed entra in trance. Mentre lo fai, ascolta il tuo battito cardiaco."

Ooldrina lanciò un'occhiata interrogativa: "Il *mio* battito cardiaco?"

"Sì. Normalmente, dovresti ascoltare il mio. Ma voglio che ora ascolti il tuo battito. Ciò ti permetterà di concentrarti più velocemente e, una volta che lo sentirai, mi troverai più facilmente. Se non ci riesci, ti troverò io."

"Non vuole fare subito il nodo mentale?"

"No, possiamo stabilirlo una volta all'interno del Legame."

Ooldrina distese di nuovo le labbra e cominciò la procedura. Impiegò un po' più di tempo del dovuto nel sentire il proprio muscolo battere e, una volta trovato, percepire quello di Clara, entrare nel Legame ed apparire accanto a lei. Comunque, ci riuscì e lo aveva fatto più velocemente rispetto ai precedenti tentativi, quando la ragazza era partita ascoltando dapprima il cuore di Clara.

Il luogo evocato da Clara era buio, uno scenario premonitore; sperava di liberare le paure della ragazza mentre apriva la mente alle vibrazioni nel Legame; sperava che mettere la ragazza faccia a faccia con le sue paure le avrebbe insegnato a ignorare quelle sensazioni irrazionali e a proteggere la sua mente solo quando si presentavano minacce reali.

"Il tuo ingresso è stato un po' lento, Ooldrina. È essenziale continuare a far pratica, fino a quando non riuscirai ad entrare e uscire tempestivamente, qualora avessi bisogno di comunicare con qualcuno in fretta, in caso di pericolo. Ma comunque andava già meglio", disse Clara alla ragazza, i cui occhi mutevoli fecero dilatare tutto il viso della sua forma, in mille modi diversi.

Ooldrina fece un sorriso debole e patetico a Clara. Quest'ultima sospirò e trasmise: *"Va bene. Mettiamoci in contatto."*

Subito dopo una fune ondulata di luce azzurro pallido si allungò dalla forma della Lux Baiula e raggiunse la forma di Ooldrina con un'intensità controllata.

Quando Ooldrina vide la frusta, la sua forma si bloccò, esattamente come il suo corpo fisico nella stanza, e per poco non uscì dal Legame. La tensione di Ooldrina fece sì che la corda la sferzasse più intensamente di quel che Clara avrebbe voluto e la fece gridare. Si dimenticò anche di agganciarsi alla fune e Clara dovette ripetere la procedura.

"Devi stare calma, Ooldrina."

La forma di Ooldrina continuava ad essere troppo tesa e lei urlò di nuovo, ma questa volta afferrò la frusta e Clara le concesse un momento per rilassarsi.

Quando la Lux Baiula vide la forma di Ooldrina rilassarsi, disse: *"Ora, devi fare lo stesso con me."*

Gli occhi scuri della ragazza predissero a Clara che la sua frustata sarebbe stata vendicativamente violenta.

"Non mi preoccupa la forza che ci metti, Ooldrina. Desidero solo che tu abbia il controllo sui tuoi vincoli. Se rispedirai intenzionalmente una sferzata violenta, la accetterò. Ma se vedo che il tuo colpo è fuori controllo, non ne sarò contenta, indipendentemente da quanto sia duro o delicato. Ora, vai!"

La forma della ragazza si espanse e si contrasse. Subito dopo, una frustata irruenta colpì la Lux Baiula, che ringhiò in risposta al colpo.

La Fascia Gialla pensò: *Calmati, Clara, te la sei cercata.*

Sebbene la connessione non fosse ancora completa, pensieri e sensazioni iniziarono a filtrare attraverso il Legame e Clara percepì risentimento e paura.

"Non era controllata, Ooldrina."

"Mi dispiace, Lux Baiula. Ma lei... mi spaventa quando chiede di rispondere."

"Questa non è una scusa. Una Lux Baiula deve mantenere sempre la calma. Quando tirerò la mia prossima sferzata, guardala arrivare, ma lascia scorrere via la paura e, se devo gridare affinché tu risponda di nuovo, lascia che anche questo ti scivoli addosso."

Servirono diverse altre sferzate per stabilire appieno la connessione. Tuttavia, le risposte della ragazza erano state sempre più controllate fino all'ultima che arrivò a Clara come una stretta corda di luce blu.

Clara inspirò per calmarsi: *"Sento la tua paura, Ooldrina. È su questo che dobbiamo lavorare ora. Cosa percepisci arrivare da me?"*

Con tono sconfitto, la ragazza rispose: *"Calma."*

"Bene. Sentila e lascia che penetri in te e nei tuoi pensieri. Ti aiuterà quando aprirai la mente."

Non appena sentì le parole "aprirai la mente", il battito della ragazza accelerò freneticamente e la sua immagine prese a deformarsi e a palpitare. Clara, sempre paziente, ripeté le sue istruzioni più volte e lasciò che Ooldrina sentisse e assorbisse le sue calme vibrazioni. Quando la forma di Ooldrina era finalmente ferma e stabile, per quanto solida potesse essere lì nel Legame, una maschera di profonda delusione deformò il viso della ragazza.

"Non sentirti in imbarazzo, Ooldrina. Normalmente ci vogliono mesi per domare le proprie reazioni e anni per padroneggiarle. Quello che hai fatto in solo un mese è notevole."

La ragazza alzò lo sguardo per un attimo, grata, ma non ancora convinta.

"Ora, mostrami come proteggi la tua mente."

E la ragazza lo fece, velando la propria mente, così in fretta da sorprendere Clara. Tuttavia, lo scudo era debole, e la Lux Baiula lo trafisse per spiegarle: *"Sei veloce, ma non molto precisa; probabilmente questa è la conseguenza della tua paura, sempre in agguato, e della mancanza di allenamento nel Legame. Credo che tu possa fare di meglio. Voglio che riapri la mente e, questa volta, ti invierò una rapida successione di vibrazioni; alcune saranno buone e altre cattive, ma non preoccuparti, non sono reali. Voglio che tu protegga la tua mente quando percepisci quelle cattive, o che la apri in caso contrario."*

La forma della ragazza assunse un aspetto preoccupato. Ma nello spazio di un attimo, annuì; dopotutto, si era sempre fidata di quella Lux Baiula e della maggior parte delle altre Sorelle, sin dal suo arrivo nella maestosa Città della Luce, con le sue due sfere eternamente fiammeggianti, le guglie e le pareti di ardamantis blu, le biblioteche e i laboratori.

Ci volle un bel po' di tempo per raggiungere l'obiettivo che Clara Lux Baiula aveva prefissato per Ooldrina, ma non ne sperimentò il passaggio; anzi, per sentir passare il tempo nel Legame occorreva sentire la stanchezza del proprio corpo materiale oppure immergersi periodicamente nel mondo fisico. Tuttavia, Clara sentì il passaggio dei minuti e delle ore, e si chiese se tutto ciò servisse a qualcosa. Ma alla fine, la ragazza riuscì a mantenere la mente aperta e a chiuderla quando necessario.

"Che Aiala sia lodata, Ooldrina, ci sei già riuscita."

La ragazza sorrise, non con molta convinzione ma sinceramente.

"Ora puoi riposare qualche minuto. Poi, rilascerò lo scudo che ho posto su di noi e tu aprirai la tua mente al Legame."

La forma di Ooldrina non vacillò, né mostrò alcuna tensione questa volta, ma nemmeno allungò le labbra in cenno d'accordo. Invece, inclinò la testa in avanti.

Se tutto va bene, significa che ora è pronta.

Quando Clara dissolse lo scudo e le vibrazioni iniziarono a penetrare nel cervello di Ooldrina, Clara si premurò di elaborarle nella propria mente senza restituirle alla ragazza, o avrebbe rischiato di creare un pericoloso loop di ritorni sempre più amplificati. Era proprio per la sua capacità di controllare ciò che gli altri ricevevano da lei, anche quando era connessa tramite un nodo mentale, che le era stato chiesto di addestrare le zebuloniane.

Clara ricevette sensazioni di agitazione e preoccupazione, celate nella mente della sua studentessa, appena al di sotto della soglia del percettibile. Quindi, le trasmise pensieri distensivi e il battito della ragazza si placò leggermente. *Come faceva la Sorellanza ad addestrare la gente prima della scoperta del nodo mentale?*

In quel momento, la Lux Baiula sentì il battito di Ooldrina accelerare di nuovo. La ragazza fece apparire una piccola chiazza di spazio luminoso e vibrante nel mezzo dell'oscurità tetra che circondava la sua forma. Clara trasmise: *"Ooldrina! Perché stai cercando di portarci altrove?"*

"Mi dispiace, Lux Baiula, ma ho paura e la mia mente vede solo un cielo limpido."

Clara annuì: *"Non badare a quel pensiero."*

La ragazza si prese un momento per fare come richiesto dalla sua allenatrice, poi eseguì la sua richiesta, seppur con una certa riluttanza.

"Fai sette respiri profondi, poi riprendi l'esercizio. Ma questa volta, voglio che tu mi dica tutto ciò che senti, quello che percepisci; potrebbe aiutarti a elaborare le tue paure."

Con uno sconforto rassegnato, la ragazza fece come le era stato detto. Il suo battito rallentò di nuovo e lei iniziò a descrivere a Clara tutto ciò che percepiva: emozioni casuali: paura, rabbia, tristezza, gioia, felicità, rabbia, frustrazione, rabbia, piacere, incertezza e innumerevoli altre emozioni. Mentre Clara riceveva le sue parole, le emozioni di Ooldrina passarono dalla confusione, all'ansia e, infine, all'angoscia.

Clara emise un sospiro sordo e trasmise altre vibrazioni distensive alla ragazza. Cos'altro poteva aspettarsi? Cos'altro *ci* si poteva aspettare? Un addestramento adeguato, per garantire che una donna entrasse nel Legame in modo sicuro, richiedeva anni. Tuttavia, la situazione era quella e le ragazze dovevano essere pronte per una missione che nemmeno una Lux Baiula avrebbe intrapreso.

Clara aveva inizialmente opposto resistenza alla richiesta di Larca e aveva riferito le sue preoccupazioni a Bilena. Ma la Praefecta Philosophas le aveva risposto di fare come le era stato ordinato. Clara ne era rimasta delusa e, verso la fine del loro incontro, aveva insinuato che queste decisioni avventate erano cominciate dopo l'arrivo di Lusk Methrim. Tuttavia, la leader del Fasciato Giallo era una che si fidava dei dati: le informazioni disponibili e verificate dicevano che Lusk era affidabile.

In quel momento, Clara percepì una paura travolgente conquistare la ragazza. Allora, le trasmise una domanda. Non percepì alcun pericolo, ma la ragazza era totalmente in panico e non rispose. Clara schermò la mente di Ooldrina e la portò con sé fuori dal Legame.

Disprezzo

Lusk si sforzò di nascondere il suo crescente panico. Clara Lux Baiula, una delle Fasce Gialle che collaborava con le Praefectae Saara e Bilena alla missione di infiltrazione in Zebulonia, era venuta a chiedere il suo aiuto per una delle due ragazze zebuloniane che avevano portato a Urbs Lucis da una città di confine, un mese prima. Le ragazze erano *Alterintranti* zebuloniane e, quindi, figlie delle tanto odiate Janarae. Lusk dovette contenere la rabbia e le urla quando era venuta a chiederglielo la Lux Baiula. Perché non gli avevano detto che quelle ragazze erano Alterintranti?

Nonostante la sua potenza nel Legame e la totale fiducia di sé, acquisita dopo il suo arrivo in Alvinoria, Lusk continuava a disprezzare le Janarae e la loro progenie. Avrebbe voluto rifiutare, chiedere perché mai avessero preso in considerazione di portare delle femmine zebuloniane Alterintranti a Urbs Lucis. Eppure, aveva una missione da compiere per conto dell'Oscuro, che gli imponeva di restare a Urbs Lucis — e per essere a Urbs Lucis, doveva essere accondiscendente. Così, dopo aver camminato a lungo nelle sue stanze e aver scalciato la mobilia, accettò il suo destino. Fu allora che gli venne in mente un'idea: *Forse*, pensò, *posso approfittare di questa opportunità per fargliela finalmente pagare*. Ma in fondo erano solo ragazze, e rifugiate per di più. Poteva davvero ritenerle responsabili di ciò che le Janarae gli avevano fatto?

Lusk si apprestò ad aprire la porta dell'ufficio nella *Schola Luciana*. Fece una pausa, poi un respiro profondo, espirò, bussò e — dopo aver sentito una voce ovattata che lo invitava ad entrare — aprì la porta.

Clara Lux Baiula era lì con la ragazza al centro della stanza. La donna si guardò intorno e disse: "Maestro Methrim! Grazie di essere venuto qua. Lei è Ooldrina. Ooldrina, questo è Lusk Methrim, lo zebuloniano di cui ti hanno parlato. Si assicurerà che riusciate a padroneggiare la lingua zebuloniana moderna e vi aiuterà a imparare come funziona la Corte di Zebula."

Lusk sentì un'improvvisa sensazione di nausea scorrere attraverso di lui. Ooldrina... il nome significava "figlia di Ool", ma potrebbe anche essere "figlia di Oolviana", il nome della sua madre surrogato. Quel pensiero lo turbò. Perché la ragazza si chiamava così? Ma no, era sciocco pensarlo: se fosse stata la figlia creatrica di Oolviana, non sarebbe stata un'Alterintrante, poiché Oolviana non lo era. Eppure, le linee dei suoi occhi...

No! Illic nolite ire.[4]

"Maestro Methrim, non si sente bene?"

Lusk si prese un momento per schiarirsi le idee: "Mi scusi, Lux Baiula." Poi, con un tono che contrastava i suoi sentimenti, aggiunse: "Accetta le mie scuse, Ooldrina. Io... ti riconosco[5]."

L'espressione della ragazza cambiò per un attimo. Magari lei non ne capiva molto, ma quel saluto le parve subito falso. Si chiese se l'uomo non si fidasse di lei, per quello che era. Sua madre le aveva raccontato di come venivano trattati gli uomini in Zebulonia, che erano tutti schiavi. Infatti, suo fratello surrogato era stato portato via dalle Janarae per diventare uno dei loro schiavi. L'unica cosa che consolava la madre era che il figlio stesse servendo la regina. Ma quest'uomo, invece, era troppo fiducioso, troppo preso di sé; non si poneva come uno schiavo. Rispetto agli uomini di Razeb — il villaggio sulle montagne del Sagr da cui proveniva la ragazza, dove viveva un gran numero di fuggiaschi zebuloniani — era troppo raffinato, troppo orgoglioso. Ma allora perché non si fidava di lei? E perché i suoi lineamenti gli erano familiari? Forse solo perché era zebuloniano come lei?

L'uomo notò la perplessità nell'espressione della ragazza e si sforzò di domandarle: "Ti stai chiedendo di me?" Lusk *non* voleva riconoscerla, chiamandola per nome.

"Sì, Elak[6] Methrim, non ho mai incontrato un maschio zebuloniano come te; sei diverso. Ma so che non ti piaccio."

Clara li guardò entrambi con sorpresa. Disse alla ragazza: "Ooldrina, Maestro Methrim non ha motivo di odiarti. Perché lo pensi?"

La ragazza scrollò le spalle, non volendo rispondere, ma Clara insistette.

"Il suo saluto non era onesto, Lux Baiula."

---

[4] No! Non andare lì.

[5] Traduzione letterale di un'espressione di origine zebuloniana. Indica accettazione e riconoscimento.

    [6] Elak: parola zebuloniana per "maschio". Gli zebuloniani si rivolgevano ai maschi con il loro sostantivo di genere.

Clara sbatté le palpebre e sospirò. Sembrava ponderare la risposta da dare alla ragazza. Con una breve folata d'aria che le attraversò narici e una decisa distensione delle labbra, disse: "Maestro Methrim, può rassicurare Ooldrina?"

Lusk esitò un momento. *Perché esito? Sono sempre io ad avere il controllo. Sono un Temptatore — il migliore.* Le mani di Lusk si contrassero dietro la schiena. *Ma chi se ne importa di come dovrei o non dovrei essere? Non voglio aiutare questa ragazza!*

Notando la crescente preoccupazione della Lux Baiula, rispose: "Suppongo che la mia vita precedente e le mie esperienze con le femmine zebuloniane mi resero un po' reticente nell'avere a che fare con loro, Lux Baiula. È possibile che lei percepisca questo in me."

La ragazza disse: "So come sono stati trattati gli uomini in Zebulonia, Elak Methrim. Ma mia madre mi ha *imparato* che è sbagliato."

L'alter ego di Lusk pensò: *Se davvero crede che sia sbagliato ciò che le Janarae fanno agli uomini, perché si rivolge a te in questo modo?*

Si rispose che non ne aveva idea. Per evitare di perdere il controllo, chiuse un attimo gli occhi e lasciò smontare la rabbia.

Clara, che si sentiva sempre più a disagio in quella situazione, cercò di cambiare argomento correggendo Ooldrina. Disse: "Me l'ha *insegnato* mia madre, Ooldrina."

La ragazza arrossì e fece un passo indietro. Clara si schiarì la gola. "Maestro Methrim, conosco Ooldrina ormai da un mese. Ho lavorato con lei ogni giorno e non l'ho mai sentita parlare degli uomini in tono denigratorio. Io non credo che *lei* pensi quello che pensano le altre donne nel vostro Paese."

"Il suo modo di porsi dice il contrario, Lux Baiula." Poi, rivolgendosi alla ragazza con delle lame negli occhi, Lusk chiese: "Gli uomini a Razeb non sono più *shutsha*?"

La ragazza tentennò con risentimento e non rispose. Clara chiese cosa significasse "shutsha".

Con un sorriso forzato, Lusk rispose: "*Shutsha* è un epiteto zebuloniano per noi maschi. Questa parola indica il genere, così come lo stato di schiavo; implica un qualcosa di sacrificabile, destinato solo a servire e ad essere sostituito quando non è più utile o desiderato; tutti i maschi sono *shutsha* in Zebulonia."

Clara sospirò e guardò la ragazza per sollecitare la sua risposta. Ma Ooldrina si voltò.

"Ecco perché sono... riluttante nell'aiutare questa ragazza, Lux Baiula."

"Maestro Methrim, Ooldrina. Abbiamo un compito da portare a termine, ed è essenziale cooperare. Se non lo faremo, Ooldrina e la sua amica falliranno, e chissà cosa potrebbero far loro Zebula o le Janarae. Non possiamo mettere da parte le esitazioni e la diffidenza? Non possiamo pensare alle necessità più impellenti?"

Dopo un momento di tensione in cui Lusk e Ooldrina si squadrarono, mentre la ragazza provava emozioni miste a un senso di colpa e Lusk stringeva e rilassava la mascella ripetutamente, i due finalmente acconsentirono, la prima con il tipico cenno verso l'alto degli zebuloniani, l'altro con il gesto verso il basso alvinoriano.

La Lux Baiula ringraziò l'Originatrice. Lo zebuloniano si maledisse silenziosamente, chiedendosi perché non avesse semplicemente cercato di alimentare la sfiducia della ragazza.

Quindi, Clara disse: "Grazie. Grazie ad entrambi." Poi, con una voce sorprendentemente setosa per una Lux Baiula, si rivolse a Lusk: "Maestro Methrim, so che lei era tenuto esclusivamente a supportare la padronanza della lingua zebuloniana di Ooldrina e la sua conoscenza della Corte di Zebula. Tuttavia, apprezzerei anche il suo aiuto per un'altra cosa."

A quel punto, un ringhio silente si sollevò in Lusk. Eppure, anche lui aveva la propria missione, perciò disse: "Sono qui per servire, Lux Baiula."

Contenendo un sospiro di sollievo, dato che le cose potevano ancora andare storte, Clara rispose: "Grazie. Ho avuto difficoltà a insegnare a Ooldrina come schermare la sua mente dalle influenze negative, mantenendola aperta al Legame e continuando a percepire ciò che c'è all'interno di esso. Anche io... sembro percepire le cose *dopo* di lei, nonostante le nostre menti siano annodate — cosa che mi lascia assai perplessa. Stavo pensando che, forse, gli zebuloniani proteggono le loro menti in modo diverso dal nostro e che lei potrebbe essere in grado di aiutarla, ammesso che Alterintranti maschi e femmine della vostra razza accedano al Legame nello stesso modo."

Lusk sentì una voragine aprirsi nello stomaco e una sensazione rivoltante gli strinse il petto. Non avrebbe insegnato a un'Alterintrante zebuloniana come proteggersi. Non gli importava nulla che lei o la sua famiglia natale fossero fuggiti dalla Zebulonia e che trattassero i maschi *meglio* rispetto alle femmine nel regno meridionale.

Tuttavia, sapeva di non aver altra scelta che continuare la farsa per portare avanti la sua missione. Mentre indugiava, si ricordò che la ragazza era ancora inesperta, il che significava che lui non aveva nulla da temere; così, la voragine nel suo stomaco si rimarginò e i polmoni ripresero il loro movimento naturale.

Improvvisamente, un pensiero vincente gli attraversò la mente e lui sbuffò, rattizzando la sfiducia della ragazza e le preoccupazioni della Lux Baiula. Rendendosi conto che doveva spiegare quel suo gesto per evitare che il fragile accordo si spezzasse, Lusk disse: "Chiedo scusa, Lux Baiula, Ooldrina. Stavo solo ripensando all'ironia della situazione. Comunque, per rispondere alla sua domanda, Lux Baiula, gli zebuloniani, effettivamente, accedono al Legame in modo diverso dagli alvinoriani. Riusciamo anche percepire alcune vibrazioni molto prima di voi."

Lusk osservò Clara torcere le labbra preoccupata. Continuò, senza dar peso alla reazione della Lux Baiula: "È come la musica: possiamo sentirla tutti, ma alcuni di noi sono più sensibili a certe tonalità e certe note, il che significa che possiamo sentire le sfumature di una canzone che le contiene fin dall'incipit, prima di altre persone."

Clara scosse la testa, ancora turbata dalla constatazione di Lusk: "Può aiutarci, dunque."

Lusk annuì.

Ooldrina non riusciva più a contenere la sua confusione, chiese: "In che modo? Lei è un...?"

Lusk rispose con un sorriso paziente. "Le Janarae, così come la Regina stessa, producono per lo più progenie femminile. Eppure, talvolta, scelgono di procreare un maschio; io sono uno di quelli."

"È figlio di una Janara?!"

Questa volta Lusk riconobbe la veridicità della dichiarazione della ragazza con un cenno verso l'alto, alla zebuloniana.

Ooldrina sembrò scioccata e sorpresa dall'uso affermativo del gesto da parte del suo compatriota. Sentì un tremore nella sua voce, rispondendo: "Io non... non ho conosciuto mai un Alterintrante maschio."

"Sono uno dei pochissimi."

Ooldrina non pose altre domande. Dopo qualche secondo in cui la Lux Baiula considerò il possibile esito di questo accordo — con un volto inconsuetamente morbido per una Portatrice di Luce — e in cui Lusk attese pazientemente le istruzioni, la ragazza pose le mani sul petto, la destra sopra la sinistra, e inclinò la testa.

Clara si rivolse a Lusk con uno sguardo interrogativo. L'espressione di Lusk indicava che la ragazza era pronta.

Clara disse: "Grazie, Ooldrina. Cominciamo allora. Maestro Methrim, sa come stabilire un nodo mentale?"

Lusk annuì, senza mostrare l'apprensione che continuava a provare al pensiero di dover condividere la propria mente con la ragazza.

"Ooldrina, per favore siediti sul tappeto e preparati a entrare di nuovo nel Legame, aprendo la mente a ciò che arriva, ma proteggendoti, come ti ho insegnato, dalle intrusioni pericolose." La ragazza mostrò ancora qualche esitazione, ma, prima che Clara potesse rimproverarla, si sedette e si preparò. Clara continuò: "Grazie. Io e il Maestro Methrim stabiliremo un nodo mentale con te, così potremo proteggerti. Ma sarà lui a guidarti, mentre io vi osserverò, nella speranza di comprendere come la vostra mente—"

Lusk alzò le mani, interrompendo la Fascia Gialla, con uno sguardo insolitamente intenso: "In realtà, Lux Baiula, preferirei essere solo con lei."

Clara tirò indietro la testa sorpresa, ma poi sbatté le palpebre — come in risposta a una forza invisibile — e disse: "Ho piena fiducia nelle sue capacità, Maestro Methrim. E posso comunque osservare i cambiamenti nel suo metabolismo, in caso di eventuali picchi pericolosi di stress." Puntando un dito verso l'alto, aggiunse, rivolgendosi a Ooldrina: "Ricorda, ascolta prima il tuo cuore, poi cerca quello di Maestro Methrim."

Detto ciò, i due zebuloniani si apprestarono a entrare nel Legame.

Lusk si sedette di fronte a Ooldrina, mentre Clara si mise al loro fianco, più vicina alla ragazza. Quando furono tutti pronti, Lusk chiuse gli occhi. Dietro il velo delle sue palpebre e la vacuità del suo viso immerso nella meditazione, faceva del suo meglio per smorzare l'odio e il desiderio di uccidere la ragazza. Intanto, fece il suo ingresso nel Legame per incontrarla.

Tuttavia, osservandolo, notando i piccoli movimenti delle labbra e delle mani, si sarebbe potuto capire che nella sua mente divampavano impulsi contraddittori. Alcuni di questi impulsi fecero sussultare Ooldrina più volte. Lusk temeva che Clara potesse notarlo e fermarlo, ma la Lux Baiula sapeva che la procedura per stabilire il nodo era complessa, anche per i migliori, quindi non badò troppo ai sussulti di Ooldrina o ai continui spasmi di Lusk.

All'interno del Legame si scatenò una tempesta di fuoco, fu solo per merito della sua forza di volontà che Lusk non si accanì fin da subito contro la ragazza. Connettersi a una femmina zebuloniana era forse la cosa peggiore che avesse mai dovuto fare, anche peggio degli atti più vili che aveva compiuto ai danni di coloro che si erano messi sulla sua strada. Quel che aveva fatto alle sue vittime lo disturbava alquanto, ma questo — essere costretto a unire i suoi pensieri a una la cui specie lo aveva trattato tutta la vita come un mero oggetto — gli dava proprio la nausea. Come avrebbe voluto far soffrire quella ragazza. Tuttavia, la Lux Baiula li stava osservando e l'avrebbe scoperto sicuramente, se avesse provato a usare vincoli pericolosi sulla sua compatriota.

O forse no? Sebbene fosse stato costretto a insegnare alle Sorelle alcuni dei propri vincoli, non li aveva ancora svelati tutti. Eppure, non poteva nuocere alla ragazza: l'Umbra gli aveva detto che la guerra tra le due nazioni doveva essere alla pari e altrettanto difficile per entrambe le parti, il che significava anche permettere agli alvinoriani di ottenere certi vantaggi. Forse non poteva farle del male, ma poteva tentarla e contaminare la mente della ragazza, tramite la collaborazione di lei stessa.

Dopo quattro minuti di dolorosa interazione tra i due Erranti, Clara iniziò a chiedersi se Methrim avesse difficoltà a stabilire il collegamento. Stava per chiederglielo ad alta voce, quando gli zebuloniani rilassarono le spalle e sincronizzarono il loro battito cardiaco — segno che avevano stabilito una connessione.

Celandosi a Clara, che — per qualche motivo che ancora gli sfuggiva — non aveva mai provato a tentare, Lusk tornò ad essere il persuasore, l'ammaliatore di donne e di uomini; il miglior Temptator al soldo di Noctiferus.

La rappresentazione di Lusk nella propria mente si manifestò nella forma da lui scelta all'interno del Legame. Dopo aver completato la sua metamorfosi, si dedicò all'adescamento della ragazza.

La forma di Ooldrina tentennò nel momento in cui vide apparire quella forma gagliarda e seducente. La sua reazione non era dovuta alla paura, ma dalla propria risposta all'aspetto di Lusk, che accese un fuoco dentro di lei, un ardore mai provato prima.

Quando Ooldrina, infine, recuperò l'autocontrollo, mostrando ancora la sua inesperienza, chiese in uno zebuloniano ibrido: *"Perché hai scelto questa forma, Elak Methrim?"*

Lusk sapeva di aver già circuito la ragazza, ma continuò a nasconderle le proprie emozioni, malgrado la loro intensità, per timore che potesse scoprirle.

Necessità

Con un'espressione di contenuta repulsione, Octavius trasmise: *"Possiamo continuare a proteggerci come abbiamo sempre fatto, Elyana, usando coraggio e intelligenza."*

Toras si trovava di fronte a suo padre nel Legame, mentre il suo corpo sedeva a gambe incrociate nella Stanza della Contemplazione appena allestita a Passo del Corno, un cambiamento che lo aveva scombussolato, inizialmente, e poi lo aveva incuriosito. Disse: *"Padre, se tu non avessi usato i tuoi poteri nelle pianure tre mesi fa, sarei morto!"*

La guerra imminente aveva cambiato molte cose nel corso degli ultimi mesi, una delle quali era la necessità per il re di comunicare in fretta con chiunque, almeno quando si trattava di questioni importanti o urgenti. Per assistere il Gran Re, la Sorellanza aveva accettato di accompagnare i membri nonsensanti della sua corte nel Legame, entro orari prestabiliti. Lina Lux Baiula, una Fascia Gialla recentemente assegnata a Passo del Corno, stava accompagnando Toras. Elyana, Octavius, Aithen, Mitsuko e Darya — quest'ultima, arrivata da poco a Furania in occasione dei preparativi del ballo che suo marito stava organizzando — partecipavano all'incontro seduti nella Stanza della Contemplazione di Domus Lucis, l'enclave della Sorellanza a Furania. Octavius proiettò il suo ricordo della Gran Sala d'Udienza, per dare ai partecipanti nonsensati — nonché a se stesso — una qualche sorta di appiglio alla realtà.

La forma di Octavius si strofinò la fronte: *"Semplicemente non mi piace usare i poteri di vincolo. E il pensiero che tutta la nostra famiglia venga bollata come Alterintrante — ammesso che io lo permetta — mi fa ribollire il sangue."*

Darya, che si era presentata con un abito sobrio ma grazioso, simile a quelli indossati dalle sacerdotesse kynariane quando svolgevano le loro attività private per le strade di Kynaria, trasmise: *"Octavius, io stessa sono un Sensore; tutti lo sanno e nessuno dei tuoi vassalli ha mai espresso malcontento. Perché dovrebbero obiettare al fatto che i tuoi figli sviluppino queste abilità?"*

Il re rispose alla domanda della moglie con un tono più gentile di quello che riservava a tutti gli altri: *"Questo perché stai per lo più a Kynaria, amore mio, e hanno potuto ignorare le tue abilità. Ma non dubitare che sarebbe diverso se ti trasferissi qui."*

Il commento sembrò turbare la regina sua consorte, il che infastidì il re. Tuttavia, non era il momento di occuparsi delle emozioni di sua moglie e lasciò perdere.

Elyana trasmise: *"Sire, le cose devono andare così. I vostri figli hanno bisogno di una migliore protezione contro gli Alterintranti, che saranno la chiave della battaglia, quando ci scontreremo con le Janarae di Zebula. Il rischio è troppo alto per permettere che dei valori, che si sono rivelati utili in un periodo di relativa pace, ora dirigano le nostre decisioni."*

La forma di Octavius vibrava intensamente. Ciò che aveva sentito, l'intera conversazione, l'aveva spinto al limite della tolleranza.

Elyana si fermò per dare al re la possibilità di elaborare le sue dichiarazioni, poi disse: *"Inoltre, come saprete Sire, l'uso del Legame non è, di per sé, una cosa negativa. Può essere usato, ed è stato usato, per creare cose meravigliose e per prendere le decisioni migliori, e sono certa che i Principi mostreranno il dovuto rispetto nei confronti dei poteri che svilupperanno."* Guardando Octavius con intensità, concluse: *"Proprio come tutti noi."*

Il re passò diversi minuti a camminare per la sala virtuale, alla ricerca di oggetti da afferrare, mentre la sua mente lottava contro quella nuova verità. Improvvisamente, la sua scrivania gli apparve davanti e lui si agitò impanicato. Si rese conto di essersi proiettato in una rappresentazione dei suoi uffici — luogo in cui amava camminare per riflettere su questioni complesse — e gli altri non erano più lì con lui. Ricevette una chiamata mentale da Mitsuko, che si era allarmata. Ascoltando la voce apprensiva della sua vigilante, fece ritorno nella rappresentazione della Gran Sala d'Udienza, tranquillizzando tutti quanti.

Imbarazzato dal suo errore, il re disse: *"Scusate; nel camminare e cercare oggetti a cui appigliarmi, mi sono inavvertitamente proiettato nei miei uffici."* Quest'osservazione era una dichiarazione innocua di fatto, ma permise alla mente del re di valutare le proposte in gioco con un approccio più obiettivo. Dopo aver raddrizzato la schiena, chiese: *"Cosa dovrebbero imparare secondo te, Elyana?"*

Le parole del re donarono sollievo sia a Darya che ai principi, i cui volti e occhi mostravano anche un'ansiosa euforia. Le reazioni delle Lux Baiulae — ammesso che fossero leggibili — furono assai più variegate e spaziavano dall'espressione soddisfatta di Elyana, alla preoccupazione di Lina e la curiosità di Mitsuko.

Elyana disse a tutti: *"Prima di cominciare qualsiasi addestramento, i Principi devono essere esaminati per conoscere la portata del loro potenziale. E se hanno la costituzione atomica e la flora microbica adatta, dovrebbero essere addestrati sia a difendere che... a offendere... Sire."*

Un gravoso fardello si depositò sul petto del re come un macigno, ma lui non fece opposizione e proclamò: *"Allora, così sia."*

La presenza di trentatré membri della Guardia Nera e di cinque Lux Baiulae, appena fuori Lianor, disturbava tutta la gente di quel villaggio, abitualmente pacifico e silenzioso, sebbene le recenti incursioni dei grugni e l'arrivo dei chierici di Aiala avessero già sconvolto la vita mite dei civili.

I guardiani si erano allineati per ascoltare gli ordini della Prima Barriera Laiella. La donna sembrava agguerrita, proprio come un qualsiasi isolano di Bremin, già prima di iniziare il discorso. Tuttavia, il fatto che fosse una Lux Baiula intimidiva la maggior parte degli uomini. Intonò: "Soldati, le creature che affronteremo nelle grotte sono diverse da qualsiasi cosa abbia mai combattuto prima la maggior parte di voi. Ma siete stati addestrati a difendervi e ad ucciderli. Pensate soltanto a ciò che avete imparato, lasciate che il vostro corpo faccia ciò che già sa di dover fare, e non separatevi mai dalla vostra unità, perché, nel caso in cui perdiate la strada, è probabile che rimarrete lì dentro. Ogni unità sarà guidata da una Lux Baiula poiché non saremo in grado di utilizzare lampade o torce lì dentro, dato che i grugni, i quali hanno una visione notturna perfetta, ci individuerebbero da lontano. Ma io e le mie Sorelle saremo in grado di guidarvi nell'oscurità.

I soldati mostravano disagio, erano preoccupati e anche confusi. Uno tra i tanti chiese: "Mi scusi, Prima. Ma anche se ci guidate voi, come faremo a difenderci, o ad attaccare, se non riusciamo a vedere nulla?"

Molti uomini si lamentarono, assecondando i dubbi del loro compagno.

"Accenderemo le lampade non appena sarà necessario."

Il soldato annuì, anche se non si sentì molto rassicurato.

Laiella fece una pausa, poi indicò le sue Sorelle: "Le mie colleghe della Fascia Rossa si uniranno alle altre tre unità; la quarta seguirà me. Inoltre, solo un furano accompagnerà ogni unità, altrimenti regnerebbe il caos più totale."

Alcuni dei veterani si guardarono preoccupati al pensiero di dover affrontare i grugni senza tutti i furani.

La Prima continuò: "Marena Lux Baiula libererà i suoi lincot..."

Un soldato interruppe l'ufficiale per chiederle cosa avrebbero fatto con i lincot.

Laiella squadrò il soldato con uno sguardo duro. L'uomo fece per indietreggiare, ma lo fermò la presenza di un altro guardiano alle sue spalle che lo spinse in avanti insultandolo.

"Come stavo dicendo, Marena Lux Baiula si connetterà ai lincot e li utilizzerà come cimici. Li manderà dentro prima di noi, in modo che traccino i movimenti dei grugni in tempo reale. Comunicherà le informazioni alle leader di ogni unità. Finché le piccole cimici non verranno schiacciate da quei mostri, non dovremmo avere problemi a scovarli — e a evitare di essere colti di sorpresa. Le nostre spade e, forse, i nostri archi — ma soprattutto le nostre abilità — sono ciò di cui avremo bisogno per compiere la nostra missione oggi, ovvero sterminare le vili creature che vivono in questo sistema di grotte, fino all'ultima."

Un soldato chiese nervosamente, pur sapendo che avrebbe potuto scatenare l'ira dell'ufficiale: "Mi scusi, Prima, ma perché non li costringiamo a uscire? Non avremo forse maggiori possibilità?"

L'impazienza di Laiella per le continue domande iniziò a manifestarsi quando il suo viso verde pallido si fece più scuro. Così circondata dai capelli dal color rosso vivo, l'espressione sul suo volto apparve davvero minacciosa in quel momento. "Come vi ho già spiegato, *Rucius*, qui all'aperto sono avvantaggiati. La nostra tattica migliore sarebbe quella di intrappolarli nella caverna principale dove apparentemente amano riunirsi."

L'uomo annuì, sforzandosi di reggere lo sguardo del loro capitano, nonostante si sentisse profondamente in imbarazzo. Laiella sembrò compiacersi di quella reazione e lo fissò, finché lui non si sistemò la parte inferiore della corazza, per poi rendersi conto della stupidità di quel movimento e, infine, rimettersi sull'attenti.

Uno dei guardiani più vecchi chiese con voce esitante: "Prima, sa se... dovremo strisciare lì dentro, o saremo in grado di avanzare in piedi? Non è tanto un discorso di agilità, quanto di avere lo spazio per brandire le armi."

Laiella decise di far rispondere Marena a questa domanda e si voltò verso di lei.

La Fascia Gialla si schiarì la gola: "Da quello che riuscivo a percepire attraverso gli occhi dei lincot, considerando che sono molto più piccoli e il loro senso della distanza è diverso dal nostro — ho corretto la differenza come meglio potevo — la maggior parte dei tunnel sono abbastanza alti e larghi da permettere a due umani di stare fianco a fianco. Tuttavia, si abbassano in alcuni punti e si restringono in altri, ma, ripeto, la maggior parte della rete sotterranea di cunicoli dovrebbe essere facilmente percorribile."

Il tacito assenso del soldato nascondeva la volontà di ridicolizzare la Fascia Gialla per la sua spiegazione eccessivamente complicata e la Prima lo capì. Anche lei pensava che avrebbe potuto essere più diretta, ma, in ogni caso, era suo dovere rimettere in riga il soldato: "Sarai in grado di stare in piedi per la maggior parte del tempo, Domar. E dove non potrai, non dovrai piegarti troppo, non preoccuparti."

Il soldato arrossì e strinse il pugno sulla propria spada, mentre gli altri ridevano.

"Te la sei cercata, soldato."

Hanne ironizzò: "Ti è andata comunque meglio che a Falor in quella grotta lo scorso Primodì, quindi considerati fortunato, Domar!"

Laiella si rivolse al principe con uno sguardo di rimprovero, come per ricordargli che questi erano i suoi uomini, ma lui rispose con una scrollata di spalle incurante. Quelli che avevano assistito o sentito parlare del sarcasmo di Laiella sugli uomini alvinoriani risero di nuovo. Domar accettò la battuta, da buon soldato.

Tuttavia, era giunto il momento di tornare a concentrarsi sulla missione in corso. La Prima disse: "Bene, qualcuno ha altre domande?"

Quando tutti risposero con un corale "no", si rivolse al Signore Comandante e gli chiese se avesse qualcosa da aggiungere.

Toras rispose sarcasticamente: "No. Ha già detto tutto lei."

Laiella alzò gli occhi al cielo e ordinò a Marena Lux Baiula di contattare le Sorelle per stabilire un nodo mentale. Era necessario per consentire alla Fascia Gialla di condividere con loro ciò che percepiva e per consentirle di condividerlo con le altre.

I soldati si prepararono ad assistere a quel rituale soprannaturale, alcuni affascinati, altri spaventati, altri nell'incomprensione più totale. Uno dei soldati venne rimproverato, poiché sussurrò ai suoi vicini che, secondo alcune voci, questo "rituale" non aveva in realtà alcun effetto sui poteri delle donne e veniva eseguito semplicemente per spaventare i nonsensanti.

Non appena le Sorelle formarono il cerchio intorno a Marena e la Fascia Gialla pronunciò la formula: "Sorores, nostris mentibus nunc nos ligare.[7]"

Subito dopo, i suoi capelli si distesero in ogni direzione, mentre quelli delle sue Sorelle si allungarono verso di lei. Dai loro capelli si emanavano fasci di luce blu che collegavano le donne — una scena davvero bizzarra, ma anche meravigliosa — ondeggiando e crepitando per un minuto intero, in cui — se si osservava con attenzione — si poteva cogliere, guardando le loro labbra tese e le loro palpebre stropicciate, il dolore che provavano. Quando la connessione si stabilì, i capelli delle donne si riabbassarono con un moto inconsuetamente lento e delicato. Le Sorelle riaprirono gli occhi, si fecero dei cenni e si diressero ognuna verso la rispettiva squadra.

I soldati rimasero fermi, quasi ipnotizzati, finché i loro Secundi non li destarono da quel torpore.

Nel frattempo, appena fuori dal villaggio, alcuni degli abitanti, in compagnia di due chierici, avevano assistito al rituale. Da quella distanza non erano riusciti a vedere le facce delle donne al centro del cerchio, ma avevano riconosciuto il colore delle loro vesti, inoltre, avevano visto e sentito quei luminosi fasci lampeggiare e crepitare. Tra i paesani erano partite imprecazioni tutto sommato discrete, incoraggiate però dall'atteggiamento dei chierici. Solo qualche persona rimase in silenzio — rifiutandosi di unirsi a quella sequela di sciocche superstizioni. Ora, continuavano a guardare rapiti i movimenti di quella strana forza in azione.

Una volta assicuratasi che tutte le squadre fossero pronte, Laiella fece un cenno alla Fascia Gialla, poi si rivolse a Toras per ricevere il suo consenso, infine, la compagnia partì, involandosi verso l'ingresso della prima grotta, a circa cinque chilometri di distanza.

Mentre le unità furaniche presero quota, Marena Lux Baiula osservò cautamente gli abitanti del villaggio e i chierici. Alcuni dei guardiani erano rimasti lì con lei, sapeva che nessuno avrebbe cercato di disturbare una Lux Baiula. Comunque, lei doveva restare concentrata e guidare i guardiani nell'intricata rete di cunicoli. Sperava che quella gente se ne stesse alla larga e si limitasse a brontolare.

---

[7] Sorelle, ora leghiamo le nostre menti.

Quando anche l'ultima squadra d'assalto sparì sopra le nuvole, la Fascia Gialla si diresse verso la sua tenda, si sedette sul pavimento ed entrò nel Legame. Una volta penetrato quello spazio etereo, iniziò la procedura di connessione ai lincot che aveva usato per mappare le grotte e tracciare i grugni il giorno precedente. La mappa non era completa, ma lo era quasi del tutto; ne era sicura. Inoltre, era abbastanza certa che i lincot avessero trovato la caverna principale in cui si riunivano i grugni. È lì che doveva guidare le unità d'assalto quel giorno.

Connettersi a quelle piccole creaturine non era un processo difficile, ma per collegarsi alla mente di un animale — e mantenere la connessione — era necessario vederlo, sentirlo o, comunque, essere in grado di individuarlo tra tutti gli altri animali in un'area delimitata. Proprio per questo, Marena aveva portato con sé una dozzina di quegli ottopedali, endemici dell'Alta Alvinoria e non presenti nelle terre orientali, le cui vibrazioni erano, dunque, facilmente distinguibili da quelle delle altre specie animali presenti nei tunnel.

Dopo un minuto, trascorso in cerca delle loro vibrazioni, Marena aveva stabilito la connessione con le dodici creaturine. La tempesta di input sensoriali la stordì per un attimo, non di più. Infatti, dopo mesi di duro allenamento a Kynaria, Marena aveva imparato ad attutire l'impatto sensoriale, che avrebbe sicuramente travolto qualsiasi altra Lux Baiula. Aveva anche sviluppato le competenze per abilitare e disabilitare gli input di ogni singolo animale a piacimento. Tuttavia, questo poneva un problema a sé stante, in quanto l'abilitazione di diversi input — sequenzialmente o simultaneamente — comportava che la prospettiva potesse cambiare inaspettatamente quando le cimici si separavano in diverse direzioni, causando smarrimento.

In quel momento, Marena vedeva attraverso uno dei lincot in cattività che la compagnia era approdata e una forma indefinita che ricordava Sheffar — la visione delle creature era diversa da quella di un essere umano e non altrettanto facile da interpretare — agitava l'artiglio di uno dei grugni davanti ai lincot, per farne sentire l'odore. La cimice, una volta assimilate le sequenze di informazioni sensoriali, reagì con un'iperattività dei suoi centri olfattivi, che il cervello di Marena tradusse in un'impressione di nausea e disgusto.

Mentre si riprendeva, vide una mano aprire la gabbia e undici lincot correre fuori, precedendo quello da cui Marena traeva gli input. Poco dopo, erano già tutti nelle grotte, così, cominciò la caccia.

Marena venne inondata dalla bramosia di tutti e dodici gli animaletti. L'onda anomala fu resa ancor più travolgente dalla miriade di profumi che il suo osservante percepiva; forse, i grugni avevano portato a casa una preda con cui banchettare.

Mi dispiace, piccolino. Per quanto tu mi piaccia, non posso restare connessa a te proprio del tutto. È troppo per me.

E Marena disabilitò la maggior parte degli input della piccola cimice, ad eccezione di quelli olfattivi e uditivi che iniziò a ricevere, uno dopo l'altro, anche dagli altri lincot.

Non appena gli input assunsero una parvenza di ordine nel suo cervello, iniziò ad elaborarli, poi contattò le Fasce Rosse.

"Sorelle, le cimici non hanno ancora individuato nessuno. Se si imbattono in qualcuno nei tunnel, vi farò sapere. Ma, si spera che la maggior parte dell'orda sia nella grotta principale e che non dobbiate preoccuparvi di rimanere bloccate da grugni che vagano nei tunnel secondari."

Le Fasce Rosse indietreggiarono e condussero nei tunnel le rispettive unità, con palpabile trepidazione diffusa tra i soldati oramai ciechi, mentre Marena rivolgeva la sua attenzione alle cimici.

Proprio in quel momento, uno degli ottopedali sibilò e stridette. Un odore intenso e fetido accompagnò le urla morenti dell'animale mentre veniva trafitto da un grugno. Marena non sentì dolore, per fortuna, ma le grida del povero lincot bastarono a destabilizzarla; interruppe la connessione con l'animale.

La sua formazione in lettura animale non aveva mai comportato l'elaborazione delle emozioni e degli output sensoriali degli animali sofferenti, poiché le esercitazioni si svolgevano in ambienti controllati e le sacerdotesse kynariane non danneggiavano gli oggetti dei loro esperimenti, non intenzionalmente. Un pensiero fugace la spinse a chiedersi se il suo addestramento si sarebbe rivelato inadeguato. Sbuffò e sperò che nessuno dei lincot facesse la stessa fine. Almeno — pensò — non era la sua cimice prediletta ad aver fatto quella fine.

La Fascia Gialla trasmise una chiamata mentale alle colleghe: *"Sorelle, un lincot è stato appena trafitto da un grugno. Vi sto trasmettendo la posizione."*

Dopo una decina di minuti, due lincot — provenienti da due tunnel diversi — arrivarono alla grande caverna dove il giorno prima si erano radunati i grugni. I segnali che riceveva da una delle cimici non erano chiari e, nonostante le straripanti sensazioni olfattive provate dalle bestiole, Marena non riusciva a determinare quanti grugni fossero lì presenti. I segnali visivi dell'altro lincot erano invece più nitidi e così poté visualizzare l'orda più distintamente; era vasta, molto vasta. Deglutì. La Fascia Gialla ricevette segnali acustici da altri tre lincot. Avevano trovato dei grugni che si muovevano in tunnel secondari, probabilmente di ritorno da una caccia fallita, se Marena aveva interpretato correttamente i segnali ricevuti dai lincot.

Senza indugio, la donna trasmise un messaggio alle quattro colleghe per riferire la presenza dell'orda nella caverna centrale e per avvertire Lira Lux Baiula dei grugni che la precedevano.

Nel tunnel più a nord, il principe riesaminò gli ordini, per alleviare il nervosismo di alcuni dei suoi uomini dovuto al buio pesto, ma i suoi bisbigli erano simili ai sibili della Serpe; quindi, in realtà, non fece che accrescere il disagio dei soldati.

"Ricordate, attaccheremo soltanto nel momento in cui Xena darà il via libera, ovvero quando tutte le squadre saranno arrivate alla caverna principale. Vale anche per te, Brucio. Attaccherai solo quando ti dirò di attaccare." Anche se Toras non riusciva a vedere il suo destriero, capì dal suono emesso in risposta che l'ordine non gli fu gradito. "Ricordate anche di fare un passo indietro rapidamente se sventrate una delle bestie, altrimenti la sostanza che schizza dalle loro viscere vi intrappolerà. E combattete sempre in coppia e guardatevi le spalle l'uno con l'altro, perché ci saranno sicuramente creature che vi attaccheranno da dietro se combatterete da soli."

Gli uomini segnalarono la loro comprensione con dei versi animaleschi, anche se due di loro lanciarono maledizioni e continuarono a seguire la fila — uno dietro l'altro, mano sulla spalla — guidata da Xena nei bui corridoi. Brucio rimase al fianco del suo padrone finché poteva. Tutti non vedevano l'ora di rivedere un po' di luce e di affrontare il nemico.

In un altro tunnel, Lira Lux Baiula avanzava con la sua squadra. Tutti calpestavano con cautela il terreno accidentato, per timore di inciampare e cadere, tranne Celeres — il furano di Sheffar — che non ebbe alcun problema con il terreno sconnesso, pur provando frustrazione per il costante restringersi delle pareti attorno a lui. I lamenti della bestia sembravano i cinguettii indispettiti di un volatile che cerca di tenere gli altri maschi lontani dal proprio nido e, più di una volta, Sheffar fu costretto a zittirlo.

Prestando attenzione a qualsiasi cosa intorno a sé che potesse indicare pericolo, oltre a rimanere vigile, in caso di messaggi urgenti di Marena o delle altre Sorelle, Lira poteva percepire i soldati sforzarsi di memorizzare i cambiamenti di pendenza e ogni curva dei tunnel, nel caso in cui fosse andata male e avessero dovuto fuggire da soli. Si promise che non l'avrebbe permesso.

Dopo qualche altra curva e quella che sembrò una discesa costante di cento metri, seguita da una salita piuttosto irta, Lira si fermò. In sequenza, si fermarono anche Secundus Sheffar e i sei uomini dietro di lui, uno dopo l'altro.

Quest'ultima parte delle grotte era più spaziosa, il furano procedeva qualche metro a lato di Sheffar e non lo sentì fermarsi. Reagì solo quando si accorse di non sentire più i passi del suo padrone, e Sheffar lo zittì ancora.

Lira sussurrò: "Secundus, ci sono tre creature in un tunnel laterale che sbuca proprio qui davanti a noi, alla nostra sinistra. Propongo di avanzare fino a poco prima del passaggio. Quattro uomini rimangono da questo lato e il resto di noi attraversa e va dall'altra."

Sheffar rispose, alla stessa maniera: "Non ci vedranno quando attraversiamo?"

"Accenderò le lampade proprio in quel momento. Ci accecheranno momentaneamente, ma dovrebbero accecare loro ancor più a lungo."

Sheffar mugugnò: "Va bene, se ne è sicura. Uomini, faremo come dice la Lux Baiula. Francis, Domar e Yaris, restate con me da questa parte. Anche te Celeres, resta qui con me. Zeb, Larus e Mirko, seguirete Lira Lux Baiula per posizionarvi dall'altra parte del passaggio. Se le creature sono ancora nel tunnel laterale quando recupereremo la vista, lanceremo delle frecce. Se sono troppo vicine per le frecce, ricordate l'addestramento e preparatevi al combattimento ravvicinato."

Nel momento in cui l'unità riprese in fila indiana l'avanzata incerta, lo stridio acuto di un lincot morente raggiunse le loro orecchie. Alcuni inavvertitamente strinsero un po' di più le spalle di chi li precedeva.

Marena trasmise una chiamata mentale urgente a Lira, dicendo: *"Lira, il lincot che rintracciava i grugni vicino a te è appena stato schiacciato. Non sarò più in grado di guidarti. Tuttavia, poco prima*

*che morisse il lincot, mi ha mostrato che le creature erano ancora a
una dozzina di metri dal tunnel in cui ti trovi."*

"Puoi mandarne un altro al suo posto?"

"Mi dispiace, non sono ancora in grado di controllarli."

La Fascia Rossa rispose tirando un sospiro, poi esortò i soldati a
seguirla con un "Andiamo" quasi impercettibile. Dopo dodici passi, si
fermò e disse: "Ci siamo, Secundus. Voi tre che venite con me
dall'altra, tenete pronte le vostre spade; probabilmente, non potremo
usare gli archi."

Udirono dei grugniti sorpresi giungere dal tunnel laterale, a pochi
passi dai soldati, quando una luce improvvisa e accecante illuminò le
grotte. Lira esortò i tre soldati a seguirla.

Un attimo dopo, la vista le tornò e vide i grugni lì, a solo due
lunghezze di spada lunga. Si strofinavano gli occhi e i loro versi
suonavano confusi e arrabbiati. Lira voleva già attaccare, ma nessuno
dei sei uomini aveva ancora recuperato la vista.

Bisbigliò: "Forza, uomini, forza!"

Dopo qualche secondo, apparentemente un'eternità, segnalarono
la loro prontezza con dei gesti. Lira fece anch'essa un cenno,
indicando di rimanere fermi in silenzio, poi grattò il suolo col suo
falcione. Così, attirò l'attenzione dei grugni che, nonostante non
riuscissero a vedere ancora nulla, scagliarono una dozzina di aculei in
quella direzione. *Bene. Speriamo che continuino e li esauriscano
prima che gli torni la vista.*

Sheffar, in piedi di fronte a Lira dall'altra parte del passaggio, la
guardò allarmato. Le sue mozioni indicavano che voleva attaccare ora,
prima di perdere quel vantaggio. Lira scosse la testa e indicò a terra
con lo sguardo. Sheffar capì e iniziò anche lui a raschiare il terreno. I
grugni lanciarono una nuova raffica di aculei, ma anche questi
colpirono le pareti e il soffitto, e non raggiunsero i soldati.

Lira stava cercando di determinare se le creature stessero per
riacquisire la vista, quando una di loro la guardò dritta negli occhi e
ringhiò furiosamente. Il grugno, che sembrava guidare il gruppetto,
agitò il braccio uncinato e si lanciò in avanti.

Sheffar sussurrò: "Soldati, Celeres, state pronti!" Non richiamò
la Lux Baiula; non era sicuro di poterle dare ordini, ma lei riconobbe
comunque il suo comando.

Nel tempo che bastò ai cuori degli uomini per compiere tre battiti
furiosi, le creature apparvero nel tunnel principale. Sheffar si fece

avanti con un ringhio così spaventoso che i grugni saltarono e i suoi uomini attaccarono.

Ma il leader delle creature si ricompose più rapidamente del previsto, si voltò e parò il fendente di Sheffar con un rapido movimento del braccio destro. Senza indugiare, mosse il braccio sinistro, con cui avrebbe sicuramente uncinato Sheffar, se Celeres non fosse saltato addosso alla creatura, spezzandole l'artiglio. La bestia pianse, ma il suo braccio si rigenerò poco dopo.

Gli altri due grugni — di cui uno era enorme, l'altro più longilineo — stavano sparando i loro aculei contro gli avversari, nonostante il combattimento fosse ravvicinato. Lira Lux Baiula usò il suo piccolo scudo per bloccare i proiettili del bestione, poi ci saltò sopra, mostrando tutta l'abilità nel controllo motorio di una Lux Baiula.

I soldati della Guardia Nera circondarono la bestia più agile e la attaccarono da ogni lato, senza vergogna. Eppure, rimasero sorpresi e scioccati quando la creatura scagliò una serie di aghi in rapida successione. Due di loro vennero trafitti. Lira Lux Baiula, che combatteva dietro di loro, venne colpita da un aculeo vagante.

La donna gemette; il proiettile avvelenato le aveva trafitto la coscia, ma in qualche modo continuò a combattere. I due soldati, invece, caddero rapidamente a terra, in preda agli spasmi.

Il capobranco, cui non era ricresciuto completamente l'artiglio uncinato, continuò a combattere, nonostante lo svantaggio. Il mostro mostrò la lingua rossa al Secundus e il suo furano, poi continuò a combattere, incessantemente, come se stesse difendendo qualcosa. Cosa poteva proteggere? Questa domanda balenò e se ne andò all'istante nella mente di Sheffar, senza lasciare traccia. Il mostro scagliò altri aghi contro Sheffar e Celeres, il primo li parò un po' alla disperata e il secondo saltò da una parte all'altra, scansando i proiettili organici.

Sheffar era perdutamente in cerca di un'idea. Il suo cervello si ancorò all'unica che gli venne in mente. Fece segno al suo furano di indietreggiare e di calmarsi momentaneamente. Celeres obbedì, pur commettendo svariate false partenze durante l'attesa del prossimo segnale.

Il Secundus continuò a stizzire il grugno, che presto si dimenticò della presenza del furano.

La creatura raddoppiò il suo impeto contro l'umano, mettendolo ripetutamente alle strette, fendendo l'aria con il braccio malconcio e continuando a scagliare aculei, anche se a una frequenza molto ridotta.

L'ultimo fendente graffiò il collo di Sheffar e l'uomo tremò pensando che l'artiglio potesse averlo avvelenato. Urlò, iracondo. Era furioso e non desiderava altro che uccidere quel dannato mostro una volta per tutte. Attaccò, sbattendo il proprio scudo in faccia alla creatura.

Il grugno uncinò lo scudo e Sheffar lo tirò verso di sé con tutte le forze per sbilanciarlo, intanto la bestia cercò di afferrarlo con l'altro braccio. Il Secundus intravide l'opportunità che stava aspettando e gridò il nome del suo furano.

Proprio mentre la creatura stava per sparare un ago, Celeres le balzò addosso e affondò il becco nel suo collo grasso, rompendolo. Il grugno provò a reagire violentemente, ma alla fine cadde, facendo tremare il terreno e spegnendo la lampada vivente. Calò nuovamente il buio e i soldati andarono nel panico. I due grugni sopravvissuti, capendo di essere improvvisamente in vantaggio, sibilarono una risata malvagia prima di zittirsi.

Sheffar, Lira e i quattro uomini in piedi gemettero. Uno chiese con voce tremante: "Lux Baiula, può riaccendere la lampada?"

"Mi dispiace. Non potrò farlo per altri due minuti."

Il soldato sussurrò: "E come facciamo allora?"

Il suono di un ago che si piantava addosso all'uomo e dei conseguenti lamenti di morte trafisse l'oscurità. Lira ordinò agli uomini di appiattirsi contro i muri, coprirsi con i loro scudi, anche se piccoli, e di scuotere le lame, nel tentativo di proteggersi dagli aculei in arrivo.

Lira non si mosse. Cercò di contattare Marena, sperando che ci fosse una cimice nelle vicinanze. Ma non ce n'erano, quindi Lira decise di rimanere in trance e aprire del tutto i propri sensi. Percepì delle scariche elettriche; erano causate da uno dei soldati che muoveva i piedi. Il battito cardiaco di un altro soldato la raggiunse e le indicò che costui era sul punto di commettere un'azione sfrontata di qualche tipo. In seguito a un intimo e breve dibattito morale, forzò la mente dell'uomo per calmarlo. Poi, percepì il debole ma definito movimento d'aria causato da un oggetto, sospinto verso di lei. Mosse il braccio per pararlo, ma fu troppo tardi. L'aculeo le penetrò il fianco con un suono lacerante.

Lira gemette, tremando rassegnata, e il grugno sibilò vittorioso. Tuttavia, quel suo ghigno offrì un bersaglio a Celeres. Il furano lo attaccò e affondò il becco nella spina dorsale della creatura.

Con la schiena parzialmente appoggiata a una parete, Lira cercò di entrare nel Legame per rallentare la diffusione del veleno. Ma non aveva più l'energia sufficiente per farlo. Sperando che una delle sue Sorelle la trovasse e raccogliesse i suoi ricordi prima che tutta la sua vita e le sue esperienze svanissero nel nulla, Lira usò il suo ultimo respiro per *sussurrare* il messaggio che avrebbe dovuto trasmettere alle altre. Eppure, il suo cervello si spense quando si rese conto del suo errore.

Il gemito doloroso emesso dalla vittima di Celeres allertò l'ultima creatura rimasta. Il mostro si allontanò dai soldati che stava per pugnalare e scagliò tutti gli aculei che gli rimanevano contro Celeres, il quale, fortunatamente, spalancò le ali, intercettando i proiettili prima che raggiungessero il suo corpo. Tuttavia, il veleno si diffuse comunque, a partire dagli organi membranosi, e un dolore, sempre più debilitante, colse il furano. Vedendolo indebolito, il grugno gli si precipitò contro.

Sheffar sentì il ringhio predatore della creatura e i successivi lamenti impauriti del proprio furano. Eppure, il Secundus non riusciva a vedere nulla, se non delle ombre indefinite. Chiamò Celeres, ma non era in condizione di rispondere, poiché il destriero stava lottando per la propria vita. Quindi, Sheffar allungò in avanti la mano sinistra e, con la spada nella sua destra, si lanciò all'inseguimento dei suoni.

L'ufficiale sentì il proprio battito accelerare, mentre il suo cervello cercava di analizzare i dati ricevuti per decidere se fermarsi, fare un passo indietro, parare o colpire. Inciampando su una roccia, la sua mano finì sulla pelle nuda e bitorzoluta della schiena di un grugno. Sheffar sussultò e, nell'istante che gli ci volle per decidersi a colpire, la creatura si voltò e lo mise a terra. L'aria gli sfuggì di gola nel momento in cui atterrò su una roccia acuminata, facendolo gemere.

Il grugno, con un ringhio malefico e stanco, fece per finirlo, quando Celeres, il cui fianco e le cui ali sanguinavano copiosamente, trovò la forza di risollevarsi e immergere il becco nel braccio carnoso della creatura. Il grugno strillò e cercò di liberarsi, ma il furano strinse più forte, rompendogli l'arto.

A quel punto, la luce riapparve inaspettatamente, accecando di nuovo tutti quanti. Non ci volle molto a Sheffar per riacquistare la vista, questa volta, e, non appena tornò a vedere qualcosa, infilò la lama nella schiena della creatura, finendola. La creatura lanciò un ultimo urlo e si accasciò a terra esangue, mentre Sheffar e Runner caddero esausti. Sheffar diede un'occhiata veloce in giro; Yaris, Mirko e Larus erano ancora vivi. Yaris lo guardò con uno sguardo furioso e feroce. L'aveva detto che odiava le grotte e la loro oscurità. Fortunatamente per lui, perlomeno si stava dritti in piedi in questi tunnel.

Come avrebbe potuto reagire se avessero dovuto strisciare?

Presso uno degli ingressi della grande caverna centrale, Toras e la sua squadra aspettavano con impazienza, nervosamente. Trattenevano la nausea causata dall'odore di carne cotta, immaginando la provenienza di quel cibo.

Toras sussurrò a Xena: "Ha ricevuto conferma che tutte le squadre sono al loro posto?"

Xena lanciò un'occhiata mesta al Signore Comandante. Gli disse che ci sarebbero state solo tre squadre, perché l'unità di Lira e Sheffar non ce l'aveva fatta, e che dovevano sbrigarsi, in modo che una di loro potesse raggiungere Lira prima che i suoi ricordi svanissero.

Toras deglutì e indurì la sua espressione prima di rispondere: "Allora assalteremo quei cosi con tre squadre! Però, Xena, la nostra missione è dritta davanti a noi. Se riusciamo ad arrivare alla vostra Sorella, ci penseremo. Ma ora la vostra attenzione deve rimanere qui."

La Lux Baiula lanciò al principe uno sguardo che avrebbe ucciso qualsiasi altro uomo. Eppure, sapeva che aveva ragione e accasciò le spalle, tanto quanto ci si aspetta da una Fascia Rossa sul campo di battaglia, ovvero non abbastanza per essere notata.

Toras continuò, ignorando i sentimenti della donna. "Quanti ce ne sono? Trenta, quaranta, cinquanta?"

Xena sospirò: "Ne conto una quarantina davanti a noi. Laiella e Ulva ne contano una sessantina circa in tutto, oltre quelle colonne. Direi... un centinaio."

"Quindi hanno un vantaggio di quattro a uno. Beh, non importa; ne uccideremo quanti più possibile con la prima raffica, poi useremo le stalagmiti e le stalattiti per ripararci, finché non esauriranno i loro aculei."

Xena si accigliò, dubitando del piano di Toras: "Non penso che siano così stupidi da esaurire i proiettili in questo modo; avanzeranno verso di noi."

"Non se vedono i furani."

"Avete intenzione di svelare subito i furani?!"

"Non esattamente. È in grado di utilizzare i suoi vincoli adesso?"

Xena fece un cenno affermativo: "Dovrebbe esserci abbastanza ossigeno qui dentro."

"Può creare una sorta di scudo per i furani che blocchi gli aculei?"

"Mmm, non credo proprio. Gli scudi vincolati respingono solo oggetti contenenti metallo."

"Maledizione."

"Ma, forse, possiamo distorcere l'aria davanti a loro. In questo modo, i proiettili delle creature rallenterebbero, dando ai furani il tempo di evitarli."

"Ne è sicura?"

Xena annuì affermativamente.

"Ok, allora facciamolo." Toras si voltò verso Brucio e disse: "Brucio, hai capito cosa voglio? È pericoloso, ma le Lux Baiulae vi proteggeranno."

Brucio scrollò la testa incerto ed emise un cinguettio, per chiedere istruzioni più precise.

"Ho solo bisogno che vi facciate vedere dai grugni. Quando li assalteremo, o quando ci assaliranno loro, allora potrete attaccare. E non fatevi prendere dal panico quando vedrete gli aculei schizzare in aria. State all'erta e muovetevi veloce per scansarli."

Brucio, questa volta, scosse la testa con maggiore sicurezza.

"Va bene. Xena, per favore chieda a Laiella e Ulva di preparare le loro squadre. Entreremo quando darete il segnale."

Xena fece un'espressione che indicava di avere qualcos'altro in mente.

"A che pensa?

"Suggerisco di creare un diversivo."

"Stavo giusto per suggerirlo io. Può creare un suono, o fare qualcosa per voltare le creature verso il muro lontano?"

"Posso fare di meglio; posso lanciare un piccolo bolide infuocato in mezzo alle loro fila."

"No, li farebbe voltare nella nostra direzione e non voglio che ci vedano, finché non saremo tutti in posizione. Per favore, fa come ti chiedo, Lux Baiula."

La Fascia Rossa lanciò al principe uno sguardo duro e gelido, ma trattenne la lingua e acconsentì. Capì che non era appropriato mettere in discussione gli ordini del Signore Comandante di fronte ai suoi uomini. Così, trasmise il messaggio alle sue Sorelle, poi si apprestò a creare un diversivo in prossimità alla parete più lontana.

Mentre Toras istruiva gli uomini, Xena lo interruppe schiarendosi la gola: "Scusate, Signore Comandante, ma la Prima Barriera Laiella non è d'accordo con il vostro piano."

"*Come?!*"

"Dice che sarebbe meglio dimezzarli prima di entrare... con delle raffiche di bolidi infuocati."

"Ho già detto di no a lei, perché dovrei dire di sì ora?"

Xena sembrò scioccata, come se il principe avesse formulato la domanda più stupida possibile.

"Per favore riferisca a Laiella che sono io al comando e che non sono d'accordo con lei, come ho già detto prima. Chiaramente, non pensa che il mio piano sia sciocco o lo avrebbe detto apertamente, invece di suggerirne uno *migliore*."

Xena annuì. Evidentemente, il principe conosceva il carattere della Prima. Trasmise la risposta di Toras a Laiella.

"Beh, che dice?"

"Farà ciò che ordinate."

"Finalmente. Ora, pensiamo al diversivo."

Poco dopo, un rumore forte e ripetuto spaventò i grugni e li fece voltare. Mentre quel suono insisteva martellante, alcune delle creature lasciarono cadere il cibo che avevano in mano e rimasero ferme in tensione, incerte se avvicinarsi alla parete per ispezionarla o se fuggire.

"Muoviamoci", disse Toras, e Xena ripeté il comando alle Sorelle.

Mentre entravano, Toras guardò le altre due squadre. Le direzionò con dei cenni dietro le grosse stalagmiti.

Toras sentì il polso accelerare al pensiero della battaglia imminente; non avevano mai combattuto, né tantomeno attaccato, un'orda così massiccia. Fino ad oggi avevano combattuto esclusivamente piccoli gruppi di grugni. Questa era tutta un'altra storia, sperava solo di non star conducendo le sue truppe alla morte. Continuando ad avanzare, si chiese se quella fosse la dimora delle creature. E se non era lì, dov'era casa loro, ammesso che ne avessero una? E perché allora si riunivano lì?

La voce di Xena interruppe i pensieri del principe. "Comandante, siamo tutti in posizione. E il rumore *sta* catturando ancora l'attenzione delle creature verso la parete; devono essere più stupide di quel che pensassimo."

Eppure, un grugno di grossa stazza, con la pelle bitorzoluta dal colore rossastro, li guardò in quel momento, come per contraddire Xena. La carne della creatura appariva stranamente gelatinosa. Se non fosse stato per la stazza del grugno e i grossi bozzi sul suo corpo, che indicavano la presenza di una muscolatura massiccia, chiunque si sarebbe limitato a ridere nel vederlo. Comunque, voltandosi, la creatura emise un ruggito furioso, facendo sì che anche i suoi compagni si voltassero dall'altra parte. Quando notarono gli umani e i furani, strillarono.

Toras disse cupamente: "Beh, speravo di colpirli per primo, ma sia quel che sia. Speriamo di non essere sorpresi da dietro."

Anche Toras ruggì e ordinò di attaccare. I furani si posizionarono davanti ad ogni squadra, con cautela; erano animali coraggiosi e feroci, ma non erano stolti; non soffrivano degli istinti suicidi che affliggevano spesso gli umanoidi. Le tre Lux Baiulae crearono velocemente dei vincoli per proteggere i furani, o così speravano almeno. Frecce e bolidi si lanciarono alla ricerca della carne, facendo scoppiare il pandemonio.

Il grugno più corpulento — apparentemente il capo delle creature — ringhiò e scagliò i suoi aculei contro gli invasori. Tuttavia, non lanciò i suoi congeneri all'assalto; sembrava che i furani li stessero effettivamente mantenendo a distanza, per ora.

Toras guardò Brucio e gli altri due furani con le mani sudate, pregando i Cieli Neri che i vincoli delle Lux Baiulae funzionassero. Tirò un sospiro di sollievo e fece un sorriso grato a Xena quando vide i furani schivare gli aculei agevolmente.

I grugni reagirono con confusione e, benché a quel punto il loro capo li esortasse ad avanzare, quelli non osavano. Molti di loro caddero — soprattutto i più gracili — sotto la raffica di frecce e di bolidi infuocati, che li abbatté con forza.

Xena lanciò un'occhiata a Toras: "La vostra tattica sta funzionando, Comandante, se non per il fatto che non ne stiamo eliminando abbastanza."

Toras annuì con uno sguardo preoccupato, poi iniziò a scagliare frecce anche lui, puntando il leader. Eppure, alla creatura non poteva importarne di meno, sembrava solo arrabbiata e spaventata per i suoi simili. Fece un gesto agitato con le sue braccia tozze ed emise dei guaiti, come se stesse supplicando una parte del branco a ritirarsi. Toras e Xena si guardarono confusi, incapaci di comprendere quello che stava accadendo.

Inaspettatamente, il viso di Xena si prosciugò di tutto il sangue. Aveva appena ricevuto una chiamata mentale da Laiella, che le riferiva di aver ricevuto una vibrazione proveniente da uno dei grugni difensori lì di fronte a lei.

La Lux Baiula chiese alla Prima: *"Che vuol dire che hai ricevuto una vibrazione?"*

"Era... un pensiero. Sembrava un pensiero. Un pensiero distensivo e supplichevole. Ha trasmesso l'immagine di una femmina che allatta. Non sono tutti combattenti."

"Cosa???"

Ulva, che aveva ascoltato lo scambio ma era rimasta in silenzio per tutto il tempo, chiarì la dichiarazione di Laiella: *"Xena, penso che trasportino i piccoli nelle pieghe della loro pelle. Ho appena intravisto un movimento mentre la madre si muoveva per schivare le nostre frecce. E ce ne sono altri, un po' più grandi, nascosti tra le loro gambe."*

"Allora cosa facciamo?"

La Prima trasmise: *"Dobbiamo lasciarle andare, Xena. Riferiscilo al Signore Comandante. Subito."*

Xena riacquistò un po' di colore, mentre si preparava a trasmettere il messaggio. Si rivolse al principe, che era molto agitato: "Laiella dice che ci sono delle femmine in fase di allattamento e dei cuccioli tra le creature di fronte alla loro squadra." Con un tono che non lasciava spazio al dibattito, aggiunse: "Dobbiamo lasciarli andare."

Toras tentennò per un momento, ma un aculeo volante lo costrinse a ritornare presto alla realtà, accovacciarsi e nascondersi dietro una stalagmite. Scosse la testa e combatté contro la rabbia che saliva: "Queste creature sono pericolose, Lux Baiula. Sono mangiauomini! Cosa propone di fare? Battere in ritirata? Alzare una bandiera per scortarli fuori di qui prima di riprendere la lotta contro i loro maschi?"

Xena rivolse un'occhiataccia al principe: "Laiella, Ulva ed io non siamo d'accordo; non possiamo prenderli di mira. Dobbiamo lasciare una via d'uscita per loro."

Toras stava per gridare. *Non* erano d'accordo? Ringhiò, ma poi disse: "Anche i giovani e le femmine stanno combattendo?"

Xena scosse la testa.

Se non fossero stati in quella situazione, Toras avrebbe fatto arrestare le Lux Baiulae, ma ora non aveva scelta. La sua risposta arrivò come un mormorio sibilante: "Va bene. C'è un tunnel nella parete in fondo. Ordina a tutti di lasciare un varco. Se le femmine e la loro prole scapperanno di là, non li inseguiremo. Ma se le creature useranno questa tattica per sorprenderci da dietro, li uccideremo *tutti*."

La Fascia Rossa sembrò sollevata mentre annuiva e ripeteva l'ordine alle Sorelle, poi lo urlò anche ai soldati.

In seguito a un fugace pensiero sulle ragioni per cui non si fidava della Sorellanza, Toras tornò a combattere.

Pochi istanti dopo, i piccoli grugni, accompagnati dalle adulte — distinguibili per le sacche di lattazione gonfie ai fianchi — si diressero verso l'uscita. Le femmine lanciarono sguardi d'odio nei confronti degli umani, anche se una di loro sembrò guardare Laiella con un'espressione riconoscente. Toras deglutì quando credette di sentire il leader delle creature sospirare di sollievo, poco prima di ringhiare qualcosa contro i suoi soldati, che rinnovarono il loro impeto con furia ancora maggiore.

Dieci minuti dopo, qualcuno gridò alla sinistra del principe. Era stato colpito il primo uomo, uno dell'unità di Laiella. Tuttavia, la Prima non stava prestando attenzione e continuava a lanciare bolidi, per controbattere le raffiche di aculei.

Toras urlò: "Prima, uno dei suoi uomini è a terra!"

Laiella rispose: "È un soldato, conosce la morte."

Toras si voltò per lanciare un'altra freccia contro le creature, poi ordinò a Laiella di occuparsi dell'uomo. La Fascia Rossa ringhiò infastidita e fece arretrare il proprio furano, mentre si prendeva cura del soldato. Gli altri sei guardiani della sua unità si voltarono a guardarla. Mentre Laiella si preoccupava di Corian, si levarono grida di allarme tra gli altri; il ritiro del furano aveva incoraggiato una dozzina di grugni ad avanzare.

Laiella ordinò ad un altro guardiano, Ruvius, di occuparsi del soldato ferito. Poi, tornò nella sua posizione di combattimento e ricreò il vincolo davanti al suo furano, Radice, prima di esporlo di nuovo in prima linea, fermando così l'avanzata dei grugni.

Le creature indietreggiarono immediatamente, non appena videro riapparire il furano. Il loro leader guaì qualcosa nella loro lingua stridente e incomprensibile, esortandoli a caricare. Vedendoli esitare, avanzò facendosi largo tra i suoi, rovesciando chiunque si trovasse sulla sua strada, evidentemente frustrato dalla paura dei congeneri e dalla battaglia interminabile.

Laiella ordinò ai suoi uomini di fare fuoco a volontà sul gigante, mentre lei scagliava una serie di bolidi. Tutti, e in particolar modo Laiella, guardarono quella bestia scioccati, mentre continuava a marciare verso la loro squadra, incurante delle frecce, conficcate nella sua carne grassa, e dei proiettili vincolati, gli stessi che avevano ostacolato anche la Serpe.

Radice cacciò un urlo contro la creatura e produsse dei suoni brevi e vibranti, diretti ai suoi simili. Brucio rispose allo stesso modo, aggressivamente, e si voltò con uno sguardo supplichevole verso Toras, chiedendo il permesso di attaccare. Toras fece un respiro profondo, annuì e ordinò anche a Laiella di aprire la strada per l'ingresso dei furani. Non un attimo dopo, Brucio, Radice e Ardito scattarono contro i grugni.

Toras e Laiella si guardarono e decisero che era ora di entrare nella mischia. Avevano abbattuto circa un terzo delle creature. Considerate le probabilità leggermente migliori, arrivò l'ordine; i soldati si lanciarono contro il nemico: i più inesperti urlando imprecazioni e sfidandosi con spregiudicatezza, i più navigati concentrandosi e sperando di uscirne vivi, le tre Lux Baiulae, invece, focalizzarono le loro menti e trasmisero vibrazioni per sondare varie parti del proprio corpo, assicurandosi della loro prontezza. L'unica speranza condivisa era che le creature avessero quasi finito gli aghi.

Sfortunatamente per loro, molte creature ancora disponevano dei loro aculei, ma sembravano più deboli, non perforavano neanche più l'armatura placcata. Comunque, gli aghi graffiavano o penetravano le parti del corpo scoperte dei guardiani e, così, tre di loro caddero nei primi minuti di mischia.

Ardito, il furano di Secundus Yuuto, morì avventandosi sul capobranco, che gli spezzò il collo producendo un rumore nauseabondo. Gli altri due furani tentennarono, anche se solo per un momento, capendo di dover stare molto attenti a non fare la stessa fine.

Toras stava agitando lo spadone con furia implacabile e, quando la lama andava a segno, artigli e ossa si spezzavano in mille pezzi solo per la forza dell'impatto. Tuttavia, stava iniziando ad avvertire stanchezza e rallentò un po', per meglio reindirizzare le proprie energie. Talvolta, accompagnava i suoi colpi a un ruggito insolitamente minaccioso, che sembrava intimorire i nemici. Ancor più strano, quel suo ruggito scuoteva intimamente anche se stesso. Alla terza volta, la distrazione gli costò quasi la vita, quando un grugno, curiosamente basso, cercò di ficcargli la picca in pancia. Toras decise di ignorare quelle strane sensazioni che accompagnavano i suoi boati e di limitarsi a colpire e parare con movimenti più controllati.

Per quanto riguardava le Fasce Rosse, i loro movimenti erano una vera e propria arte omicida. Affondavano i loro attacchi con incredibile precisione: passo e girata, schivata e fendente, il tutto unito a una notevole efficienza ed efficacia. Eppure, le loro riserve di energia si stavano esaurendo e le Lux Baiulae dovevano chiedersi copertura vicendevolmente, mentre a turno estraevano dei cubetti di sale dolce dalle loro tasche e li ingerivano. La sostanza le sostentò un po' più a lungo, ma i loro movimenti erano sempre più lenti.

I Guardiani Neri, anche se non erano mezzosangue come il principe, o macchine assassine come le Sorelle della Fascia Rossa, avevano aperto i combattimenti con l'abilità, il coraggio e la bravura per cui erano rinomati. Anche loro avevano contribuito ad assottigliare i ranghi dei grugni, ma anche per loro la fatica cominciava a trasparire dai colpi e le parate più lenti, nonché dal maggior numero di rischi che inavvertitamente correvano.

Tre delle sei nuove reclute — arruolate nella campagna di reclutamento della scorsa primavera — avevano scoperto che la loro spavalderia non intimoriva affatto i grugni, i quali preferivano combattere in coppia, anche quando affrontavano un singolo avversario. Ora, incastrati in quella situazione, i tre stavano chiedendo aiuto. Uno venne salvato in extremis dal Secundus Yuuto, ma gli altri due finirono tranciati in due, mentre i loro aggressori sghignazzavano.

Il capo delle creature, dopo essersi sbarazzato dei furani, si diresse verso i restanti, abbattendo svariati uomini sul suo percorso.

Quando si avvicinò a Radice, quattro dei suoi congeneri, facendosi coraggio, attaccarono Brucio.

Il colosso fece gli ultimi passi verso Radice con dei grugniti che dicevano delle sue intenzioni più di quanto le parole avrebbero potuto fare. Sembrava aver capito che i furani stavano impedendo ai suoi combattenti di contrastare a piene forze gli umani e li voleva fuori dai piedi, una volta per tutte.

Radice attaccò la bestia con la temerarietà tipica della sua specie predatrice, più incline ad avanzare che a tirarsi indietro, e sfruttò la propria agilità per ferire l'avversario tenendosi fuori tiro.

Purtroppo per lui, i suoi morsi e artigli riuscivano solo a scalfire i bozzi del gigante, nulla che potesse fermare la sua furia. Ben presto, a Radice vennero i crampi. Il leviatano — vedendo lo spazio per attaccare — afferrò il furano per il collo. L'animale spinse gli artigli in profondità, nella carne della creatura, eppure non riuscì a liberarsi da quella morsa.

Il gigante stava lentamente spremendo l'aria fuori dalla sua preda.

Rendendosi conto di non avere vie di fuga, Radice cercò di chiedere aiuto, ma non fuoriusciva alcun suono dalla sua gola serrata. Quindi, con un ultimo sforzo prima di perdere conoscenza, prese a sbattere le zampe posteriori contro le ali anteriori.

Brucio si era appena liberato dei suoi avversari nel momento in cui sentì il batter d'ali di Radice. Nonostante fosse ferito e stanco, si alzò sulle zampe posteriori per individuare l'altro furano. Quando vide il suo corpo esanime a terra, gli sfuggì uno sbuffo infuriato e scattò. I soldati che lo sentirono si levarono di mezzo, ma non i grugni, che Brucio rovesciò come giocattoli.

In un istante, il furano raggiunse il bestione, avvolgendolo con le ali e affondando il becco nel suo grasso collo cianotico.

Toras, che aveva appena tagliato la gola a un grugno che lo aveva attaccato, si prese un momento per respirare e valutare la situazione. Sebbene avessero ucciso una buona parte dei loro avversari, anche il loro numero era diminuito, e in quel momento capì che se non avessero terminato la battaglia in fretta, non ne sarebbero usciti vivi. Persino Laiella, la feroce Prima Barriera della Guardia Luciana, stava faticando contro quattro grugni, coalizzati contro di lei. Sapeva di doverle dare sostegno e stava quasi per fiondarsi da lei, quando sentì il lamento di Brucio, un verso che avrebbe potuto riconoscere tra mille altri.

Il suo cuore affondò quando vide Radice a terra e Brucio sovrastato dal gigante che gli tirava le ali, intento a strappargliele. Toras si passò disperato le mani insanguinate tra i capelli, mentre cercava di decidere chi aiutare, quando una voce famigliare, inaspettatamente, gli restituì la speranza.

"Signore Comandante!"

"Sheffar! Sheffar, buon uomo! Presto, Brucio e Laiella hanno bisogno di aiuto."

Senza esitazione, Secundus Sheffar mandò Celeres a soccorrere Brucio, intanto, lui e i suoi uomini corsero a dare supporto a Laiella.

Toras fece un respiro profondo e tornò a lottare e a ruggire, spronando i suoi uomini a vincere la battaglia. L'eco delle grida dei soldati che gli rispondevano lo caricarono, il principe si gettò sul suo prossimo bersaglio con una forza devastante, una forza che proveniva dal luogo in cui ardono le ultime braci, prima di incendiare quel che rimane della struttura.

Ci vollero altri cinque interminabili minuti prima che la battaglia si esaurisse, grazie anche all'apporto dei tre furani, che cooperarono tra loro per abbattere il colosso, una volta per tutte. E nel momento in cui questo emise il suo grugnito finale, la dozzina di creature, ormai senza leader, si dispersero come oscini e i loro occhi, curiosamente, cambiarono colore, diventando da rossi a grigi.

A quel punto, la compagnia si rilassò, accasciandosi contro una parete, il più lontano possibile dal teatro di battaglia. Man mano che scendeva l'adrenalina, le sensazioni provenienti dagli altri sensi — in particolare l'olfatto — riaffiorarono. Uno dei soldati più giovani vomitò quando le sue narici vennero pervase dal fetore nauseabondo dei grugni morti. Quello strano cruor verdastro, la linfa vitale delle creature, unendosi alla sostanza con cui producevano i loro proiettili organici, creava delle pozze intorno ai corpi. Il vomito del soldato fece svuotare lo stomaco anche a un altro dei superstiti più giovani.

Laiella si sedette accanto al principe, scuotendo la testa. Due eventi in particolare la turbavano: la morte di Lira e il grugno femmina che aveva interagito con lei.

La morte di Lira e il mancato trasferimento dei suoi ricordi l'avevano colpita duramente; non avevano perso solo una persona, ma anche l'insieme delle interazioni che aveva creato e sostenuto all'interno della Sorellanza, nonché ogni ricordo ed esperienza che aveva accumulato e portato con sé. Mentre questi pensieri attraversavano la mente di Laiella, guardò Ulva e Xena, poi sospirò. *Almeno*, pensò, *le gemelle sono salve.* Poi rabbrividì, immaginando cosa sarebbe successo se fosse stata una di loro due a morire nelle stesse condizioni di Lira.

Per quanto riguardava il grugno femmina, Laiella era certa che la creatura le avesse trasmesso un pensiero, avvertendola che alcuni di loro portavano figli. Pensare al fatto che lei e gli altri fossero pronti ad ucciderli tutti la turbava alquanto. I grugni erano, dunque, creature senzienti. *Eppure uccidono e mangiano la tua gente!* Laiella si lasciò sfuggire un ringhio.

"Prima. Tutto bene?"

"Sto bene, Signore Comandante."

Toras annuì, ma non era affatto convinto che il suo ufficiale si sentisse bene, soprattutto dopo che la vide polverizzare la piccola stalagmite su cui si era appoggiata con la mano. La lasciò in pace; probabilmente era frustrata per gli stessi motivi che turbavano anche lui: la perdita di così tanti uomini e di una delle Sorelle.

Se c'era una cosa che Toras odiava, erano le perdite tra i suoi uomini. Non provava odio per l'ingiustizia di per sé — dopotutto erano soldati e conoscevano bene i rischi del mestiere — ma piuttosto per il fatto che chi entrava a far parte della Guardia Nera faceva un giuramento di castità e rinunciava a qualsiasi legame familiare. Questo li aiutava a concentrarsi sulla battaglia, ma significava anche che i legami tra i soldati erano molto forti e spesso compensavano tutto quello che invece mancava. Per questo ogni perdita era molto sentita. Per questo aveva urlato quelle cose a Laiella quando lei non si era occupata del soldato ferito. Toras avrebbe dovuto dare agli uomini un po' di tempo per riprendersi, una volta ritornati a Passo del Corno.

Anche i furani erano in lutto. Infatti, Brucio, Radice e Celeres si erano già radunati attorno al corpo di Ardito per compiangerlo. Celeres, dal muso marrone — il quale si era accoppiato con Ardito l'anno precedente, nel periodo in cui quest'ultimo attraversava la sua fase femminile — era il più colpito da quella morte. Fu lui a condurre il loro rituale lugubre. Emise un verso vibrante, basso e lungo, e coprì il corpo di Ardito spiegando le ali. Brucio e Radice lo seguirono, posizionando le loro ali anteriori sopra quelle di Celeres. I tre si sarebbero arrabbiati molto, più tardi, quando gli uomini li avrebbero interrotti per fare ritorno al campo base. Questo rituale poteva durare per tutta la notte. Tuttavia, anche se la Guardia Nera aveva vinto la battaglia, quella grotta non era un posto sicuro dove restare e presto avrebbero dovuto andarsene.

Osservare i furani ricordò il capo dei grugni al principe, il quale sorprese se stesso e tutti gli altri lasciandosi sfuggire una risata. Si era sentito deluso, perché avrebbe voluto affrontare la bestia faccia a faccia. *Ahimè, forse è meglio così*, pensò, *visto che ci sono voluti tre furani e una dozzina di frecce per ucciderlo. Comunque, sarebbe stato bello mettere alla prova le mie abilità contro un vero colosso.*

Toras interruppe i suoi pensieri puerili sentendo Laiella schiarirsi la gola.

"Che c'è, Prima?"

"Marena dice che vuole studiare il loro leader, in modo che possiamo prepararci contro questa tipologia nel caso in cui dovremo combattere simili creature. Significa che dobbiamo portarci dietro il suo cadavere."

"Cosa?! Non dirà mica sul serio..."

"Invece sì. Quella creatura era praticamente immune a qualsiasi cosa gli abbiamo lanciato contro. Se ce ne sono altri così, dobbiamo sapere come possiamo combatterli. Possiamo farlo solo studiandolo."

"Sa quanto pesa quella cosa? E quanto sforzo ci vorrà per trascinarlo fuori di qui attraverso i tunnel? Potremmo doverlo tagliare a pezzi!"

Laiella rispose con un'occhiataccia.

"D'accordo. Mi faccia parlare con i Secundi."

Toras si avvicinò agli ufficiali con uno sguardo che faceva intendere che stava per chiedere loro qualcosa che non avrebbero voluto fare. Le loro espressioni si fecero arcigne, ancor prima che parlasse.

"Sheffar, Yuuto, dopo aver finito di preparare i nostri morti per il trasporto, usate un paio di cinture per legare le mani del capobranco, così che lo si possa trascinare dietro di noi."

I Secundi guardarono increduli il loro comandante, ma lui serrò la mascella e indicò le Lux Baiulae. I Secundi imprecarono, ma annuirono ed eseguirono gli ordini.

Toras osservò gli uomini svolgere i loro doveri, i movimenti, le espressioni e le verbalizzazioni con cui palesavano la loro insofferenza, in vari modi. Nel frattempo, Yuuto, un pargahni, iniziò a fischiettare una canzone lugubre, mentre puliva i morti, prima di avvolgerli nelle lenzuola.

Anche Toras avrebbe dovuto sentirsi triste, soprattutto sentendo la melodia di Yuuto, ma invece sentiva... gioia. Disse a Laiella: "Se ne rende conto?"

La donna lo guardò con le sopracciglia inarcate, aspettandosi che continuasse.

"Abbiamo vinto il nostro primo vero combattimento contro queste creature. C'è costato caro, certo, ma ora sappiamo di *poterli* combattere."

La risposta di Laiella non fu allegra né immediata, come avrebbe voluto Toras, ma lui non insistette oltre; anche lei aveva perso qualcuno, dopotutto, e le perdite sembravano pesare molto di più a lei che ai suoi guardiani, i quali si sarebbero limitati a ricordare i propri compagni pur senza estrarre i loro ricordi. Una cosa su cui riflettere.

V TORMENTI E IRRITAZIONI

Mentre Vortica

Seduto nel suo salotto, mentre fissava il bicchiere di Merotto[8] da lui sorseggiato nel corso degli ultimi venti minuti, Lusk stava facendo un resoconto mentale della sua missione. Attualmente, i suoi pensieri si soffermarono su Ooldrina, che lui stesso aveva deciso di non convertire. Avrebbe semplicemente penetrato e abusato della sua mente, intanto che la istruiva, insegnandole ciò che la Sorellanza riteneva necessario per la missione in Zebulonia.

La ragazza continuava a resistergli, ma sempre con meno convinzione, il che lo incoraggiava a insistere, poiché gli piaceva provare questa sensazione di potere sulla progenie delle Janarae.

La parte razionale della sua mente si dissociò. Non era lui stesso un prodotto delle Janarae? *No!* Lusk ignorò la propria domanda e tornò a Ooldrina.

Stamattina aveva quasi accolto le sue avance nel Legame. Presto, sarebbe stato in grado di portarsela a letto, da qualche parte, lì nella sua immaginazione. Dove poteva portarla? In cima alle montagne del Sagr? Nelle sue vecchie stanze, nel palazzo di Zebula? O forse in spiaggia?

Sei sicuro di volerlo fare? Non ricordi di aver percepito—

No! La figlia di Oolviana non *può essere un'Alterintrante. Lei è la figlia di una Janara. Dev'essere così, giusto?*

Non so.

La mente di Lusk interruppe per un attimo quel dialogo interno e fece emergere un suggerimento: *Potresti semplicemente chiederle chi è.*

No, non mi affiderò mai più a una donna di mia spontanea volontà.

Bene, allora la questione rimarrà irrisolta.

Tuttavia, non sono in discussione i miei progressi con le Lux Baiulae.

---

[8] Merotto: bevanda alcolica ricavata dal frutto del merotto, un albero Kynariano.

Davvero? Hai corrotto un paio di apprendiste, sì. Ma per quanto riguarda le Sorelle, sei stato a malapena in grado di mantenerle stupefatte.

Tranne una Gialla e una Viola, entrambe convertite. Noctiferus e l'Umbra ne saranno soddisfatti.

Sarebbero stati ancora più contenti se avessi corrotto la dolce Elyana. Tuttavia, sembra che continui, occasionalmente, a sospettare di me. Forse è il momento di provare dei metodi diversi con lei.

No! Non voglio. E comunque non devo convertire tutti quanti, basta un numero sufficiente a indebolire i nemici del Fondatore.

Lusk bevve l'ultimo sorso di Merotto nel suo bicchiere poi andò a prendere la bottiglia, che stava nello scaldavino sul davanzale della finestra, e si versò un altro bicchiere di alcolico. Lo scaldavino era un elegante pezzo di pietra, con una depressione nel lato rivolto verso la finestra, che serviva per mantenere la bottiglia in posizione, mentre il vetro ricurvo della finestra concentrava su di essa e sul liquido i raggi dei soli.

Dopo essere ritornato sul divano e aver oziato per un po', pensò all'altra ragazza di Razeb: Raaviana. Voleva corromperla in principio, ma poi aveva deciso di non farlo, perché era anche lei figlia di una Janara e abusare di lei avrebbe significato creare anche con lei una vicinanza intima che lui stesso non voleva forzare — bastava Ooldrina. Eppure, odiava quella ragazza con gli occhi verdi cinguettanti, tanto quanto Ooldrina.

Mentre ci ragionava su, si rese conto che Ooldrina bastava per davvero; Raaviana avrebbe subito le conseguenze della vendetta di Lusk una volta che lei e la sua irritante amica dagli occhi scuri sarebbero arrivate in Zebulonia. Dopo aver scolpito nella propria mente il suo piano, Lusk annuì tra sé e sé, soddisfatto.

Ora, stava facendo roteare il Merotto che vorticava, arrampicandosi sui lati del bicchiere di cristallo, con un movimento curiosamente erotico, e così la sua mente naufragò, approdando, infine, su Luvius Arco. Aveva incontrato il giovane patrizio nel quarto in cui il ragazzo era venuto a Urbs Lucis per affari, per conto del suo ricco padre mercante. *Quello era* un giovane che non solo voleva tentare, voleva farne uno di loro: un Temptatore vero e proprio. Luvius ne aveva la stoffa, anche se era un po' vanitoso. Un Temptatore doveva essere discreto, circospetto, schivo e mansueto, all'apparenza. Lusk avrebbe dovuto aiutare il giovane a tenere a bada il suo orgoglio.

Luvius sarebbe stato facile da convertire, perché era uno a cui piaceva scalare in fretta la scala del potere; cosa che faceva con tutta la grazia che il suo bell'aspetto e la sua posizione agiata gli conferivano. Infatti, il ragazzo credeva che queste qualità fossero sufficienti per raggiungere qualsiasi opportunità disponibile, o crearne di nuove, qualora non ve ne fossero. Lusk avrebbe agito proprio così: avrebbe creato un'opportunità irresistibile per Luvius. Prima, però, doveva guadagnarsi la fiducia del giovane patrizio e sapeva già come fare. *Un quarto di tempo è tutto ciò che mi serve.*

Qualcosa all'interno del guaritore convertito in Temptatore scattò nel momento in cui si rese conto della verità celata dietro ai suoi piani sul ragazzo. Quel pensiero risvegliò un odio profondamente sepolto e la rabbia gli fece rompere il bordo del bicchiere. Rimase in piedi e, con movenze irritate, si diresse allo scivolo murato per gettare via il pezzo di vetro.

Quando si voltò, gli si freddò il sangue. Un violento spasmo lo colpì, urlò un lamento e cadde in ginocchio. Era come se un torrente in piena scorresse in lui, scontrandosi contro i suoi organi, in una sorta di violenta rivolta all'alcol che aveva ingerito. Molti Alterintranti erano intolleranti al vino; era dovuto alla loro flora microbica, che rispondeva agli alcolici con un rilascio di tossine durante il processo di scomposizione. Lusk sapeva di questa sua debolezza, naturalmente, ma la tribolazione costante della sua mente lo portava spesso a indulgere a ciò che non avrebbe dovuto fare.

Lo zebuloniano si accasciò su un fianco e non si risvegliò per ore. Nel frattempo, il suo fegato neutralizzò le tossine.

Quando chiamano le Ali del Maestro

A pochi chilometri da Kartak, a metà delle Cime dei Furani, la Serpe scendeva dal cielo, illuminato dalla luce crepuscolare del Sole Rosso e dai pochi raggi rimasti del suo gemello blu, che già baciava l'orizzonte. Così, la Serpe planava verso terra, circoscrivendo ampie spirali, come per studiare l'umano che la attendeva giù.

Laggiù, c'era una donna del tipo che più gradiva: una predatrice. Nonostante la sua pericolosità, si chiese se fosse buona da mangiare. Ma quella donna non era certo lì per essere gustata dalle Alis Domini.

L'atterraggio della Serpe provocò un'esalazione nauseabonda di fragranze, dovute alla materia in decomposizione sul terreno che si accumulava d'autunno in quell'area. Infatti, le miriadi di creature che venivano ad accoppiarsi nel corso di Nonus[9] morivano lì, dando il via all'assalto degli organismi decompositori — sia vegetali che animali, i quali morivano a loro volta e venivano essi stessi decomposti dagli onnipresenti microbi di K'Tara, per poi ritornare in forma di ricca materia organica, nutrendo le pianure ai piedi delle montagne. Era il Grande Torrente a trasportare fin lì la materia e dare vita nuova all'inizio della primavera. Tuttavia, la prossima primavera — pensò la Serpe — non si sarebbe risvegliata la vita, bensì la morte.

Appostatasi sulle proprie zampe, la Serpe disse: "Adveni.[10]"

La donna arruffata e muscolosa rispose con un sorriso forzato: "Quid cupis, Alis Domini?[11]"

La Serpe rispose con una voce autoritaria, che infastidì la Leate: "Ci sono due Luxori nel regno e devono essere presi e portati al cospetto dell'Umbra. Li troverai."

La donna si accigliò: "Luxori?"

"Maschi alterintranti."

"So cosa significa, Alis Domini. Ma non sapevo che ce ne fossero, a parte quel ragazzo, membro nientedimeno che della *Sorellanza*."

La Serpe sembrò colta alla sprovvista dall'affermazione della Leate. I suoi occhi si fecero fessure, intanto ragionava. Giunta ad una conclusione, scosse la testa e disse: "Quel ragazzo, chiunque sia, non ci riguarda. Il nostro Maestro sa di altri due Luxori, che potrebbero rappresentare una minaccia ai nostri piani. Ecco perché devi trovarli."

La donna annuì e disse: "Avete una loro descrizione?"

"Nessuno sa chi siano. Ma uno di loro sta a nord. Potrebbe, inoltre, essere l'obiettivo della tua seconda missione."

La kartaki si raddrizzò, curiosa di sentire le insinuazioni della Serpe e in cosa consistesse questa seconda missione.

---

[9] Nonus: il nono mese del calendario alvinoriano.

[10] Sono arrivata.

[11] Cosa desideri, Alis Domini?

"Ho sentito, così m'è parso almeno, le vibrazioni di un Luxor attorno al Gran Re, quando ho attaccato la capitale alvinoriana, quest'estate. A quanto pare, il nostro Maestro vuole che il Re venga eliminato, a meno che non sia effettivamente lui uno dei Luxori. In tal caso, lo dovrai portare da me, vivo."

La donna sbatté le palpebre, sbuffò e strabuzzò di nuovo gli occhi.

Le Ali di Noctiferus disse: "Non dovrebbe sorprenderti, Leate. Il nostro Maestro ritiene pericolosa la mancanza di fede del Re; essa mette a rischio l'avvento del Giorno dell'Unione."

La Leate disse: "Sì, suppongo di sì. A maggior ragione se è un Alterintrante, sebbene nessuno l'abbia mai visto usare poteri di vincolo. Comunque, dovrò fare del mio meglio, non si sa mai. Penso di avere la squadra giusta per questa missione." Dopo una breve pausa, proseguì: "Entrare a palazzo sarà estremamente complicato."

"Speriamo che Lusk Methrim sia riuscito a convertire qualche guardiano, in modo da facilitare la tua infiltrazione. In caso contrario, mi aspetto comunque che i tuoi assassini entrino e svolgano il loro compito, a prescindere da eventuali complicazioni."

La Leate, o Leader degli Assassini e dei Temptatori, fece un cenno d'assenso col capo.

La Serpe proseguì: "Assicurati che i tuoi ti siano fedeli, nel caso in cui scoprano qualcuno."

La Leate rispose con ferma fiducia che se qualcuno dei suoi uomini fosse stato catturato, si sarebbe immediatamente fatto fuori.

"Per quanto riguarda l'altro Alterintrante, costui non si manifesta spesso nel Legame. Tuttavia, quando appare, le sue vibrazioni sembrano indicare che si trova da qualche parte a sud, presso il Bosco delle Ombre. Usa qualsiasi metodo, ma devi scovarlo."

La donna non rispose immediatamente. Il suo sguardo si spostò da sinistra a destra, ripensava alla richiesta della Serpe. Infine, disse: "Il sud è un'area piuttosto vasta. Ma se questo Alterintrante è nascosto in una zona schermata, allora, forse, so come stanarlo."

La Serpe alzò la fronte coriacea con curiosità.

"Recentemente ho corrotto una sacerdotessa di Kynaria insoddisfatta che ora vive insieme a noi; sa leggere la mente delle... bestie."

L'esitazione della Leate sulla parola "bestia" oltraggiò la Serpe. Tuttavia, non volendo mostrare insicurezza — non c'era spazio per tali sentimenti in lei — il lucertolone non commentò e si limitò a sibilare: "E perché sarebbe degno di nota?"

"Se lo scudo che cela questo Alterintrante è del tipo che penso io, nasconde tutte le vibrazioni in quell'area, comprese quelle emanate dagli animali che ci vivono. La kynariana può esplorare il sud alla ricerca di "zone morte"."

L'espressione della Serpe — per quel poco che poteva cambiare — passò dall'irritazione all'imbarazzo dell'esser colta di sorpresa, poi tornò al suo solito atteggiamento altezzoso.

"Capisco perché sei stata scelta per questa missione, Leate. Torna vittoriosa e conoscerai la gratitudine del nostro Maestro."

La donna acconsentì con un mezzo inchino, gradito al lucertolone, che rispose con uno strido soddisfatto.

La Serpe continuò: "Passiamo al prossimo argomento, allora. Come si stanno sviluppando i tuoi ranghi?"

"A un ritmo costante, seppur non veloce come quello che il nostro Maestro potrebbe aspettarsi. Suppongo che la placida vita nel regno di sua illustrissima altezza, l'eminentissimo Gran Re Octavius, abbia privato il nostro popolo delle sue ambizioni. Tuttavia, le dozzine di donne che abbiamo trasformato qualche quarto fa stanno per diventare delle discrete Temptatorae. Infatti, ho appena assegnato ad alcune di loro degli obiettivi scelti."

"*Discrete* Temptatorae... È un peccato che i vostri omologhi maschi siano diventati così rari."

Il volto della leader dei Temptatori si oscurò improvvisamente. Perché questo *serpente* si permetteva di insultare la sua specie in quel modo? Anche lei, sibilò la sua risposta: "Dovreste sapere che una buona Temptatora sa convertire più facilmente rispetto a un maschio. Anzi, addirittura una donna può corrompere un uomo — e talvolta anche una donna — senza *nemmeno* essere un Temptatora."

Alis Domini rispose, sferzando sprezzante il suolo con la coda: "Sì, so delle femmine umane. Ma non divaghiamo. Devi migliorare la loro formazione e i tuoi metodi di reclutamento. Dovresti sapere, inoltre, che Methrim è impegnato in altro e non sarà in grado di aiutarti più di tanto."

La Leate sbuffò e sollevò le spalle con disprezzo: "Perché? Ho forse mai pensato che potesse essere d'aiuto? Ormai è bloccato a Urbs Lucis o a Furania da quest'estate." Poi, guardando la Serpe, aggiunse: "Quando trovo questi due Luxori, forse potrei convertirli alla nostra causa; farne dei Temptatori e, se proprio non riesco, potrei almeno corromperli."

"Magari sì, ma penso che il nostro Maestro abbia altri piani in mente per loro."

La donna annuì. Poi, alzando la testa per guardare i soli calanti, chiese: "Non mi avevate detto che quelle *creature* si sarebbero unite a noi?"

"Li sto convocando qui proprio in questo momento, in effetti."

E come per magia, tra gli alberi, apparve una creatura molto grande e sette più piccole. Camminavano e si guardavano intorno con movimenti nevrotici, poiché avevano paura di ciò che poteva nascondersi ai limiti della radura.

La Serpe si tappò le narici, disgustata. L'assassina le chiese perché fossero così tanti, Alis Domini rispose che le creature non sapevano che avrebbe potuto ucciderle tutte con la sola forza del pensiero, indipendentemente da quante fossero.

A quel punto li accolse, emulando i versi dei grugni in avvicinamento e attese la loro risposta. Il loro capo, uno dei più corpulenti che la Serpe stessa avesse mai visto, fece uno strano inchino, inginocchiandosi, e al contempo diede all'umana un'occhiataccia piena d'odio.

Senza guardarla, la Serpe disse alla Leate che stava per passare al discorso mentale per comunicare con loro e che avrebbe ripetuto a voce qualsiasi cosa fosse rilevante per lei. La donna rispose con un reclamo perché, sebbene fosse un'Alterintrante, la comunicazione mentale non rientrava tra le sue abilità. Ma non aveva scelta; Alis Domini agiva sempre a sua discrezione, se non nei casi in cui anche l'Umbra era coinvolta.

La Serpe si concentrò nuovamente sulla creatura bitorzoluta di fronte a sé e le trasmise l'immagine di una compagnia di umani che resisteva e poi attaccava i grugni.

Masso Roccioso, il leader delle creature rispose con un grugnito sibilante, seguito da un altro odioso sguardo accigliato in direzione dell'umana. La Leate guardò la Serpe sperando in un chiarimento, ma non lo ottenne.

"Il nostro Maestro lei serve. Leate è."

I grugni si voltarono puntando tutti quanti gli occhi verso l'umana.

La Serpe proseguì: *"Comunque... con mille martelli, dovete cominciare a colpire. Nei loro insediamenti dovete colpire."*

Masso Roccioso trasmise la sua risposta attraverso l'immagine di un migliaio di abitanti che si riunivano per attaccare gli umani: *"Radunerò il mio popolo. Per aver profanato la mia specie pagheranno, e i loro corpi noi lasceremo marcire."*

La Serpe fece un cenno con la testa seguito dall'immagine di se stessa, intenta a osservarli schiacciare il popolo del Gran Re.

Masso Roccioso urlò per mostrare approvazione.

"Vostro sarà il bosco, quando questa terra sarà vuota. Ma gli insediamenti, alla Leate e alla sua gente, dovrete lasciare."

Il grugno grosso e muscoloso annuì. Poi girò la testa grassa per guardare l'assassina, con quei suoi occhi rossi e pensierosi. Passando alla comunicazione verbale, disse con una difficoltà quasi comica: "Perché... loro vivere? Loro sono... Nuova prole. A noi K'Tara appartiene."

La mano della Leate si pose sul proprio pugnale mentre urlava: "Cosa?! Che va dicendo questa bestia?"

La Serpe sollevò la testa e il lungo collo con un movimento talmente rapido e sorprendente, che l'umana e i grugni si pietrificarono.

"Non c'è bisogno di litigare. Serviamo tutti lo stesso padrone e io comunico la sua volontà."

Rivolgendosi a Masso Roccioso, la Serpe disse: "I Kartaki, vanno lasciati in pace. Disubbidite e su di voi si abbatteranno i rokon del settentrione."

Tutti e sette i grugni strillarono e indietreggiarono in segno di sottomissione. Il loro capo schioccò la lingua, confermando di aver compreso i desideri del Maestro e se ne andò, così come era venuto, con la sua bizzarra cricca al seguito.

Una volta che i grugni furono spariti, inghiottiti dal bosco, la Serpe si girò verso la Leate e disse: "Ti consiglio di dire ai tuoi di starci alla larga."

Detto ciò, le Ali del Maestro allungò il collo dentato e prese il volo, facendo esalare da terra un vortice di odori nauseabondi.

Ormai sola, la Leate deglutì amaramente e rimuginò sull'accordo della Serpe con le creature. Le aveva detto senza mezzi termini che lei e la sua gente avrebbero avuto il proprio posto nel nuovo mondo in arrivo.

Speriamo che stia dicendo la verità perché troverò il modo di fargli la pelle, se non sarà così.

Con ciò, la donna si voltò e tornò nella sua villetta al confine settentrionale di Kartak, dove iniziò a pianificare la caccia e l'assassinio.

Fioritura

Dopo due giorni che il re aveva deciso di permettere ai suoi figli di imparare a usare il Legame, Tania Lux Baiula testò Aithen e scoprì che aveva la costituzione atomica per diventare un potente Sensore. La sua flora microbica, invece, era piuttosto debole. Il principe ne era rimasto deluso e chiese se si potesse fare qualcosa per migliorarla. Tania gli aveva spiegato che c'era un modo, in effetti; sarebbe potuto diventare un Sensore formidabile se si fosse sottoposto a qualche *trattamento* per modificare il suo assemblaggio microbico.

Aithen chiese quali fossero i trattamenti previsti, ma la Lux Baiula esitò a rispondere. Poiché lui insistette, gli rispose che la trasfezione non era di per sé problematica, ma gli effetti secondari potevano non essergli graditi. Spiegò al principe che l'insieme di colonie microbiche di un abile Sensore conferiva alla pelle una particolare consistenza e un particolare odore, che poteva essere percepito con sgarbo da chi non ne era abituato.

Aithen rispose: "Eppure, non ho mai sentito odori sgradevoli provenire... da voi. Per quanto riguarda la consistenza della pelle, invece, chi mi tocca? Nessuno può farlo..."

Con un imbarazzo inconsueto per una Lux Baiula e il suo gioviale accento yerlayano, Tania aggiunse: "Eccezion fatta per la donna che vorrete corteggiare, mio Principe. E comunque, la gente comune e i vostri soldatti, a volte parlano in modo denigratorio di noi quando son fuori dalla portatta del nostro uditto — talvolta anche quando sono a portatta."

Aithen non disse nulla per un po'. Non era sicuro di dover rivelare a Tania quali fossero i suoi piani matrimoniali. Anche se, in tutta verità, quei piani non avevano alcun valore reale, dato che il Consiglio di Selezione poteva rifiutare la sua richiesta di sposare Elyana. In tal caso che avrebbe fatto? Se fosse stato costretto a sposare una Nonsensante e se questa non fosse riuscita nemmeno a toccarlo, allora come avrebbe fatto? Un ringhio involontario sfuggì al principe. Poi disse a Tania che non gliene fregava un accidente di quello che gli ignoranti avrebbero potuto pensare e che, se bastava cambiare la sua flora microbica per migliorare le sue capacità sensoriali, si sarebbe sottoposto alla procedura, senza indugi.

Tania acconsentì e, per concludere, spiegò che purtroppo non c'era nulla che la Sorellanza potesse fare per migliorare le sue abilità da Legante, che sarebbero rimaste deboli anche in seguito all'addestramento più duro; semplicemente, non aveva la costituzione adatta. Il principe si sentì sprofondare, a cosa gli sarebbe servita *una superba* abilità sensoriale nel combattere i nemici? Dopo che Tania gli descrisse tutte le cose che poteva imparare a fare solo con le sue abilità da Sensore, Aithen accennò un sorrisino, poi chiese a Tania di programmare la procedura di trasfezione e dare il via all'addestramento.

E così fece Tania. Aveva già eseguito il primo dei nove trattamenti necessari il giorno precedente, mentre quel giorno aveva già programmato di iniziare il principe alle arti Sensoriali.

Aithen stava ascoltando Tania spiegare un esercizio in cui doveva entrare in trance e aprire la sua mente ai flussi esterni. Aithen aveva smesso di aprire del tutto la propria mente qualche anno prima, nella notte in cui — dopo essere tornato nelle sue stanze ubriaco e aver deciso di meditare nel tentativo di alleviare la nausea e il mal di testa, per poi scivolare in un sonno leggero — aveva sentito dei demoni camminare e saltare sopra di lui, spingerlo e tirargli coperta per il resto della notte. Si era spaventato come non mai e al mattino aveva deciso di non aprire mai più la sua mente agli influssi esterni.

Poiché esitava a esaudire le richieste di Tania e fu, dunque, costretto a spiegare il motivo per cui si rifiutava di procedere con l'esercizio, la Fascia Bianca gli disse: "Tali manifestazioni avvengono quando si ha uno stato mentale alterato. Per questo motivo proibiamo l'abuso di alcol. Probabilmente dovreste astenervi dal bere d'ora in poi, a meno che non lo facciate con moderazione, naturalmente."

Aithen non capì se Tania intendesse dire che una persona malvagia o un demone di qualche sorta lo avessero effettivamente attaccato o se voleva piuttosto sottintendere che si era immaginato tutto. Perciò lo chiese.

Tania non rispose in modo diretto. Tuttavia, assicurò che finché lui aveva il controllo del suo corpo e della sua mente, i pericoli che avrebbe potuto dover affrontare nel Legame non sarebbero stati peggiori, in termini di conseguenze terminali, rispetto a quelli che affrontava nel mondo fisico. E proprio come aveva imparato a proteggersi dai danni fisici, poteva imparare a proteggersi dai pericoli all'interno del Legame.

Quando Aithen annuì, Tania disse: "Va bene, allora. Elyana vi ha già insegnato come entrare nel Legame attraverso la meditazione, ma è un metodo troppo lento e non è utile quando improvvisamente ci si ritrova in una situazione pericolosa. Quindi, con questo esercizio, voglio arrivare a farvi entrare a vostro piacimento."

Dopo una serie di brevi domande e richiami, risposte e conferme, che gli passò in mente, Aithen annuì fiducioso. Tania si pizzicò le sopracciglia in un modo particolare.

Aithen avanzò una supposizione: "Ho osservato Elyana entrare nel Legame in situazioni in cui è completamente sveglia. Ogni volta, avvicina pollice e indice, come per grattarsi il pollice. Dev'essere una sorta di meccanismo di associazione."

Tania rispose: "In effetti è cossì. Siete assai perspicace, mio Principe. Ecco cosa voglio che facciate, allora: dovete scegliere un gessto che non vi dispiaccia eseguire in pubblico, o, comunque, mentre altri vi guardano; qualcosa che non sia troppo ovvio da svelare subito agli altri Alterintranti quel che succede. Una volta sceltto, iniziate a praticare l'ingresso nel Legame, facendo tal gessto e, in contemporanea, contando alla rovescia da dieci. Poi ripetete la sequenza, riducendo ogni volta il conto alla rovescia di un'unità. Quando raggiungerete l'ultima sequenza, dovreste essere in grado di entrare subito nel Legame usando esclusivamente quel gessto."

Aithen raddrizzò la testa con risolutezza e cominciò l'esercizio. Entrò e lasciò il Legame, volta per volta, afferrando il pollice destro con l'indice e il medio, senza mai fallire l'ingresso, al termine del conto alla rovescia. Tuttavia, l'intero processo stava iniziando a logorare il principe. Quando completò il suo tredicesimo tentativo, decise di tentare l'ingresso senza conto alla rovescia.

Il viso di Tania si contrì, ma lo lasciò fare e lui fallì. Il principe serrò la mascella e riprese il conto dal sei. Quando il conto partiva ormai dal tre, già sentiva di poter entrare in trance senza conti alla rovescia, ma decise di finire comunque l'intera sequenza. Partendo da "1", riuscì a entrare nel Legame, ne uscì e ci rientrò dopo un istante, senza contare. Un largo sorriso gli dipinse il viso quando uscì dalla trance per l'ultima volta.

"Imparate in fretta, mio Principe. Non che mi sorprenda; vi conosco da temppo e so che siete un abile discente — proprio come vostro fratello, Toras. Una cosa però mi incuriosisce." Dopo aver ricevuto il consenso del principe, domandò: "Vedo che vi afferrate il pollice come la gente fa quando è nervossa. È per questo che lo fate?"

Il principe rispose con un moto d'orgoglio: "Penso che potrebbe essere un buon modo per confondere i potenziali avversari — fargli pensare che io sia nervoso."

Tania mostrò il suo stupore con un leggero sbuffo.

La Fascia Bianca continuò: "Bene, procediamo. Considerata la vostra costituzione atomica e la vostra flora microbica, una delle migliori abilità che potreste imparare per proteggervi efficacemente dagli assassini o dai nemici che agiscono nell'oscurità è la Corae Sentiens."

"Senso di presenza... per percepire le persone che si avvicinano. Non è semplicemente il risultato di un udito molto sensibile? Mia cugina Aria ha questa abilità ed è una seccatura per lei, nonché per gli altri."

"Suppongo che si possa chiamare anche "senso di presenza", ma quello a cui mi riferisco riguarda la flora microbica. Le vostre capacità meditative dovrebbero permettervi di sentire i piccoli impulsi generati dai vostri microbi in risposta alla flora di un'altra persona. Un abile Sensore può percepire gli altri a diversi metri di distanza."

Il principe ritrasse la testa sorpreso.

"Se lo volete, mio Principe, questo è quel che vi posso insegnare a fare."

Aithen annuì, ma voleva capire meglio come funzionava quell'abilità. Tania — che conosceva bene il principe, gli diede una dettagliata spiegazione biologica e fisica del potere. Fatto ciò, Aithen indicò la sua disponibilità con un'espressione grata, così Tania iniziò la lezione.

Passarono mezza giornata ad allenarsi nell'arte della *Corae Sentiens*. Alla fine, Aithen era mentalmente esausto, ma si sentiva speranzoso ed eccitato, per la prima volta dopo tanto tempo. Aveva accettato di buon grado il rigore di quelle lezioni, che continuarono per diversi giorni.

Il principe fece rapidi progressi — più della maggior parte delle donne, per la verità — anche se lui imparava solo una piccola parte di tutto quello che doveva imparare una Sorella. L'unico momento in cui non riuscì a progredire, fu quando Dana Lux Baiula provò a insegnargli i princìpi di alcune abilità offensive; questa parte dell'addestramento stupì, frustrò e imbarazzò il principe che — sebbene fosse un uomo atletico e un soldato — non riusciva in alcun modo ad apprendere l'uso di abilità offensive vincolate.

****

A Passo del Corno, Toras si stava addestrando con Laiella e Na'Riina Lux Baiula. Quest'ultima era appena arrivata da Urbs Lucis.

Na'Riina non era affatto una donna gradevole, né tantomeno simpatica. Non era attraente e, anzi, assomigliava più a un uomo che a una donna, con quel suo viso squadrato e i capelli corti. Tuttavia, era un abile combattente, quasi impavida quanto il principe, perciò lui era arrivato a rispettarla, nonostante i suoi pregiudizi.

Laiella aveva messo in dubbio la decisione di addestrare Toras, in considerazione del suo tipico temperamento infuocato. Tuttavia, Toras si era dimostrato affidabile sul campo e aveva ascoltato — pur esitando — i consigli della Prima, il cui ruolo era proprio quello di prevenire errori fatali da parte del principe. Quindi, per ora, Laiella non aveva una ragione valida per prendere misure definitive contro di lui. E in verità, la Prima sperava davvero di non doverlo fare; la determinazione necessaria non le mancava, ma sapeva che una buona parte dell'esercito non l'avrebbe mai perdonata.

Al di là del fatto che il principe si fosse rassegnato ad averla come consigliere, c'era un'altra ragione che aveva, infine, convinto Laiella ad acconsentire: il ricordo dell'effetto fisico che avevano avuto i ruggiti di Toras nelle grotte mentre combattevano i grugni. Apparentemente, il principe stava sviluppando poteri vincolati a sua insaputa; quindi, la Sorellanza *non* aveva altra scelta che addestrarlo. Laiella lo aveva riferito anche alla Manu Dextra, la quale aveva informato la Magna Mater, che poi aveva assegnato Na'Riina alla fortezza del Passo.

In quel momento, Toras era impegnato a imprecare contro tutto e tutti, si lamentava perché non era in grado di entrare nel Legame, né di entrare nello stato meditativo necessario per farlo.

81

Na'Riina guardò la Sorella con un'espressione che diceva proprio tutto su quel che pensava della mancanza di autocontrollo del principe. Laiella scrollò le spalle e la donna dalla faccia squadrata cercò di ignorare, per quanto possibile, le invettive del giovane, mentre cercava una soluzione. Dopo qualche minuto di perplessità e sbuffi frustrati, Na'Riina si ricordò di una cosa: Kelysia aveva recentemente scoperto che l'intuizione poteva essere usata per imparare le tecniche trasmesse attraverso il Legame. Sussultò felice, ipotizzando che l'intuizione, unita alle abilità da Sensore del principe, potesse essere sfruttata per fargli sviluppare poteri di vincolo. Spiegò la sua idea al giovane Signore Comandante e alla sua Prima.

Laiella non ne era molto convinta, ma si connesse a Toras — sicuramente un cliente scomodo — e poi iniziò a evocare innumerevoli vincoli di vario tipo, sperando che, facendone esperienza, il principe avrebbe imparato a replicarli.

E infatti il principe fu in grado di percepire la maggior parte dei vincoli della Prima. Tuttavia, non riusciva a replicare molti poteri vitattivi[12]. La sua esclamazione frustrata, quando finalmente riuscì a far contrarre un *verme*, sorprese Na'Riina. Ancora una volta, Laiella scrollò le spalle e fece un gesto con le mani, come per dire che il principe aveva aspettative *molto alte* di sé.

Al contrario, Toras sembrava essere eccezionalmente abile nei vincoli sonattivi[13]. In effetti, il principe sembrava in grado di imitare pressoché ogni suono che sentiva e riusciva a modularlo con una notevole precisione. Il principe stava certamente apprezzando gli esercizi per sviluppare la sonattività e progrediva rapidamente, finché non fu in grado di spingere una pietra dal peso considerevole giù da un tavolo. Quando ci riuscì, divenne estatico, quasi infantile nella sua esuberanza.

L'espressione di Na'Riina mostrò la sua sorpresa — e il suo piacere — nel constatare la validità della propria ipotesi sull'utilizzo

---

[12] I poteri vitattivi richiedevano l'uso di microbi per avere effetto; inoltre, si attivano a seconda della flora microbica di ogni individuo.

[13] I poteri sonattivi sfruttavano la proiezione sonora per agire sugli oggetti.

delle capacità di Sensazione per l'insegnamento di certi vincoli. Disse: "Davvero impressionante, Signore Comandante."

Toras guardò Laiella, che annuì, facendo un breve cenno di riconoscimento, con le labbra contratte — la sua tipica risposta, in caso di soddisfazione. Tuttavia, lei non era affatto sorpresa. Il principe aveva da sempre esibito una straordinaria abilità nell'imitare i suoni, che spesso sfruttava per far sorridere i suoi uomini nei momenti di tensione.

La Fascia Rossa dai capelli scuri aggiunse: "Ora facciamolo un'altra volta."

Ma Toras domandò: "Lux Baiula, com'è che non posso imitare gli altri vincoli di Laiella... come li chiamate... vitattivi?"

"Il fatto che non si possano imitare i vincoli vitattivi non è sorprendente; ognuno di noi ha talenti diversi. Eppure, le vostre capacità naturali da Sensore, combinate con alle vostre abilità vocali, vi permettono di imitare i vincoli sonattivi facilmente. Ho sentito che avete imparato le arti marziali allo stesso modo."

"Sì, è vero. Mi bastava vedere lottare i guardiani di mio padre per capire come migliorare i miei movimenti con la loro stessa perizia."

La vanità del principe era fastidiosa, ma questa volta la donna nemmeno guardò l'altra Sorella; ormai aveva capito che Laiella avrebbe semplicemente fatto ancora spallucce.

"Beh, che stiate imparando per osmosi oppure no, chiacchierare non vi insegnerà nulla. Quindi, andiamo avanti."

Toras aggrottò la fronte stizzito, poi si raddrizzò e si mise in posizione.

Il principe e la Lux Baiula si esercitarono per un'altra ora. Laiella gli mostrò come generare suoni che si trasformavano in violenti pugni, quando proiettati attraverso il Legame. Toras imparò senza troppi sforzi a replicare questi vincoli. Verso la fine della sessione di addestramento, riuscì a rovesciare un tavolo, impressionando le Lux Baiulae, ma dando loro anche una nuova preoccupazione, che non esternarono.

Con un sospiro affaticato, Na'Riina disse: "Molto bene, continuerete ad allenarvi con la Prima Barriera Laiella finché non padroneggerete queste abilità, Signore Comandante. Quando sarete pronto, vi insegneremo a controllare i vostri muscoli, in modo da ottenere il massimo effetto, difensivo e offensivo."

Al posto di rispondere con il cenno di accordo o comprensione che la Lux Baiula si aspettava da lui, Toras esclamò: "Non posso crederci che mio padre non mi abbia mai permesso di imparare prima. Avrei potuto essere molto più avanti e avrei potuto facilmente ucc..."

Quando un chiaro cipiglio di disapprovazione distorse le facce delle donne, Toras si controllò e disse: "Lo so, lo so. La ragione che sta dietro le arti marziali non è quella di uccidere, ma difendere gli altri e noi stessi."

Laiella si limitò ad annuire col capo, ma si sentì evidentemente sollevata nel sentire quelle parole.

Na'Riina aggiunse: "E l'omicidio dovrebbe avvenire solo in mancanza di alternative. È altrettanto importante ricordarsi, mio Principe, che i vincoli difensivi — che imparerete presto — non proteggono contro ogni tipo di proiettile. In particolare, sono inutili se si viene colti alla sprovvista. Al contrario di quanto molti credono, i nostri poteri non ci rendono immuni alle lesioni, o peggio, alla morte. Tuttavia, possono aiutare a prevenire atti perniciosi nei nostri confronti. I più longevi sono coloro che restano sempre vigili e che, quando avvertono una minaccia, rispondono solo con la forza necessaria, se necessario."

Na'Riina si aspettava un cenno d'assenso da parte del principe, ma vedendo i suoi occhi spostarsi e le labbra abbassarsi, come se non fosse convinto della veridicità di ciò che aveva sentito, gli chiese: "Non siete d'accordo?"

"Capisco i limiti di questi poteri, ma so per certo che è impossibile essere in costante allerta e vivere a lungo; il corpo ha bisogno di riposo talvolta."

Le Lux Baiulae si guardarono sorprese. Na'Riina disse: "Beh, è un'esagerazione, naturalmente, ma suppongo che abbiate capito quello che intendevo."

Il principe non rispose e si limitò a fissare impassibile la Lux Baiula. Na'Riina lo spronò spingendolo.

In Kynaria

Una voce soffice ma indispettita cacciò un urlo, spaventando i volatili appollaiati tra gli alberi dei giardini della scuola: "*Arrgh*! È assurdo. Non ho idea di dove stiano andando questi lincot. Davvero non capisco perché ogni sacerdotessa non possa semplicemente seguire e guidare un lincot alla volta.”

“Lo so, Carasina. Ma come faremo quando ci sarà bisogno di molte più creature rispetto alla quantità di sacerdoti o sacerdotesse a disposizione?”

“Mi limiterei a connettermi al capo del gruppo e a guidarlo.”

Aria rispose: “Potrebbe funzionare per puntare un nemico, finché tutti i lincot seguono il loro leader, ma non funziona per l’esplorazione o per la difesa, quando i lincot devono disperdersi.”

“Suppongo tu abbia ragione.”

“È così. Se hai intenzione di sfruttare appieno i segnali visivi, serve imparare a spostarsi più rapidamente da una creatura all’altra, in modo da non perdere troppo tempo. Quel che faccio io è memorizzare la disposizione magnetica di un luogo, così che, anche se non sto seguendo un animale in particolare, posso sapere approssimativamente dov’è quando riapro ad esso i miei sensi.”

“Puoi farlo?!”

“Sì, e penso di poter usare questa tecnica anche per seguire *qualsiasi* animale.”

“Cosa vuoi dire?”

“Voglio dire che in qualche modo, le vibrazioni magnetiche si combinano con le vibrazioni di qualsiasi animale creando qualcosa di molto specifico e, di conseguenza, molto facile da riconoscere e rintracciare. Ciò si verifica anche se si tratta di un animale con cui non ho mai interagito prima, o di una creatura in particolare su un centinaio di altre simili in una determinata area.”

Gli occhi di Carasina si spalancarono nello stupore.

“Da due mesi sto frequentando la classe di geologia del sacerdote Yuri e penso di aver finalmente capito quello che diceva l’insegnante.”

Carasina disse: “Non credo ci sia permesso espandere le nostre competenze oltre a ciò che è già stato studiato e approvato.”

Aria rispose indignata: “Come possono impedirmi di seguire i miei sensi, ovunque mi portino? Come possono aspettarsi che io mi imponga di non percepire qualcosa?”

“Beh, ci sono delle ragioni, Aria. Talvolta queste supposizioni possono danneggiarci fisicamente e, in altri casi, anche mentalmente. Agire senza una guida, senza essere istruiti sulle proprietà, sui benefici e sui rischi di una pratica è pericoloso.”

Aria scrollò le spalle con noncuranza.

"Quindi, stai dicendo che apriresti la tua mente a qualsiasi vibrazione, anche illecita, solo perché la percepisci?"

Aria sospirò esasperata: "Cari, stai esagerando ora. Sai che non lo farei. Comunque, vuoi il mio aiuto con i lincot oppure no?"

"No. Chiederò a Magistera Annan di darmi delle lezioni private. Non mi dispiace mettermi nei guai con te per cose stupide, ma questo è troppo. E, soprattutto, non ora che siamo così vicine alla nostra Ascesa."

"D'accordo."

Dalla finestra della camera da letto della rappresentazione di una casa, la stessa in cui aveva passato i primi sei anni di vita con Oolviana, Lusk osservava la vacuità senza spazio, cercando di dimenticare ciò che aveva fatto quel giorno. Improvvisamente, il vuoto venne sostituito da un oscuro, interminabile baratro che si avvicinava verso di lui. Puntava la finestra, espandendosi sempre di più, fino ad oscurare lo spazio all'interno della stanza, proprio come il sovvenire dei suoi misfatti divampò feroce in lui. Strinse i denti e i pugni, al punto da scheggiare i primi e far sbiancare i secondi.

Quella mattina, Lusk aveva finalmente persuaso Ooldrina a fidarsi totalmente di lui, nonostante la precedente opposizione. Non l'aveva presa in ostaggio per convertirla al servizio di Noctiferus, bensì per vendicarsi su di lei per quello che gli avevano fatto le donne zebuloniane al potere, nonché per il fatto di essere stato costretto ad addestrare le due ragazze che facevano parte della loro prole.

Ogni secondo trascorso nel Legame con Ooldrina era stato una tortura, perché per aiutarla a superare la sua paura dello spazio etereo aveva dovuto condividere la propria mente con lei.

La ragazza aveva appreso ciò che Clara gli aveva chiesto di insegnarle — aprirsi alle vibrazioni nel Legame e proteggersi solo quando necessario — ma imparò anche a provare terrore di Lusk Methrim: un uomo che non sarebbe mai più stato lo schiavo delle Janarae. Nonostante il successo, l'euforia di Lusk si smorzò ben presto, perché le sue azioni gli erano costate *carissimo*.

Lusk non riusciva a smettere di contorcersi, mentre ricordava le urla e l'orrore provato da Ooldrina nel momento in cui lui aveva contaminato la sua mente — e, attraverso la mente anche il suo corpo, quando lei non fu più in grado di distinguere la realtà fisica dalla rappresentazione. Ora, lo zebuloniano non riusciva a smettere di avere conati né di ripensare a quegli istanti.

I ricordi di quelle innocenti grida disperate si ostinavano a tuonare nella sua mente, mentre il suo sé cosciente cercava di sommergerli, affogandoli. Ma i suoi tentativi migliori non furono meglio della risibile resistenza che avrebbe potuto opporre un bambino, sgridato dal genitore arrabbiato. Non sapendo più cos'altro fare, Lusk evocò il vuoto più buio in cui sprofondare, scindendosi in questo modo da qualsiasi emozione.

Non passò molto prima che i suoi sforzi si rivelassero vani per l'ennesima volta e riaffiorassero, così, i ricordi delle sue azioni, i quali portavano con sé un dolore che diventava sempre più pesante e intollerabile.

Ogni tanto, la sua parte irrazionale — o forse quella razionale — si allarmava, spingendolo a chiedersi se una Lux Baiula potesse scoprire quello che stava facendo a Ooldrina. Sperava di no. Ooldrina di certo non avrebbe parlato; lei era in suo potere. E, sebbene la consapevolezza di ciò che aveva subito l'avrebbe tormentata per sempre, lui aveva fatto in modo che il trauma non la rendesse del tutto inerme e inutile.

Il vomito si fece di nuovo strada nella bocca di Lusk, mentre ripensava alla totale separazione dalla realtà visibile negli occhi di Ooldrina, quando lui aveva finito e se ne era andato, lasciandola nel mezzo della struttura che lui stesso aveva immaginato, per poi fargliela crollare addosso. Il viso della ragazza era inespressivo e vuoto, lo riempivano solo le lacrime silenziose che scorrevano sulla pelle pallida. La madre di Ooldrina le aveva insegnato a fidarsi e a rispettare i maschi, ma Lusk aveva reso tutti quegli insegnamenti una menzogna e aveva distrutto la fiducia della ragazza nel sesso opposto.

Cercò un'altra volta di raggiungere l'oscurità placida del vacuo, ma apparve di nuovo un precipizio, invece. La sua forma vacillò, poi tutto scomparve. La mente di Methrim trovò tregua nel torpore d'un sonno senza sogno.

PERMANERE USQUE AD FINEM

L'arrivo dei Signori di terre più vicine e lontane, dei funzionari di alto rango di Urbs Lucis e della Kynaria, e, infine, della famiglia reale e della corte del Gran Re al completo — la maggior parte dei quali arrivarono a dorso di vorano, alcuni, invece, cavalcando dei magnifici furani — regalò alla popolazione di Antar uno spettacolo memorabile, quella mattina, il quinto giorno del secondo quarto di mezzo di Decimus, nell'Anno Imperiale centottanta.

Quando Gaius e Octavius avevano inizialmente pianificato il Ballo Reale a Praeghe, i loro consiglieri li avevano accusati di essere impazziti e di essersi dimenticati del popolo in subbuglio o della Serpe e dei grugni, che disseminavano il caos in ogni angolo del regno. Tenere un ballo a Praeghe sembrava proprio un'idiozia, oppure un sintomo di arroganza. Tuttavia, il rettile non si vedeva da più di un mese, mentre i secondi erano rimasto fuori tiro, ai piedi delle catene montuose settentrionali. Perciò, dopo aver attentamente esaminato i pro e i contro, il re decise che la necessità di tenere il ballo era maggiore rispetto al pericolo effettivo, ma la festa si sarebbe svolta nel suo palazzo estivo, nelle terre regie appena fuori Antar, lontano da ogni pericolo.

Gaius acconsentì, così vennero spediti gli inviti e si svolsero i preparativi per quello che sarebbe stato il Ballo Reale più discusso del decennio, non solo per il coinvolgimento del Signore Gaius, ma anche a causa delle circostanze in cui si teneva.

Gli ospiti più illustri del ballo erano i membri della corte reale, il Primo Senatore, la Magna Mater, la Praefecta Consuasores e la Manu Dextra; Signori e Signore da tutto il regno, i rappresentanti dei regni di Jarah e Pargah, e infine Juur no'Duur, il re di Yerlah in persona.

Assecondando i costumi di Gaius, una parte dei terreni che circondavano la villa — la parte più esterna — era dedicata alla plebe e ai patrizi minori, in modo da consentir loro di partecipare alla festa. Questi avevano ricevuto e accettato l'invito con entusiasmo, ma anche con timidezza. Infatti, sebbene fossero abituati a vedere il re da vicino, poiché veniva in città tutte le estati, l'ultimo ballo a cui avevano partecipato risaliva ai tempi della nascita di Ori.

Nel cortile interno di palazzo, sotto il baldacchino dorato — impreziosito dallo stemma del casato su un lato e da affreschi che rappresentavano i principali eventi nella storia del regno sugli altri lati — la gente si salutava o conversava, ognuno godeva del buon cibo, dei giardini e della musica, in attesa che il re e la regina apparissero.

L'unica cosa che indispettì temporaneamente gli ospiti fu la presenza di cinque Lux Baiulae — cinque Barriere della Fascia Rossa, le più mortali di tutta la Sorellanza — che sorvegliavano l'ingresso del palazzo del re. Tutti sapevano che Urbs Lucis aveva schierato le Fasce Rosse per proteggere il Gran Re in seguito all'attacco della Serpe a Furania, ma vederle lì tra di loro, con quei loro sguardi severi e fatali nonostante la musica gioiosa, infastidì la gente e la mise a disagio.

In piedi, accanto a una fontana che rappresentava il furano bicefalo del blasone di famiglia, il Gran Principe Aithen stava parlando con lo zio Claudius dei progressi di sua cugina Aria alla Scuola della Chiesa di Kynaria. Il principe indossava un cappotto d'un verde brillante, con una fila di bottoni ai lati della linea mediana, e pantaloni in pelle scamosciata nera, mentre il vecchio Claudius indossava una tunica nera e dei pantaloni verdi, nonché un paludamentum — o mantello — verde, che gli copriva le spalle per metà.

Aithen stava ponendo una domanda a Claudius, quando qualcosa dall'altra parte del terreno attirò la sua attenzione e gli bloccò le parole in gola. Con un'urgenza atipica, disse: "Perdonatemi, zio. Possiamo continuare più tardi?"

Claudius, incuriosito, inarcò un sopracciglio e si guardò intorno prima di rispondere, poiché non voleva rimanere solo. Quando vide il nobile fratello nelle vicinanze, fece un cenno al nipote e si congedarono temporaneamente.

Aithen se ne andò velocemente, con un po' più di fretta di quanto fosse appropriato, ma in quel momento non poteva farne a meno.

Camminando verso Elyana, pensò se preferisse che lei lo vedesse avvicinarsi oppure no. Dopo qualche passo, decise che non si sarebbe rivelato finché non le sarebbe arrivato vicino, in modo da non doversi imbarazzare per la propria reazione a un eventuale sorriso che la donna avrebbe potuto rivolgergli, mentre si faceva strada tra le persone per raggiungerla.

Aithen aveva visto Elyana solo due volte negli ultimi tre mesi, ovvero da quando lei si era trasferita a Urbs Lucis per assumere il nuovo incarico di braccio destro della Magna Mater. L'ultima volta era stata in occasione di una visita formale che l'aveva portata nella capitale. Gli mancava passare un po' di tempo con lei, aveva sognato — e temuto — a lungo questo momento. E ora, eccola lì davanti ai suoi occhi, Aithen stava quasi correndo verso di lei, seppur allo stesso tempo fosse spaventato da quel ricongiungimento.

Devo trovare un modo per stare da solo con lei.

Il suo cuore si fermò per un istante quando Elyana, che aveva appena colto della frutta da un copioso banchetto, sollevò lo sguardo nella sua direzione. E distese le labbra. *Oh*, nessun altro, tranne forse le sue colleghe, avrebbe capito che quello era un sorriso, ma *lui* sì, e questo gli fece battere forte il cuore, mentre continuava ad avvicinarsi.

Vestito con un'uniforme nera, impreziosita da un motivo di furani in volo stilizzati e dalle insegne della fortezza di Passo del Corno sulla spalla destra, il principe Toras sorseggiava un bicchiere di vino Sabara in compagnia del Gran Capitano Harlion.

Disse all'ufficiale, che guardava in direzione del Gran Principe: "Sta succedendo qualcosa tra Aithen ed Elyana?"

"Ah! L'avete notato? Credo che vostro fratello sia ossessionato da lei e che, se non fosse stato per il suo trasferimento a Urbs Lucis, l'avrebbe già corteggiata mesi fa... il che non farebbe piacere proprio a tutti... Tuttavia, oggi *qualcuno* potrebbe rimanerci male."

Toras sollevò le sopracciglia, mostrando curiosità, poi s'incupì. Questa reazione fece capire ad Harlion che Toras stesso era tra quelli che ne sarebbero rimasti delusi.

Harlion scrollò le spalle e continuò: "In ogni caso, è altamente improbabile che la cosa possa andare lontano, dal momento che le Lux Baiulae fanno, fondamentalmente, un voto di celibato." Con un occhiolino, aggiunse: "Anche se ho conosciuto Sorelle che hanno colto certe occasioni al volo — se capite cosa intendo."

"Uh. Non sapevo che avesse un senso dell'umorismo così rozzo, Capitano."

Harlion fece roteare il vino nel suo calice, poi disse: "Spero che vostro fratello sappia quel che fa, perché è probabile che si ritrovi col cuore spezzato."

"Beh, Aithen non è una persona emotiva, quindi suppongo che, anche se ricevesse un rifiuto, sopravvivrebbe pur intristendosi temporaneamente. Invece, non sono affatto sicuro di come mi sentirei io, qualora lei accettasse; so che l'età non conta, dato che le Lux

Baiulae invecchiano diversamente, ma Elyana è praticamente una di famiglia!"

"Anche questo è vero" rispose Harlion, proprio nel momento in cui un canto gutturale in crescendo, che ispirava forza, vitalità e speranza, si innalzava attirando l'attenzione degli ospiti del re.

Il canto — e la consapevolezza di ciò che avrebbe seguito — interruppe ogni conversazione, frivola o importante che fosse. Le persone si spostarono il più rapidamente possibile ai tavoli assegnati; il tutto senza minare la nobiltà o l'autocontrollo che desideravano proiettare.

Aithen, Toras e il giovane Ori si incontrarono al tavolo regale. Ori sorrise ai fratelli maggiori e attese seduto accanto a loro, con un sorriso che rivelava un'incredibile eccitazione. Poiché eventi importanti come questo si verificavano una volta ogni lustro, questo era solo il secondo dopo la sua nascita accidentale, tredici anni prima.

I plebei e i patrizi minori si accalcarono lungo la bassa striscia di cespugli che circondava i giardini interni, in modo da poter assistere all'arrivo del re e della consorte. I membri della Guardia Reale, comandati da Primus Julian, il capo della Guardia Praetoriana[14], tracciarono il perimetro, assicurandosi che nessuno cercasse di intrufolarsi.

Quando i nobili ospiti e la famiglia reale furono tutti ai loro posti, l'ululone reale, con quella sua pelliccia bizzarra, fatta di lamelle carnose verdi e rosso scuro, ubbidì ai comandi di Maestro Rackeli e ululò, invitando tutti i presenti a celebrare l'arrivo della coppia regale.

Il Gran Re Octavius e Donna Darya fecero il loro ingresso solenne, così come si aspettavano i sudditi ormai, dopo sessantasette anni di regno. Il re camminava con un sorriso riservato ma orgoglioso, mentre la consorte aveva un sorriso altrettanto riservato, ma ancor più caloroso, stampato su quel suo viso ancora così bello. I due camminavano con le dita intrecciate, malgrado i lunghi anni trascorsi a distanza, continuando a desiderarsi vicendevolmente. Octavius gradiva le dolci strette rasserenanti delle mani di Darya, infatti, non gli era mai piaciuto molto essere al centro dell'attenzione, se non quando faceva un discorso pubblico o quando da giovane gareggiava ai giochi annuali.

---

[14] Guardia Praetoriana: La guardia personale del Gran Re.

Il re e la regina abbracciarono i loro ospiti con uno sguardo ampio e benevolo mentre quelli giungevano sotto il baldacchino, e quando i loro occhi si posarono sui loro tre figli in piedi fianco a fianco, un sorriso genuino illuminò i loro volti e scaldò i loro cuori.

Dirigendosi verso la propria tavolata, la coppia passò in tutti i tavoli d'onore, in modo da ringraziare gli ospiti più importanti. Tra questi c'erano: il re Juur no'Duur di Yerlah e la sua coniuge, che si chinarono sui fianchi; la Magna Mater, Elyana Lux Baiula e la Praefecta Ramela, che fecero un cenno rispettoso; il Primo Senatore Leo, che chinò il capo con più sicurezza di quel che sentisse; i fratelli del re, i Signori Claudius e Gaius, che strinsero la mano del re; i membri della corte regia, tra cui il Gran Capitano Harlion, i Signori Voltaguerra e Kaffin, Irania e Mitsuko Lux Baiulae, i quali fecero tutti un cenno risoluto e fiducioso; Donna Moradina, che regalò al re e alla regina il sorriso più caloroso di tutti, nonostante lo spiacevole ricordo dell'ultimo incontro tra lei e il re; infine, Ylana Dar'Muntake, che pareva lei stessa una regina e che accolse il re e la consorte, sua compatriota, esibendosi in un inchino a mani conserte. Anche il re ricambiò, seppur vedere Dar'Muntake e Krystiana nello stesso posto gli ricordasse il rancore che, da circa due mesi, continuava a provare nei loro confronti. In effetti, aveva la netta sensazione che, in qualche modo, le due avessero cospirato, facendogli assumere un certo ragazzo come assistente personale, un giovane che era legato a entrambe le donne: a Krystiana per la sua appartenenza alla Sorellanza — per quanto fosse inconsueto — e a Dar'Muntake per consanguineità.

Oh, beh, i suoi servizi non mi sono sgraditi e sembra un ragazzo leale, indipendentemente dai mezzi con cui mi è stato assegnato. Suppongo di non doverle accusare, per non mettere a repentaglio tutto ciò che dobbiamo fare qui oggi.

Dopo aver risolto il suo dibattito interno, Octavius finalmente si diresse con la moglie al loro tavolo, dove furono accolti entrambi, ma soprattutto Darya, dai calorosi abbracci dei figli maggiori e dalle esclamazioni euforiche del loro figlio più piccolo.

A quel punto, Octavius e Darya si piazzarono ai loro posti, così come fece la loro prole: Aithen si sedette alla destra del re, invece Toras, e poi Ori, alla sinistra della madre. Anche Harlion e Mitsuko Lux Baiula si sedettero al tavolo del re, alla destra di Aithen. Quando ognuno fu al proprio posto, il re cominciò il suo discorso:

"Miei cari ospiti, grazie a tutti per aver accettato il nostro invito a questo ballo insperato. So che molti hanno messo in dubbio il suo tempismo, ma poiché la situazione è migliorata, da un paio di mesi a questa parte, e sia Urbs Lucis che i miei Frumentarii hanno confermato una decrescita della minaccia, ho deciso di organizzare questo evento, in modo che potessimo incontrarci, per ascoltarci a vicenda e ascoltare la musica, che ci unisce e ci aiuta ad essere fraterni l'uno con l'altro… Non possiamo farne a meno, se vogliamo superare ciò che già adesso ci affligge e ciò che ancora deve venire." Octavius volse il suo sguardo penetrante verso Ylana Maryn Dar'Muntake, Somma Sacerdotessa dell'Ordine di Kynaria e leader efficiente di quella nazione insulare.

In molti la guardarono furtivamente, intimoriti oppure a disagio. Infatti, i kynariani visitavano raramente l'Alvinoria e rimanevano una comunità essenzialmente sconosciuta alla maggior parte della gente, nonostante i legami di sangue secolari tra le due nazioni.

"Sappiate anche che di recente abbiamo decimato una folta orda di creature malvagie, che negli ultimi mesi si ostinava ad attaccare le città e i villaggi ai piedi delle Cime dei Colossi e dei Furani. Ebbene, mio figlio, il Principe Toras, Signore Comandante della Guardia Nera, ha combattuto un gruppo di cento creature verso la fine del primo quarto di questo mese e lui, i suoi soldati e le Lux Baiulae, le hanno schiacciate, subendo perdite minime."

Il pubblico batté gioiosamente le mani sulle gambe, celebrando le gesta del principe.

Toras, in risposta, si alzò per poi risedersi prontamente, permettendo al padre di concludere. Tuttavia, prima riuscì a cogliere un gesto di Aithen, che in qualche modo gli dette più orgoglio dell'ovazione ricevuta.

Octavius proseguì: "La sua compagnia ha anche riportato indietro uno dei cosiddetti grugni e la Sorellanza…" riconobbe sorridendo a Krystiana, "ha già messo al lavoro le sue menti più brillanti per studiarne la biologia e individuare i mezzi più efficaci per sconfiggerli, nonché per proteggerci al meglio."

"So che molti tra voi hanno visto i propri beni ridursi in polvere e la propria gente soffrire, a causa degli attacchi della Serpe e dei grugni. Tuttavia, il danno sarebbe stato anche peggiore, se non fosse stato per gli accordi raggiunti dal mio primogenito ed erede, il Gran Principe Aithen, durante le assemblee da lui presiedute lo scorso

Sextus e per questo gli sono profondamente grato. Questo successo è di buon auspicio per il futuro della Corona."

Octavius sorrise ad Aithen, mentre il pubblico — fatta eccezione per il Signore Arotek e i suoi commensali, che si limitarono a fissare il re, e per alcune persone della corte di Juur no'Duur, che apparvero infastiditi, ricordando il momento in cui avevano riconosciuto il loro vassallaggio — ricominciò a battere le mani sulle cosce, con rinnovato vigore.

Octavius continuò: "Proprio come io provo orgoglio per i miei figli, dovreste tutti essere orgogliosi della vostra gente, perché i miei eserciti e le forze di Urbs Lucis, di per sé, non basterebbero a proteggere le vostre terre, senza il coinvolgimento del popolo. Quindi, stasera celebriamo per ricordare a noi stessi che anche se il peggio deve ancora venire, abbiamo ciò che serve — come popolo — a superare gli ostacoli sulla nostra strada. E quest'anno, come ogni anno, come ulteriore dimostrazione della mia fiducia nella nostra forza, si svolgerà la gara Transalvinoriana."

La folla scoppiò in un'ovazione che durò a lungo e che avrebbe potuto continuare oltre, se il re non avesse battuto le mani per parlare.

"Cari ospiti, sedetevi ora e lasciate che la musica e il cibo rinsaldino i nostri legami."

Dopo aver ricevuto il segnale, le Voces Creatoris intonarono un nuovo canto, kynariano questa volta, seguito in sequenza da altri canti di altre culture. Il canto kynariano era leggero e gioioso, rievocava i cinguettii dei volatili endemici dell'isola. La gente rispose con strette di mano, sorrisi e vivaci passi di danza, mentre altri ripresero a chiacchierare o si diressero verso la tavolata regale, per incontrare il re e la sua consorte. I principi e il Gran Capitano si alzarono e andarono a mescolarsi tra gli ospiti, come da consuetudine, anche se Toras non aveva un carattere affine alla socialità politica e Aithen aveva ben altri pensieri per la testa quel giorno.

Preparandosi alle interazioni del re con i suoi ospiti, Mitsuko Lux Baiula si avvicinò a Octavius e si posizionò subito dietro, alla sua destra. Una delle prime persone a presentarsi al tavolo del re fu Donna Moradina. Octavius la ricevette provando una leggera sensazione di ansia — parzialmente distesa dalla musica conciliante — poiché non era ancora certo di poterla considerare un'amica e un'alleata. Urbs Lucis aveva indagato sulla potenziale corruzione della latifondista, ma non era stata in grado di confermare nulla. Le due Lux Baiulae che facevano parte della sua corte erano state sondate ed erano prive di qualsiasi influenza esterna, ma Donna Moradina continuava a comportarsi in modo incoerente. La sua guaritrice personale, Lorina Lux Baiula, non aveva identificato alcun motivo medico che giustificasse quel comportamento. Né la sua consulente, Silla Lux Baiula, aveva trovato alcuna prova che spiegasse gli inconsueti impulsi mentali che Mitsuko aveva notato a inizio mese. L'unica cosa potenzialmente preoccupante che aveva riscontrato Silla erano le tracce di un'attività nervosa nelle stesse regioni cerebrali che Mitsuko aveva sondato nella scorsa occasione. Per questo, tutte le interazioni con Moradina dovevano rimanere sotto stretta sorveglianza, almeno per ora.

Moradina Solis si inchinò al cospetto del re, evitando lo sguardo di Mitsuko Lux Baiula, e disse: "Mio Re, mia Regina, è un piacere riavervi qui ad Antar."

Darya ringraziò la donna con un po' meno calore del solito. Mitsuko si limitò a studiare la donna con il solo ausilio dei propri sensi, poiché un sondaggio avrebbe potuto innescare una reazione spiacevole. In precedenza, aveva concordato con il re che avrebbe tossito due volte prima di sondare chicchessia, nel caso in cui avesse avuto sospetti. Se l'esaminazione avesse rivelato qualcosa di preoccupante, avrebbe interrotto la conversazione con altri tre colpi di tosse, né più né meno.

Il silenzio di Mitsuko indicò al re che tutto sembrava essere in sicurezza, così lui disse: "Donna Moradina, se fossimo ad Antar, sareste voi la padrona di casa."

"Sì, sì. So che il vostro dominio non rientra nei limiti comunali di Antar, Sire. Ma le stesse acque bagnano i nostri territori, non è vero?"

"Certo, Donna Moradina, e sono sempre più limpide e accoglienti." Octavius si fermò un momento, pensando, poi disse: "Come sono andate le cose da quando avete visitato la capitale? Delle grinze sospette apparvero sulla fronte della Signora, rapidamente sostituite da un largo sorriso. Usando il nome del re — cosa che irritò la moglie — disse, sarcasticamente: "Octavius, Antar è stata fortunata a non aver subito alcun attacco, né da quel rettile volante né da quelle vili creature delle montagne." Con un tono più grave e cospiratore, aggiunse: "Ma ci *sono* alcune voci persistenti, che mi preoccupano alquanto."

"Voci?"

"Certamente. Si dice che Zebula abbia delle spie qui nel Regno... Forse anche—"

Octavius sapeva che Moradina amava spettegolare, ma questo?! Cercò una risposta adeguata per porre fine alla conversazione, ma Darya congedò la donna al posto suo, dicendo: "Le spie non sono nulla di insolito, Donna Moradina; ce le si aspetta, prima di una guerra... Nelle nostre cucine, così come nelle nostre caserme."

Donna Moradina serrò le labbra e non rispose, anche se sembrava proprio che volesse dire qualcosa.

Rivolgendosi prima alla moglie e poi a Moradina, Octavius aggiunse: "Esatto, amore mio. E anche se possono preoccuparvi, Moradina, è meglio riservare tali argomenti per circostanze più consone. D'altra parte…"

Dietro il re, Mitsuko si coprì la bocca per tossire — due volte.

Il re si irrigidì ma scelse di ignorare l'avvertimento e terminò quello che stava per dire: "Mi farebbe piacere se tornaste più tardi a dirmi come procede la ristrutturazione della biblioteca di Antar; è un argomento non solo più appropriato per un'occasione come questa, ma che mi è anche molto caro."

Donna Moradina si raddrizzò, capendo di essere stata congedata, e disse: "Sì, certo, mio Re."

Poi, rivolgendosi a Darya, aggiunse con un tono troppo dolce per essere sincero: "Mia Signora, spero che vi piacciano i fermenti che ho fatto portare dal mio cuoco. Sono tra i migliori in tutto il Regno, come già sapete."

Darya rispose il più piacevolmente possibile: "In effetti, so della loro reputazione e sono certa che li apprezzeremo."

Octavius ringraziò Donna Moradina, che se ne andò. Poi, il re inclinò leggermente la testa all'indietro e sussurrò: "Mitsuko! Ha tossito!"

"Sì, Sire. Ho percepito del conflitto in voi, mentre invitavate Donna Moradina a tornare più tardi."

"E quindi? Non posso neanche riflettere sulle domande da fare o, perlomeno, soppesare più a lungo le decisioni prima di prenderle?"

Darya anticipò la Lux Baiula, dicendo: "Octavius, ho notato anche io la tua esitazione. Mitsuko Lux Baiula ha solo fatto il suo dovere."

"Pensavo che sapesse distinguere tra reazioni normali e anomale. Tutto ciò mi fa imbestialire, nonostante la musica rilassante e gioiosa."

Darya notò quello che sembrava essere senso di colpa, o vergogna, celato sotto la flemmatica maschera della Fascia Viola. Il che la sorprese e la turbò, così decise di intervenire prima che le cose peggiorassero e si rovinasse la festa. "Octavius, caro. Questa non è la prima volta, nel tuo regno longevo, in cui hai dovuto affrontare minacce alla tua vita, né che hai dovuto fare i conti con restrizioni ai tuoi movimenti o alle tue interazioni. Li hai accettati prima, quando la minaccia era minore e adesso, proteggerti, è tanto fondamentale quanto lo era allora — se non di più."

"*Urrgh*, va bene. Ma alziamoci e incontriamo i nostri ospiti ai loro tavoli piuttosto che farli venire tutti qui — ho bisogno di sgranchirmi."

Così, Rackeli, il maggiordomo del re, chiese a tutte le persone in fila di tornare ai loro tavoli. Alcuni si sentirono infastiditi dalla procedura, perché presupponeva che il loro incontro con il re sarebbe stato meno formale. Tuttavia, obbedirono e tornarono ai loro posti, sperando che il maggiordomo si sarebbe assicurato, come minimo, di mantenere le giuste priorità fra gli attendenti.

Il re, la regina e la vigilante si alzarono e si recarono ai tavoli indicati da Rackeli, poi verso altri ancora da loro scelti.

Dall'altra parte del baldacchino, Aithen, che non era più riuscito a incontrare Elyana, e suo cugino osservavano la folla mentre discutevano. Ulvius chiese: "Stai guardando i tuoi genitori?"

"Sì, non li vedevo insieme da un po', ma è come se non si fossero mai separati."

L'elegante Ulvius, figlio del Signore Gaius e padrone indiscusso delle miniere d'Alvinoria, disse: "O forse è proprio perché sono separati che desiderano così tanto tornare insieme... stare con qualcuno ogni giorno è spesso peggio che dividersi per un po'."

"Forse. Ma io non credo che riuscirei a sopportare la distanza."

Con una voce mesta che contrastava con il suo aspetto sgargiante, Ulvius rispose: "Beh, so io una cosa che il tempo sicuramente non risolve."

"Stai pensando a tuo fratello?"

Ulvius annuì: "Sì. È ancora difficile da superare, nonostante siano già passati tre mesi, specialmente per mio padre."

Aithen sorrise comprensivo al cugino: "Loris era una brava persona; manca a tutti noi."

Ulvius, che non era un militare, né tantomeno un militarista, rispose con un tono aspro: "Quanti altri dovranno morire, cugino?"

"Non lo so... parecchi. Comunque, Ulvius, non parliamo di morte, per favore. Che ne dici di bere qualcosa?"

"No, penso che andrò a trovare Aria. Tornerà presto a Kynaria, quindi vorrei approfittare di questo tempo per incontrare la nostra cugina più cara."

"Sai se è ancora addolorata per la perdita del fidanzato?" Chiese Aithen.

Il cugino del principe annuì affermativamente e disse: "Sì. Ma meno di quanto mi aspettassi, sinceramente. Larad l'amava davvero e sperava di sposarla l'anno prossimo, dopo la sua Ascesa."

"Beh, i suoi studi ora richiedono tutta la sua attenzione. Magari piangerà più tardi."

Ulvius si mostrò dubbioso, poi aggiunse: "Dovresti parlare anche te con lei. Forse riesci a strapparle qualche lacrima; sai quanto tiene a te."

"Cercherò di vederla più tardi" rispose Aithen con un gemito.

Detto ciò, Ulvius se ne andò, con la promessa di anticiparlo ad Aria.

Spero che Aria non provi ancora quei sentimenti per me; non è più una bambina, né un'adolescente sciocca, dopotutto. Mi infastidirebbe alquanto se decidesse di rendere le cose imbarazzanti tra me ed Elyana stasera.

Pensare a Elyana gli fece desiderare di vederla proprio in quel momento. In risposta ai suoi desideri, alcune persone in piedi sulla pista della sala da ballo intente a bere e conversare, si sfilarono da un gruppo di persone, facendo emergere la donna dalla fascia color viola, dal lato opposto dell'enorme baldacchino. Stava parlando con il re Juur no'Duur. Aithen sentì la necessità impellente di andare da lei e portarla via dal re yerlayano, che sembrava fissarla con un'espressione predatrice. L'impellenza crebbe con la musica che, sebbene avesse lo scopo di risvegliare sentimenti di gioia, non fece che istigare in Aithen passioni infuocate. Incapace di contenere ulteriormente il suo desiderio, il principe decise di raggiungerla e interrompere la conversazione tra lei e il re.

Il vestito color crema di Elyana si adattava alla sua vita come un guanto morbido e aderente su una bella mano. Il mantello d'un viola intenso che le avvolgeva le spalle e la fascia del medesimo colore intorno alla vita le conferivano uno sguardo irresistibile, nonostante fosse un'austera Lux Baiula.

Mentre ascoltava il re Yerlayano divagare sulla bellezza della sua terra, Elyana notò Aithen avvicinarsi con la coda dell'occhio e qualcosa in lei scattò, nonostante il suo atteggiamento composto.

Quando Aithen arrivò dai due interlocutori, fece un cenno svelto a Elyana e subito si rivolse a Juur no'Duur con un sorriso un po' più ampio di quel che avrebbe voluto: "Re no'Duur, è un piacere rivedervi. Il nostro ultimo incontro è stato assai breve e spero che prima della fine di questa giornata avremo l'opportunità di parlare della bellezza della vostra terra, che non visito da tempo. Tuttavia, ora avrei bisogno di parlare con Elyana Lux Baiula."

Il re capì che la sua conversazione con la Lux Baiula era finita. Juur no'Duur esibì un sorriso sbilenco, poi rispose: "Certo. Voi siete il principe ereditario, e io sono solo un umile vassallo del Gran Re, vostro padre."

Con ciò, l'uomo rivolse un sorriso leggermente indispettito a Elyana, salutò il principe e infine si allontanò.

Aithen espirò tranquillamente prima che il nome della donna gli sfuggisse dalla gola con un po' più di passionalità di quanto si sentisse a suo agio ad esprimere in pubblico.

La Lux Baiula rispose con un tono volutamente formale: "Gran Principe."

"Che diavolo... Giuro che se mai qualcuno mi farà a pezzi, quella sarai tu."

"Non lo farei mai deliberatamente, Aithen."

Un sorriso accompagnò il sospiro di Aithen questa volta, che chiese: "Vuoi fare due passi con me?"

"Sì, vorrei."

Aithen s'irrigidì momentaneamente, chiedendosi se dovesse offrirle il braccio. Sarebbe stato appropriato? L'avrebbe accettato lei?

Nel momento in cui le porse il braccio, Elyana non lo accettò, ma si avvicinò a distanza di una mano e il principe imboccò il sentiero che attraversava i giardini. Mentre si avvicinavano alla prima fila di cespugli, i due si meravigliarono dei volatili che cantavano assecondando la musica. Si fermarono anche a guardare i piccoli e colorati bombi carnosi, che sfrecciavano di fiore in fiore, integrandosi a quella vista meravigliosa, offerta dalla vegetazione profumata. Il principe e la sua compagna avanzarono così per un po' — Aithen preferì fare domande e poi ascoltare Elyana, che era felice di rispondere. Mentre lei parlava, Aithen ascoltava le sue parole con grande attenzione, notando i dettagli delle espressioni facciali e dei gesti che usava per argomentare.

Quando Aithen sembrò aver esaurito le domande, Elyana decise di farne lei alcune. Tuttavia, il principe continuava a minimizzare l'importanza delle sue risposte.

D'altronde, è sempre stato un po' riservato, introverso. Suppongo che non dovrei aspettarmi che si apra solo a causa del nostro...

Oh, beh! A quanto pare anche io sto avendo difficoltà ad ammettere il mio interesse per ciò che c'è tra noi. Forse dovrei fare domande meno personali.

"Allora, come procede la ricostituzione della Furaneria? Ho sentito che avete appena completato l'addestramento delle ultime cinquanta unità furaniche?"

Rispondere a questo per Aithen fu molto più piacevole e confortante: "In effetti, le ultime cinquanta unità sono state ammesse a entrare in servizio. Non è stato facile, però. Non avevamo abbastanza maschi per tremila cavalieri e non avevamo abbastanza tempo per catturare altri furani sulle Cime. Quindi, non abbiamo avuto altra scelta che usare anche le bestie in fase femminile come cavalcature."

Elyana sbarrò gli occhi: "È molto rischioso."

"Lo è, ma che altro possiamo fare? Spero solo che le erbe fornite dalle Gialle impediscano alle femmine di rimanere incinte fino alla fine della guerra."

"Sì, ma se questa guerra sarà lunga come la Battaglia Oscura, alcune rimarranno sicuramente incinte."

"Bene, allora speriamo che la guerra sia breve. Comunque, non è l'unico problema; le reclute hanno avuto pochissimo tempo per imparare a comunicare con i propri furani. La maggior parte di loro è ancora alla fase *calcia e strattona*; ci vogliono mesi di allenamento costante per raggiungere la fase *tocca e tira*, anni per raggiungere il punto in cui riescano a comunicare attraverso pressioni appena percettibili e cambiamenti di posizione. Mi preoccupa ancora di più del fatto che le femmine possano rimanere incinte, perché se i nostri soldati dovessero combattere con le loro cavalcature gravide, quando saremo in battaglia, sicuramente morirebbero."

"Mmm, hai ragione. Speriamo che abbiano ancora tempo per perfezionare il legame."

"Lo spero anch'io. Ad ogni modo, non *vedo* l'ora di vedere la parata militare di Harlion, in programma come apertura della fiera del prossimo quarto. Mi sento un po' sopraffatto, solo a pensarci, nonostante i miei dubbi sull'adeguato allenamento delle unità furaniche. Vorrei che fossimo in grado di mostrare per davvero tutta la nostra forza. Ma mio padre non vuole—"

Aithen si bloccò, come se la sua mente si fosse improvvisamente spenta. Elyana lo guardò preoccupata e lo chiamò per nome, ma lui non rispose. Decise di sondarlo attraverso il Legame, e quando si agganciò alla sua vibrazione, notò alcuni impulsi insoliti nel suo cervello. Proprio in quel momento, Aithen rinsavì.

Guardò Elyana sentendosi in colpa. Lei lo interrogò intensamente con lo sguardo, finché lui non disse: "Mi dispiace, Elyana. C'è una cosa che avrei dovuto... avrei voluto... Una cosa di cui avrei dovuto informarti tanto tempo fa. Ma non c'è mai stato un buon momento per farlo. Ed ora che siamo qui, che cerchiamo di goderci una passeggiata e—"

"Aithen! Smettila di blaterare. Cos'è questa storia? Che succede?"

Aithen non esitò più, ma cercò le parole giuste per alleggerire l'impatto delle sue rivelazioni: "Io... ho un... Mi spiace. Sai che mi piace andare alla Baia Reale, vero? Beh, nel corso degli ultimi undici anni, ho incontrato lì le più meravigliose delle creature, creature così speciali che pensavo non appartenessero a K'Tara, anche se, a quanto pare, loro ci appartengono e *noi* no."

"Eh?"

Elyana era stupita, per la prima volta dopo tanto tempo. Non sapeva né cosa pensare né cosa dire. Poi emerse una memoria trasferita da lei ereditata, che le fornì una potenziale risposta: *I Locari. Erano scomparsi ma non si sono estinti.* Voleva chiedergli come li avesse incontrati e perché lo avesse tenuto segreto per così tanto tempo. Troppo tempo! Invece, chiese: "Comunque, cosa c'entra con quello che ti è successo poco fa?"

Aithen si guardò intorno a disagio, prima di notare Arotek e sua moglie avvicinarsi verso di loro. Arotek notò la coppia e si fermò a considerare il da farsi, come se non fosse sicuro se avrebbe dovuto lasciare o meno al principe la riservatezza di cui aveva diritto. Aithen capì che l'uomo aveva scelto di dirigersi con la moglie in un'altra direzione. Tuttavia, preferì comunque trasferirsi in una zona più appartata, perciò invitò Elyana a seguirlo e si diressero verso una panchina solitaria sotto uno degli alberi di bok nei giardini della villa. Quest'albero, così come molti altri nelle proprietà del re, era stato trattato con minerali risonanti, in modo da impedire la propagazione del suono. Una volta lì, Aithen lanciò un'ultima occhiata verso Arotek, vide che lui e la moglie avevano imboccato il sentiero che riconduceva a palazzo, quindi fece cenno a Elyana di sedersi.

"Quando li ho incontrati nel mese di Sextus, il loro leader mi ha detto che devono imparare di nuovo la nostra lingua, per aiutarci a fronteggiare ciò che sta arrivando. Ha detto che una di loro, si sarebbe connessa con me in modo che potessimo comunicare regolarmente, aiutandola così a imparare la nostra lingua. Da allora comunichiamo quasi quotidianamente."

Elyana spalancò gli occhi incredula, era troppo sbalordita per parlare. Aithen abbassò lo sguardo per un momento, poi continuò: "Quando mi sono bloccato prima, è stato a causa della Locara; mi ha contattato. Ogni volta che mi contatta, mi paralizzo per un minuto. Ma dovremmo incontrarci solo in orari prestabiliti, quando sono solo." Aithen aggiunse scusandosi: "Ho *dimenticato* di farle sapere che oggi non era un buon giorno per connettersi. Comunque, non mi contatterà più. Non oggi, perlomeno."

Elyana si alzò dalla panchina e iniziò a camminare avanti e indietro, sotto la chioma dell'albero. Una miriade di pensieri ed emozioni accese la sua mente. Come aveva fatto Aithen a comunicare attraverso il Legame, nientemeno che con una Locara, per mesi, senza che nessuno se ne accorgesse? Senza parlarne con lei? Come aveva potuto tenere segreti quegli incontri per oltre *dieci anni*?! E come comunicava la Locara con lui? Il principe non era un Alterintrante, anche se ne aveva la predisposizione atomica. Alla fine, si fermò e incalzò il principe:

"Aithen, non so da dove cominciare! Ti rendi conto che se qualcun altro, incluso il Re, ne dovesse venire a conoscenza sarebbe altrettanto sconcertato e potrebbe temere il fatto che quella creatura possa aver sentito chissà quali segreti mentre era connessa a te, o peggio, potrebbe pensare che tu sia un traditore?"

Aithen quasi urlò, rispondendo: "Traditore?!"

Elyana si guardò intorno per controllare se qualcuno potesse aver sentito qualcosa, nonostante l'effetto fonoassorbente del bok: "Sì, un traditore, poiché hai tenuto segreta la tua connessione con la creatura. Si è mai collegata mentre parlavi con altri, o mentre discutevi *questioni della Corona*?"

Aithen deglutì poi fece un respiro profondo e sollevò le braccia: "Non si è mai connessa con me — anzi, non è mai *rimasta* connessa con me durante gli incontri. Ma hai ragione. Devo rivelare questo segreto e devo prestare attenzione. Come ho detto prima, volevo parlarne con *te* già da un po'. Beh, ora lo sai, e apprezzerei un tuo consiglio sulle modalità in cui informare gli altri."

Dopo aver deglutito ancora una volta, il principe continuò: "Lo dirò a mio padre stasera; deve saperlo anche lui. Saprà come gestire le relazioni con i nobili, se anche loro dovessero venirne al corrente."

Elyana disse, esalando un sospiro: "Va bene. Ora, dimmi come fa la Locara a collegarsi con te."

"Ha posto una sorta di *faro* nella mia mente."

"Un faro?"

"Questa è la parola che mi pare corrisponda al meglio al suo pensiero. Ah, giusto, parlano trasmettendo pensieri e immagini, non parole. Mi ci è voluto del tempo per capire la loro lingua e, se non li visito spesso, la dimentico facilmente. In ogni caso, la Locara mi ha messo qualcosa nel cervello, che le permette di comunicare con me ogni volta che lo desidera."

Elyana spalancò gli occhi, sorpresa: "Nessuno *può mettere* qualcosa nel cervello di un altro, a meno che non venga fatto tramite un intervento chirurgico, anche se si potrebbe, metaforicamente, porre un pensiero nella mente di qualcun altro."

"Comunque, indipendentemente da come si faccia, mi ha permesso di ricevere le sue chiamate mentali senza la necessità di essere ricettivo all'ascolto. Da quel che mi hai detto, sul modo in cui le Lux Baiulae usano il Legame per comunicare, il metodo locaro sembra molto più avanzato."

Elyana sbuffò ripetutamente. Le sue espressioni continuavano a cambiare: dal turbamento alla preoccupazione, dalla perplessità alla curiosità e, infine, l'eccitazione, quando comprese ciò di cui i Locari sembravano essere capaci. "Aithen, tutto ciò è scioccante, eppure non posso fare a meno di essere entusiasta di ciò che potremmo imparare da te, e da loro."

Aithen socchiuse gli occhi, chiedendosi a cosa si riferisse Elyana con quest'ultima frase. Suonava un po' troppo simile a quel che si dice di una cavia per la sperimentazione.

Eppure, la mente di Elyana era ormai ossessionata da un'opportunità. Con tono entusiasta disse: "Quello che hai descritto è un risultato che stiamo cercando di ottenere da secoli. Ma non lo chiamerei faro; sembrerebbe più un... monitor."

Si morse le labbra, intanto i suoi occhi si spostavano da sinistra a destra e la sua mente s'affannava a cercare un senso alle possibilità che questo *dispositivo* offriva alla Sorellanza.

"Aithen, potrebbe essere un progresso importantissimo per il mio Ordine, *se* è un'abilità che può essere appresa. Accetteresti che Elia o Tania sondino il tuo cervello, per cercare di capire cosa ti abbia fatto la Locara?"

Gli occhi del principe si spalancarono e lui tirò indietro la testa mentre diceva: "Oh, no. Non credo proprio, Elyana. E penso che sia giusto chiedere il permesso ai Locari prima di lasciare che qualcuno guardi cosa mi hanno messo in testa."

Elyana si sfiorò il viso con la mano e disse velocemente: "Certo. Capisco. Beh, allora lasciami venire con te la prossima volta che li incontri, così potrò conoscerli e interrogarli direttamente, nonché chiedere loro il permesso di imparare questa tecnica di vincolo."

L'importanza del vincolo dei Locari per Elyana e per la Sorellanza era evidente ad Aithen. Tuttavia, lui rispose con cautela che l'avrebbe chiesto alla Locara quando avrebbero comunicato la prossima volta. Non era sicuro che Elyana avesse ben chiaro cosa implicasse incontrare i Locari. Glielo spiegò, nel caso in cui non si fosse ancora resa conto di dove si svolgessero gli incontri.

"Sott'acqua?!"

Aithen annuì.

Dopo un attimo, Elyana mormorò qualcosa tra sé e sé. Una memoria trasferita, ereditata da Birra Lux Baiula, le suggerì che i Locari potevano effettivamente vivere in mare, trattandosi di una specie anfibia.

Elyana ringraziò Aithen, poi chiese di continuare la loro passeggiata attraverso i giardini, per permettere alla sua mente di pensare ad altro e rilassarsi, o non sarebbe più riuscita a conversare con nessun altro di nient'altro per tutta la serata. Aithen fu felice di accontentarla e rimase sorpreso quando Elyana si avvicinò ulteriormente a lui, a distanza di un dito. La sua mano lo sfiorava, talvolta, mentre camminavano, cercando argomenti più banali di cui discutere.

Pensò che il comportamento di Elyana fosse strano. Avrebbe dovuto provare un certo risentimento, o comunque diffidenza, nei suoi confronti, per il segreto che le aveva tenuto nascosto così a lungo. Poi, si ricordò con chi aveva a che fare: la donna più razionale, o meglio, la persona più razionale a lui nota, a parte, forse, suo padre. Questo pensiero gli riportò alla mente un triste ricordo, ancora travolgente per lui come per molti altri: il ricordo della decisione di Elyana, presa senza alcuna consultazione, di rifiutare il ricatto della Serpe nel momento in cui essa stringeva Juliana Lux Baiula tra le sue grinfie, prima di ucciderla. Elyana aveva preso quella decisione nonostante la sua amicizia con Juliana, nonostante tutte le conseguenze che sarebbero ricadute su di sé. Lei era così, in grado di compartimentare i pensieri e le emozioni in base all'evenienza. Per questo, molti la vedevano come una donna fredda e indifferente. Toras era tra questi e si sarebbe sicuramente chiesto come potesse innamorarsi di lei. In ogni caso, non dovrebbe essere almeno un po' arrabbiata con lui? Aithen rinsavì dai suoi pensieri quando Elyana pronunciò il suo nome:

"Aithen. Sei stato altrove per un momento."

Imbarazzato, lui rispose: "Mi dispiace. Non ero con—"

"Lo so. Ho capito cosa pensi dai tuoi occhi, dal modo in cui hai distolto lo sguardo e dai movimenti delle tue mani."

Aithen sembrò allarmato ed Elyana aggiunse: "L'abilità di leggere il linguaggio del corpo è una capacità che tutte le Fasce Viola devono avere; altrimenti come potremmo consigliare nel modo giusto le persone che serviamo?"

"Sì, suppongo. E non sei turbata... dai pensieri che pensi mi passino per la mente?"

Elyana rispose con un sorriso dolente: "Aithen, se sapessi la tempesta che infuria nella *mia* mente ora, capiresti quanto sia importante che io sia in grado di mettere da parte le mie emozioni, ogniqualvolta lo desideri. E adesso devo farlo. Per quanto riguarda i pensieri che so che ti passavano per la mente... Perché dovrei essere sconvolta? Sono io che ho deciso di dire no alla Serpe."

Aithen espirò ad alta voce, confuso, o forse più che altro stupito dalla donna. Dopo un attimo, disse: "Elyana, devo dirti una cosa che ho appreso l'ultima volta che sono stato con i Locari. Hanno detto... hanno detto che... ci sono dei traditori a Urbs Lucis."

Elyana si fermò sui suoi passi e si congelò, il suo viso assunse un aspetto spettrale. Aithen non l'aveva mai vista così terrorizzata. Poteva sentire il suo cuore battere irregolarmente e il suo stomaco tuonare. Forzando le parole fuori di bocca, lei chiese: "Traditori? *Traditori*? Perché non me l'hai detto subito?! Perché—"

"Io... Io non ho mai trovato l'opportunità giusta; l'ho saputo il giorno prima che la Serpe attaccasse Furania. E poi sei stata riassegnata a Urbs Lucis e, ogni volta che ho pensato di dirlo a Irania, non c'ho più... pensato. Non so perché. Non riuscivo a farmelo venire in mente, fino a stasera. Quando Flusso si è connessa con me, questa volta, sono stato in grado di ricordarmene, per qualche motivo, e parlartene."

Elyana sembrò stupita e sconcertata.

Passarono diversi minuti — interminabili minuti — prima che Elyana pronunciasse un'altra parola. Ad un certo punto gonfiò il petto con un profondo respiro, come a sostenere il peso della rivelazione, le dita che tamburellavano sulla gamba destra e una voce che aveva perso tutta la sua precedente eccitazione, domandò: "Ti hanno detto chi sono questi traditori?"

Aithen scosse la testa.

"Qualche indizio che possa aiutarci a stanarli?"

Il principe scosse di nuovo la testa, imbarazzato dalla propria ignoranza.

"Grazie, comunque. Non so ancora cosa farne di queste informazioni. Devo pensarci bene."

"Non lo dirai a Krystiana?"

"No."

"Perché no? Devi farlo. Non puoi mantenere questo segreto, Elyana."

"Le parlerò domani. Eppure, adesso è ancora più importante che io possa incontrare i Locari il prima possibile, così potrò chiedere di questi traditori. Per favore chiedi se posso venire con te la prossima volta — molto presto, si spera."

Aithen annuì cautamente. "Mi dispiace, Elyana. Davvero. Speravo di godermi questo momento con te e ho rovinato tutto."

"Aithen, se è come dici e non sei riuscito a ricordarlo fino ad ora, probabilmente non l'hai scelto. Comunque, in questo momento vorrei anche godermi la serata." Elyana si fermò e alzò la testa per guardare Aithen dritto negli occhi: "Anch'io desidero approfittare del nostro tempo insieme. Riesci a mettere da parte i tradimenti, camminare con me e conversare di... cose frivole?"

Aithen sentì la sua mente vorticare, dopo quell'improvviso cambiamento di tono. *Come fa a isolare pensieri sgradevoli così facilmente?* Aithen si sorprese facendo la stessa cosa e disse: "Credo che abbiamo ancora dieci o quindici minuti prima di dover tornare nel cortile."

Elyana fece un sorriso al principe, che le porse il braccio, dicendo: "Ti va?"

Quando Elyana intrecciò il proprio braccio, Aithen dovette lottare strenuamente, cercando di contenere l'esondazione delle proprie emozioni. Le lasciò scorrere a valle finché non si placarono, poi riprese a camminare.

I due passeggiarono, chiacchierando delle cose più banali, ma anche affascinanti, che attraversarono i loro pensieri, finché Kildare venne a richiamarli alla festa.

Lo scudiero del principe, non a caso, arrossì vedendo il padrone e la Lux Baiula a braccetto. Gli ricordò di quando Aithen gli aveva chiesto di far entrare Elyana in camera da letto mentre si stava rivestendo, poi sbuffò, prima di voltarsi e procedere verso il cortile, guardandosi indietro di tanto in tanto, assicurandosi che il principe e la Lux Baiula lo stessero seguendo.

Toras aveva trascorso la maggior parte della mattina e del primo pomeriggio con i membri della Guardia Reale o con i cugini, con Ori che occasionalmente pedinava il fratello maggiore. Ogni tanto, si era anche fermato a parlare con uno o entrambi i suoi genitori, dato che li vedeva raramente, se non mai, a Passo del Corno. Attualmente, stava tornando da Harlion, dopo aver parlato con Darya, quando passò accanto ad Aithen, in piedi da solo vicino a uno dei tavoli del banchetto, preso a fissare un gruppo di persone, che includeva Elyana, i loro cugini e Juur no'Duur. Notò l'irritazione e l'agitazione di suo fratello, così si fermò a chiedergli cosa stesse succedendo. Vedendo che Aithen non voleva rispondere, disse: "Beh, qualsiasi cosa ti abbia ridotto in questo stato, sembri strano lì da solo impalato. Dovresti venire a giocare con noi." Toras puntò lo sguardo verso Harlion e alcuni guardiani che stavano facendo a turno una partita a pila — l'unico svago concesso ai guardiani.

Aithen considerò il suggerimento di Toras per un momento. Alla fine, decise di accettare l'invito, sperando che lo avrebbe aiutato a togliersi di testa Elyana almeno per un po'. Il gioco della pila non era difficile, ma richiedeva concentrazione, consisteva nel puntare una freccia con una testa di cuoio smussata contro un mucchio di pietre piatte, impilate dalla più grande alla più piccola. L'obiettivo era rimuovere le pietre dal mucchio, una alla volta, senza far cadere la torre. Ogni pietra valeva un punto, e quella più in basso, la più pesante, ne valeva tre.

Così, la partita distrasse Aithen per circa un'ora. Fu impegnativa ma anche divertente, in particolare quando suo cugino Ulvius decise di unirsi a loro. Apparentemente, Ulvius aveva deciso di mettere da parte la tristezza per il fratello e continuava a guardare Aithen con un sorriso tanto grande e sincero che Aithen si sentì in dovere di dimenticarsi anche lui delle proprie sciocche irritazioni.

In un angolo piuttosto rumoroso dei giardini, Elyana e Irania camminavano insieme a Fausta Lux Baiula. Quest'ultima era consigliere del Signore Arotek ormai da due mesi e, poiché il re non vedeva l'ora di sentire cosa dovesse riferirgli riguardo le attività del vassallo, l'ex e l'attuale consigliere di Octavius interrogavano la loro Sorella, coperte dai suoni acquatici dell'Irroratore alato. Questa fontana era stata chiamata così perché aveva al centro una scultura, rappresentante una delle uniche creature k'tarane che rimanevano attive durante le bollhorae, un grosso rettile noto come irroratore alato. Gli animali vaporizzavano l'acqua su se stessi e sui loro congeneri per proteggersi dai raggi dei soli fatali, mentre volavano in cerca di quelli che, invece, soccombevano, a causa della loro stupidità o sfortuna.

Fausta, se non fosse stato per la fascia bianca con una striscia viola che cingeva la sua veste, sarebbe potuta passare per una cortigiana di Yerlah. In effetti, il suo vestito era sorprendentemente succinto per una Lux Baiula: mostrava la scollatura ed era decorato con fibre non proprio modeste, che modellavano i fianchi e il corpo più di quanto fosse appropriato per una comune Sorella. Inoltre, il suo comportamento era provocante, tanto quanto il suo vestito.

Elyana sapeva che, nonostante il suo stile, adottato durante il periodo in cui era consigliere del re Juur no'Duur, Fausta non era una donna frivola, bensì una persona acuta, furba e altamente intelligente, oltre ad essere un medico di prim'ordine e un eccellente consigliere politico.

Guardandola, la Manu Dextra pensò: *A volte non mi dispiacerebbe vestirmi come lei.*

Rispondendo all'ultima domanda di Irania, con il tono untuoso che l'aveva sempre contraddistinta, ancor prima di raggiungere la corte di no'Duur, Fausta disse: "Quell'uomo *è* un idiota, Sorella, e *tradirà* il Re se ne avrà la possibilità. Le sue personali opinioni sul regno di Octavius sono, per giunta, aggravate dalla costante malignità della moglie nei confronti del Re, della Regina e dei Principi. Vi dirò, se non fosse per la moglie, forse potrebbe anche sostenere la Corona. E a quella donna importa ben poco anche di noi." Elyana e Irania guardarono Fausta con un'aria offesa. Fausta aggiunse: "Il mio aspetto non c'entra nulla; credetemi. Donna Aroteka ha la sua propria corte e le sue assistenti sono vestite in modo ancor più succinto rispetto alle professioniste del piacere di certe terre lontane." Fausta constatò l'incredulità delle Sorelle e aggiunse: "Il suo atteggiamento pubblico è puramente di facciata."

Irania disse: "Non mi sono mai piaciuti quei due; ora ho anche una buona ragione per odiarli. Qual è la tua valutazione rispetto al rischio che rappresentano, Fausta?"

"C'è un grosso contingente di latifondisti della zona, sono scontenti per come vanno le cose nel regno. Stanno spingendo Arotek ad avanzare richiesta di secessione nei loro territori; sono abbastanza sicura che ci sia sua moglie dietro tutto questo."

Irania scosse la testa, preoccupata. Elyana domandò: "Quello che dobbiamo capire, Fausta, è cosa puoi fare per evitare che accada il peggio. Hai un piano? Donna Aroteka si fida abbastanza — almeno in apparenza — da lasciarti fare ciò che serve per fermare i loro intrighi?"

Con un tono che non lasciava dubbi sulla solidità dei suoi piani, Fausta rispose: "Sì, mi sto già muovendo, in realtà. Donna Aroteka non sarà un problema."

I cenni di Irania ed Elyana mostrarono la loro gratitudine e mostrarono — a chiunque riuscisse a leggere le loro facce illeggibili — che avevano colto quel che Fausta aveva solo sottointeso.

Le Sorelle passarono ad argomenti più frivoli e godettero dei profumi e delle attrazioni dei Giardini Reali, facendo ritorno al baldacchino centrale.

A metà pomeriggio, tutti poterono osservare Octavius e Darya allontanarsi dal cortile, seguiti dai principi, dal Gran Capitano, dalla Somma Sacerdotessa, dalla Magna Mater e dalla sua Manu Dextra. Il re e la regina consorte condussero i partecipanti di quest'assemblea improvvisata verso un'ampia serra, circondata da alberi di bok. Maestro Rackeli li aspettava lì per accoglierli. I suoi assistenti portarono alcuni stuzzichini e se ne andarono prontamente, lasciando solo il maggiordomo a prendersi cura del comfort del re e dei suoi ospiti.

Octavius osservò gli ospiti, mentre lui passeggiava per la serra, prendere posto al centro della struttura che aveva un ampio patio provvisto di comode sedie in foglie di lacora verde — una rarità, dato che la maggior parte delle piante in Alvinoria aveva foglie rosse o rossastre. Octavius era contento che la Magna Mater avesse invitato Elyana a partecipare con lei alla riunione. Tuttavia, notò uno sguardo furtivo tra Elyana e Irania. Quello sguardo fu seguito da ciò che gli sembrò essere un sorriso amaro da parte di Irania e un sospiro impercettibile di Elyana — se aveva ben interpretato l'espansione e la contrazione del suo torace. Ebbe la sensazione che Irania si sentisse in colpa per aver sostituito Elyana nel suo vecchio incarico, invece, quest'ultima non aveva ancora fatto pace con il suo ruolo attuale, nonostante ricoprisse una posizione di grande prestigio. In quanto Manu Dextra della Magna Mater, Elyana era attualmente, di fatto, la seconda donna più potente dell'Alvinoria — o la terza, se si contava Darya prima di Elyana. Eppure, la regina trascorreva così poco tempo nel regno che la sua influenza si era progressivamente ridimensionata. Fortunatamente, Darya non sembrava preoccuparsene e, per ora, si accontentava di fungere da ponte tra la Kynaria e l'Alvinoria, nonché di occuparsi dell'educazione della nipote, apparentemente una sfida addirittura più ostica di qualsiasi ambizione politica.

Quando ognuno fu al proprio posto, Octavius cominciò: "Poiché questa è la prima opportunità che abbiamo di incontrarci personalmente dopo l'attacco della Serpe di qualche mese fa a Passo del Corno e poi a Furania — la nostra capitale — è importante che ci prendiamo del tempo per discutere la situazione, o anche solo per riconfermare la nostra alleanza e riaffermare il nostro impegno reciproco." Tutti si mostrarono in linea con gli obiettivi del re, anche se alcuni lo fecero con meno fervore di altri. Octavius continuò: "Abbiamo ormai confermato che dietro tutto questo — la Serpe, i grugni, i Temptatori e addirittura l'imminente invasione di Zebula — c'è Noctiferus stesso."

Alcuni dei partecipanti si mossero nervosamente sulla sedia, provocando i silenziosi ticchettii prodotti dalle piante di lacora che riordinavano le foglie, per aderire al meglio a chi c'era seduto sopra. Se i suoi ospiti si fossero agitati perché erano credenti o perché non erano d'accordo con lui, o semplicemente a causa dell'uso di quel nome, Octavius non lo sapeva per certo, ma poteva tirare a indovinare:

"Nessuno di noi ha combattuto la prima battaglia contro l'Oscuro, cinquecentoottanta anni fa. Eppure, abbiamo la fortuna di avere le Sorelle qui con noi, nelle quali risiedono i ricordi di individui che lo hanno affrontato. Krystiana sta facendo trascrivere questi ricordi, in modo che potremo sfruttarli per proteggerci al meglio."

Le teste si voltarono verso la Magna Mater, che fece un cenno di conferma. In effetti, aveva ordinato alle Sorelle che avevano ereditato ricordi risalenti alla Battaglia Oscura di iniziare a trascriverli. Tuttavia, quelle memorie non erano sempre accessibili a loro piacimento e il volume di informazioni implicava che avrebbero impiegato molto tempo per ricordarle e archiviarle tutte.

Il re proseguì: "Ci riteniamo altrettanto fortunati per il fatto che l'addestramento incrociato tra Sacerdotesse di Kynaria e Lux Baiulae — anche se è avvenuto in forma ridotta — abbia avuto successo, permettendoci di ottenere la nostra prima vittoria. Infatti, Marena Lux Baiula è stata in grado di mappare in modo sicuro le grotte in cui abbiamo circondato un'orda di grugni, nonché di guidare mio figlio, i suoi uomini e le altre Lux Baiulae all'interno delle caverne, in modo che riuscissero ad attaccare e conquistare questa prima vittoria."

Octavius e Toras si scambiarono dei sorrisi pieni d'orgoglio in quel momento.

"Tutto ciò non sarebbe stato possibile senza l'allenamento incrociato ricevuto da Marena." Octavius inclinò la testa in direzione di Ylana per ringraziarla. Ma la donna non rispose con il sorriso incoraggiante che lui si aspettava. *Le sta venendo in mente qualcosa.*

Il Gran Capitano batté le mani con dolcezza, per chiedere il permesso di parlare. Il re gli fece cenno di porre la sua domanda.

Harlion, raccogliendo i tre leader con lo sguardo, chiese: "È possibile per i kynariani addestrare più Lux Baiulae nella lettura animale? O per entrambi gli Ordini, addestrare *tutti* i loro membri?"

Ylana, con un aspetto drammatico in quel suo vestito giallo, in contrasto con il marrone della sua pelle e con l'arancione delle sue iridi, rispose: "Purtroppo no, Capitano. Queste abilità richiedono tempo per essere sviluppate, tempo che non abbiamo; Marena ci ha impiegato sette anni. E, per quanto spiacevole a dirsi, il mio popolo non ha la costituzione atomica per sfruttare il Legame come fanno le Lux Baiulae. Pertanto, l'addestramento incrociato degli adepti dei nostri rispettivi ordini — come lei suggerisce — non è fattibile."

Krystiana annuì, in conferma alla dichiarazione della Somma Sacerdotessa.

Octavius disse: "Ecco perché quest'alleanza è vitale per la nostra sopravvivenza. Nessuno di noi può affrontare questi nemici da solo, ma unendo le nostre forze e capacità *possiamo* proteggere i nostri popoli e le nostre terre e, prima o poi, sconfiggere il nemico." Quasi come se stesse rimuginando tra sé e sé, Octavius aggiunse: "Almeno i rokothiani per ora si fanno i fatti loro, e speriamo che continuino a farseli." Sbuffi e singhiozzi seguirono quell'affermazione, ma nessuno disse nulla, anche se Toras si toccava il mento con un'aria perplessa.

Octavius lo invitò a parlare.

"E le terre di Mo'Tarkoth, Beltania e Unumia? C'è qualche rischio che vengano coinvolte?"

Octavius sbatté le palpebre, piacevolmente sorpreso. *A volte, lo sottovaluto.* Si voltò verso Harlion, per dargli l'opportunità di rispondere:

"Non abbiamo uomini in Beltania, Signore Comandante; è un continente troppo remoto, affinché sia plausibile ricevere notizie tempestive, nemmeno la Sorellanza può mandare là i suoi agenti. Anche la Vigilante del Re, pur essendo nata lì, non ha alcuna connessione a quella terra. Tuttavia, i miei Frumentarii non hanno riferito nulla di preoccupante fino ad oggi, né in Alvinoria, né nelle acque intorno all'Aquinos, quindi potrebbero entrambe non rimanere coinvolte in questa nuova guerra."

Toras replicò: "Quindi, c'è un rischio, seppur minimo, che un'altra nazione possa intervenire e minacciarci."

"Sì, ma è minimo, come dite voi."

Octavius proseguì: "Credo che dovremmo trovare un modo per monitorare i beltani, ma il pericolo che stiamo già affrontando è una minaccia sufficiente di per sé. Come dicevo..." Octavius aprì lo sguardo in direzione di tutti i presenti "è fondamentale rimanere orgogliosamente uniti, fino alla fine e anche oltre, nonostante gli inevitabili disaccordi che sorgeranno. Solo attraverso questo continuo impegno reciproco, ognuno di noi riuscirà ad accettare di mettere a rischio la vita del proprio popolo per supportare un altro, quando sarà richiesto l'aiuto o il sacrificio necessario."

Le teste degli ospiti si mossero, alcune più fermamente, altre più titubanti.

Octavius strinse le labbra dispiaciuto: "Non siete d'accordo, Somma Sacerdotessa?"

La donna non rispose subito. Guardò attentamente Darya, si alzò, camminò e si fermò, per poi rivolgersi a Octavius: "La nostra terra non è stata minacciata da niente e nessuno, impegnarci direttamente e pubblicamente nella vostra guerra attirerebbe la furia dell'inferno su di noi, così come si sta abbattendo ora su di voi. E al momento non siamo in grado di difenderci da tali nemici."

I volti dei presenti assunsero un arcobaleno di colori e aspetti nel sentire quelle parole di slealtà. Il volto di Harlion mostrò disgusto, i volti dei principi erano sconcertati, mentre i volti delle Lux Baiulae rimasero per lo più illeggibili, ma duri, proprio come quello di Darya.

I principi e il capitano si infervorarono e iniziarono a pretendere delle spiegazioni da parte della Somma Sacerdotessa. Octavius li fermò tutti con la mano. Fece cenno ai figli e al capitano di tornare ai loro posti e, quando i principi si rifiutarono, lanciò loro un'occhiataccia tale che dovettero calmarsi per forza. Octavius distese i muscoli e si calmò: l'affermazione di Ylana implicava un tradimento della loro alleanza secolare, ma resistette all'impulso di menzionare i legami di sangue tra le due nazioni e decise invece di appellarsi alla logica della Somma Sacerdotessa.

Incrociò le mani e disse: "Ylana, sei consapevole della minaccia della Serpe e del suo complice, che incombe sulla Kynaria?" Ylana annuì a malincuore, capendo dove Octavius stava andando a parare. "Pertanto, è logico supporre che, *prima o poi*, attaccheranno anche la vostra terra, sebbene, finora, ciò non si sia verificato."

Toras cercò di sopprimere un ringhio quando sentì le parole di suo padre. Che importava se Kynaria era minacciata o no? Le due nazioni erano solennemente unite da un patto di sostegno reciproco. L'ibridità della stirpe di Casa Coriolis era preservata rigorosamente, attraverso l'approvazione di qualsiasi matrimonio reale da parte del Consiglio di Selezione composto da nobili e chierici alvinoriani e kynariani, in modo da garantire la continuità dell'alleanza tra le due nazioni! Perciò, quale importanza aveva chi era aggredito e chi no? Aithen notò la rabbia crescente del fratello e gli fece un cenno velato con la mano per esortarlo ad avere più pazienza.

Ylana disse: "Come dite voi, Octavius, non è ancora successo. Tuttavia, abbiamo stanato una loro spia il mese scorso, il che significa che l'Oscuro potrebbe essere al corrente della nostra debolezza e, concludo, dicendo che, proprio per questo, potrebbe scegliere di lasciarci stare."

Darya la guardò storto, per la sua codardia e per aver chiamato di nuovo il re con il suo nome proprio.

Octavius scosse la testa, guardando la moglie, poi si voltò verso Ylana, pensando: *Non capisco che succede. Ylana è una leader ragionevole e razionale. Eppure, dov'è la logica in quel che dice? Non importa, devo insistere. Ma... questa spia... la Furaneria... Vedo che Harlion e Aithen stanno pensando la stessa cosa.*

"Somma Sacerdotessa, la spia che avete scoperto era a conoscenza dell'addestramento delle tremila unità furaniche in Kynaria?"

Ylana impiegò qualche istante a pensarci e, quando rispose, la sua voce aveva un tono acuto, un po' inquietante: "Non credo proprio, Octavius. Il campo di addestramento si trova nel deserto del nord; lì non ci abita nessuno. E la spia non era un membro della cerchia ristretta in cui discutiamo le questioni di stato."

Aithen chiese: "Avete interrogato la spia? Chi è? Un uomo, una donna? Da dove?"

Octavius ammonì il figlio, intimandogli di calmarsi.

Ylana sorrise pazientemente. "Era una di noi, una Sacerdotessa; si era recata in Alvinoria a Quintus ed era tornata nel corso di Nonus.

E sì, l'abbiamo interrogata ma non abbiamo scoperto nulla. A quanto pare ha perso il senno."

Octavius guardò Krystiana e disse: "Ylana, se la spia è ancora viva, le consiglio vivamente di portarla a Urbs Lucis, dove possano interrogarla nuovamente."

La Somma Sacerdotessa rise: "Cosa? Non è possibile Octavius. Non la manderei da voi, tanto meno a Urbs Lucis con cui non abbiamo accordi di nessun tipo."

La serra venne improvvisamente agitata dall'indignazione e dall'incredulità, e così scoppiò il caos. Quando Octavius riuscì finalmente a ristabilire un po' di calma, non disse quello che voleva dire: ovvero che Ylana non poteva opporsi a qualsiasi richiesta. Invece, disse: "Somma Sacerdotessa, deve rendersi conto che è essenziale capire tutto ciò che la spia ha appreso e comunicato, se ha comunicato qualcosa." Fece una pausa e aggiunse: "Questa è una questione di sicurezza."

Seguirono lunghi minuti di attesa, mentre Ylana considerava la richiesta del re. Alla fine, allargò le braccia e chiese a Darya di rispondere al posto suo.

Donna Darya di Laranir celò i suoi sentimenti personali e le sue motivazioni, e parlò in qualità di portavoce di Kynaria, com'era suo dovere: "Sire, ormai da secoli nessuno può invadere la riservatezza dei nostri cittadini, indipendentemente dalle ragioni. Ma, se una Lux Baiula si recasse a Kynaria, potrebbe partecipare all'interrogatorio."

Notando un gesto di Ylana, Darya aggiunse: "Sarebbe preferibile che fosse Marena Lux Baiula, la quale conosce già i nostri usi e costumi, e le nostre leggi."

Octavius chiuse gli occhi per nascondere il sollievo, provato dopo aver inizialmente ascoltato la moglie con apparente apprensione, chiedendosi come avrebbe fatto a dividere per due la sua lealtà. Sollevato di aver ottenuto almeno questo risultato, anche se questo non era ancora l'argomento più critico della riunione, ringraziò Darya, poi Ylana, e infine si rivolse a Krystiana.

Senza un attimo di esitazione, la Magna Mater ribatté: "Non può essere Marena. C'è bisogno di lei per combattere i grugni. Manderemo una Fascia Viola."

Octavius gemette.

Ylana replicò: "Una Fascia Viola?"

"Le Fasce Viola sono molto abili a leggere le persone, a prescindere dal fatto che usino il Legame oppure no."

Questa volta, Ylana si alzò e gridò: "*Non* permetterò a nessuna Lux Baiula di entrare nella mente di uno dei nostri cittadini!"

Capendo il malinteso, Darya intervenne: "Somma Sacerdotessa, non credo che la Magna Mater intendesse che la Fascia Viola entrerà nella mente del nostro prigioniero." Darya cercò con lo sguardo la conferma di Krystiana, che annuì: "Infatti, le nostre Fasce Viola possono leggere le motivazioni e lo stato d'animo di una persona semplicemente osservando il linguaggio del corpo."

Ne seguì un lungo silenzio, durante il quale Ylana cercò di ricucire il suo orgoglio ferito, mentre gli altri sospiravano, si muovevano impazientemente sulle sedie oppure si spolverarono i vestiti nervosamente.

Octavius colse l'occasione per lanciare un'occhiata ad Harlion e ad Aithen, facendo intuire loro con dei gesti discreti che avrebbe discusso in seguito la protezione del campo di addestramento alvinoriano in Kynaria, indipendentemente dall'esito dell'indagine. I tre avevano concordato, due mesi prima, di istituire due campi segreti per l'addestramento delle unità furaniche. Uno era stato allestito in Kynaria, l'altro sull'Isola Ignota, al largo della costa orientale dell'Alvinoria. I 10.000 Corioliani *sarebbero* tornati, ma la loro esistenza doveva rimanere segreta fino all'ultimo.

Quando Ylana si risedette e si rivolse a Krystiana, si gelarono tutti i presenti. Tuttavia, le sue parole vennero colte con felicità — come si accoglie il Sole Rosso dopo una lunga e gelida notte — poiché Ylana disse alla Magna Mater che avrebbe accettato l'assistenza di una Fascia Viola.

Octavius disse: "Grazie, Somma Sacerdotessa. Le assicuro personalmente che nessuno violerà i diritti dei vostri concittadini." Ylana sbatté più volte le palpebre, esprimendo la propria volontà di fidarsi. Octavius continuò con una voce straordinariamente calma, sebbene le sue affermazioni non fossero proprio pacate, o serene: "Ora — e mi perdoni se insisto, Somma Sacerdotessa — voglio dirle che a mio parere la sua precedente argomentazione riguardo la vostra debolezza, non vi proteggerà. Lei sa bene che chi è propenso alla conquista non lascia nulla indietro, piglia tutto. Inoltre, sa che, anche nel caso in cui Noctiferus non mandi il suo esercito a sterminare i kynariani, la vostra nazione verrà comunque annessa da Zebula, poiché sospetto sia sotto l'influenza dell'Oscuro. A quel punto, la vostra libertà sarà solo un lontano ricordo e il vostro stile di vita cambierà irrimediabilmente, a meno che non vi ribelliate, insieme a noi."

Il viso di Ylana si fece più scuro e Darya si strinse le mani nervosamente.

"Desidera questo per la sua gente?"

La donna alta, che non sembrava essere in grado di restare seduta, si alzò di nuovo in piedi e camminò ancora un po', prima di fermarsi, dando le spalle al re.

"Ylana..."

La supplica del re, o la sua precedente argomentazione, sembrò funzionare, perché i duri lineamenti della Somma Sacerdotessa si ammorbidirono, mentre lei si girava sui talloni e diceva: "Probabilmente avete ragione, almeno per quanto riguarda Zebula, Octavius."

Il re emise un sospiro di sollievo. Disse: "*Ho* ragione su Zebula. Ed è logico che ci sia Noctiferus sia dietro di lei."

Notò che Krystiana si era agitata in seguito a quest'ultimo suggerimento. Naturalmente, credeva anche lei che dietro tutto ci fosse effettivamente Noctiferus, ma non era necessario provocarla così. Cercò di tranquillizzare la Magna Mater con un sorriso.

Ylana rispose sarcasticamente: "Sì, sì, so del vostro amore per la logica, Octavius. Comunque, *probabilmente* avete ragione e non voglio remare contro la nostra alleanza. Ma Kynaria è in pace da lungo tempo e non abbiamo guerrieri a sufficienza da mobilitare, né per difendere né per attaccare."

Ylana fece una pausa.

Octavius lanciò uno sguardo incredulo alla moglie; perché non glielo aveva mai riferito, se era vero?

"Tuttavia, potrei essere disposta a fornire un po' di supporto, oltre a fornire il terreno e gli approvvigionamenti per il vostro campo di addestramento — almeno finché resterà segreto."

Octavius sospirò, sollevato che la donna non li stesse abbandonando, ma non era del tutto soddisfatto. In effetti, ciò che la leader kynariana suggeriva presentava dei rischi. Stava per dirlo apertamente, quando il figlio maggiore s'intromise, facendo singhiozzare la madre esasperata.

Aithen disse: "Somma Sacerdotessa, comprendiamo la sua riluttanza a impegnarsi apertamente in questa guerra, ma se non lo fa, la plebe e i patrizi alvinoriani si convinceranno che Kynaria si sia rifiutata di dare sostegno e finirete per essere odiati da tutti. E quando accadrà, il sospetto ricadrà anche sul nostro casato, perché siamo *mezzosangue*."

Harlion esibì un fermo cenno di accordo e aggiunse: "Inoltre, i fanatici della Chiesa di Aiala certamente approfitteranno di tali circostanze."

Ylana ovviamente si risentì dei rimproveri e strinse la mascella, sentendosi umiliata al cospetto del Gran Re. Guardò Octavius nel tentativo di cogliere i suoi pensieri. Lo vide con le braccia conserte, intento a tamburellare compulsivamente il pollice sulla propria spalla, il suo viso si contorceva come se stesse intrattenendo un dibattito interno. Non potendo aspettare oltre, lei iniziò a pronunciare il suo nome, ma lui la interruppe:

La guardò dritto negli occhi, ma parlava agli altri: "Per favore, date a me e alla Somma Sacerdotessa qualche minuto da soli."

Si alzarono tutti con riluttanza, chi più chi meno. Anche Darya si alzò per uscire dalla serra e lanciò al marito uno sguardo supplichevole. Solo Mitsuko rimase seduta. Era rimasta in silenzio fin dall'inizio della conferenza e ora stava guardando Octavius con uno sguardo contrariato.

"Anche lei, Mitsuko."

Vedendola esitare, insistette finché non uscì anche lei, il suo viso era una maschera di marmo, furiosa. Era evidente da quella sua espressione contrita che Mitsuko era in totale disaccordo.

Aithen si sedette su una panchina solitaria, fuori dalla serra, mentre gli altri si sedettero o si fermarono lì a pochi metri da lui, domandavano a Darya perché la Somma Sacerdotessa avesse assunto una tale posizione e se fosse vero che Kynaria non avesse più una forza militare all'altezza.

Il principe si voltò a guardare il re e la Somma Sacerdotessa, sperando di comprendere il loro linguaggio del corpo. Imprecò quando Rackeli si avvicinò al muro della serra e toccò la radice della pianta parasole. Poco dopo, l'interno della serra non era più visibile, poiché in quel momento i pigmenti oscuranti contenuti nelle radici e nei fusti si spostarono nelle foglie che ricoprivano la superficie esterna.

Tutto ciò che Aithen poteva vedere ora era la sagoma del re che camminava, si fermava, affrontava Ylana di tanto in tanto e ancora camminava. Ma non riusciva a vedere il volto di nessuno dei due leader. Octavius sembrava avere le braccia incrociate. *Probabilmente ha paura di assumere una postura minacciosa tenendo le braccia aperte.* Ora, vide il maggiordomo del re venire a chiamare Krystiana. La Magna Mater si scusò e seguì Rackeli dentro la serra. Aithen notò l'ombra del dubbio insinuarsi in Elyana. Forse si era indispettita per il fatto che non le fosse stato chiesto di unirsi, tuttavia, anche il re e la Somma Sacerdotessa stavano facendo a meno dei loro consiglieri.

Aithen continuò ad osservare ciò che riusciva a vedere. Cercò di decifrare dal comportamento degli interlocutori quello che stava accadendo. Eppure, senza vedere le loro espressioni non poteva capire molto, a maggior ragione dopo che il re smise anche di camminare.

Proprio in quel momento, una voce spaventò il Gran Principe. Era Elyana, che era venuta a sedersi accanto a lui, non troppo vicina, ma abbastanza da fargli sentire il calore della sua pelle.

Chiese: "Ti chiedi cosa stanno dicendo?"

Aithen sorrise mestamente: "Sì, e sono anche un po' irritato per essere stato allontanato."

"Come tutti noi, Mitsuko in primis. Infatti sta pensando di entrare nel Legame per..."

Aithen sussurrò: *"Per spiarli?!"*

"Non li vuole spiare. Vorrebbe semplicemente sondare le loro emozioni. Ci sta pensando."

"Capisci cosa potrebbero star dicendo?"

"Con questo buio, non è facile."

Elyana strizzò gli occhi, come per provare a vederci meglio, e si concentrò sui tre governanti. Ogni volta che le sue labbra si contraevano, Aithen avrebbe voluto chiederle se avesse rilevato qualcosa.

Dopo un paio di minuti, Elyana girò leggermente la testa in direzione di Aithen, sempre tenendo gli occhi puntati dentro la serra e disse: "Penso che Ylana abbia fatto una richiesta o suggerito qualcosa che Krystiana trova difficile accettare."

"Come fai a dirlo?"

"È troppo rigida. Si stava muovendo un po' prima, ma ora non più."

Aithen sospirò. "Perché non sapevamo nulla della situazione militare di Kynaria, se quel che ha detto Ylana è vero? Non m'è comprensibile; dopotutto, beh..."

Guardò la madre con uno sguardo accusatorio.

Elyana capì dalle contrazioni nella sua parlata, che la situazione lo turbava davvero molto: "Penso che ci siamo tutti lasciati compiacere in questi ultimi anni. Nella Sorellanza sono ancora poche le Fasce Rosse, la Furaneria si è appena ricostituita e l'esercito kynariano è messo ancora peggio, a quanto pare. So che pensi che tua madre avrebbe dovuto sapere della situazione in Kynaria, ma non rientra nella sua competenza; lei funge solo da connessione tra il re e la Somma Sacerdotessa, non—"

"Non tra la Kynaria e l'Alvinoria. Sono sempre stato contro questo accordo. Mia madre dovrebbe avere piena autorità diplomatica. Comunque, *qualcosa* avrebbe dovuto saperlo!"

"Non incolpare tua madre, Aithen. Infatti, sono certa che si senta alquanto mortificata dalle circostanze e sono sicuro che sarebbe grata a chiunque potesse allontanarla da quell'*interrogatorio*."

Aithen si accigliò e annuì. Ringraziò Elyana, poi si diresse verso gli altri. Dal modo in cui la madre muoveva le dita, intrecciate tra loro, poteva capire che si sentiva estremamente a disagio. Si schiarì la gola e interruppe l'interrogatorio della madre con la scusa di voler parlare con lei. Dal modo in cui lei socchiuse gli occhi voltandosi verso di lui, capì che gli era grata; grata di essere allontanata da quegli aguzzini, tra cui anche il fratello del principe ereditario. In effetti, Toras non era mai stato uno che sapeva come alleggerire una situazione spiacevole, anzi al contrario, spesso peggiorava le cose. Aithen si chiese come potesse il fratello essere così amato dai suoi uomini, nonostante i propri difetti.

Mentre la madre gli stringeva il braccio e lo ringraziava pacatamente, ma con affetto, Aithen la condusse verso Elyana. Mentre camminavano, lui si scusò per essersi arrabbiato con la Somma Sacerdotessa e Darya fece del suo meglio per non redarguirlo. Suo figlio sapeva che se non avesse dovuto ricoprire il ruolo di Interlocutrice, sua madre avrebbe sostenuto Octavius in modo diretto e franco. Eppure, aveva effettivamente le mani legate in questo momento, legate da un ruolo che odiava, per più di una ragione. Aithen si chiese come fosse possibile che, in principio, la prima Somma Sacerdotessa avesse reputato accettabile il conflitto di interessi intrinseco al ruolo di Interlocutrice.

Quando Aithen e Darya arrivarono da Elyana, quest'ultima indicò la serra con la testa e disse: "Di qualsiasi cosa si tratti, è deciso."

I tre leader sembravano essere giunti ad un accordo: il re fece un cenno, a cui risposero prima Krystiana e poi Ylana. Ciò era un bene, ma era anche preoccupante, perché il re e la Magna Mater avevano annuito per primi, il che significava che avevano accettato di scendere a compromessi e di lasciare che fosse la Somma Sacerdotessa a dettare i termini dell'accordo.

Il principe e la regina si guardarono ansiosi. Le loro domande, così come quelle di tutti gli altri, avrebbero ricevuto una risposta a breve. A quel punto, Maestro Rackeli aprì la porta della serra e invitò tutti a rientrare.

Seduto a un tavolo negli affollati giardini esterni della villa, Kildare ascoltava con sospetto un altro giovane che gli aveva presentato Rovere, suo cugino, la cui famiglia era di Antar. Rovere e i suoi genitori avrebbero dovuto essere dall'altra parte rispetto al perimetro delimitato dalle siepi, ma la loro famiglia faceva parte della piccola nobiltà. Erano membri di famiglie nobili che si erano allargate troppo, diventando così numerose che — ad eccezione dei più anziani, o dei più dotati intellettualmente o esteticamente — si erano ritrovati costretti a lavorare o a fare commercio, come una qualsiasi famiglia plebea, nonostante il loro cognome. La situazione ovviamente creò molto risentimento nei confronti dei membri più agiati della famiglia, come ad esempio Kil. Ma suo cugino non ce l'aveva mai avuta con lui per questo.

Luvius, amico di Rovere, era vestito con una camicia d'un bianco candido, abbondantemente aperta sul petto, con dei normali pantaloni e delle scarpe in pelle marrone, ben cerata. A Kildare quel ragazzo ricordava il figlio di una famiglia benestante, ma con troppo tempo libero e senza particolari ambizioni.

Il giovane disse: "Tuo cugino mi ha detto che potresti aiutarmi a ottenere un apprendistato nelle scuderie del principe."

Kil strabuzzò gli occhi. Cosa stava tramando suo cugino? Lo guardò, infastidito. Rovere scrollò le spalle. Poi, Kil si voltò verso l'altro ragazzo e disse: "Scusa, ma che ci faresti in una stalla? Ne hai mai pulita una? Hai delle competenze particolari su furani o vorani?"

Luvius sorrise: "Certo che no. Ma non pensavo di fare lo stalliere. Piuttosto, vorrei imparare a gestire le scuderie. Ho buone capacità contabili e adoro i furani. I vorani non mi dispiacciono, ma sono troppo... graziosi. Preferisco la ferocia dei furani."

Kil strizzò ancora le palpebre e le sue sopracciglia si inarcarono scandalizzate. Quel damerino pensava che i vorani fossero troppo *graziosi*?

"Io... non so. Può darsi. Ma il Gran Principe non ammette sconosciuti nelle proprietà di famiglia."

Luvius sembrò profondamente deluso. Rovere stava per intercedere al posto dell'amico, ma fu Luvius stesso a fermarlo. Poi, con una dizione molto diversa da quella che aveva usato prima e con un sorriso che mise Kil eccessivamente a disagio, disse: "Va tutto bene, Rovere. Tuo cugino ha ragione a non fidarsi ancora di me; ha solo bisogno di conoscermi meglio." Guardando Kil con un'intensità sconfortante, chiese: "Bevi qualcosa, Kil?"

Kil pronunciò un "Sì" esitante, così Luvius chiamò un cameriere, mentre si raddrizzava e si riabbottonava la camicia.

Quando il cameriere posò le bevande davanti a Luvius, il giovane passò la prima a Kil e la seconda a Rovere. L'improvviso cambio di postura di Luvius, il riabbottonamento e l'offerta di un alcolico, nonché la maniera in cui aveva fatto tutte queste cose, non fecero che agitare Kil ancora di più. Sentì un calore inaspettato scaldargli il sangue. Si affrettò a bere, poi trovò un buon motivo per congedarsi e se ne andò a passo svelto, riflettendo su quel che era appena successo.

PERMANERÉ USQUE AD FINEM

Quella sera, fu con grande trepidazione che si diede il via ufficialmente al Ballo Reale. Coloro che erano giunti insieme al proprio coniuge estrassero delle fasce color magenta, che avvolsero ai polsi per identificarsi come coppia sposata. Chi invece era soltanto fidanzato indossò fasce da polso rosse e blu per indicare che aveva un partner, ma che comunque non era ancora del tutto impegnato. Il resto della folla ballava così com'era venuta.

Dopo l'assemblea pomeridiana, gli stati d'animo erano generalmente depressi, ma la musica, piena di speranza — sempre presente e sempre ben udibile, anche se solo inconsciamente — aveva sollevato lo spirito ai più. Anche il Gran Principe non desiderava più altro che ballare.

Toras, che si era seduto accanto a lui, disse: "Vado a chiedere ad Aria di ballare. Che mi dici tu? I tuoi piedi non hanno voglia di ballare e muoversi a ritmo? Non hai voglia di ballare con *qualcuno*?"

Sì. Lo stomaco di Aithen cominciò a rivoltarsi, mentre pensava con chi voleva ballare. Batteva i piedi ma non a ritmo di musica, bensì al ritmo dei suoi pensieri nervosi.

Toras disse: "Fratello, io glielo chiederei, se fossi in te. Ti ho osservato tutto il giorno, so che sei innamorato di lei."

Aithen sbarrò gli occhi, ma Toras ignorò la sua reazione e disse: "Penso che dovresti chiederle se vuole ballare con te."

"Non è facile."

"Intendi a causa di nostra madre e nostro padre, o per tutti gli altri?"

"Entrambi"

"Beh, per quanto riguarda i nostri genitori, se sapessero su chi ho messo gli occhi *io*, sono sicuro che penserebbero che il tuo interesse per Elyana Lux Baiula sia accettabile in confronto."

Con un tono incredulo, Aithen chiese: "Hai conosciuto qualche ragazza a Passo del Corno? E il tuo giuramento di celibato?"

"Non te ne parlerò certo ora. Comunque, non importa quello che pensano; tu sei il Gran Principe, erede al trono." Poi, con un movimento della testa e un sorriso malizioso, aggiunse: "Ci si rivede sulla pista da ballo."

Aithen voleva maledire il fratello, eppure Toras aveva ragione. Per quanto tempo ancora avrebbe esitato e si sarebbe trattenuto? Per quanto tempo avrebbe ringhiato lamentandosi, sospirando e reprimendo il suo istinto?

Beh, eccoci qui! Come dice Toras, io sono un principe, il Gran Principe! Ho il diritto di corteggiare e desiderare qualsiasi donna, che sia una principessa, una del popolo o... una Lux Baiula!

Così, Aithen attraversò la sala da ballo con una determinazione che aveva provato solo in battaglia. Tuttavia, era una sensazione totalmente diversa: il suo cuore, che solitamente pompava con forza preparandolo all'azione, ora pompava per raffreddare i palmi delle mani e ripulire il corpo dal nervosismo, e i suoi sensi, che solitamente si aguzzavano per permettergli di brandire al meglio la spada o l'arco, ora si acuivano alla ricerca di chiunque potesse ridere di lui, vedendolo invitare una Lux Baiula a ballare. *E se mi rifiutasse?*

Nel momento in cui i suoi occhi incrociarono quelli della donna, il suo stomaco vacillò e fermò l'avanzata per un brevissimo istante. Elyana lo aveva visto avvicinarsi. Sembrava aver capito le sue intenzioni perché iniziò a guardarsi intorno con uno sguardo che non era affatto da Lux Baiula, come se fosse in ansia per ciò che stava per accadere. Aithen quasi stava per rinunciarci quando vide Krystiana seduta accanto a lei, ma nel frattempo qualcuno passò di lì e portò via la Magna Mater, invitandola a un'altra tavolata. Così, rimasero solo Mitsuko e Irania Lux Baiulae al tavolo delle Sorelle, che perlomeno non gli apparivano minacciose come la Magna Mater e Aithen riprese il suo approccio.

Aithen guardò le colleghe di Elyana con uno sguardo vacuo, poi si voltò e chiese un po' troppo bruscamente: "Elyana, vuoi ballare?"

Elyana guardò le altre con la coda dell'occhio, e — non percependo alcuna reazione da parte loro — rispose: "Volentieri, mio Principe."

Detto ciò, si alzò, si aggrappò al braccio di Aithen e lo seguì al centro delle linee di ballo.

La stanza si fece silenziosa, come se una Lux Baiula avesse isolato tutti i presenti con una barriera acustica. Anche le note del violino solista e degli strumenti di accompagnamento sembrarono sospendersi a mezz'aria. Octavius, che stava conversando con Darya nel momento in cui inaspettatamente si fermarono le chiacchiere, le risate e i passi di danza, si voltò nella direzione in cui guardavano tutti gli altri e sospirò.

Darya stava per chiedere a suo marito cosa l'avesse turbato, quando anche il suo sguardo si posò sul figlio e la sua partner, e la regina sussultò.

Il principe e la sua compagna a quel punto erano consapevoli di aver provocato quella reazione.

Darya sibilò: "Lo sapevi?"

"L'ho sospettato per diversi mesi e avevo intenzione di parlargliene, ma mi è sfuggito di mente in mezzo al marasma di eventi. Avrei dovuto farlo prima, adesso discuterne sarà più difficile."

"Già."

"Parleremo entrambi con lui *dopo* il ballo. Sarebbe inopportuno intervenire ora."

Octavius fece una pausa, poi aggiunse: "Però dobbiamo fare qualcosa per salvarli."

Darya acconsentì, pur non essendo impaziente di confrontarsi con Aithen riguardo i suoi propositi amorosi. Octavius prese la fascia magenta dalla propria tasca e la legò delicatamente attorno al polso di Darya, che a sua volta legò la propria al polso del re. Naturalmente, chiunque sapeva che erano sposati e non c'era pericolo che qualcuno potesse tentare di corteggiare l'uno o l'altro inavvertitamente. Tuttavia, le fasce al polso erano una tradizione e il re e la regina sapevano quanto fosse importante rispettare le usanze. I due raggiunsero la pista e si posizionarono al centro delle linee parallele: Octavius accanto ad Aithen e Darya accanto a Elyana.

Le altre coppie, non volendo mancare di rispetto al re o convincendosi che il re stesse accettando la scelta del figlio, si riposizionarono a loro volta.

La gente continuò a fissare il Gran Principe e la Lux Baiula, alcuni celavano i loro sorrisi sprezzanti, altri li osservavano incuriositi; ben pochi provarono gioia sincera. Tra le persone contrariate, certi trovavano sgradevole l'idea del contatto fisico con una Lux Baiula a causa dello strano spessore e aspetto della pelle degli Alterintranti, in particolare di quelli più potenti — come Elyana — altri trovavano semplicemente inaccettabile l'idea di una relazione tra il loro principe e una Lux Baiula. Per quanto riguardava quelli che si sentirono felici, forse erano semplicemente contenti di vedere che la linea del casato

Coriolis non si sarebbe conclusa con Octavius. Anche Gaius guardò il re, suo fratello, con uno sguardo sinceramente sorpreso e allegro.

Quando Octavius si inchinò davanti a Darya, un nuovo canto eruttò dalle gole del coro e gli strumenti esplosero in un boato, come fiori di fuoco pirotecnici, sebbene la musica e il canto non fossero concepiti per scacciare gli spiriti maligni, bensì per portare gioia e vitalità.

Quel ballo era noto come Danza dei Fiori. Era una danza allegorica, introdotta in Alvinoria dal popolo dello Yeltchek, circa duecento anni prima. Da allora, si era diffuso a macchia d'olio in tutto il regno, per la sua bellezza estetica e per la sua contiguità alle tradizioni alvinoriane.

Il canto narrava la storia di un soldato al ritorno dalla guerra, che chiedeva perdono all'amante per la sua lunga assenza, riportandole un fiore dalla terra che per anni lo aveva tenuto lontano da casa. La danza implicava ampi movimenti espressivi, passi e giravolte; il partner maschile rivolgeva un'implorazione alla donna, puntando con la mano in direzione della terra maledetta che lo teneva distante. La donna spingeva via l'uomo e lo ritirava verso sé, danzando espressivamente, tra il rifiuto e il desiderio. Infine, si concludeva con un'emozionante giravolta, che simboleggiava l'accettazione del fiore da parte della donna.

Toras e Aria causarono un po' di trambusto quando arrivarono e si avvicinarono ad Aithen ed Elyana. Lo stomaco di Aithen si contrasse momentaneamente, nel momento in cui incrociò lo sguardo di Aria. Sua cugina sorrise, ma la sua espressione era più riservata del consueto e Aithen capì che si era sentita un po' delusa nel vederlo insieme a Elyana. Si sforzò di sorriderle, chiedendosi perché mai la ragazza pensasse a lui come a un potenziale partner. Il matrimonio tra cugini non era raro per la nobiltà, ma Aithen non l'aveva neanche mai considerato. Eppure, ricordandosi di quella volta in cui aveva baciato Aria, quando aveva quindici anni e lei dieci, sospirò e si augurò che lei avrebbe finalmente voltato pagina, visto che, ormai, lui e il suo cuore erano altrove.

Toras notò lo scambio di sguardi tra i due e stava per rivolgere un ringhio al fratello, ma poi cambiò idea, vedendo il modo in cui Elyana guardava suo fratello. I due erano evidentemente innamorati l'uno dell'altro. Perciò si limitò a danzare intorno ad Aria con dei passi talmente esuberanti, mentre la musica richiedeva l'esecuzione dell'ennesima giravolta, che la cugina fu costretta a rivolgere a lui le sue attenzioni, se non altro per timore che si calpestassero a vicenda. Quando incrociò lo sguardo del fratello maggiore, notò un cenno di gratitudine da parte di quest'ultimo.

Elyana guardò Aithen incuriosita quando lui distese il braccio preparandosi a piroettare ancora. Nonostante l'imbarazzo lui si limitò a scuotere la testa con disinvoltura e continuò a danzare.

Seppure i partner non si toccassero mai durante questa danza, Aithen sentì una sensazione indescrivibile e travolgente impossessarsi del suo corpo, mentre lui ed Elyana giravano l'uno intorno all'altra. Le sue mani, a circa un centimetro di distanza dal corpo di Elyana, potevano sentire il suo calore, l'elettricità, nonché l'attrazione più potente che avesse mai sperimentato; anche rispetto a quelle volte in cui aveva effettivamente toccato una donna. Lo sguardo intenso di Elyana non fece che esaltare quel brivido.

Elyana quasi mancò un passo quando notò la Magna Mater guardarla. Tuttavia, con l'arrivo della sera, quando la luce delle lampade vive si fece soffusa per conciliare il ballo, non riuscì più a vedere l'espressione di Krystiana; sperò soltanto che non la stesse guardando con disapprovazione. Nel momento in cui Aithen era venuto a chiederle di ballare, Elyana aveva acconsentito senza esitazione, sospinta esclusivamente dal desiderio di cedere al suo interesse per il principe. Secondo diverse convenzioni tacite, non avrebbe potuto accettare l'invito; avrebbe dovuto consultare la Magna Mater prima di impegnarsi pubblicamente in qualcosa che poteva causare problemi alla Sorellanza e alla Corona. Ma perché una donna della sua età dovrebbe chiedere il permesso di corteggiare un uomo? *Beh, sia quel che sia.*

Elyana rivolse la sua attenzione ad Aithen nel momento in cui la musica finì e sia gli uomini che le donne si inchinarono a vicenda, come segno di ringraziamento per la danza. Molte coppie si separarono, scegliendo nuovi partner per il prossimo ballo.

Ci si aspettava che anche il Gran Principe scegliesse una nuova compagna, ma non fu così, e la gente si corrucciò — specialmente coloro che avevano portato le loro figlie con la speranza di presentarle al Gran Principe — proprio come fecero Darya e Octavius. Aithen vide inarcarsi le sopracciglia dei presenti, tutte quante, nonostante le luci soffuse. Ma non gliene importava nulla. Non avrebbe voluto ballare il prossimo pezzo con nessun'altra. Per la verità, non voleva ballare con nessun'altra, punto.

Perché fingere di divertirsi, sorridere e chiacchierare con altre, quando i miei pensieri sono rivolti soltanto a lei?

Dunque, ignorò gli sguardi di disapprovazione e si impegnò con Elyana nella danza successiva, che — nonostante fosse un ballo più tranquillo in cui i partner si muovevano entrambi con movimenti più sommessi — permetteva a mani e corpi di sfiorarsi leggermente.

Non ci volle molto, prima che Aithen potesse provare l'emozione di toccarle le mani. Amava il calore e la morbidezza delle dita di Elyana. I due volteggiarono insieme e, più volteggiavano, maggiore era lo spazio vuoto che si creava intorno a loro.

Lungo uno dei lati della pista da ballo, stava iniziando una conversazione spiacevole. Arotek e sua moglie erano lì seduti, a distanza di due sedie da Krystiana e altre due Lux Baiulae. Krystiana era venuta a sedersi lì dopo aver ballato con il Signore Claudius. Senza voltarsi in direzione della Magna Mater, Donna Aroteka disse: "Tutto ciò è scandaloso."

Krystiana strinse i denti e rispose, appellandosi alla sua nobile vicina: "Non c'è nulla che lo proibisca; il Gran Principe ed Elyana Lux Baiula sono due delle persone più rispettabili che conosco. Sono anche giovani e non possono certo essere biasimati per aver voluto godersi un ballo insieme."

A quel punto, Ursa Aroteka, con un volto cattivo come quello dell'orso mitologico da cui derivava il suo nome, ringhiò, voltandosi verso il marito per continuare a dare sfogo alle sue parole avvelenate. Arotek le mostrò la sua approvazione con degli sbuffi e scuotendo la testa e Ursa alzò i toni, in modo da farsi sentire anche da chi era seduto nelle vicinanze.

Mitsuko e Irania Lux Baiulae guardarono Krystiana preoccupate e irritate. Come si permetteva quella donna detestabile di parlare così sconsideratamente di una di loro?

Krystiana pensò: *Perché Elyana non me l'ha detto prima? Non può essere una novità. Dev'essere successo qualcosa, già quando serviva presso la corte di Octavius.*

Aroteka fece un altro commento maleducato e Krystiana sospirò, sapendo che avrebbe dovuto intervenire, il che significava *parlarle* direttamente e quindi "onorarla" chiamandola ancora per nome. Proiettò la sua voce direttamente in direzione della Signora, in modo che Arotek non sentisse: "Donna Ursa, poiché siamo tutti qui per volontà del Gran Re, penso sia saggio, come potete immaginare, che i suoi ospiti si comportino civilmente l'uno con l'altro. Ma se l'ira del re non vi spaventa, sappiate che ho saputo da fonti attendibili che voi siete una donna tentatrice, per nulla fedele a vostro marito. Vi esorto a stare attenta e a non denigrare gli altri come siete solita fare."

Ursa lanciò un'occhiataccia assassina alla Magna Mater, un atteggiamento pericoloso, considerata la potenza e la posizione di Krystiana. Tuttavia la sua espressione accigliata fu rapidamente sostituita da un battito di ciglia sorpreso e da uno sguardo confuso.

Mitsuko richiamò l'attenzione della Magna Mater, poi le trasmise una chiamata di pensiero urgente: *"Mater, ha usato un vincolo di confusione su di lei?"*

"L'ho fatto. Ma ci sono andata piano. Starà bene, Mitsuko."

"Ma—"

"Mitsuko! Lascia stare. Farò in modo che Fausta la interroghi più tardi, per sicurezza." Krystiana indicò Elyana con il mento e trasmise: *"Ora, devo pensare a cosa fare con lei."*

"Sì, è una situazione insolita, ma non è inaudita, Mater. E il suo interesse per lui non è necessariamente sorprendente."

Krystiana si voltò verso Mitsuko con le sopracciglia inarcate.

"Il principe ha qualità fisiche e mentali che lo renderebbero un prospetto adatto per una donna intelligente e bella come Elyana."

Krystiana si morse il labbro e abbassò lo sguardo mestamente: *"Non è questo il punto, Mitsuko. Il loro rapporto potrebbe mettere a repentaglio l'indipendenza del nostro Ordine. È stato imprudente e sciocco da parte sua dichiarare il suo interesse per il Gran Principe... pubblicamente."*

"Suppongo di sì, Mater. Ma se posso..." Mitsuko aspettò di ricevere il permesso dalla Magna Mater prima di continuare. *"Non credo possa danneggiare la Sorellanza."*

"No?"

"Mi scusi, Mater. Non voglio contraddirla. Ma conosce Elyana; nulla la dissuaderà dai suoi doveri o dai princìpi e le leggi in base a cui vive: i nostri princìpi e le nostre leggi. Significa che se dovesse arrivare il giorno in cui deve prendere una decisione che va contro la volontà del Principe o della Corona, la prenderebbe senza curarsi delle proprie conseguenze personali. Un tale avvenimento — se dovesse diventare pubblico — dimostrerebbe, quindi, che la nostra

fiera indipendenza va oltre il nostro voto di celibato, spesso interpretato in modi non poi troppo lusinghieri."

Krystiana sbatté le palpebre, riflettendo per un momento. *"Mmm... grazie, Mitsuko. Credo che nessuno mi abbia mai presentato la situazione in questo modo prima d'ora. Ma sappi che anche le apparenze contano e possono essere dannose, tanto quanto le azioni."*

Mitsuko rispose: *"Vorrei che questo concetto non esistesse."*

"Esiste perché i cervelli umani, così come quelli di molti altri animali, sono inclini a supporre, in modo da non dover fare lo sforzo di imparare e verificare ogni cosa, ogni volta che una nuova situazione ci si presenta."

"Beh, forse sarebbe giusto farlo, invece."

Krystiana trasmise un ringhio infastidito, attraverso il Legame.

Seduti al tavolo della famiglia reale, Toras e Ulvius stavano ascoltando Aria lamentarsi della vita in Kynaria.

"So quanto sia importante finire i miei studi, ma ora stanno accadendo un sacco di cose qui, e mi sembra stupido studiare mentre l'Alvinoria viene attaccata da grugni e serpi, inoltre—"

Toras corresse sua cugina un po' troppo severamente, dicendo: "C'è solo una Serpe, Aria. E comunque cosa potresti fare qui?"

"Potrei aiutare a combattere queste creature; entrare nelle loro menti per rintracciarle, come fa Marena Lux Baiula per la tua Guardia."

Toras sollevò e scosse la testa.

Ulvius disse: "Probabilmente è meglio così, Aria."

"Così come?"

"Voglio dire, che tu finisca gli studi, diventando maestra di lettura animale, prima di impegnarti effettivamente in una guerra. La guerra porta morte, nient'altro."

Ulvius lanciò a Toras uno sguardo lievemente accusatorio, intriso di dolore, e Toras non poté fare a meno di rispondere, offeso: "Ulvius, tuo fratello non è morto per mano mia, né perché io l'ho mandato ad affrontare la Serpe. È morto, come molti altri, mentre ci difendevamo dalla creatura."

Aria disse: "Ha ragione, Ulvius. La tua accusa non è giusta. Sì, la guerra porta morte, ma è per la difesa del nostro popolo che combattiamo, contro un nemico che non ci dà alcuna possibilità di aprire negoziati *politici*.”

Ulvius sentì le parole della cugina penetrarlo come una lama, tuttavia sospirò e poi disse: “Suppongo che tu abbia ragione, Aria. Ma vorrei comunque che non ci fosse, nonostante la necessità di metallo per forgiare armi stia riempiendo le mie casse.”

Toras e Aria lanciarono uno sguardo confuso al cugino.

Ulvius chiese: “Comunque, quando dichiarerà guerra tuo padre?”

“Non lo so, perché?”

“Perché gli spedizionieri stanno facendo pagare una fortuna per trasportare gli armamenti, e sarebbe più giusto che tutto il debito e l’accumulo di debito venissero cancellati.”

“Suppongo che stia aspettando la prova del fatto che Zebula ci attaccherà.”

Ulvius annuì, poi disse: “In ogni caso, dove sono i tuoi fratelli, Aria? Perché non si uniscono mai a noi?”

“Perché odiano la politica più di quanto tu odi la guerra, immagino.”

Ulvius lanciò alla cugina uno sguardo di disapprovazione. “Sarebbe stato comunque carino da parte loro venire qui a trovarci. Probabilmente ci vorrà un po’ prima che ci sia un’altra occasione.”

Un po’ infastidita dal cattivo umore di suo cugino, Aria rispose: “Non so che dire, Ulvius. Sono sempre stati così. Ma cambiamo argomento, vi va? Vorrei sapere cosa ne pensa Toras del fatto che Aithen stia corteggiando Elyana.”

“Beh, è strano. Comunque, se vuole fare qualcosa di più che chiacchierare e ridere con lei, dovrà perorare la sua causa davanti al Consiglio di selezione, e non credo possa finire bene.”

Ulvius chiese: “E se lo ignorasse?”

Toras sbuffò ripetutamente prima di rispondere: “Non sarebbe positivo per lui, né per nostro padre, che si troverebbe costretto a fare qualcosa che probabilmente non vorrebbe nemmeno prendere in considerazione.”

“Vuoi dire che lui...”

Aria tirò un lungo sospiro, guardò il Gran Principe e la Lux Baiula ancora un po’, poi disse: “Beh, indipendentemente dall’opinione altrui, Aithen ed Elyana stanno bene insieme. Non è vero?”

Sulla pista da ballo, Aithen ed Elyana continuavano a ballare, come se fossero gli unici. Non pensavano più al resto, si divertivano a toccarsi vicendevolmente — esclusivamente le mani — e il brivido che provavano mentre si allontanavano e poi si riavvicinavano l'uno all'altro volteggiando, rimanendo sempre a distanza di un braccio, come da protocollo. Mentre il brano stava per finire, Aithen trovò difficile rallentare; voleva continuare a volteggiare, insieme a Elyana. Il rallentamento della musica gli permise di percepire nuovamente il resto dei ballerini, il re e la regina, nonché la consapevolezza di ciò che stava facendo. La parte prudente e repressa di sé iniziò a combattere con il lato che mai aveva conosciuto prima di quella sera. Quando anche l'ultima nota si disperse nell'aria, Aithen fece a Elyana un sorriso profondo, ma controllato. Si guardarono intensamente per un brevissimo istante, poi la riaccompagnò al tavolo, mentre i suoi occhi guizzavano tutt'intorno al baldacchino, cercando negli sguardi altrui la disapprovazione, sicuro di trovarla.

Dopo che il principe porse i suoi ringraziamenti a Elyana, a cui lei replicò con la risposta più canonica ma anche con uno sguardo che le dava un significato più profondo, fu avvicinato non proprio discretamente sia da Ori che da Toras.

Ori disse: "Aithen! Non ti avevo mai visto ballare così con una donna prima d'ora. E hai ballato con Elyana!"

"Penso che nostro fratello maggiore sia innamorato."

Aithen si fermò e guardò Toras con due occhi simili a feritoie.

Ori sembrò scioccato. "Innamorato... di Elyana? Voglio dire, lei è bellissima, ma..."

Aithen interruppe il giovane principe. "Ori, ti prego... Basta."

Toras intervenne di nuovo e disse: "Aithen è innamorato, ma non sa se è giusto, né tantomeno come affrontare la cosa, anche perché tutti sanno chi sta facendo ingrossare il suo..."

Aithen gli lanciò un'occhiata ancor più feroce. La sua mascella era serrata e tremava di rabbia. Toras si fermò, ma alzò le mani per aggiungere: "Rilassati fratello. Ho pensato che fosse strano, e penso ancora che lo sia, ma voi due siete evidentemente ossessionati l'uno dall'altro e, come Aria ha detto prima a Ulvius ed io, state bene insieme."

"Ha detto a Ulvius e *a me*."

"Cosa? D'accordo, come vuoi, Aithen. Ho solo pensato di farti sapere che mi sta bene, anche se non vedo come ciò che speri possa accadere."

Ori, non capendo a cosa alludesse Toras, chiese: "Cosa vuoi dire? Perché non può accadere quel che spera Aithen? Cosa spera?"

Toras scrollò le spalle: "Lui lo sa."

"È solo che ci sono delle regole, Ori... Ma ora vado a fare una passeggiata perché non ho voglia di essere fermato o interrogato da nostra madre o nostro padre. Per favore non seguirmi, Ori."

Aithen passeggiò un po'. Gli ci volle più di qualche passo lungo i sentieri dei giardini per rilassarsi, stringendo e allentando i pugni; avrebbe voluto inculcare un minimo di senso di proprietà in Toras. Eppure, se ne dimenticò presto e la sua mente tornò a concentrarsi su quel che lo bruciava dentro: il ricordo del tocco di Elyana e del brivido che gli aveva attraversato la schiena — anzi, tutto il corpo. Suo fratello aveva ragione: la *voleva*. Eppure, la sua razionalità continuava a reclamare il suo posto e a mettere da parte le sue emozioni, lanciandogli avvertimenti sulla difficoltà di rompere le convenzioni e di ignorare la saggezza dei secoli.

Questa battaglia interiore imperversò ancora un po' dentro di lui, fino a raggiungere i confini dei giardini. A quel punto, i suoi occhi caddero sui plebei e sui patrizi minori, i quali si divertivano, senza dover badare tutto il tempo al protocollo. Sospirò e si chiese come sarebbe stata la sua vita se fosse stato uno di loro.

Non avrei mai conosciuto Elyana, tanto per cominciare. Però se la società non fosse strutturata così com'è, forse avrei potuto incontrarla comunque. Sì, ma le saresti piaciuto comunque? Siamo ciò che siamo per il modo in cui siamo stati cresciuti; perché viviamo in questa società.

"Arrgh! È inutile." Aithen provò invidia pensando alla libertà della gente comune.

In quel momento una voce lo sorprese: "Aithen?"

"Elyana! Che ci fai tu qui?

"Una donna non può più fare una passeggiata nei Giardini Reali?"

La sua sorpresa era ancora ben udibile nella sua voce quando lui rispose: "Certo che può." Poi, guardando i Guardiani affissi lungo il bordo, si chiese quali pettegolezzi avrebbero potuto diffondere. Sperava neanche uno; dopotutto erano i suoi uomini.

Di colpo, Aithen disse: "Vorrei mostrarti lo stagno. L'hai mai visto? È sempre meraviglioso durante il secondo quarto di mezzo, quando il Sole Rosso indugia dietro il suo gemello."

"No, non l'ho mai visto."

Aithen porse il braccio a Elyana e i due s'incamminarono.

***

Una volta che il Ballo Reale giunse al termine e tutti gli ospiti erano partiti o si erano ritirati nelle loro camere, Octavius e Darya ne approfittarono per godersi un po' di tranquillità da soli nelle loro stanze. Octavius chiuse la porta di vetro che dava sul balcone. Una violenta tempesta di pioggia stava arrivando, come per lavare via le bevande versate a terra nella zona riservata alla plebe. Il suo maggiordomo era rimasto scioccato dal disordine; c'erano ovunque rimasugli di fluidi e cibo, perciò aveva deciso di riferirlo al re.

Octavius, avvolto in una vestaglia nera, si diresse verso la moglie comodamente seduta sul divano in foglie di lacora. Darya sollevò la mano verso di lui, invitandolo a sedersi insieme a lei. Il re si sarebbe tuffato se avesse potuto, ma la mobilia in foglie di lacora aveva la tendenza a rinculare, se la pressione causata era eccessiva, così si sedette cautamente, gemendo un poco.

Darya sollevò le gambe sul divano, prese le mani di Octavius tra le sue e le strofinò delicatamente. Disse: "Non ti ho mai visto così stanco prima."

Con una voce insolitamente gracchiante, Octavius disse: "Sto invecchiando, Darya, e il cambiamento a questa età è rapido come nei primi anni di vita, anche se tende al degrado."

"Non sembri vecchio."

"No, ma certamente mi sento tale."

La conversazione si fermò per un attimo, poi Octavius disse: "Ma tu, mia cara, sei meno gioviale di quanto io ti ricordassi appena sei mesi fa. È per la preoccupazione che ti ho causato da qui a qualche mese? O è a causa dei problemi in Kynaria?"

Darya guardò il re con occhi lievemente accusatori. "Francamente, non so perché sono così depressa ultimamente. Ma so che non trovo più gioia nell'entrare nel Legame."

Octavius osservò sua moglie con uno sguardo pensieroso e preoccupato. Si accarezzò il mento, lo picchiettò e poi alzò l'indice.

Darya lo guardò incuriosita.

"Quando è stata l'ultima volta che ti sei sdraiata su un materasso microbico o che hai fatto un bagno microbico?"

Darya rise: "Pensi che basti ringiovanire la mia flora?"

Octavius inclinò la testa: "Perché no?"

"Beh, è passato quasi un anno e i granuli che bevo, anche se aiutano a preservare la mia flora, certamente non possono ripristinare le specie di batteri perdute; una visita alle terme di Urbs Lucis potrebbe aiutarmi..."

Quando Darya si interruppe, come per riconsiderare la sua dichiarazione, Octavius disse: "Allora dovresti andarci. Sulla via del ritorno in Kynaria. Dovresti fermarti a Urbs Lucis."

Darya sospirò e aggiunse: "Potrei, Octavius. Ma la verità è che un bagno può ravvivare la mia flora, ma non mi farà di certo tornare il sorriso. Quello che voglio veramente ora... è rimanere qui al tuo fianco e non tornare più a Kynaria, almeno non a breve."

L'espressione di Octavius mutò repentinamente. Si sentì in colpa, si sentì stupido. Si sporse in avanti, colse il mento di sua moglie tra le dita e la baciò. La baciò calorosamente, appassionatamente, colpevolmente.

"Mi piacerebbe molto, ma questo potrebbe non essere il momento migliore per passare il trono a nostro figlio, che è—"

"Lo so, lo so. Non posso trasferirmi finché non ci sarà una nuova regina-consorte che prenda il mio posto in Kynaria." Darya sospirò di nuovo, poi scosse la testa e disse: "A proposito di Aithen, quando ci incontreremo con lui per discutere del suo rapporto con... Elyana?"

"Al mattino, prima che parta per tornare nella capitale."

"Cosa ne pensi?"

"Sai che ne penso, Darya."

"Sì, suppongo di sì. Vorrei che avessimo potuto evitarlo, invece di doverci opporre, anche se non so perché dovrei volerlo fare; potrei maledire gli Dei per queste contraddizioni che ci vengono imposte."

Octavius sorrise "Sì, beh, non credo che gli Dei c'entrino qualcosa; è dovuto alle nostre leggi e alle nostre usanze, anche se non sempre sono sensate. Per quanto mi riguarda, io... non sono sicuro che lei possa essere la scelta migliore per lui; non dopo quella sua decisione, quando..."

"Ho capito. Lo so, Octavius. Non c'è bisogno che tu lo dica. Ma sono sicura che se riguardi razionalmente gli eventi di quel giorno, capirai che, in fondo, ha fatto la scelta giusta."

Octavius prese le mani della moglie e le strinse con feroce passione. Darya appoggiò la testa sul petto del marito e i due ascoltarono la pioggia insieme, pensando, sospirando di tanto in tanto e accarezzandosi a vicenda; non avevano bisogno di chiedersi a cosa fosse dovuto quel sospiro. Erano sposati da sessantasette anni e, nonostante le loro lunghe separazioni, si amavano e si conoscevano l'un l'altro, come in pochi sapevano fare.

***

In una delle camere degli ospiti, due Lux Baiulae sedevano su delle robuste, ma morbide e lussuose, sedie lacora, rese ancor più pregiate dal loro colore verde, un colore raro su K'Tara.

Elyana, invece, non aveva molta voglia di starsene seduta. Nei quindici interminabili minuti precedenti, aveva ascoltato Krystiana — la sua amica e Magna Mater — esporle la propria delusione. Delusione! Se Elyana fosse stata un'apprendista, sarebbe crollata e sarebbe scappata via piangendo. Solo due volte in vita sua qualcuno l'aveva fatta sentire così umiliata. La prima volta era stata quando aveva perso contro una giovane recluta ai Giochi annuali di Urbs Lucis e la seconda volta quando un'esaminatrice le aveva detto che non sarebbe stata promossa al grado di Sorella Plena, sempre nello stesso anno. Ma nessuno le aveva mai detto che era stata una delusione per la sua mancanza di giudizio.

Dopo una lunga serie di sbuffi e lamenti, guardando verso la finestra in cerca dell'autocontrollo necessario prima di aprire bocca, Elyana finalmente rispose, con tutto il temperamento possibile, sebbene la sua voce fosse ancora un po' tremante.

"Francamente, e con tutto il rispetto, Krystiana, non so nemmeno perché dovrei giustificarmi. Dopotutto, non sono una ragazzina, non sono una *sciocca* ingenua che si getta tra le braccia di un uomo senza preoccuparsi del resto."

140

Krystiana disse: "Hai ragione, Elyana, ma se avessi messo gli occhi su qualcun altro al di fuori della famiglia reale, non me ne sarei preoccupata. Tuttavia, poiché ti sei innamorata del Gran Principe, sono obbligata ad intervenire. Se non lo faccio io, l'Assemblea della Luce lo farà al mio posto, nonostante le mie rassicurazioni, o quelle di Ramela, sul fatto che la vostra storia d'amore non danneggerà la nostra reputazione."

Elyana si sedette in silenzio, masticando amaramente. Sapeva che Krystiana, essendo sua amica, stava cercando solo di aiutarla a evitare che le cose peggiorassero.

Krystiana continuò: "Anche Ramela è preoccupata, nonostante sia una donna equilibrata e razionale, e sai che è sempre stata una delle tue sostenitrici più convinte. È preoccupata che, visti i problemi che stiamo affrontando, questo rapporto col Gran Principe possa rendere sospettabili i tuoi consigli e tutte le tue decisioni. È preoccupata che possa offrire delle prerogative a una delle Junior, intenzionata a sfidare le nostre usanze."

Il viso di Elyana, già scuro di rabbia, si oscurò ancora di più quando sentì menzionare per l'ennesima volta quella ragazza. A denti stretti, disse: "Quella ragazza dovrebbe essere rispedita a casa!"

"Certo, dovrebbe, ma noi non cacciamo mai le Junior. E se non riusciremo a rimettere Moradien in riga, potremmo ritrovarci costrette a *svincolarla*. Ma ora stiamo divagando. Cosa hai intenzione di fare col Gran Principe?"

La domanda della Magna Mater confuse Elyana. *Cosa hai intenzione di fare con il Gran Principe?* Come se stessero parlando di un seccante ululone, o di un furano che va rinchiuso o abbattuto. Si prese un momento per dare forma al suo pensiero, poi scrollò le spalle.

"Non lo so Mater. Credo di essermi innamorata del Principe, a mio scapito, nonostante le convenzioni e nonostante gli avvertimenti razionali. Eppure, nulla lo vieta e..." In un raro momento di insicurezza e vulnerabilità, Elyana esitò prima di dire: "Significherebbe molto se lei continuasse a fidarsi di me, Mater, così come ha sempre fatto. Non ho mai deluso né lei né la Sorellanza e il mio rapporto con il Principe non cambierà nulla di tutto ciò. Qualsiasi cosa decida di fare, le prometto che non permetterò che danneggi la reputazione della Sorellanza, del Fasciato Viola, o di nessuno."

Krystiana guardò Elyana con un'espressione che spaziava tra l'incerto e il fiducioso, fiducia rafforzata dal loro passato insieme e dalla profonda stima che aveva sviluppato per la donna più giovane. Inoltre, era preoccupata per il principe; Elyana non avrebbe mai fatto nulla che potesse danneggiare la reputazione della Corona — lo sapeva — ma sapeva anche che Elyana non avrebbe anteposto i propri bisogni emotivi e fisici, o quelli del principe, a qualsiasi dovere politico, ammesso che il Consiglio di Selezione consentisse un eventuale matrimonio.

Elyana sentì tutta la tensione del corpo dissolversi, quasi al punto da farla vacillare, quando Krystiana annuì. Appoggiò la mano su una sedia, cercando di farlo nel modo più discreto possibile e si calmò. Quindi, ringraziò la sua amica e Magna Mater, e se ne andò per poi fare ritorno alla propria stanza.

In Sala da Pranzo

La mattina dopo il ballo, i soli radiosi — il Sole Blu leggermente davanti al Rosso, dato che il secondo quarto di mezzo si avvicinava al termine — riscaldavano l'aria con la loro luce d'un colore violaceo, reso leggermente grigio dalla nebbia che si sollevava dal suolo, allorché la pioggia della notte precedente evaporava.

Octavius, Darya e Aithen stavano rompendo il digiuno con un pasto leggero. L'aria all'interno della sala da pranzo privata del re stava iniziando a essere pesante per il principe, mentre le parole di suo padre rallentavano e la sua voce si feceva più severa, indicando l'approccio a un argomento sgradevole. Un pensiero alleggerì l'ansia crescente di Aithen anche se solo per un istante: *Nonostante il suo autocontrollo, non è molto bravo a nascondere il disagio in momenti come questo.* Il principe smise di divagare quando sentì il proprio nome.

"Aithen, io e tua madre desideriamo dirti una cosa, anche se per te probabilmente, anzi sicuramente, è una questione privata, è comunque molto importante per noi perché è di fondamentale importanza per la stabilità del regno."

Aithen sentì la propria mascella stringersi. Poteva immaginare di cosa volesse parlare suo padre.

Odio quando dice che vuole dirmi qualcosa, invece di voler parlare con me; non significa mai niente di buono. Mi lascerà rispondere, o mi dirà semplicemente cosa fare, come fa di solito? Beh, stavolta non accetterò passivamente il suo giudizio, non posso permettermelo.

Octavius osservò le reazioni del figlio. Vedendolo teso ma disposto ad ascoltare, continuò: "Avevo già notato al mio ritorno da Spiritii, quest'estate, che le tue interazioni con Elyana erano cambiate; erano diverse... più... beh, più calde. Così, mi sono ripromesso di capire cosa stava succedendo. Ma tra gli attacchi della Serpe e dei grugni, sempre più frequenti, e il ritorno di Elyana a Urbs Lucis, non ne ho mai avuto occasione. Ieri, tuttavia, sia io che tua madre..." Octavius guardò al suo fianco per assicurarsi che Darya fosse d'accordo "Ci siamo dovuti confrontare con la palese relazione amorosa tra te ed Elyana, dato che non hai fatto alcun tentativo di nasconderla. E la cosa ha fatto chiacchierare la gente, tanta gente."

L'indignazione irrigidì il corpo del principe. Ma ancora non rispose, se non emettendo suoni furiosi.

Se dice che gli importa cosa pensano quegli idioti, esplodo.

"A parte la differenza di età, che può essere o non essere un problema e a parte il fatto che lei ti ha visto quand'eri ancora in fasce..." I muscoli della bocca di Aithen si tesero visibilmente e il suo viso assunse uno sguardo minaccioso, così Octavius andò dritto al punto: "Rimane il problema che lei è un membro della Sorellanza, un'organizzazione tanto temuta quanto venerata, e già da tempo — per preservare la fiducia e la buona volontà del popolo — i rapporti amorosi tra i membri del casato reale e i membri della Sorellanza... non sono considerati ammissibili."

Octavius e Darya osservarono con apprensione le espressioni mutevoli di Aithen. Non che credessero che avrebbe potuto andar via o maledirli, come Toras aveva spesso fatto in simili circostanze, ma non volevano ferirlo, e speravano solo che riuscisse... a capire quali responsabilità comportasse il suo status di erede al trono.

La risposta di Aithen arrivò con tagliente nitidezza: "Padre, *so* cosa pensa la gente; ho *visto* il loro sguardo ieri sera. Ma conoscono Elyana e conoscono *me stesso*. La rispettano e sanno che non cercherà di influenzarmi per avvantaggiare la Sorellanza. La gente rispetta anche me e sanno che non sarò influenzato da lei o dalla Sorellanza, né che un giorno — se avrò la fortuna di ricevere la corona — userò l'Ordine come strumento per soggiogare il mio popolo. Sai come ho gestito con successo il Senato e i latifondisti quando sei sparito quest'estate."

Octavius e Darya si accigliarono. Darya voleva intromettersi, ma Aithen proseguì:

"E so quali sono le convenzioni, ma non esprimono un vero divieto, né tantomeno sono una legge! Il che deve significare che sono ammesse delle eccezioni e che i nostri antenati e Sorelle di un tempo semplicemente non desideravano elencarle tutte, perciò son rimaste così com'erano — consuetudini. Quindi, questa dev'essere un'eccezione! Io... amo Elyana. È l'unica donna che mi ha mai fatto sentire così, l'unica che mi ha mai fatto aprire e fatto sorridere, e..."

Aithen si fermò, non sapendo cos'altro avrebbe potuto dire, se avesse continuato a parlare.

Octavius guardò Darya, scuotendo la testa e sprofondando con le spalle sulla sedia. Anche lei lo guardò e gli fece capire che doveva essere paziente con un dolce sorriso di incoraggiamento. Il re fece un breve cenno con la testa e lasciò che fosse Darya a parlare:

"Aithen, è ovvio che la ami; era chiaro nel modo in cui ballavate, nel modo in cui i tuoi occhi indugiavano su di lei ogni volta che lei si allontanava da te, nonostante i tuoi tentativi di apparire distaccato, così come nel modo in cui hai parlato di lei poco fa." Darya osservò il figlio arrossire e continuò prima di farlo sentire in imbarazzo con il suo sguardo penetrante, "E se fosse solo per le *convenzioni*, ti direi vai avanti, e stai con lei, ma non si tratta solo di questo. Tuo padre ha le sue ragioni per preoccuparsi, come io ho le mie. Ti rendi davvero conto che la sua fedeltà è per l'Ordine e sarà così per sempre? La sua capacità di stare insieme a te potrebbe essere ancora più limitata di quanto lo sia stata per me, di stare con tuo padre. Anzi, sicuramente lo sarà."

Darya si fermò un momento, pensando se avrebbe dovuto dire quello che aveva in mente di aggiungere sulla loro differenza di età, ma Octavius la interruppe:

"E poiché i sentimenti per Elyana stanno offuscando la tua logica, la tua relazione potrebbe mettere in pericolo te e chiunque altro intorno a te."

"Cosa? I sentimenti offuscano la mia logica? Come—"

Octavius abbassò la testa combattivo e lo interruppe con una voce fredda e dura: "Sì, la tua logica. È già annebbiata da tempo. Dici che i latifondisti e il Senato ti rispettano, che sanno che non verresti influenzato dalla Sorellanza se avessi una relazione amorosa con una di loro. Ma sei giovane e non hai mai avuto una relazione pubblica; dovresti capire, comunque, che gli Anziani e i proprietari terrieri non *possono* sapere davvero se sei influenzato o meno da una tale relazione. Inoltre, anche se i tuoi sentimenti per Elyana non erano noti quando hai parlato al Senato e al Consiglio dell'Unione, e anche se non hai portato Elyana con te — fatto che molti hanno giudicato positivamente — ci sono alcuni che sospettano che lei possa aver fatto qualcosa, per darti la forza e il coraggio di parlare quel giorno."

Aithen non riuscì più a contenere l'indignazione ed esclamò: "Cosa? Padre, è una sciocchezza! Non puoi credere a quello che stai dicendo!"

"Ci sono alcuni Signori e Senatori che pensano che lei abbia usato il Legame per infonderti coraggio e spregiudicatezza, facendoti parlare in sua vece. In particolare, il Senatore Sur'Elando e i suoi seguaci pensano che tu fossi sotto l'influenza della Sorellanza quando lo hai rimproverato durante il tuo discorso in Senato e hai risposto a quelle sue insinuazioni con parole che hanno lasciato tutti i presenti interdetti, proprio come sanno fare le Lux Baiulae."

Aithen stava ribollendo internamente. Come osavano pensarlo quegli ignoranti? Come potevano pensare che fosse così incapace da aver bisogno di qualcuno che gli suggerisse le parole nell'orecchio? Era pur sempre il Gran Principe e il Gran Signore Comandante della Guardia Reale! E quelli osavano insinuare che non fosse in grado di parlare con autorità, o che fosse incapace di mettere degli idioti al loro posto? E suo padre pensava davvero che la sua logica fosse annebbiata? *La sua* logica? "Padre, davvero non puoi..."

"Aithen, questi sono esattamente i tipi di situazioni che le consuetudini — come le chiami tu — hanno lo scopo di evitare, soprattutto in un momento di agitazione e pericolo. Inoltre, sai molto bene che la tua unione con Elyana dovrebbe essere approvata dal Consiglio di Selezione e so per certo che non l'approverebbero."

Darya lanciò uno sguardo incredulo al marito: non le aveva mai detto nulla, prima, di tutto ciò.

Un lamento esasperato fuoriuscì ad Aithen e i suoi pugni si strinsero al punto di sbiancare. Scosse la testa e si morse le labbra finché non furono anch'esse quasi bianche. Allora, chiese con tono di sfida: "Padre, disapprovi che io la corteggi, a prescindere dai rischi che comporta e dalla posizione del Consiglio di Selezione? *Tu* pensi che mi abbia influenzato quando ho parlato con il Senato e il Consiglio dell'Unione?"

Octavius rifletté per un momento. Cos'avrebbe dovuto dire? Che lui, Octavius, non aveva obiezioni valide? In quanto re, i suoi sentimenti personali non potevano essere messi alla base di una decisione che poteva influenzare l'intero regno. Eppure, amava suo figlio e sapeva che era un uomo razionale.

"No, Aithen. Al di là delle regole e delle considerazioni politiche, non disapprovo il tuo rapporto con Elyana, anche se mi mette a disagio vedervi insieme. So anche che le tue dichiarazioni presso le assemblee e la tua reazione a Sur'Elando sono vittorie esclusivamente tue. Tuttavia, credo che questo rapporto possa creare problemi e non vedo proprio come potrei convincere il Consiglio di Selezione a fare un'eccezione per te. Quindi, ti esorto a riconsiderare le cose con un po' di distacco nei prossimi giorni."

Octavius fece una pausa e aggiunse: "Sai che, se il Consiglio dovesse negare la tua petizione e tu continuassi a cercare Elyana, il trono—" Darya fermò Octavius prima che pronunciasse le terribili parole che stava per dire.

Ma Aithen le sentì comunque e il pensiero lo colpì come un pugno nei reni. *Toras? Toras il Re? Ori è troppo giovane. Comunque non importa se possono o non possono. Io sono il maggiore e il trono spetta a me. Come può minacciarmi?*

Aithen si alzò e sfregò le piastrelle del pavimento camminando avanti e indietro. Non sapeva cosa dire; si sentiva in trappola. Voleva urlare, maledire i suoi genitori e il mondo intero.

Il re e la regina si limitarono a seguirlo con sguardi addolorati, preoccupati e frustrati. Continuarono a guardarlo e a guardarsi l'un l'altro finché non lo videro fermarsi in mezzo alla stanza.

Una improvvisa consapevolezza aveva colpito Aithen. *Ha ragione per quel che riguarda il trono. Ma non ha detto di smettere di corteggiare Elyana. Il che significa...*

Cautamente fiducioso, Aithen disse: "Non mi fermerai, dunque?"

Darya guardò suo marito con due occhi increduli. Certo, anche lei voleva che il figlio avesse la donna che amava, ma come poteva essere felice con Elyana? E il pericolo per la Corona? Tuttavia, Octavius teneva troppo a suo figlio e non lo avrebbe obbligato a fare nulla che lo potesse ferire. *Oh! Com'è possibile che anche dopo cent'anni di vita, non si riesca ad anteporre la ragione all'amore?*

Octavius posò una mano con premura e discrezione sul braccio di Darya, poi rispose alla domanda di Aithen: "No. Non lo farò. Sei un brav'uomo, Aithen. Sei una persona razionale, equilibrata, e mi fido delle tue scelte. Ma, come ti ho già detto, devi riflettere seriamente su tutto questo perché le ripercussioni potrebbero essere molto gravi — sia per te che per me, anche se probabilmente io mi riprenderei più facilmente di te."

Ancora stupefatto, Aithen cominciò a rispondere: "Grazie, Padre. Io..." Respirò a lungo prima di continuare "Non me l'aspettavo. Sai che non farei mai nulla che possa mettere in pericolo la tua autorità. Ci penserò su, te lo prometto. E comunicherò a te e alla mamma la mia decisione, in pochi giorni, così come i miei piani su come mitigare qualsiasi effetto indesiderato, se dovessi decidere di continuare... a corteggiare Elyana." Aithen si fermò, volendo aggiungere qualcosa per affrontare l'altra preoccupazione di suo padre, ma sentì un nodo nello stomaco mentre cercava di dare sostanza alle parole. Fece un altro respiro profondo poi disse: "Voglio che tu lo sappia: anche se dovessi decidere di rendere le cose ufficiali con lei e il Consiglio di Selezione dovesse respingere la mia petizione, non farei opposizione, né mi farebbe oltraggio la perdita dei miei privilegi."

Un misto di sentimenti travolse il re e la regina. Octavius fece trapelare la lotta che viveva dentro di sé attraverso gli spasmi visibili sul suo viso; una battaglia in cui il padre doveva vincere e il re non poteva prevalere.

Anche Darya lottava intimamente, ma conoscendo suo marito, gli prese la mano e la strinse come faceva sempre per sostenerlo nei momenti di incertezza e difficoltà.

Il trucco funzionò e Octavius annuì tra sé, poi a suo figlio, e infine disse: "Mi aspetto che tu prenda la tua decisione entro un quarto, Aithen."

Il principe rispose con occhi riconoscenti. Poi si scusò, un po' più bruscamente di quanto intendesse fare, e se ne andò per prepararsi alla partenza.

A Urbs Lucis

In una delle camere da letto delle studentesse di Urbs Lucis, una ragazza dai capelli rossi, molto determinata, parlò: "Voi due sapete benissimo che l'Ordine della Luce non cambierà mai; non finché la nuova generazione non prenderà il sopravvento. E non aspetterò certo decenni affinché ciò accada."

Morla, rigida, riccioluta e dai capelli neri, disse: "Hai ragione, ed io non lascerò che la mia libertà venga repressa per decenni o che qualcuno mi tratti come un umile civile; come una spazzina! Moradien ed io siamo figlie di nobili, certamente non meritiamo di essere umiliate così; non che vada bene che invece trattino *te* in quel modo,

Lis. Tu hai il diritto di salire la scala sociale, ma quel che è certo è che noi non dovremmo essere costrette ad abbassarci a quel livello!”

Lisandeka strinse i denti. Non le piaceva che le venissero ricordate le sue umili origini. Replicò: “Neanche io sono una spazzina, Morla.”

“Certo che no, Lis. Comunque, cosa suggerisci di fare, Moradien?”

“Io dico di aiutare Maestro Methrim perché è lui l’unico che può davvero *aiutarci*.”

Morla chiese: “Aiutarlo a far cosa? E come ci può aiutare lui?”

Moradien fece un respiro profondo e impaziente. “Dobbiamo aiutarlo ad aiutarci, aiutarlo a cambiare la mentalità di coloro che ci trattengono in un’epoca oscura.”

Lisandeka si sfregò le mani nervosamente, poi disse: “E come?”

Moradien scosse la testa, quasi stupita dalla stupidità della sua amica: “Il nostro ruolo è quello di portare più ragazze dalla nostra parte, tutte le Novizie e le Junior, se possibile. Quando ce ne sarà un numero sufficiente, Lusk si occuperà del resto.”

Lisandeka e Morla si guardarono preoccupate, poi si rivolsero alla loro leader con sguardi dubbiosi.

“Che avete? Vi sorprende che io lo chiami per nome?”

Morla rispose difensivamente: “È solo molto... eloquente. Tutto qui.”

“Beh, forse, se voi due foste più fiduciose, lui vi ricompenserebbe, confidando anche a voi il suo nome. Ad ogni modo, dobbiamo portare altre ragazze a unirsi a noi, forzando un rinnovamento della direzione dell’Ordine. E dobbiamo cominciare con quei due belatri: Carrain e Lopenia.” Indicando Lisandeka e poi Morla, disse: “Portami Carrain e *tu* portami Lopenia.”

Lisandeka chiese: “Cosa ti fa pensare che Carrain mi darà ascolto?”

“Perché come lei, tu vieni da una famiglia contadina. Devi convincerla che unirsi alla nostra causa sia positivo per lei.”

Lisandeka si morse le unghie nervosamente, senza rispondere. Poi, fece per rispondere, ma cambiò di nuovo idea.

“Cosa c’è, non ne sei capace?!”

“È... è solo che lei mi odia davvero.”

“Devi trovare un modo per arrivare a lei, Lisina. E, se non ci riesci, Maestro Methrim ti mostrerà come fare.”

Lis scosse la testa un paio di volte, poi alzò le mani rassegnata:
"Va bene."

"Meglio." Poi, rivolgendosi a Morla, chiese: "E tu? Riuscirai a fare la tua parte?"

Morla rispose che ce l'avrebbe fatta. Le ragazze si separarono per andare a lezione.

Nelle Camere e in Scuderia

Verso le otto post-Altanotte, Elyana era scesa alle stalle per salutare Aithen, poiché sapeva che il principe aveva delle cose urgenti di cui occuparsi nella capitale e stava partendo già in mattinata. Il loro congedo fu a dir poco inquieto, appesantito dalle umilianti lezioni impartite a entrambi per colpa del loro corteggiamento. Elyana capì dal comportamento di Aithen che aveva dovuto affrontare il re e la regina, ma non lo interrogò. Invece, Aithen *le* chiese perché lei sembrasse così distaccata... e lei mentì. Sembrava che ognuno volesse prendere quella decisione in solitudine. Fu l'orgoglio o la stoltezza a impedirgli di discutere la questione insieme? E la prima opzione era forse meglio dell'altra?

Aithen disse a Elyana qualcosa che le illuminò un po' lo sguardo. Le disse che aveva contattato Flusso e le aveva chiesto se sarebbe stato possibile per Elyana incontrarli. A quanto pare, la Locara era stata inizialmente diffidente, ma ne aveva comunque discusso con il leader. Quest'ultimo aveva concordato una riunione tra quattro giorni. Il che aveva rimesso un sorriso di speranza sulle labbra di Elyana, mentre Aithen partiva in cima a Xyre, anche se quella sensazione positiva si trasformò rapidamente in preoccupazione. In effetti, si rese conto che la sua speranza non aveva nulla a che fare con Aithen, ma piuttosto aveva tutto a che fare con il suo ruolo di membro della Sorellanza, che doveva scoprire il mistero di quelle creature.

La Fascia Viola passò il resto della giornata passeggiando per i Giardini Reali, socializzando ben poco e lavorando molto. Dopo aver cenato con la famiglia reale e altri ospiti, rimasti a godere della proprietà del re e della compagnia in un ambiente più tranquillo, Elyana accompagnò Krystiana nelle sue stanze, dopo averle comunicato che aveva alcune informazioni cruciali da condividere con lei. La passeggiata non fu delle più gradevoli, dato che Elyana non aveva ancora dimenticato la vergogna causata dalle osservazioni dell'amica e non riusciva a farci due chiacchiere in tranquillità.

Quando finalmente arrivarono nelle stanze della Magna Mater, Elyana le raccontò alcune delle cose che il principe aveva condiviso con lei durante il ballo: Aithen aveva contatti con esseri in grado di comunicare istantaneamente, coprendo distanze vastissime, attraverso una sorta di monitor posto nel cervello di coloro a cui si connettevano.

Questa rivelazione scioccò Krystiana. Chiese come il principe fosse arrivato a essere coinvolto in materia di Legame e perché Elyana avesse definito questi Alterintranti "esseri". Sfortunatamente, Elyana non aveva una risposta pronta per la Magna Mater.

Nonostante la mancanza di dettagli, Krystiana riconobbe l'importanza di quella rivelazione, se si fosse dimostrata vera come sembrava essere, dato che il principe aveva, di fatto, già avuto tali comunicazioni con tali esseri. Disse a Elyana di tornare dopo un'ora, in modo che potessero discutere più a fondo la questione con Bilena e Saara.

Le quattro donne erano ora collegate attraverso il Legame, e Bilena camminava eccitata e frustrata in egual misura, dopo la rivelazione di Elyana.

"Elyana, ti rendi conto che questo potrebbe cambiare tutto per noi. Non avremmo più bisogno di essere in presenza l'una dell'altra per connetterci tramite nodi mentali o collegamenti mentali, e non avremmo più bisogno di fare affidamento su appuntamenti per incontrarci nel Legame o per trasmettere ripetute — e spesso infruttuose — richieste di connessione quando l'altra persona non è in ascolto. Saremo libere e in grado di comunicare tra noi ogni volta che ne abbiamo il bisogno e saremo molto più efficienti nell'informarci reciprocamente degli attacchi che avvengono in tutto il regno e nell'inviare unità della Guardia Reale e della Sorellanza per difenderci contro il rokon o i grugni."

"Sì, Bilena. Il Gran Principe li ha contattati per fissare un incontro, ma..."

La vecchia Saara disse, con una voce molto più dolce che nel mondo fisico: *"Ma? Non ci incontreranno?"*

"No, in effetti."

Bilena chiese: *"È perché non si fidano di noi?"*

Elyana esitò. Non sapeva davvero se i Locari diffidassero della Sorellanza, ma sapeva che erano convinti del fatto che ci fossero dei traditori a Urbs Lucis, quindi era probabilmente per questo che non volevano incontrare nessuna di loro. Quale risposta avrebbe potuto dare senza essere poi costretta a rivelare ciò che avevano rivelato ad Aithen in merito alla possibile presenza di traditori a Urbs Lucis prima di avere la possibilità di indagare sulla questione? Allora la sua mente prese una strana deviazione: *E come ci incontreremmo, se avessero accettato di incontrarci? Di certo non tutti quanti sott'acqua.*

Infine, Elyana trasmise: *"Non so ancora quali siano le loro riserve o restrizioni. Ma io viaggerò con Aithen per andare a incontrare personalmente le creature tra quattro giorni."*

Bilena chiese: *"Sai dove avverrà l'incontro?"*

Elyana rimase in silenzio, distogliendo lo sguardo, poiché non desiderava mentire, né tantomeno affermare di non volerne parlare.

Notando l'esitazione di Elyana, Krystiana venne in suo soccorso: *"Bilena, Elyana sa quello che sta facendo, e sta facendo quello che farebbe qualsiasi membro della Fascia Viola quando pianifica un incontro con un partito riluttante o diffidente. Elyana farà rapporto una volta tornata, il prossimo quarto, e ci dirà come stanno le cose."*

"Certo, Mater."

Soddisfatta, Krystiana chiese alla Manu Dextra: *"Parti domani, dunque?"*

Elyana rispose: *"Sì."*

"Molto bene. I miei ringraziamenti, Elyana; so che dircelo non è stato facile... data la situazione in cui hai ottenuto queste informazioni."

Elyana si irrigidì e disse: *"Io rispondo innanzitutto all'Ordine, per sempre, Mater."*

Le forme di Bilena e Saara rivolsero gli occhi sospetti alle altre due donne. La Magna Mater notò la loro reazione e rispose con un commento anodino, per distogliere l'attenzione delle Praefectae dalla sua osservazione precedente.

Elyana ora si scusò ed uscì dal Legame per riposarsi prima della partenza, la mattina dopo.

Quando si svegliò, Elyana si preparò rapidamente e andò alle stalle per dare le istruzioni ai due guardiani che l'avrebbero accompagnata a Furania. Poi tornò nelle stanze degli ospiti per mangiare del cibo che uno dei servi aveva portato là e per aspettare che i guardiani tornassero a prenderla. Elyana sentì un piccolo brivido, mentre raggiungeva il cortile del piccolo palazzo, ormai era autunno e l'aria si raffreddava rapidamente ogni volta che i soli venivano coperti, anche se momentaneamente. Una Lux Baiula poteva evitare di sentire freddo, spendendo un po' della sua energia, ma perché avrebbe dovuto farlo? Mentre si avvicinava alla casa degli ospiti, situata nell'ala est, Elyana fu sorpresa dall'improvviso e momentaneo oscuramento della giornata ancora giovane, quando un denso cumulo passò davanti ai due soli — il Sole Blu leggermente davanti al gemello rossastro, più grande ma anche più mite. Questo fenomeno, in qualche modo, suscitò in lei dei pensieri inquietanti, quindi scosse la testa per allontanarli. Ma non volevano proprio andarsene. Si chiese se si fosse lasciata ingannare da quegli stessi sentimenti che sarebbero dovuti sparire ormai da decenni e gemette, ricordandosi di aver riaffermato la notte precedente il suo dovere verso l'Ordine, al di sopra e prima di chiunque altro o di qualsiasi altra cosa.

Quei pensieri cupi le opprimevano la mente in un modo così pervasivo, che salì i gradini, entrò negli appartamenti e si sedette sul balcone senza nemmeno rendersene conto. Si appoggiò il viso tra le mani e dei lamenti le fuoriuscirono dalla gola.

I soli ricomparirono, proprio in quel momento, riscaldando di nuovo tutto e spronando a cantare un volatile tra gli alberi. In qualche modo, ciò fece sorridere Elyana e quel sorriso le ricordò Aithen. Il pensiero di lui, di rivederlo e di passare del tempo con lui da solo — Aithen le aveva detto che andava sempre da solo nella baia in cui incontrava i Locari — quella possibilità la scuoteva profondamente. Sentiva un bisogno impellente di stare assieme a lui, fargli tutte le domande che le balzavano in mente, sentirlo condividere i suoi pensieri sui misteri della natura e della vita — soggetti che affascinavano entrambi — e parlare del futuro, di quando la guerra sarebbe finita.

Proprio mentre terminava quel pensiero, uno nuovo si intrufolò nella coscienza di Elyana, proveniente dalla parte razionale della sua mente. Questo cancellò il suo sorriso con la stessa facilità che basta ad una folata di vento per trascinare via i bombi colorati, intenti a degustare il dolce nettare d'un fiore.

Siamo solo macchine chimiche, in fondo, no? Cos'altro potremmo essere se nel momento in cui i soli splendono, il nostro umore migliora, quando nient'altro è cambiato? E non è effettivamente cambiato nulla, dato che ancora devo decidere cosa ho intenzione di fare *con Aithen*.

Vettori

L'aia di Urbs Lucis era un luogo rumoroso durante il giorno, affollato dai lamenti rombanti dei vettori. Era anche un luogo che in pochi visitavano, forse a causa dell'odore forte — che Emissa Lux Baiula trovava al contrario piuttosto gradevole — o più probabilmente perché temevano che uno dei volatili potesse atterrare sopra di loro. Tuttavia, nonostante l'antipatia largamente diffusa nei confronti di questi volatili, essi erano ancora un importante mezzo di comunicazione essenziale per le Terrae Regis, nonché una fonte di divertimento per i loro allevatori, soprattutto nei giorni della gara. Per Emissa, i vettori erano anche una fonte di conforto. Infatti, pur essendo una Lux Baiula, non era un'Alterintrante potente e per questo si era sempre sentita un po' messa da parte.

Quel giorno era l'ultimo giorno di allenamento in preparazione alla prossima gara, fissata per l'ottavo giorno di Undecimus. Con gli stessi movimenti attenti che usava sempre per agguantare e tenere tra le mani quegli animali, Emissa stava radunando i suoi vettori da corsa in una gabbia da trasporto.

In quel momento, aveva Blu tra le mani. Blu era uno dei suoi preferiti, perché — nella forma maschile — era un volatile agile e possente, ma soprattutto perché l'aveva cresciuto lei, dopo che il volatile aveva perso i genitori, morti in una gara l'anno precedente. Ora, Blu era nella sua fase maschile — la maggior parte dei vettori nasceva nella fase maschile per poi passare a quella femminile dopo la prima covata, avuta con i simili più anziani, nella loro fase femminile, in modo che i più esperti potessero mostrare come prendersi cura della progenie — ed era formidabile.

"Mmm, so che se qualcuno può vincere questa gara sei tu, ma odio pensare ai rischi che ti farò correre. La gara Transalvinoriana non è uno scherzo."

Il vettore la osservava con occhi acuti, chissà se capiva. Forse un chierico kynariano avrebbe potuto dirlo. *Vorrei essere andata a Kynaria per imparare il modo in cui usano il Legame lì, proprio come ha fatto Marena.* Emissa sospirò e controllò le ali del volatile. Le lamelle erano gonfie, lisce e perfettamente integre. *Bene*. Poi, controllò la gola di Blue aprendogli delicatamente il becco. La sua gola sembrava chiara, d'un bellissimo color rosa. *Anche qui, tutto ok.* Infine, controllò il suo anello. Degli anelli venivano fatti indossare ai vettori pochi giorni dopo la loro nascita, quando le ossa delle dita delle zampe erano ancora abbastanza flessibili per consentire all'anello di scivolare oltre la zampa. Una volta indossati, gli anelli non si toglievano più, seppur occasionalmente si rompessero. Poiché Emissa non voleva che i suoi volatili si perdessero e che chiunque li ritrovasse non avesse modo di contattarla, verificava sempre l'integrità degli anelli. Quello sulla zampa di Blu era ancora lì, solido e intatto. Annuì tra sé, accarezzando teneramente il volatile, e disse: "Tutto apposto, Blu. Entra pure."

Mentre chiudeva la porta della gabbia, una voce cinguettante la sorprese.

"Emissa, cara! Dove porti i tuoi volatili?"

L'addetta ai vettori si voltò per vedere chi fosse. *Oh, è lei. È da un po' che non la vedo. Mi chiedo cosa ci faccia qui.*

Laranis era una Fascia Gialla di mezza età — quasi un centinaio di anni — con una pelle tanto aderente all'osso che ci si chiedeva come potesse essere una Lux Baiula. Ma ciò che alle altre Sorelle piaceva meno di lei erano i suoi costanti tentativi di coinvolgerle nei propri esperimenti psicologici. *Speriamo che non sia questo il motivo della sua visita di oggi*, pensò Emissa.

"Li porto a Kilt sull'Argon. Questo sarà il loro ultimo volo di prova, prima della Transalvinoriana del prossimo quarto."

"Ah! Devi essere emozionata."

Dopo una breve esitazione, Emissa rispose: "Sì."

"Mmm, non sembri troppo entusiasta. Più che altro mi sembri in ansia."

"Sì... Certo che lo sono, Laranis. La Transalvinoriana è la seconda gara più impegnativa, quasi quanto il giro delle Terrae Regis."

"Oh?"

"Il giro delle Terrae Regis è più lungo, ma soprattutto si svolge per la maggior parte sull'acqua. La Transalvinoriana è più breve, ma devono attraversare le montagne, il che significa che devono volare molto più in alto, dove c'è meno ossigeno."

"Beh, non dovrebbe essere una cosa troppo difficile, poiché il corpo può essere facilmente allenato, mentre la mente... beh, quella è un'altra cosa."

Emissa si voltò per prendere gli ultimi vettori e alzò gli occhi al cielo. *Eccola.*

"Ultimamente mi sono chiesta se mettere continuamente in pericolo qualcun altro — anche un animale — influenzi la mente di chi lo fa."

Senza guardarsi indietro, Emissa strinse i denti e strinse gli occhi, come fossero due feritoie. *Se sta insinuando che metto costantemente i miei animali in pericolo, senza riguardo per la loro salute, la butto giù dal tetto.*

L'altra parve notare la tensione nella bocca della Fascia Gialla, graziosamente paffuta, e aggiunse: "Non che io pensi che tu metta in pericolo i tuoi animali con noncuranza, cara, anzi è proprio il contrario. Sto pensando di fare un confronto tra gli allevatori di vettori che spediscono i loro volatili in missione e i guardiani che cavalcano i loro furani o vorani in battaglia. Voglio testare l'ipotesi che mettere indirettamente un animale in pericolo, come fanno gli avicoltori, implichi un senso di responsabilità maggiore per la loro sopravvivenza, maggiore anche rispetto al cavalcarli in battaglia."

Dopo aver afferrato l'ultimo vettore da competizione, Emissa si alzò e si voltò verso la collega, sorpresa da quell'idea: "È un'ipotesi molto intrigante, Laranis."

Alla Fascia Gialla sfuggì un sorriso grato: "Devo dire che anche a me piace. Comunque, sapevi che presto potrebbero essere sviluppate nuove tecniche che ci permetterebbero di non avere più bisogno di vettori?"

"Che vuoi dire?"

"Ho sentito che..." Laranis abbassò la voce come se fosse imbarazzata nel diffondere un possibile pettegolezzo "Il Gran Principe Aithen custodisce un segreto."

"Cosa?"

Laranis si mise sulla difensiva: "Questo è quello che ho sentito: non è un Alterintrante ma, in qualche modo, ha ottenuto il segreto della comunicazione istantanea tra due persone qualsiasi, e lo ha rivelato a Elyana ad Antar, nel corso di questo quarto." Laranis si fermò di nuovo sul nome di Elyana. Tutte avevano sentito parlare della sua condotta al Ballo Reale. "A quanto pare, il Principe è in contatto con una tribù che comunica in questo modo."

Emissa rimase di stucco, poi il suo viso si contorse in una smorfia. Come poteva quella donna essere una Cercatrice di Verità, quando sembrava prendere tutto per vero? "Sei sicura di aver sentito bene, Laranis? Lo dico perché l'apprendimento delle scienze vincolate è alquanto mal visto da Casa Coriolis. Inoltre, il Principe è un comandante militare, non uno studioso."

Laranis scrollò le spalle, poi disse: "Beh, di recente il Re ha autorizzato la Sorellanza a insegnare ai suoi figli le abilità di vincolo."

Emissa spalancò gli occhi.

Senza alcuna malizia, Laranis disse: "Se scendessi a parlare con noi di tanto in tanto, Emissa, saresti in grado di sentire queste notizie in prima persona."

Questa dichiarazione, per quanto fattuale, indispettì Emissa.

Un vento leggero salvò la donna grassoccia dal dover spiegare il perché preferisse la solitudine. La brezza soffiò, sollevando gli odori pungenti dell'aia, che nausearono Laranis. In quell'istante, la Sorella trovò una scusa per tornare ai suoi esperimenti, augurò buona giornata a Emissa e se ne andò.

L'allevatrice di vettori salutò con gratitudine la filosofa intellettuale, quindi afferrò la gabbia e si affrettò a raggiungere le scuderie, dove una carrozza aspettava il suo arrivo per caricare i vettori e portarli al punto di partenza.

Responsabilità

Una voce altezzosa e autoritaria disse: "Mi dispiace, Capitano, ma non ha diritto di trattenere nessuno dei miei chierici, indipendentemente da quel che lei pensa possano aver fatto."

Harlion digrignò i denti, quasi rompendosene uno.

"Non *credo* che abbiano fatto qualcosa, Galadrin." Il Primo Chierico socchiuse le palpebre. "Li *ho visti* chiaramente, con i miei occhi, proprio come vedo lei ora. Stavano aizzando i civili del distretto della forgiatura, quindi *sono* autorizzato a trattenerli."

"Capitano, non dubito che abbia visto la gente agitarsi quando i miei chierici hanno parlato di pace e verità, ma la Chiesa non può essere ritenuta responsabile per questo. Oppure sta forse dicendo che non siamo ognuno responsabile delle proprie azioni, della propria integrità?"

"Arrgh, liberate i sacerdoti!"

Mentre i suoi uomini andavano a prendere i chierici nelle carceri, Harlion rivolse uno sguardo gelido a Galadrin e disse: "Non può continuare a nascondersi dietro la sua veste sacerdotale, Primo Chierico. So cosa state tramando e lei sa che lo so. Prima o poi vi fermerò."

Il leader della Chiesa di Aiala agitò una mano sprezzante: "Io ho responsabilità sulle anime e i corpi della nostra gente, e continuerò a guidarla, finché me lo chiederanno i Fondatori."

Harlion sapeva che il prete lo stava provocando, ma non riuscì ad astenersi dal dirgli apertamente quanto lo ritenesse illogico: "E in che modo, scoraggiare i sudditi del re dal fare ciò che deve essere fatto per prepararsi alle prossime battaglie, può garantire la loro sicurezza?"

"Aiutarli a capire che la pace è meglio della guerra li aiuterà a preservare i loro corpi."

"La guerra arriverà a prescindere e presto saranno chiamati a difendersi non solo dagli artigli della Serpe, ma anche dalle lance di Zebula e chissà quant'altro. Chierico, la sua predicazione non proteggerà i loro corpi nel Giorno dell'Unione."

"I Fondatori prenderanno i corpi dei morti così come quelli dei vivi, Gran Capitano, ammesso che questi corpi siano stati usati per seguire la Parola. Forse, non conosce le Scritture?"

Harlion stava ribollendo. Le Scritture. Il prete parlava delle eresie della Seconda Scrittura come se fossero *le Scritture*. Come si poteva credere che i Fondatori volessero i corpi dei ribelli e degli anarchici? Come poteva crederci? Harlion stava per dare al chierico un altro avvertimento, quando il rumore degli uomini che risalivano dalle prigioni lo interruppe.

Galadrin si voltò verso i suoi sacerdoti. Sembravano furiosi, ma rimasero comunque in silenzio, mentre si avvicinavano a lui. Galadrin disse: "Non discuterò questioni di Chiesa con lei, Capitano. Lei è un uomo di guerra, io sono un uomo di pace. Ma la invito a partecipare alle mie preghiere, forse capirà meglio cosa stiamo difendendo per davvero. So che lei è credente, al di là della sua feroce opposizione."

Harlion sembrò un po' turbato da quelle parole e perse un po' del suo contegno. Nessuno aveva mai fatto caso la sua spiritualità, né aveva mai parlato con lui dei suoi punti di vista in cambiamento. Ma per lui "spiritualità" non era sinonimo di "religiosità".

Secundus Krptus osservò il suo capitano con la coda dell'occhio, chiedendosi se stesse forse cedendo. Krptus sarebbe stato contento se Harlion fosse diventato più religioso, gli avrebbe reso più facile dirgli che lui stesso si sarebbe presto unito a uno degli ordini religiosi.

Il Gran Capitano disse: "Primo Chierico, quello che credo o non credo non è affar suo. Lo è invece fare in modo che i vostri sacerdoti non continuino a incitare la gente all'insurrezione contro la Corona. Se li ritrovo a farlo, porterò il caso in Senato o dal Re in persona, posso e lo farò."

Le labbra di Galadrin si allargarono in un sorriso cinico mentre indicò ai suoi sacerdoti la porta e li seguì fuori. Nel frattempo, Harlion lottava contro le sue emozioni contrastanti e il volto di Krptus si colorò di preoccupazione.

Una Replica

Con un braccio sul tavolo, nella *Sala degli Ufficiali*, Laiella disse a Toras: "Siete una persona interessante, Signore Comandante, e penso che — se viveste in città, piuttosto che in una fortezza come questa, e se non aveste fatto un voto di celibato — potreste avere una dozzina di ragazze da sogno, tutte aggrappate al vostro vestito e in cerca della vostra attenzione."

Sheffar, seduto accanto al principe, disse: "Ne sono sicuro, avrebbe almeno cento ragazze addosso. E un centinaio anche nei suoi alloggi."

Cercando di contenersi davanti alla Lux Baiula, Toras disse: "Prima di tutto, *Sheffar*, non sono uno che si accollerebbe un centinaio di amanti, anche se ne avessi la possibilità. E comunque, quando ho accettato il comando della Guardia, ho fatto un giuramento, come tutti, e sa perché lo facciamo."

"Sì, sì, ma non fa male a nessuno fantasticare."

Laiella ignorò la risposta di Sheffar e disse a Toras: "Quello che vorrei sapere è come potete rimanere fedele a qualcosa che siete costretto a fare."

"Anche le Lux Baiulae sono celibi, no?"

"La maggior parte lo sono, ma non a causa di un giuramento; più perché scegliamo di esserlo... beh, per convenzione."

Sheffar urlò: "*Convenzione!?*"

Laiella abbassò lo sguardo sull'ufficiale "Le convenzioni mantengono l'ordine tanto quanto le leggi e i giuramenti." Guardò gli altri per vedere se avevano da ridire, poi continuò: "Comunque, quel che davvero non è visto di buon occhio è lo sviluppo di legami emotivi con un uomo, non una colluttazione occasionale."

Toras chiese con uno sbuffo divertito: "Colluttazione?"

"Sì, colluttazione. Almeno è così che noi, breminensi, lo chiamiamo. L'improvviso impeto delle emozioni, il sangue che scorre, l'ipersensibilità: è molto piacevole e senza rischi, poiché non c'è copulazione."

Il Secundus gridò: "Ah, no?"

La Prima disse: "Continuerà a vaneggiare come un bambino, Sheffar?"

Toras decise di intervenire, per evitare che il suo Secundus venisse irrimediabilmente umiliato, e disse: "Il Secundus è solo molto espressivo, Prima; sono sicuro che abbia capito. Comunque, dovremmo passare a cose più serie ora."

Laiella ringhiò, indicando il suo consenso, ma solo dopo aver lanciato un'altra occhiataccia sprezzante al Secundus.

Toras chiese: "Come vanno i preparativi per il nostro prossimo attacco ai grugni? E qualcuna nella Sorellanza è riuscita a localizzare la Serpe?"

Secundus Sheffar si schiarì la voce un paio di volte, poi disse: "Tutto è pronto, Comandante, tranne i lincot. La nuova nidiata avrebbe dovuto già essere qui, ma a quanto pare si sono ammalati. Marena Lux Baiula ha detto che dovrebbe riuscire a portarli il prossimo Primodì."

"Va bene, e per quel che riguarda la Serpe, Prima?"

"Nessuna l'ha percepita negli ultimi due mesi. Alcune pensano che se ne sia proprio andata, tornandosene da dov'era venuta."

"Lei ci crede?"

Laiella ammise con evidente disprezzo: "No, non ci credo. Quando un nemico scompare improvvisamente, di solito significa che raccoglie le forze per preparare una sorpresa ancora più grande. E poiché non ha ancora attaccato l'Alvinoria meridionale o le città e i villaggi a ovest delle catene montuose, sono piuttosto sicura che tornerà."

Toras disse: "Penso esattamente la stessa cosa."

Sheffar esclamò: "E come ci prepariamo, se non abbiamo idea di cosa potrebbe fare la Serpe?"

La prima tirò un sospiro insofferente e disse: "Non so come prepararci contro ciò che non abbiamo mai affrontato, ad eccezione degli esercizi mentali per mantenere i nervi d'acciaio e dell'allenamento fisico per mantenerci in forma. Comunque, possiamo continuare ad affinare le nostre abilità difendendoci dai grugni e attaccandoli. Vorrei solo che ci fosse un modo per esercitarsi a combattere la Serpe."

Toras gridò, puntando un dito contro Laiella: "Esatto! È proprio su questo che ho lavorato segretamente in questi ultimi quarti."

Sheffar e Laiella assunsero entrambi uno sguardo perplesso.

"Sì, segretamente. Come Sheffar già dovrebbe sapere, uno dei problemi che avevamo, quando abbiamo affrontato la Serpe, erano i soldati che si pietrificavano mentre la creatura si abbatteva su di loro e, così, si lasciavano afferrare e trascinare via. Quindi, ho fatto in modo che il nostro falegname creasse una Serpe finta, della stessa dimensione, dello stesso peso — per quanto possibile — con cui esercitarsi."

Il Secundus e la Prima sgranarono gli occhi. Laiella disse: "Mi chiedevo perché quegli uomini fossero così nervosi stamattina, tutti guardavano la falegnameria come se potesse uscirne un belwohr da un momento all'altro. Maestro Neros stava testando la sua replica?"

Toras sorrise maliziosamente: "Sì, esatto. Penso che vi divertirete ad assistere all'addestramento di oggi. Infatti, i primi guardiani saranno messi alla prova tra... diciassette minuti."

Sheffar urlò: "Diciassette minuti?"

"Sì. Prima, lei venga con me. Secundus, per favore, chieda conferma riguardo i lincot. Abbiamo bisogno di loro per il nostro prossimo attacco a un'orda di grugni."

Laiella aggrottò la fronte sospettosa. Non disse nulla ma si chiese quale follia stesse pianificando Toras.

Mentre scendevano i gradini della scala principale della fortezza, il principe si prese un momento per immergersi nel nuovo aspetto della roccaforte. Diverse torri e lunghi tratti del parapetto erano stati distrutti dalla Serpe quando era avvenuto l'attacco, quattro mesi prima. Il che aveva davvero spaventato e turbato gli abitanti della fortezza, dato che la struttura doveva essere inespugnabile, eterna; era stata costruita da muratori luciani e rinforzata con il Legame. Eppure, la Serpe l'aveva distrutta.

Urbs Lucis aveva mandato i suoi muratori e alcune Fasce Gialle per aiutare la ricostruzione, ma nessuno poteva sapere se, attualmente, le Lux Baiulae fossero potenti come quelle di un tempo, che avevano eretto la struttura in principio. In ogni caso, la fortezza era stata ricostruita, e non soltanto ricostruita, bensì rinforzata — almeno, secondo il capo ingegnere, matrocinato dal Fasciato Giallo. In effetti, il Fasciato Giallo aveva appreso, in seguito alle battaglie di Passo del Corno e Furania, che lo scudo vincolato *era in grado* di respingere la Serpe. Perciò, ai muratori era stato ordinato di fortificare la superficie esterna delle pareti con uno speciale minerale magnetico, che le Lux Baiulae avevano poi attivato, creando uno scudo permanente, che avrebbe dovuto — ma era più che altro una speranza — respingere la Serpe, la prossima volta che avrebbe attaccato; dato che ci *sarebbe stata* una prossima volta.

Tuttavia, vedere la fortezza riparata, compresi i suoi quartieri, al secondo piano dell'imponente struttura, riscaldò il cuore di Toras. Aveva resistito alla prova del tempo per quasi cinquecento anni; sicuramente doveva resisterne altri cinquecento.

Potrà reggere altri mille o diecimila anni? Sarebbe bello se ci riuscisse. Anche se i geologi dell'Ordine dicono che le montagne continuano a salire, abbastanza rapidamente affinché questa ascesa distrugga la fortezza ben prima che siano passati altri mille anni, a prescindere che la struttura sia vincolata o meno.

Quel pensiero rattristò il principe, ma un nuovo sorriso si insinuò sul suo viso quando gli apprendisti del Maestro Neros aprirono le grandi porte della falegnameria — un enorme fienile — e il mastro falegname uscì, camminando all'indietro, mentre dava indicazioni a otto guardiani e altrettanti furani, i quali stavano chi spingendo chi tirando fuori la replica della Serpe nel cortile con urla incoraggianti e gemiti dolorosi.

Quella creazione era al contempo impressionante e spaventosa. La replica era sorretta in aria dalle braccia di una gigantesca altalena. Il marchingegno, di per sé, non era nulla di sorprendente per un mastro falegname. Ciò che era veramente incredibile era la sua notevole somiglianza all'originale: il Maestro Neros aveva costruito un telaio in legno pesante e l'aveva ricoperto interamente la superficie di cuoio. Aveva persino scolpito la testa e il muso con una precisione tale che l'apparato, ad eccezione della sua assenza di vita, avrebbe potuto facilmente essere scambiato per la Serpe stessa.

Ooh e *aah* sorsero dall'altra parte del complesso, anche se alcuni soldati rimasero in piedi rigidamente, osservando la scena con le mascelle strette e pugni serrati — nonostante riconoscessero la sciocchezza della loro reazione — mentre la replica veniva portata fuori dalle porte della fortezza. Ansimando e sbuffando, gli uomini e i loro destrieri posizionarono la replica a trenta metri da un grande stagno tra la fortezza e il villaggio di Passo del Corno.

Laiella disse: "È davvero impressionante, Comandante. Avete detto voi al Maestro Neros di farlo così?"

"Sì. Volevo che l'addestramento fosse il più realistico possibile. Gli ho chiesto di replicarne non solo l'aspetto, con gli artigli e tutto il resto, ma anche il peso stimato della creatura, in modo che oscilli rapidamente verso il basso quando viene rilasciato dalla sua posizione di partenza. Ha aggiunto anche alcuni ingranaggi per farlo muovere lateralmente mentre scende; voglio che i soldati temano per la loro vita quando lo vedranno cadere in picchiata."

Laiella sbarrò gli occhi. Di certo avrebbero avuto paura. Lei stessa si sentì accapponare la pelle, osservando l'oggetto con lo sguardo. Gli chiese cosa avrebbe comportato l'esercizio.

"Lo sentirai non appena gli uomini saranno riuniti. E quando avremo finito con questo esercizio, li addestreremo in aria, grazie a una proiezione di Lina Lux Baiula."

Questa volta Laiella tirò la testa indietro, interdetta. Cosa aveva preparato Lina che la Prima non sapeva?

Toras intuì la sua domanda e disse: "Lina mi ha detto, alcuni quarti fa, che è abile nel creare *proiezioni* di oggetti di quasi tutte le dimensioni. Allora, ho avuto un'idea e, quando le ho chiesto se poteva aiutarmi, lei ha detto sì, così abbiamo iniziato a preparare questo esercizio."

"Vorrei sapere in dettaglio cosa avrebbe fatto una delle mie Sorelle, senza che io ne sapessi nulla, Comandante."

Toras sorrise maliziosamente: "Ricreerà la Serpe, per simulare il combattimento aereo. Il pericolo per i nostri guardiani sarà meno reale del pericolo rappresentato da questa replica materiale, ma ha detto che potrebbe renderla ardente, nel momento in cui la toccano i soldati. Ho assistito ad alcune dimostrazioni ed è incredibile."

Laiella alzò un sopracciglio e disse: "Comandante, avreste dovuto informarmi."

"Mi dispiace, Prima, ma *lei è* stata molto occupata in questi ultimi quarti. Comunque, sono sicuro che l'avrebbe approvato."

Laiella non si placò. Invece di mantenere una maschera inintelligibile, questa volta lasciò che la sua irritazione fosse ben visibile. Toras era il comandante della fortezza, ma questo non gli conferiva un'autorità diretta sulle Sorelle della sua compagnia, se non durante le missioni militari.

Un sibilo frustrato iniziò a farsi strada attraverso la gola della Prima, ma il suono riecheggiante dei tabellari, che segnalavano il richiamo a raccolta, la calmò.

Gli uomini si radunarono a pochi metri dalla replica, tra la Serpe e uno stagno. Toras si diresse verso di loro e si posizionò proprio al di sotto della colossale struttura. Gli uomini mormorarono increduli oppure a disagio; se quella cosa si fosse sganciata in quel momento, il loro comandante sarebbe morto prima ancora di potersi voltare e rendersi conto di quel che accadeva.

In lontananza, gli abitanti del villaggio potevano essere visti uscire, indicare l'oggetto e discutere tra loro animatamente.

Quando Toras spiegò l'obiettivo dell'allenamento e come si sarebbe svolto, alcuni uomini deglutirono amaramente, muovendo nervosamente i piedi e facendo del loro meglio per non sembrare impauriti. Non erano forse membri della Guardia Nera, la più coraggiosa di tutta l'Alvinoria? Eppure, nonostante la loro innata temerarietà e l'intenso e continuo addestramento a cui erano stati sottoposti per diventare pressoché immuni alla paura, in molti soffrivano ancora i traumi postumi all'attacco di quattro mesi prima alla fortezza e sentivano lo stomaco contorcersi nel vedere la replica appesa sopra le loro teste. I ghigni dei loro compagni e il battere dei loro piedi non li rassicurava.

Dopo che la prima squadra prese posizione nel punto di intersezione con la traiettoria della replica, il comandante Toras disse: "Scudieri, proteggetevi! Ricordate che le impugnature dei vostri scudi sono state modificate per impedire che la Serpe ci si agganci, quindi mi aspetto che continuiate a tenerli impugnati, in modo da proteggere gli arcieri fino all'ultimo."

"Arcieri! Il vostro dovere è perforare il rokon con quante più frecce possibile e continuare a fare fuoco finché la replica non sarà così vicina che vedrete le pupille della creatura."

"Certo, mi aspetto che ognuno di voi si abbassi quando è il momento di farlo, se non volete finire in infermeria."

Finito il discorso, Toras non ordinò ai soldati di prepararsi: voleva che fossero sorpresi al massimo. I soldati lo osservarono con delle espressioni tese, mentre chiudeva gli occhi, contava e ascoltava il chiavistello che Maestro Neros apriva lì vicino, fuori dalla vista.

Il suono dell'aria improvvisamente spostata dal gigantesco facsimile e lo stridio dei suoi arti, che strisciavano contro il telaio, spaventarono tutti, anche i più coraggiosi. Alcuni fecero un passo indietro a loro scapito; altri semplicemente si congelarono. Ma in risposta alle disperate ingiunzioni dei compagni, tutti i soldati alzarono i loro scudi e le frecce iniziarono a volare. Quando la replica si staccò dal telaio e continuò a volare sopra le teste dei soldati per atterrare nell'ampio stagno con una tremenda esplosione, un ruggito di urla e maledizioni spaventose si levò. Il tutto durò solo sedici secondi, ma aveva sfinito alcuni soldati ed entusiasmato gli altri. Un cadavere si sarebbe svegliato se fosse stato seppellito sotto il gigantesco aggeggio oscillante.

Due guardiani giacevano svenuti e sanguinanti a terra. L'apprendista medico della Guardia corse subito da loro. Gli altri si guardarono, imprecando e inveendo, facendo del loro meglio per calmare i loro cuori, mentre ridevano. Gli spettatori scossero la testa, temendo il proprio turno al cospetto di quell'arnese.

Laiella guardò Toras con occhi inorriditi, ancora scioccata per ciò a cui aveva appena assistito. Parlò a voce bassa, era gelida: "Comandante, a che scopo ha appena messo fuori combattimento due uomini? Questo *sciocco* esercizio è davvero necessario?"

"Non è sciocco, ed è più che necessario. Degli uomini sono caduti sia qui che a Furania, quando la bestia li ha afferrati dai parapetti per poi scagliarli a terra o inghiottirli in un solo boccone. È successo perché si sono *pietrificati*, o perché non hanno lasciato andare gli scudi quando gli artigli della Serpe li hanno afferrati. Devono imparare ad affrontare la creatura nel pieno controllo delle loro menti *e* dei loro corpi, e questo..." Toras fece cenno diretto al marchingegno "È il modo migliore — l'*unico* modo — che conosco per farlo."

Laiella non obiettò, non davanti agli uomini. Il principe aveva ragione sulla necessità di esercitare gli uomini. Ma lei si sarebbe presa il tempo necessario per prepararli all'esercizio. Reputava assurdo il modo in cui Toras li aveva messi a rischio di lesioni gravi, se non di morte. Ne avrebbe parlato con lui più tardi, per ora si limitò a ringhiare sconcertata e disse: "Perché non ci stiamo esercitando con loro?"

"Mi sono forse bloccato quando la Serpe mi è venuta addosso? Lei si sarebbe bloccata?"

"No, ma non è questo il punto. Preferirei che non morisse nessuno durante l'addestramento e, se facciamo l'esercizio insieme a loro, possiamo parlarci, per essere sicuri che nessuno si blocchi o che si abbassino, come dicevate prima, solo all'ultimo momento."

Toras si voltò, infastidito, ma Laiella insistette e lui cedette. Proprio in quel momento, Maestro Neros gridò di togliersi di mezzo, in modo che la replica potesse essere riportata in posizione, quindi Toras richiamò a sé gli uomini.

"Soldati, quella paura che ancora attanaglia molti di voi di fronte... alla vera creatura, vi colpisce anche di fronte alla sua replica senza vita. Quindi, continueremo con questi esercizi, facendo ruotare le squadre finché ognuno di voi non avrà imparato a controllare il timore. Spero solo che intanto non finisca troppa gente in infermeria." Toras guardò Laiella, poi aggiunse: "Per accertarcene, io e la Prima faremo a turno e ci eserciteremo con voi. Ora, avanti la prossima truppa. A raccolta!"

Il comandante e l'ufficiale passarono il resto della giornata con un'unica pausa, per un pranzo frugale, mostrando agli uomini come e quando abbassarsi per tenersi al sicuro e incoraggiandoli a rimanere ai loro posti e ad affrontare la replica in modo adeguato.

L'addestramento fu estenuante, per tutti e soprattutto per Toras e Laiella — con una guardia da mille unità e truppe di cinquanta alla volta — i quali avevano svolto dieci turni ciascuno. Il sesto turno era quasi costato una spalla a Toras che, a partire da quel momento, fu costretto a ordinare di accovacciarsi qualche secondo prima rispetto ai turni precedenti. Ma a fine allenamento, Toras era sicuro che i suoi uomini fossero più pronti di prima.

I soli stavano cominciando a tramontare. Il Sole Blu era di poco davanti al suo gemello rosso, l'attuale quarto di mezzo stava finendo e il primo quarto di Bollhorae si avvicinava, ovvero il periodo in cui il Sole Blu avrebbe preceduto il Rosso di quasi un'ora. Gli uomini aspettavano un pasto rigenerante, seduti nel campo base che circondava lo stagno. In effetti, il principe aveva chiesto che i cuochi preparassero il pasto lì fuori, reputando che forzare i soldati a mangiare sotto la replica — incombente, lugubre — appesa in alto sopra di loro, potesse desensibilizzarli del tutto nei confronti della Serpe, mentre la luce dei soli al tramonto la faceva sembrare ancora più viva di prima.

La maggior parte dei soldati iniziò a ignorarla, dopo aver girato la testa per osservarla un paio di volte. Eppure, c'era chi continuava a reprimere i brividi, lanciandole sguardi furtivi di tanto in tanto. Il marchingegno era fin troppo reale, e quella era pur sempre la creatura che aveva tolto la vita ai loro compagni e che per poco non prendeva anche la loro. Forse, questi soldati non sarebbero mai riusciti a superare del tutto la paura.

Tuttavia, avrebbero avuto un'altra possibilità per affrontare le loro paure quella sera, perché un altro esercizio era attualmente in fase di preparazione. Infatti, il principe aveva concordato con Lina Lux Baiula di condurre l'addestramento con la proiezione al crepuscolo, poiché era quello il momento in cui la Serpe preferiva attaccare.

A quel punto, un soldato suonò il corno e tutti, tranne i due soldati in infermeria, si alzarono in piedi, aspettando in preda all'ansia il prossimo folle esercizio che il loro comandante aveva concepito.

Macchinazioni Terrestri

Con quella sua voce ancora squisitamente modulata, la bi-millenaria Alia, Imperatrice della Terra e delle sue Colonie e Salvatrice dell'Umanità, disse al suo interlocutore: "Stamattina ho ricevuto una nota che mi informava di diverse comunicazioni che l'Unità di Rilevamento Minacce ha ricevuto negli ultimi mesi. Queste comunicazioni si riferiscono a qualcosa chiamato..." Alia sospese la frase per lasciare suspense, "...Piano Morphosis. Ha mai sentito parlare di un simile piano nelle nostre sedi di governo?"

Gengis non rispose subito; attese circa mezzo secondo e intanto guardò il suo Ministro delle Scienze con la coda degli occhi. Ma forse aveva lasciato passare fin troppo tempo. Con una voce leggermente meno perfetta di quella di Alia, ma comunque ben modulata, disse:

"Mmm, Piano Morphosis. Mi suona familiare. Credo di averne sentito parlare su Gunick, quando ho ispezionato le truppe lì stanziate."

"Davvero? E cosa ricorda in proposito? Cos'è questo piano?"

In quel momento, Gengis maledisse le reazioni del suo corpo, ancora in parte biologico. Come aveva fatto a scoprire il nome del loro piano? Come? Il generale interruppe l'auto-interrogazione; era abituato alle insinuazioni di Alia e, dopo i ventitré secoli trascorsi al suo fianco — se si ignoravano i trecento anni di esilio trascorsi su Encelado, dopo il suo primo tentativo di conquistare quello stesso pianeta che stava tornando a prendere di mira — sapeva di dover rispondere immediatamente, per evitare che lei potesse leggere ciò che stava al di sotto della sua superficie sintetica.

"Credo che abbia a che fare con la scoperta di alcuni scienziati — o il fatto che siano sul punto di scoprire — una nuova tecnologia di terraformazione." Gengis si voltò verso il suo ministro e si pizzicò le sopracciglia come faceva spesso quando stava per fare una domanda non pianificata, per avvisare l'altro uomo. Quando lo vide stringere la mascella, disse: "Thabo, ricordi la nostra visita del mese scorso all'Ordinatore del Territorio di Gunick? Cosa aveva detto riguardo questo piano?"

Thabo sentì il cuore stringersi. Temeva da tempo una fuga di notizie. Si schiarì la gola un paio di volte per prendere tempo. Poiché su Gunick si lavorava effettivamente a un progetto — seppur avesse un altro nome — per scoprire nuovi modi per terraformare piccoli pianeti si sentì abbastanza a suo agio nel sostenere la menzogna del generale, ma la sua risposta doveva anche distogliere l'attenzione dell'Imperatrice da quel piano. Tuttavia, la necessità di mentire lo mise evidentemente sotto stress e sperò che Alia lo considerasse alla stregua del consueto disagio che Thabo provava in sua presenza. Dopo essersi schiarito la gola per un'ultima volta, disse: "Imperatrice, il piano è volto a indagare le nuove tecnologie di terraformazione... Ma è in fase iniziale e il nome del progetto non è ancora definitivo. Infatti, è già cambiato almeno cinque volte—"

"Non è importante, Ministro." Rivolgendosi di nuovo al suo generale, Alia disse: "Perché non ne ho mai sentito parlare prima? Perché è così segreto da non essersi fatto strada nei rapporti che leggo quotidianamente e perché non ci sono comunicazioni ufficiali a riguardo?"

Gengis sentì il suo corpo tendersi, ma s'impose di rilassarsi e il suo viso riacquistò la sua solita espressione da uomo d'affari. A quel punto, tuttavia, desiderò per davvero di aver trasferito il suo cervello in un corpo interamente sintetico — come Alia lo aveva esortato a fare più e più volte, anche se lei avrebbe preferito far trasferire la sua mente in un cervello positronico — in modo che non dovesse più temere di essere tradito dalle contrazioni dei suoi muscoli. Disse: "Imperatrice, sa come sono i gunickani; sono un popolo molto cauto, sull'anello esterno della galassia... Sono certo che desiderano semplicemente verificare le loro scoperte, prima di fare qualsiasi annuncio ufficiale."

"Può essere, in passato hanno già provato a mantenere certe sciocchezze segrete. Ma cercate di ottenere maggiori informazioni su questo piano e tenetevi pronti a informarmi domani. Voglio assicurarmi personalmente che questa nuova tecnologia, se e quando verrà sviluppata, non venga diffusa senza il mio consenso. Non mi interessa cosa fanno nell'anello esterno, ma se la loro tecnologia venisse usata per alterare pianeti più vicini a noi, per cui provo interesse, allora sì che mi importa."

Ormai, Gengis aveva capito come evitare l'impasse e ragionare in fretta. Disse: "Indagherò, Imperatrice, e le riporterò tutto ciò che occorre sapere su questa tecnologia. Ma come Thabo ha già detto, è un progetto in fase iniziale, il che significa che mancano anni alla sua eventuale implementazione, se mai dovesse dimostrarsi efficace."

Alia riconobbe la validità delle valutazioni del suo generale e si diresse verso il balcone. Lo faceva spesso durante le conversazioni più sgradevoli, forse per ammirare Nova Roma, la capitale dell'Impero, posta sulla vetta più alta del continente eurasiatico, e in cui riusciva ancora a ritrovare bellezza, nonostante la desolazione dilagante sul resto del pianeta. Una sorta di risata le sfuggì di gola, mentre ripensava al fatto che molti, tra cui Gengis, si chiedevano se lei riuscisse a provare qualcosa.

Guardando l'Imperatrice, Gengis pensò: *Dovrò parlare con Thabo, non appena avremo finito qui. La fuga di notizie dev'essere partita dal suo ministero e* deve *essere individuata ed eliminata.*

Volendo continuare ad ammirare la vista, mai noiosa nonostante le fosse così familiare, e non volendo urlare la sua domanda, Alia la trasmise a Gengis e Thabo elettronicamente.

Genghis rabbrividì perché, se la sua voce "naturale" era bella e perfetta, ciò che sentiva quando lei usava il suo chip mentale per comunicare non era affatto piacevole.

Trasmise: *"Generale, Ministro, come intendete contrastare la rivolta di Keplero?"*

Gengis si rivolse a Thabo e gli chiese di spiegare come intendevano schiacciare i ribelli. Questa era la questione di cui erano venuti a discutere, quindi erano ben preparati.

Il ministro della scienza si schiarì la voce, ancor più nervosamente questa volta, poiché, in qualche modo, sentiva quest'argomento ancor più vicino ai loro veri obiettivi rispetto al nome del loro piano scoperto dalla URM.

Gengis stava perdendo la pazienza con il suo ministro e si aspettava che Alia avrebbe espresso la propria impazienza molto presto. Si voltò a guardarla e la notò picchiettare il dito indice sulla ringhiera. *È molto strano. Non l'ho mai vista mostrare fisicamente le sue emozioni.*

Quando sentì Thabo schiarirsi di nuovo la gola, gli trasmise una scossa elettrica.

Questa volta, l'Imperatrice trasmise un deciso "Dunque?" attraverso l'altoparlante dell'ufficio.

Thabo rispose con il pensiero: *"Le mie scuse, Imperatrice, io... Non mi sento molto bene oggi."*

Alia trasmise: *"Mi chiedo se il Ministro Thabo sia ancora in grado di svolgere il suo incarico, Generale. Mi chiedo anche perché lo usa per coprirsi le spalle, quando dovrebbe essere lei a parlare."*

"Imperatrice, vi assicuro che Thabo è utile, tutt'ora. Posso certamente fornirvi io stesso alcuni aggiornamenti, ma sarebbero generici. Il Ministro, invece, può darvi tutti i dettagli."

Alia tirò un sospiro, che il cervello replicò con un soffice stridio, poi trasmise: *"Se avesse trasferito la sua mente in un cervello positronico, sarebbe in grado di trasportare i dettagli."* L'Imperatrice aspettò una risposta, pur sapendo che non l'avrebbe ottenuta. Gengis probabilmente si stava mordendo la lingua, pensò. Lei trasmise: *"Comunque, continui Ministro. O intende forse abusare della mia pazienza?"*

Thabo fu percorso da un brivido e sospirò in silenzio, poi procedette a fare rapporto alla Salvatrice dell'Umanità — colei che lui credeva essere la loro Dea e che, dunque, meritava solo la verità —

dei loro preparativi per sopprimere la rivolta su Keplero, omettendo qualsiasi cosa che fosse collegata alla loro vera missione. Fino a qualche mese prima, sarebbe stato impossibile per lui, ma Gengis lo *aveva* quasi convinto che il regno di Alia stava finendo, proprio come gli Dei più antichi della Terra avevano avuto i loro tempi di grandezza, per poi lasciare il posto a quelli nuovi, che condussero l'umanità attraverso le sue fasi successive. Ma quale nuovo dio potrebbe rimpiazzarla, se ciò dovesse accadere? Gengis non aveva risposta a questa domanda, se non che l'Universo, prima o poi, ne avrebbe fornito uno, ma la mente scientifica di Thabo faticava a vedere emergere i segni prodromici di una nuova divinità.

Tuttavia, Gengis potrebbe avere ragione su Alia, e se così fosse — se il suo declino stesse effettivamente influenzando la sua mente, in modi che l'avrebbero potuta portare a fare del male all'umanità — allora non avevano altra scelta che tenerle nascosti i loro piani. Eppure, una dea non dovrebbe già sapere tutto? Forse il fatto stesso che non riuscisse a scoprire ciò che nascondevano era la prova del suo declino. Quel pensiero gli diede un po' di rassicurazione, ma gli mise anche ansia.

Thabo descrisse nei minimi dettagli la nuova arma che avrebbero usato per sottomettere i ribelli di Keplero, il suo effetto, la sua portata e i suoi limiti. L'Imperatrice era felice di sapere che l'arma avrebbe causato lesioni minori quando mirata a individui sani. Questo commento mise in discussione le timide convinzioni di Thabo, che forse l'Imperatrice stava diventando inadatta per continuare a guardare al bene dell'umanità, così guardò il generale con uno sguardo che si chiedeva se non si stessero sbagliando. Ma Gengis non se ne accorse e Alia ringraziò Thabo, poi si rivolse al suo generale per i dettagli strategici.

Il generale fornì informazioni sui comandanti in missione, le navi, il numero di truppe dispiegate e la disposizione pianificata di navi e truppe in tutto il pianeta ribelle. L'Imperatrice non sembrò gradire la risposta del generale e chiese perché fossero necessari cinquantamila soldati per la missione. Gengis aggrottò la fronte incuriosito; Alia sapeva quanti soldati erano necessari per gli assalti via terra. Perché lo chiedeva? Quell'esitazione, la spinse a ripetere la domanda e — dopo aver udibilmente brontolato — il generale spiegò la situazione su Keplero, ricordando ad Alia, che lei stessa aveva chiesto che non venissero usate armi di distruzione di massa. Aggiunse che il nuovo dispositivo sviluppato dal Ministero della Scienza, che Thabo aveva descritto, richiedeva un assalto via terra, il che significava un gran numero di truppe.

Alia ascoltò tutto molto attentamente, ogni tanto chiedendo a Gengis di confermare una cosa piuttosto che l'altra, annuendo tra sé, per poi esortarlo a continuare.

Era tutto molto curioso per il generale, che la osservava attentamente dalla sua posizione in ufficio e non vedeva l'ora di finire la riunione. Gengis l'aveva vista in piedi sul balcone, tante volte da perdere il conto, la sua silhouette perfetta delineata dalle luci blu, verdi e rosse della capitale, che brillavano in lontananza, a pensare a cose che solo lei poteva cogliere. Tuttavia, nonostante la sua lungimirante saggezza, aveva giudicato male una cosa: la natura umana. E il punto debole dell'Imperatrice era costato caro al generale, molto caro, così come a tutti coloro che vivevano nei dintorni o sulla superficie di quel pianeta dimenticato da Dio.

Infine, Alia chiese quando sarebbero partiti e quanto tempo ci sarebbe voluto per portare a termine la missione.

Gengis rispose che la partenza sarebbe dovuta avvenire entro un mese e che l'intera missione, se andava tutto a buon fine, avrebbe richiesto circa sei mesi terrestri, escluso il viaggio da e verso Keplero.

Alia diede un'ultima occhiata alla capitale, annuì tra sé, tornò dentro e si sedette. Non aveva davvero bisogno di sedersi, ma aveva capito molto tempo fa che, con la maggior parte degli umani — e Thabo era uno di quelli — fare cose da umani non modificati, li metteva più a loro agio al suo cospetto.

Gengis e Thabo attesero con pazienza che l'Imperatrice li congedasse o che introducesse un nuovo argomento. In quel momento, picchiettò di nuovo il dito. Gengis e Thabo si guardarono con intensità.

Usando la sua voce, ora che era vicino a loro e non aveva bisogno di avere una conversazione riservata Alia disse: "Ministro, qual è lo stato della ricerca sulla conversione? I suoi scienziati sono stati in grado di replicare la procedura usata per trasferire la mia mente? E sono riusciti a riprodurre appieno l'esperienza sensoriale dei corpi organici?"

L'espressione facciale di Gengis si contorse in una smorfia. Come *osava* Alia discutere di questo argomento con altri senza dirglielo prima?

L'Imperatrice lo notò e disse: "Gengis, temo che tutto ciò che abbiamo ottenuto presto si sfalderà, se lei non si sottoporrà a quest'operazione. Sono consapevole di quello che lei pensa a riguardo, ma è necessaria, per la sopravvivenza dell'Impero."

Alia osservò il generale in cerca di approvazione, opposizione o incertezza. Credendo di aver notato i segni di quest'ultima emozione, aggiunse: "So cosa desidera, Gengis, e non forzerei la sua conversione, a meno che la tecnologia non sia tale da farle ottenere l'esperienza che desidera."

Sa cosa desidero? Non ha idea di quel che voglio! Desidero terminare la mia vita; finirla come un vero umano; non continuare a vivere altri mille anni soltanto per godere dei piaceri della carne! Gengis cercò di trattenersi, ma la sua voce palesava tensione, quando iniziò ad obiettare.

Alia alzò una mano per fermarlo.

Passando alla comunicazione privata mente-a-mente, Alia disse: *"Che tu te ne renda conto o no, Gengis, sono preoccupata per la tua felicità, e so che rimanere in questo stato molto a lungo potrebbe benissimo portarti a fare lo stesso errore che hai fatto tanto tempo fa, quando hai cercato di conquistare quel pianeta. Non voglio che tu intraprenda di nuovo quella strada. Non ora. Non con le crescenti tensioni e il malcontento che imperversa attraverso tutto l'Impero."*

Ci volle tutto l'autocontrollo di Gengis per non fargli ammettere la verità. Era contento che lei avesse usato il discorso mente-a-mente, perché, se avesse parlato, Thabo *avrebbe* rivelato tutto, probabilmente.

Tuttavia, sebbene il Ministro della scienza *avesse sentito* solo il silenzio nel corso di quell'ultimo minuto, dalla reazione del generale poteva dedurre che, sicuramente, lo scambio mentale non era stato più gradevole di quelli parlati.

Tornando al discorso orale, Alia disse: "Queste sono le ragioni della mia domanda al ministro, Generale."

Gengis capì che, a meno di non voler affrontare Alia faccia a faccia, lì in quel momento, non aveva altra scelta che portare avanti la farsa; intanto, Thabo iniziò a spiegare lo stato della scienza. In effetti, Gengis non era solito scommettere e non era affatto certo di uscirne vincitore, qualora decidesse di affrontare Alia.

Era una buona cosa per Gengis che i suoi denti fossero fatti di zirconio, altrimenti si sarebbero sicuramente incrinati, intanto che

Thabo esponeva nervosamente i progressi della tecnologia di conversione all'Imperatrice.

Dopo dieci lunghi minuti insopportabili, in cui Alia chiese maggiori dettagli e Thabo precipitò in uno stato di disagio sempre maggiore, Gengis si distaccò dalla discussione e rivolse i suoi pensieri alla missione su Keplero: da lì avrebbe poi condotto le sue truppe verso la loro vera destinazione — destino permettendo.

Una Proiezione

Toras urlò: "Va bene, questo prossimo esercizio riguarda esclusivamente le unità furaniche; il resto di voi può rilassarsi e guardare." La maggioranza si accomodò, mentre i duecento uomini che cavalcavano furani risposero con smorfie infastidite.

"Affronterete il nemico in uno scontro aereo, voi e le vostre cavalcature avrete l'occasione di allenare i vostri nervi."

Alcuni uomini gridarono delle domande sulle capacità di volo della replica in legno.

Toras si voltò a cercare Lina, proprio mentre lei si stava avvicinando. Si girò di nuovo verso gli uomini e disse: "Lina Lux Baiula genererà una replica della Serpe, in modo che possiate praticare il combattimento aereo. Lascerò che sia lei a spiegarvi cosa dovrete aspettarvi."

Lina Lux Baiula proiettò la propria voce per dare spiegazioni, ma non era abile nel farlo, come Elia o Elyana, e gli uomini più in fondo si lamentavano di non sentire. Perciò si fermò e riprovò, ma il suo tentativo si tradusse in una voce stranamente distorta. Mugugnò e decise di farlo normalmente: urlando a squarciagola.

Gridò: "Userò un vincolo sonattivo per creare un'immagine della Serpe. Si muoverà proprio come la creatura e sarà altrettanto grande. Sembrerà piuttosto realistica a voi e ai vostri furani." Gli uomini si guardarono ancor più perplessi, alcuni si aspettavano che avrebbe aggiunto dell'altro: "Se toccate la rappresentazione, potreste bruciarvi e tagliarvi un po', ma non di più."

Apparirono svariate smorfie sui volti dei soldati. Un uomo chiese a un altro: "Come fa a sapere come combatte la Serpe? Non l'ha mai affrontata."

Se la sua proiezione vocale era debole, il suo udito era perlomeno buono come quello di qualsiasi altro uomo, perciò Lina rispose: "L'ho affrontata, Guardiano; nella mente del Signore Comandante Toras. Mi ha permesso di vederla e ho visto quello che ha visto lui quando la Serpe ha attaccato la fortezza. Sarò quindi in grado di replicare abbastanza accuratamente i suoi movimenti e la sua immagine."

Alcuni uomini sembravano impressionati, mentre altri fecero dei commenti puerili su cos'altro la Sorella avrebbe potuto vedere nella mente del loro comandante. Il che attirò gli sguardi gelidi del principe e della Lux Baiula.

Un giovane soldato chiese se dovessero dire ai loro furani che la Serpe era un falso.

Toras rispose: "Non penso che importi qualcosa dirglielo o no; non cambierà le loro reazioni. Ai furani piace inseguire prede immaginarie o difendersi da nemici immaginari."

Un veterano disse: "In ogni caso, Bartus, dubito che il *tuo* furano capirebbe." Gli altri si fecero una risata.

Dopo aver richiamato gli uomini all'attenzione, Toras li mandò a prendere i loro destrieri e a prepararsi. Mentre facevano ciò, chiamò Laiella e spiegò i suoi piani per l'addestramento. Laiella non fece obiezioni, stavolta.

Intanto, Lina Lux Baiula iniziò a creare la proiezione della Serpe e un sibilo innaturale cominciò a salirle in gola. Mentre il suo vincolo aumentava d'intensità, la seta nera e marrone stracciata che aveva chiesto di gettare a terra cominciò ad assumere la forma della creatura, coprendo e nascondendo la Lux Baiula alla vista dei soldati. Gli spettatori rimasero a bocca aperta e fecero commenti sull'essere contenti di non dover affrontare quella *cosa*, mentre quelli che tornavano con i loro furani rimasero senza fiato e i loro furani quasi li scalzarono, reagendo allarmati.

Un attimo dopo, la replica, accompagnata da quel sibilo innaturale, iniziò a salire, le sue ali svolazzavano goffamente, mentre il vento muoveva i brandelli di seta. Lina rafforzò il suo vincolo e concentrò la massa. I suoi movimenti ora soffiavano aria sul terreno e il suono, profondo e sibilante, provocò dei brividi negli uomini e fece indietreggiare i furani.

Toras guardò Laiella, che scosse la testa con scetticismo. Disse: "Forse fa più paura di quella vera."

Alcuni soldati dissero ad altri che la Lux Baiula aveva usato la magia per evocare la Serpe stessa.

I civili, che erano stati avvisati dell'esercitazione e a cui era stato detto di non farsi prendere dal panico, quando videro apparire una Serpe sopra la fortezza, guardavano dalle loro case nuove, scongiurando e sperando che il principe non stesse scatenando qualcosa contro di loro.

Da ogni angolo del Passo si levarono sussulti scioccati alla vista di quell'apparizione, mentre una cacofonia carica di paura s'innalzava dai belatri, dagli oscini e da altre bestie in preda al panico, nel crepuscolo rossastro. Il principe si strofinò le mani trepidante e lanciò un sorriso malizioso alla sua Prima.

L'espressione di Laiella era piacevolmente sorpresa. Il principe sarà stato anche impulsivo, ma aveva la straordinaria capacità di pensare oltre all'ordinario. Girò lo sguardo, da Toras verso l'altra Sorella, e osservò la donna con una certa ammirazione.

Dopo aver fatto eseguire alla proiezione alcune picchiate e dei voli di prova, Lina segnalò la sua prontezza a iniziare gli esercizi. Laiella batté le mani e ordinò alle prime quaranta unità furaniche, comandate dai loro Secundi, di prendere posizione in aria.

Il principe osservò con entusiasmo e attese con visibile trepidazione. Disse, chinando la testa verso Laiella: "Mi piacerebbe davvero partecipare!"

Quando le unità furaniche presero posizione, a circa cento metri a ovest del miraggio, Secundus Yuuto gridò dall'alto e Laiella diede a Lina l'ordine di iniziare.

All'inizio, molti dei furanieri che cercavano di controllare i movimenti delle loro cavalcature, non sapendo come reagire alla proiezione, impedirono ai loro furani di muoversi del tutto. Quando essa li colpì, si sentirono bruciare e tagliare, e imprecarono. Il dolore li immerse nel realismo dell'esercizio, perciò prepararono meglio la loro prossima mossa.

A quel punto, Lina lanciò giù la Serpe con un movimento a spirale e i Secundi ordinarono ai loro uomini di spargersi; le squadre si mossero su e giù, a destra e a sinistra, e chi si muoveva troppo lentamente veniva scottato e graffiato nuovamente.

Questa volta, Lina portò la sua proiezione il più lontano possibile, dando agli uomini un momento per fare strategia, poi la rimandò giù in picchiata. I Secundi cercarono di anticipare il movimento della proiezione, indicando ai loro uomini una direzione e poi l'altra, prima che la replica li colpisse. Ma ancora una volta, in molti si scottarono, quando Lina fece cambiare improvvisamente direzione al finto rokon. L'esercizio continuò ancora per qualche minuto e, ogni volta che la replica della Serpe passava davanti alle squadre, almeno un quarto di loro finiva per essere tagliato e scottato. Toras e Laiella scossero la testa delusi. A quel ritmo, dopo quattro mosse sarebbero morti tutti, se avessero affrontato la vera Serpe.

Fu solo dopo il nono tentativo che un Secundus, il più sensibile al suo furano, ebbe un'idea. Chiamò a sé gli altri ufficiali durante la pausa ed espose il suo piano. Toras guardò Laiella incuriosito, mentre gli uomini esprimevano il loro disaccordo, più veementemente del solito.

Dopo qualche altra presunta imprecazione — Toras non riusciva a sentire bene da lontano — le squadre si riposizionarono, Secundus Yuuto fece un cenno e Lina rilanciò in cielo la sua proiezione.

Questa volta, tutte le unità evitarono di essere toccate da quel burattino ardente, tagliente e volante; grida di gioia scoppiarono a mezz'aria e anche a terra. Un'altra volta, le squadre schivarono la Serpe, anche quando Lina fece vorticare la forma con una sequenza di cambi di direzione impossibili da prevedere. Toras annuì con soddisfazione e curiosità; dopo avrebbe chiesto agli uomini come avessero fatto a migliorare così di colpo, quando sarebbero scesi. Tuttavia, era giunto il momento per le squadre di attaccare la proiezione e Laiella suonò il corno per lanciare il segnale.

Lina interruppe la proiezione a poche centinaia di metri dalle squadre, felice di avere il tempo per prendere qualche cubetto di sale dolce dalla tasca. Quando ricevette il segnale, attaccò di nuovo.

Ci vollero undici mosse alle unità, questa volta, prima di capire come fare e, anche se Toras e Laiella pensavano che i soldati non sarebbero mai riusciti a evitare la collisione e attaccare al contempo, alla fine ci riuscirono. E quando la prima squadra atterrò, vennero accolti con ogni sorta di complimento e domanda da coloro che dovevano prendere il loro posto.

Le altre quattro squadre ci riuscirono agevolmente, avendo appreso da Secundus Yuuto che il trucco per difendere era dare ai furani il pieno controllo sulle loro risposte motorie. Per attaccare, invece, dovevano comunicare ai furani il loro intento e poi dar loro la libertà di regolare i movimenti in modo autonomo, mentre la proiezione della Serpe si avvicinava e cambiava direzione. In effetti, così facendo, i furani riuscirono a fare dei piccoli aggiustamenti per volare al meglio e consentire ai soldati di colpire o fare fuoco contro il fantoccio.

Quando arrivò l'ultima squadra, Toras e Laiella si unirono alle unità furaniche, e praticarono l'esercizio anche loro, beccandosi qualche bruciatura e dei tagli, proprio come i loro furani. Brucio volava — come volavano i furani di fronte al loro più feroce avversario, l'irroratore — con vertiginosi e bruschi cambi di direzione e una ridotta reattività a qualsiasi altra cosa li circondasse, inclusi i comandi del loro furaniere. La terza volta che Toras sentì il suo stomaco rivoltarsi tirò forte le redini, per cercare di stabilizzare Brucio, ma questo li mise proprio sulla traiettoria del simulacro vincolato, così entrambi si ustionarono, scontrandosi contro la proiezione. Toras si ricordò delle istruzioni di Yuuto e allentò le redini.

Quando completarono l'esercizio, sia Toras che Laiella erano esausti, con dieci truppe impegnate nel primo esercizio e quattro nel secondo. Accasciatosi sul divano, con un bicchiere di vino in mano, il principe rivolse uno sguardo fiducioso verso la Prima. Quando lei gli rivolse uno sguardo compiaciuto, lui buttò giù orgogliosamente il vino restante d'un sorso e un largo sorriso gli riempì il volto.

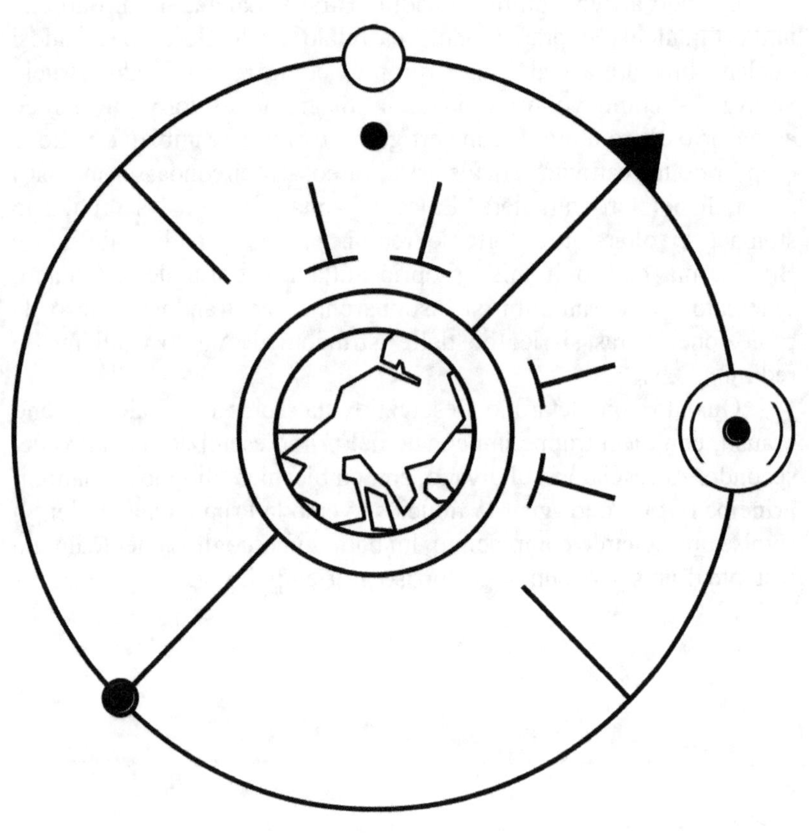

Primo Tentativo

Aithen se ne stava seduto nell'anticamera, quella sera tranquilla in cui i pensieri malinconici sulla giovinezza riattraversarono la sua mente. Quelle riflessioni suscitarono in lui il bisogno di qualcosa di rilassante, così si alzò e tirò il cordone, posto affianco alla sedia in foglie di lacora, per chiamare a sé Kildare. Il ragazzo entrò subito e domandò di cosa avesse bisogno il principe.

"Mi porteresti un bicchiere di Merotto, Kil?"

"Certo, mio Principe. Lo preferite tiepido o freddo?"

"Tiepido. Per favore, portamelo sul balcone."

Lo scudiero abbassò la testa e se ne andò.

Non appena Aithen aprì la porta scorrevole che dava sul balcone, l'aria fresca d'autunno lo avvolse. Era un'aria piacevole, carica dei profumi dell'irsocastano, che fioriva in questo periodo dell'anno.

Si avvicinò al muro di pietra che fungeva da parapetto, appoggiò i gomiti sopra e guardò il mare. A quell'ora della notte — la più buia — il cielo era illuminato da una luce pallida color viola. Essa permetteva ancora di vedere piuttosto bene, abbastanza per poter giocare a palla, cosa che lui e Toras facevano quando erano più piccoli.

Le ombre che Aithen vide spostarsi con la coda degli occhi attirarono la sua attenzione verso le stanze del padre. Incuriosito, girò la testa. La sua curiosità si trasformò in allarme quando vide delle sagome saltare sul balcone degli alloggi privati del padre.

Che cos'era?

"Guardie! Alla camera da letto del Re!!"

Aithen si precipitò nella sua stanza da letto, afferrò la spada dall'armadietto accanto al letto e corse fuori, urtando Kil che aveva sentito le urla e stava venendo a controllare:

"Mio Principe, che succede?"

"Kil! Il Re e la Regina sono in pericolo. Sveglia i guardiani. Presto!"

Mentre il suo cuore batteva forte, la mente di Aithen s'affrettava ad analizzare la situazione. Le Fasce Rosse dovrebbero essere in grado di fermare gli aggressori, no? E i suoi genitori, ammesso che si trovassero entrambi negli alloggi del re, dovrebbero essere al sicuro lì, giusto?

Coris e Piros, i guardiani personali di Aithen, si unirono a lui quando lo videro sfrecciare verso l'ala sud del palazzo e gli chiesero cosa stesse succedendo. Aithen diede risposte brevi e cariche d'ira, continuando a correre. Quando raggiunsero l'atrio tra l'ala nord e sud del palazzo, furono accolti da Harlion, che era stato allertato da Kil. Tra un respiro affannato e l'altro, Aithen disse: "Capitano! Mandi con me un altro uomo; ne disponga venti qui e ne mandi altri trenta nei giardini, per bloccare la fuga degli aggressori. Presto!"

Harlion non ebbe neanche il tempo di rispondere; Aithen già si era lanciato verso le scale che portavano agli alloggi del re. Grida e urla risuonarono, allertando l'intero palazzo. I servi socchiusero le porte per sbirciare fuori, ma rimasero nei loro appartamenti; sapevano di non doversi immischiare in caso di attacco, sebbene non ce ne fossero stati ormai da decenni.

In piedi davanti al portone d'ingresso degli alloggi del re, Aithen, nonostante il suo cuore battesse indiavolato, si fermò a origliare in modo da capire cosa stesse succedendo dentro, prima di fare irruzione. Il rumore di oggetti che si infrangevano contro i muri e sul pavimento gli arrivava forte e chiaro. Lanciando uno sguardo cauto ai suoi guardiani, Aithen aprì le porte. Nell'ufficio non c'era nessuno. La porta della camera della Guardia sulla destra era leggermente aperta e lasciava trasparire una stanza vuota. La porta dell'anticamera a sinistra, invece, era aperta del tutto e anche quella stanza era vuota.

"Sono in camera di mio padre."

Aithen si avvicinò contenendo faticosamente l'ansia, provò ad aprire la porta; era chiusa a chiave.

"Dobbiamo usare il passaggio segreto."

Gli uomini annuirono e seguirono Aithen. Corsero fuori dagli alloggi e svoltarono a sinistra. Verso la fine del corridoio Aithen premette la mano su un mattone e una porta scivolò a lato, aprendo un varco. Entrarono.

Quando Aithen aprì la porta interna e scostò la tenda che li separava dalla stanza, il suo cuore gli si fermò. Un assalitore dalla barba nera teneva stretta sua madre, mentre altri due minacciavano il padre, assistito da Julian, e altri tre combattevano contro una Fascia Rossa. Almiar e Jashan erano a terra. Coris, dietro di lui, domandò dove fossero le altre Lux Baiulae.

Aithen scrollò le spalle, disperato, poi disse: "Vado ad aiutare mia madre. Piros, vai tre metri a destra e mettiti in posizione per assistere mio padre. Coris e tu..."

L'uomo disse di chiamarsi Boros.

"Coris e Boros, andate in fondo, all'altra estremità della tenda, per aiutare Dana Lux Baiula. Quando mi sentite fischiare, caricate!"

Gli uomini riconobbero gli ordini e Aithen si diresse verso sinistra rimanendo dietro la tenda, al riparo dalla vista degli aggressori. L'immagine di suo padre, in piedi con la spada in mano, con una smorfia selvaggia, fu rapidamente sostituita da quella di sua madre, con una sorta di falcione puntato alla gola e l'orrore sul viso. Chi usava i falcioni? Solo le Barriere, per quel che ne sapeva lui.

Ora che sua madre e il suo aggressore erano a solo un metro da a lui, Aithen guardò ai lati per controllare i suoi uomini. Quando vide che erano al loro posto, fece un respiro calmo, fischiò e attaccò.

In un lampo, fu addosso al rapitore di sua madre e fece scivolare il proprio braccio destro sotto quello dell'uomo, allontanando il falcione dal collo della madre. I muscoli dell'uomo s'irrigidirono all'istante. Il principe spinse il braccio del malcapitato ancor più in là, mentre gli affondava il pugnale nella schiena.

Quando il suo rapitore cadde a terra, la regina non si mosse immediatamente, Aithen si fece prendere dal panico. Calpestò l'uomo ormai morto e afferrò sua madre per le spalle. Tuttavia, lei continuò a rimanere immobile. Davanti a loro era scoppiato il caos; gli assalitori erano ora circondati dal padre, dai loro soldati e da una Lux Baiula. Ma gli assassini non sembravano preoccuparsene e continuavano imperterriti ad attaccare. I tavoli erano stati già spezzati in mille pezzi e le sedie lacora rovesciate sui loro fianchi.

Aithen guardò la regina, terrorizzato. Quando cercò di trascinarla verso la porta segreta della camera e lei resistette, le gridò: "Mamma, stai bene? Non riesci a muoverti?"

Darya impiegò un altro momento per recuperare il controllo dei suoi muscoli e, quando fu così, quasi cadde zoppicando tra le braccia di Aithen.

"Mamma!"

"Ero paralizzata, figliolo. Ma ora sto bene. Per favore, aiuta tuo padre."

Aithen emise un sospiro silenzioso di sollievo e disse: "Lo farò, ma tu devi andartene ora, e in fretta."

Darya non si oppose, anche se continuò a guardare preoccupata il re. Aithen la spinse fuori dalla porta segreta, invitandola a uscire di nuovo, poi tornò dagli altri.

Giù nei giardini, una dozzina di uomini si nascosero tra i cespugli, aspettando che gli assassini scendessero, mentre Harlion e un'altra dozzina di soldati cercavano eventuali nemici in agguato nel parco del palazzo. Irania e Mitsuko Lux Baiulae scesero celermente dal primo piano, dove avevano i loro uffici, e chiesero al capitano di sapere cosa stesse succedendo.

Harlion rispose: "Degli assassini sono entrati nelle stanze del Re. Non so quanti siano, ma la Guardia Praetoriana, le Barriere, e ora anche il Principe e qualche altro soldato, sono già là."

Irania chiese allarmata: "Perché lei è qui? Perché non sta aiutando gli altri a difendere il Re e la Regina?"

"Perché c'è già troppa gente là e sospetto che ci siano almeno altri tre o quattro assassini nascosti da qualche parte nel parco del palazzo. Vi suggerisco di tornare dentro e rimanere nei vostri uffici."

Irania rispose con uno sguardo gelido, reso ancor più minaccioso dalla luce violacea della luna.

Harlion si arrese e disse: "Ma se preferite aiutarci a perquisire i Giardini Reali, siete le benvenute."

Irania si rivolse a Mitsuko per chiederle se riuscisse a contattare mentalmente una delle loro Sorelle lassù, ma lei scosse la testa, perplessa.

Irania disse: "Non saprei nemmeno io. Avremmo davvero bisogno di un modo più efficiente per comunicare con le altre!" Quando la frustrazione passò e le due capirono che non potevano fare molto per aiutare chi combatteva, Irania e Mitsuko fecero un cenno al capitano e insieme cominciarono a perquisire il parco.

Posizionandosi alla destra di suo padre, Aithen disse: "Ti spiace se ti aiuto?"

"Per niente, figliolo. Non c'è etichetta che tenga, in questo momento."

Julian e Piros, si misero alla sinistra del re e fecero agli altri un cenno con la testa, tenendo sempre d'occhio gli aggressori. Aithen indicò Coris e altri soldati, intimando a Piros di raggiungerli.

Il principe pensò che, ora che gli assassini erano leggermente in minoranza, avrebbero tentato di scappare, ma non fu così. I due uomini di fronte a loro erano ovviamente infuriati per l'arrivo di rinforzi, ma sembravano intenzionati a portare a termine la loro missione, a qualsiasi costo. Dopo essersi scambiati dei cenni, l'uomo più alto si lanciò contro il re e il principe, mentre quello più piccolo attaccò Julian.

Colui che attaccò il re non era soltanto alto, era anche muscoloso e incredibilmente agile. L'assassino riuscì ad avvicinarsi molto al re con la sua prima mossa. Aithen sentì il cuore in gola, ma quando vide suo padre parare il colpo e poi allontanare l'uomo, non poté fare a meno di provare un breve senso di ammirazione e sollievo.

L'assassino si riprese rapidamente, tuttavia, e si riposizionò, mostrando a Octavius un ghigno provocatorio e ignorando Aithen. Poi attaccò, ma invece di puntare su Octavius, cercò di colpire la gamba di Aithen. Aithen volteggiò, appena in tempo per evitare una ferita profonda, ma aveva già subito il primo taglio.

L'uomo fece un passo indietro e ricominciò, questa volta schernendo sia il padre che il figlio.

Accanto a loro, Julian gemette e cadde. Tuttavia, né il padre né il figlio si soffermarono, per non offrire al loro avversario un'apertura dovuta alla distrazione. Non passò molto tempo prima che l'assassino che mise fuori combattimento Julian, un uomo basso con degli occhi verdi smorti, si posizionasse di fronte al re.

Padre e figlio fecero entrambi un respiro profondo, si prepararono e caricarono i loro rispettivi avversari.

Dietro di loro, qualcun altro emise un gracidio morente. La mente di Aithen perse la concentrazione per un istante brevissimo, ma fu riportata bruscamente alla realtà quando vide il falcione dirigersi contro di lui. Aithen reagì con i riflessi istintivi di un soldato ben addestrato, la sua reattività era decisamente migliorata grazie al recente addestramento ricevuto da Tania. Eppure, nonostante la reazione immediata, quella distrazione bastò per offrire un varco all'avversario e il falcione lo tagliò sul fianco destro. Seguirono diversi scambi tra i due, con sempre maggiore ferocia.

Sembrava che l'assassino sentisse la fortuna dalla sua, così cominciò ad accanirsi contro il principe, costringendolo a indietreggiare. Dopo altre parate complicate, passi falsi e scivoloni, Aithen sentì suo padre gemere. Lanciò un'occhiata verso di lui, respingendo al contempo il suo avversario, e lo vide sopraffatto dalla stanchezza. Allora, decise che avrebbe dovuto porre fine al proprio duello con il gigante. Si fermò concentrandosi sul suo avversario, tenendolo distante con un braccio. Fece per chiudere gli occhi, preparandosi a usare il Corae Sentiens, ma ci ripensò: non era ancora pronto a fidarsi delle sue abilità di Sensazione. Allora, socchiuse gli occhi, fece alcuni respiri profondi e tranquillizzanti, e con la sicurezza che aveva sviluppato nel corso degli anni, allenandosi con l'élite della Guardia Reale, provocò il colosso incitandolo ad avanzare. Quando la coscia dell'uomo si tese, Aithen si voltò di scatto e lo decapitò.

Dall'altra parte della stanza, Dana danzava come uno spettro fra i colpi degli avversari. Ma anche i suoi due avversari, abbigliati in nero, non erano uomini comuni. Dana parava con incredibile velocità e precisione, nonostante la fatica che sicuramente provava, e ogni tanto si lanciava all'attacco, quando aveva la fortuna di confondere entrambi i suoi avversari con i suoi movimenti, talmente precisi — o fortunati — che ogni volta schivava gli attacchi nemici solo di pochi centimetri. Se la lotta fosse stata meno caotica, avrebbe potuto occuparsi da sola di tutti quanti i nemici, ma c'era troppa gente lì e il campo di battaglia era così saturo che la Fascia Rossa non era in grado di muoversi e colpire con la solita efficacia. I suoi avversari si guardarono tra loro; anche loro iniziavano a sentirsi prosciugati di energie dall'interminabile scontro. Uno di loro, una donna dalla pelle scura, annuì all'altro come se avessero appena concordato una nuova tattica. Dana usò quel momento per lanciarsi contro l'uomo, alla sua destra, con movimenti tanto precisi che la reazione del nemico non impedì alla lama di andare a bersaglio. Fatto ciò, la Fascia Rossa si voltò e affrontò la donna.

Re e principe stavano lottando contro l'uomo dagli occhi verdi smorti. Era un assassino eccezionalmente abile e continuava ad eluderli e a colpire da direzioni sorprendenti, avvicinandosi sempre di più al re. Proprio allora, l'uomo riuscì a deviare l'attacco di Octavius, per poi scivolare sotto la spada di Aithen.

Quando Aithen si voltò, l'uomo si alzò, calando il falcione sul principe. Il colpo fu violento, Aithen lo parò, ma l'impatto lo fece tentennare. Senza perdere tempo, l'assassino dagli occhi verdi si preparò a ripetere lo stesso attacco; Aithen si preparò a parare un altro colpo dall'alto, ma l'assassino improvvisamente abbassò il braccio, tagliando il polpaccio di Aithen, la stessa gamba che aveva già ferito il gigante. Aithen urlò e cadde a terra.

L'uomo si voltò rapidamente verso il re.

Octavius cercò di colpire l'assassino prima che potesse fare la prossima mossa, ma quello lo schivò all'ultimo momento. Mancando il bersaglio con la lama, Octavius centrò invece un pesante piedistallo in ardamantis. La forza della collisione provocò sensazioni di dolore attraverso tutto il braccio destro del re, che emise un lamento.

Prima che si potesse riprendere, l'assassino si avvicinò e allungò il braccio verso Octavius. Qualcuno urlò al re di non farsi assolutamente toccare dall'uomo. Ma l'avvertimento di Dana fu vano; il re era troppo calcolatore e tendeva a non reagire mai d'impulso, perciò rispose con troppa lentezza e la mano dell'assassino lo raggiunse. A quel punto, i suoi muscoli s'irrigidirono improvvisamente e non risposero più.

Proprio quando Aithen trovò la forza di caricare di nuovo, l'uomo fece un passo intorno al re, afferrandolo da dietro. Octavius assunse lo stesso sguardo inorridito di Darya e Aithen quasi svenne, urlando e chiedendo aiuto agli altri, sospettando cosa sarebbe potuto succedere al padre.

Ma nessuno era in grado di aiutare Aithen in quel momento, che osservò con orrore l'assassino posare il suo falcione sulla gola del re e ridere selvaggiamente, mentre i suoi occhi verdi smorti cantavano vittoria.

Aithen gridò: "Lascialo!"

L'urlo del principe interruppe i combattimenti tra i guardiani, la Lux Baiula e i loro avversari, che guardarono tutti dall'altra parte della stanza per vedere cosa stesse succedendo, sebbene le loro armi rimasero sollevate e pronte a colpire.

L'uomo che teneva il re in ostaggio rispose con un forte accento della costa meridionale: "Lasciarl'? E perch'mai? Così il nostro Gran Re continuerà a scatenare gli inferi su d'noi? Portarlo con noi, quest'è quanto farò, porterò il suo spirito al cospetto del Fondatore!"

Aithen cominciò a pensare, mentre al contempo cercava di dare un senso a quelle parole folli, ma l'assassino stava già cominciando a premere il falcione sulla gola del padre. Guardò Octavius con una paura che non sapeva di poter provare, aggravata dalla totale mancanza di reazione da parte del padre. Infatti, Octavius si limitava ad aprire e chiudere gli occhi.

Quando l'assassino iniziò ad appoggiare la lama alla gola del re, Octavius fece una smorfia impercettibile, come se si stesse sforzando intensamente, intanto Aithen gemette disperato. Poi, rimasero tutti interdetti, quando l'assassino urlò di dolore, un terribile rictus gli deformò il viso e lui lasciò cadere il falcione, che impattando al suolo fece ancor più rumore di quel suo grido precedente. Un attimo dopo, anche l'uomo cadde rovinosamente a terra. Se fosse morto o semplicemente privo di sensi, Aithen non riusciva a dirlo.

I guardiani e la Lux Baiula non attesero oltre e si voltarono verso gli assassini rimanenti, prima che potessero fuggire. Nonostante fosse esausto, Piros si scagliò contro uno di loro ferocemente, con un ringhio selvaggio, gli affondò la spada dritta in pancia, fino a farla fuoriuscire dalla schiena. La Seconda Barriera Dana si frappose alla donna guardandola negli occhi. L'altro assassino rimasto, dopo aver subito la carica di Boros, saltò su un tavolo di marmo e da lì scavalcò i guardiani, per poi correre sul balcone e saltare giù nel parco. L'inseguimento e il combattimento si svolsero entrambi nei Giardini Reali. Dana Lux Baiula cominciò a inseguire l'assassino, ma poiché c'erano almeno due dozzine di guardiani presi a rincorrere il vigliacco, se ne disinteressò con un *"Bah"* disgustato e tornò a preoccuparsi del re.

Ora, nella camera da letto del re regnavano il sollievo e lo smarrimento.

I tratti di Aithen erano un miscuglio di allegria e perplessità, mentre i volti dei soldati mostravano distensione, ma anche rabbia e umiliazione. Invece, la mente di Dana, anche se avrebbe dovuto pensare alle Sorelle cadute, era focalizzata su un sospetto che stava per formulare facendo una domanda al re, ma il principe l'anticipò:

"Dobbiamo occuparci dei feriti e dei caduti."

La donna annuì risentita e non senza lanciare uno sguardo al re che diceva: "Lo domanderò, *dopo*."

La conta dei superstiti fu completa nel giro di dieci minuti. Almiar era morto. Gli altri, Julian, Jashan e Boros, erano feriti ma sarebbero sopravvissuti secondo Tania Lux Baiula, che era appena arrivata sul luogo. Le Sorelle avevano avuto la peggio in questo

scontro. Tutte e tre le Fasce Rosse guidate da Dana erano morte...
Assurdo.

Il re vide suo figlio avvicinarsi assieme alla Seconda Barriera,
che sembrava molto turbata. Ma, in realtà, tra i due fu Aithen a
metterlo all'angolo.

Disse: "Padre, per un momento ho pensato che questa fosse la tua
fine. Per un momento, eri completamente nelle mani dell'assassino ed
ero sicuro che ti avrebbe tagliato la gola. Ma non l'ha fatto. Cos'è
successo?"

Octavius si preparò a rispondere, proprio come aveva previsto,
ma Aithen non attese la sua risposta. Si voltò verso Dana e disse: "Ha
usato lei il Legame per abbatterlo?"

Dana scosse la testa, ma i suoi occhi rimasero fissi sul re, che
rimase inespressivo. Quando Aithen rivolse a lui la stessa domanda,
Octavius sentì un urlo dentro di sé. Le parole del figlio sembravano
un'accusa delle peggiori: "Sei stato *tu*?"

Il corpo del re s'irrigidì e un ruggito si sollevò dalla parte più
profonda di sé, un impulso a contrastare la domanda impudente del
figlio. Ma lo trattenne e, invece, lanciò al figlio uno sguardo furioso,
da far avvizzire una pietra. Purtroppo, il danno era fatto e Dana lo stava
guardando con un'espressione che esigeva risposta.

Octavius si chiese per un momento se potesse scansare in qualche
modo la domanda di suo figlio e tenere a bada Dana. Ma sapeva quello
che sospettavano e non era qualcosa che la Lux Baiula avrebbe
accettato di lasciare in sospeso. Sentendosi alle strette, ma non
volendosi esporre anche di fronte a chi nella stanza non fosse a
conoscenza dei suoi poteri, se ne andò infuriato, senza fare nemmeno
un gesto. Andò nel suo ufficio, aspettandosi che suo figlio e la Lux
Baiula lo seguissero; e se non l'avessero fatto, tanto meglio!

Tuttavia, Dana e Aithen lo seguirono.

Quando arrivarono nel suo ufficio, Octavius ordinò ad Aithen di
chiudere la porta dietro di sé e si ritrovò a parlare con una postura
dritta e rigida, come una colonna di ardamantis, ammorbidita soltanto
dall'ingresso della regina sua consorte.

Darya corse dal marito, nonostante l'evidente tensione che
permeava la stanza.

Il re si sforzò di lasciarsi abbracciare dalla regina, nonostante la
rabbia che provava in quel momento nei confronti del suo erede. Ma

aveva avuto paura per lei, quindi l'*aveva* stretta tra le braccia anche solo per un attimo, dimenticandosi la propria amarezza.

Quando Darya lo lasciò andare — o meglio, quando finalmente lui si allontanò — Octavius si girò verso Aithen tenendo i pugni serrati. Disse: "Non importa come l'ho sconfitto. Quel che conta è che l'assassino è ancora vivo e si spera che possa darci qualche risposta."

"Padre, mi dispiace, ma *importa*. Non c'era modo per te di sbarazzarti dell'assassino, a meno che—"

Frustrato, Octavius interruppe suo figlio e tentò di nuovo contro ogni probabilità di spostare l'attenzione su un altro argomento. Con una minaccia velata, il re chiese: "Perché me lo chiedi, Aithen?"

Il principe si passò la mano tra i capelli, incapace di rispondere; sembrava che la tattica del re avesse funzionato; la regina, dal canto suo, non sembrava riuscire a capire di cosa stessero parlando, ma non era intenzionata a chiederlo. Sembrava pronta a domandare quando Dana parlò, come fanno le Lux Baiulae, ovvero senza lasciare scampo:

"Sire, avete usato il Legame per sconfiggere l'uomo, e se sì, quale vincolo avete usato?"

Il re scosse la testa abbattuto; Darya lo guardò con apprensione; Aithen sembrava aspettarsi una risposta che non voleva veramente ricevere; Dana era l'unica che voleva semplicemente sapere la verità.

Octavius osservò sia la Lux Baiula che il principe con uno sguardo glaciale, prima di dire con un lento staccato: "Ho... forzato la sua mente."

Darya scosse la testa, mentre Aithen restò lì come una statua — una statua colpevole. Octavius abbassò lo sguardo e si fece sfuggire una lieve risata cinica.

Improvvisamente, Aithen si allarmò e si voltò verso la Lux Baiula. Temeva che l'avrebbe denunciato per violazione mentale, proprio come era successo a Marcus Vrol, vecchio capitano e amico di Octavius, accusato quarant'anni prima dello stesso crimine. E Dana, in effetti, stava valutando il da farsi.

Octavius si guardava intorno, come se fosse in un sogno, o meglio, in un incubo. Guardò il figlio fissare la Lux Baiula, con una tale intensità che alla fine lei cedette, sebbene i suoi lineamenti indicassero che il pericolo non fosse ancora passato. Octavius si ammorbidì un poco nel vedere suo figlio cercare di limitare il danno, almeno un poco.

Aithen si voltò inquieto verso di lui, iniziando a parlare e interrompendosi a più riprese; forse cercava di scusarsi.

"Padre, non so cosa dire. È ovvio — ripensando anche a quello che hai fatto per salvare Toras e i suoi uomini dai contorcitori qualche mese fa — che le tue abilità vanno ben oltre la comune Sensazione." Aithen guardò con diffidenza la Lux Baiula prima di continuare: "Però... tutti hanno visto cosa è successo... e non so se dovrei solo essere felice che ora siamo al sicuro o se dovrei preoccuparmi per le possibili conseguenze."

Octavius sospirò, riconoscendo che gli stessi costrutti sociali che controllano gli altri, in quel momento gli si rivoltavano contro. Disse: "Le leggi sono quelle che sono, Aithen. Sono... imperfette, come ho già detto molte volte, soprattutto quelle scritte in reazione a un evento spaventoso e traumatizzante. Ma affronterò le conseguenze, qualsiasi cosa accada, e andrò a Urbs Lucis a parlare con la Magna Mater, *dopo* aver scoperto chi sono o chi erano questi assassini, chi li ha mandati e perché."

Quando Darya protestò, Octavius alzò una mano e, mentre si voltava verso Dana Lux Baiula, disse: "Sono il Gran Re, capostipite di Casa Coriolis e sovrano del Regno d'Alvinoria. *Non* mi sottometterò all'Ordine, ci andrò con la piena immunità che offre la mia posizione per incontrare la Magna Mater e discuterne con lei. Nel frattempo, quello che è successo qui — o meglio, com'è successo — non va discusso con nessuno. Questo vale anche per lei, Dana, poiché lei è al mio servizio, e, finché non si sarà dimessa — se questo fosse il suo desiderio — la sua lealtà è rivolta me."

La Lux Baiula non era proprio d'accordo con quest'affermazione del re, a giudicare dal suo viso che s'indurì al punto da frantumarsi, dal petto che si gonfiò e le labbra che si tesero, poi disse: "Le mie Sorelle ed io siamo state mandate qui per aiutarvi a proteggervi, Sire, *non* per servirvi."

Nell'ufficio del re, un brivido attraversò la schiena dei presenti. Il gelo fece tremare tutto e tutti, anche nelle stanze intorno.

Aithen sentì il petto stringersi e ansimò; Darya vacillò scioccata; entrambi guardavano increduli la scena, spaventati dalla possibile reazione del re.

Octavius fece un respiro profondo, incrociò le mani e disse con un tono che avrebbe potuto usare per decretare l'esilio di qualcuno: "In tal caso, Lux Baiula, lei è..."

Ma non riuscì a finire la frase. Dana lo interruppe per dire: "Mi dispiace, Sire; sono stata avventata. Le cose dovrebbero andare come dite voi e farò ciò che mi chiedete."

Ci fu un momento fin troppo lungo di silenzio, in cui ognuno elaborò l'improvvisa inversione di rotta della Lux Baiula. Tuttavia, il cambiamento dovuto al rilascio di tensione fu davvero tangibile, una volta avvenuto.

Proprio in quel momento, la porta dell'ufficio del re si aprì per far entrare Tania. La donna si schiarì la gola; il suo volto mostrava urgenza; la sua testa si inclinò in direzione del re, ma i suoi occhi scrutavano la Sorella.

Octavius gridò: "Cosa c'è, Lux Baiula?!"

Tania tentennò al cospetto dell'ira del re, ma rispose presto, pronunciando in modo curioso il nome della Sorella: "Sire, se non vi dispiace, io e *Dana* dovremmo occuparci delle nostre Sorelle cadute ed eseguire il trasferimento di memoria prima che la loro conoscenza svanisca."

Il re esitò un attimo, ancora sconcertato dalla brusca inversione di Dana. Poi notò il movimento delle dita della Fascia Bianca, uno sguardo surrettizio e arrabbiato da Tania a Dana, e le vibrazioni clandestine che fluivano tra le due donne. Gli sembrava proprio che...

"Sire, vi prego. Posso portare Dana via con me?"

Dopo aver trafitto Dana con uno sguardo intenso e furioso, Octavius disse: "Sì... sì, può."

Il capo della guardia personale potenziata del re, la Seconda Barriera Dana Lux Baiula della Fascia Rossa, partì con l'atteggiamento più sommesso che il re avesse mai visto in una Sorella, ovvero, si scusò, inchinando profondamente la testa e sospirando.

Octavius osservò le due donne uscire dall'ufficio e continuò a seguirle con lo sguardo, mentre Tania chiudeva la porta dietro di sé e lanciava un ultimo sguardo verso il re, lasciando intendere che fosse già al corrente di quel che era successo, ma che accettava la volontà del re, e Octavius pensò: *Dovrò parlare con lei. Ma sono felice di sapere che potrebbe essere una vera alleata.*

Una volta chiusa la porta, i piedi di Octavius stridettero sul pavimento di pietra mentre si voltava per guardare suo figlio dritto negli occhi. Notò l'espressione ansiosa di Darya, ma la sua mente era concentrata sull'erede ora e lottava contro il desiderio di ficcargli un po’ di sale in zucca, nonostante il suo tentativo, tardivo e inefficace, di far ricredere la Lux Baiula.

“Figliolo, quello che hai fatto, la domanda che mi hai fatto… Non farmi mai più domande davanti agli altri. Pensavo di avertelo insegnato molto tempo fa, ma evidentemente mi sbagliavo.”

Aithen non fece alcun tentativo di difendersi. Rimase lì fermo dove stava, guardando in basso e vergognandosi. Vederlo così sconvolto finì per intenerire Octavius. Dopotutto, che senso aveva vivere una vita così lunga se non imparava a perdonare, anche quando le azioni di un qualcun altro lo danneggiavano. Nel caso in questione, Octavius sapeva che ne sarebbe uscito tutto sommato illeso, anche se Urbs Lucis avrebbe potuto imporgli alcune fastidiose restrizioni.

Disse: “Dovremmo tornare fuori.”

Detto ciò, Octavius prese per mano la moglie con un sorriso incoraggiante e l’accompagnò fuori dall’ufficio, guardandosi indietro per assicurarsi che Aithen li seguisse.

I cadaveri dei caduti — sia degli amici che dei nemici, separati da qualche metro — giacevano sul balcone, dove erano stati disposti prima di essere trasportati all’obitorio da una squadra di furani. Tania e Dana sembravano tristi e scoraggiate. Il cervello delle loro Sorelle defunte era rimasto senza ossigeno troppo a lungo.

Octavius chiese: “Dana, lei ha capito cosa le impediva di usare il Legame contro gli assassini?”

La Seconda Barriera guardò a lato, ma tenne la mano sulla fronte di Jira, una delle poche Sorelle che aveva un po’ di umorismo, rispondendo: “Ci hanno sparato contro qualcosa, ed era ricoperto da una sostanza tossica; riesco ancora a sentirne gli effetti.”

“Ha mai sentito parlare di una simile arma usata contro le Sorelle?”

“No, mai Sire.”

“Davvero, Tania?”

La Fascia Bianca scosse la testa preoccupata.

Octavius sospirò pesantemente, guardò il figlio e la moglie, abbassò la testa e uscì dai suoi alloggi — con la sua guardia malmenata al seguito, più Piros e Boros — per raggiungere il Gran Capitano Harlion.

Con una forma che si manifestava instabile e tenue, Lusk trasmise: *"Mi dispiace, Umbra, ma gli assassini non hanno avuto successo."*

Il luogotenente di Noctiferus su K'Tara rispose inequivocabilmente: *"Vuoi dire che hanno fallito. E sai perché hanno fallito?"*

Lusk Methrim si sforzò di rimanere calmo, ma non riusciva ancora ad affrontare l'Umbra restando sicuro di sé, anche se avrebbe dovuto. Come avrebbe potuto fare rapporto a Noctiferus in persona, il giorno seguente, se in quel momento non riusciva a farlo al suo luogotenente senza tremare? Mentre la trama che componeva la sua forma si stringeva, lui disse: *"Hanno incontrato più resistenza del previsto."*

"Questo è un eufemismo, Vaedrin. Hanno fallito perché non hanno trovato il supporto che si aspettavano. E sai perché non l'hanno avuto?"

La trama della forma di Lusk minacciò di dissolversi, mentre guardava giù in basso e ribatteva: *"Io... Non sono stato in grado di corrompere abbastanza persone."* Poi aggiunse, sulla difensiva: *"È stato più difficile del previsto."*

"Non mi interessano le tue scuse, Vaedrin e il tuo fallimento è molto deludente. Mi farebbe dubitare delle tue abilità se non le conoscessi bene. Devo quindi mettere in discussione la tua determinazione e fedeltà."

Ancora una volta, tentando di difendersi dalle accuse dell'Umbra, Lusk disse: *"Sono gli umani; semplicemente non sono facili da stupefare come gli zebuloniani, Umbra."*

"Oh, questo sì, che è un commento utile. Dovrai aggiustare i tuoi metodi allora, comunque so che ne sei in grado."

Questa volta, Lusk lasciò che la sua indignazione mutasse liberamente la sua forma, la quale si scurì, per poi irrigidirsi e iniziare ad agitarsi con intensità.

Ma all'Umbra non poteva importare di meno, proseguì il suo discorso facendo una pausa insolita nel mezzo: *"Allora! Parlami di... quell'uomo. Come ha fatto a sopravvivere all'attacco di Rakel?"*

Lusk sbatté le palpebre sorpreso ed esitò un istante, incerto di quel che intendesse l'Umbra. L'uomo? Si riferiva al re?

"Non voglio ripetermi, Vaedrin."

Lusk non si era ancora abituato al fatto che l'Umbra lo chiamasse con il suo nome natale e, ogni volta che lo sentiva, la sua rabbia si manifestava divampando. Ma non poteva sfidare il tenente di Noctiferus, perciò sorvolò sul fatto che l'Umbra si stesse o meno riferendo al re e disse: *"Mi dispiace, Umbra. Mi è stato detto che Rakel ebbe in pugno il re prima di cadere a terra, paralizzato. Dopodiché, tutti gli altri vennero uccisi dai guardiani del re, tranne uno che fuggì ed è poi venuto a informarmi."*

La forma dell'Umbra si contorse sprezzante. Chiese: *"Che è successo a Rakel?"*

"Credo—"

"Non ti ho chiesto cosa credi!"

Lusk sospirò silenziosamente e disse: *"Per quel che so del Re, sono certo che Rakel verrà interrogato, ma non ho dubbi che morirà prima di rivelare qualsiasi cosa."*

"Ancora una volta, mi hai frainteso, Vaedrin. Volevo sapere quale vincolo ha messo Rakel fuori combattimento."

La forma di Lusk brillò a intermittenza, seguendo il ritmo del tremore che aveva preso il sopravvento sul suo corpo fisico, nella sua stanza. Calibrò le sue parole con molta cura questa volta e disse: *"L'unica cosa che sappiamo è che ha annullato il vincolo disabilitante di Rakel, dopodiché lui è caduto a terra."*

Lusk stava per aggiungere "come ho già detto", ma decise di non farlo, risparmiandosi probabilmente una sferzata.

Un'espressione esasperata si manifestò nella forma dell'Umbra, che trasmise: *"Chi ha generato il vincolo? Il Re?"*

"Non si sa, Umbra. Potrebbe essere stata una delle Lux Baiulae che lo difendeva."

"Dobbiamo scoprire se il vincolo era del re. Se così fosse, sarebbe il secondo Luxor a cui diamo la caccia. Il nostro Signore Oscuro sarà dispiaciuto per il tuo fallimento domani, ma forse la sua delusione verrà mitigata dal fatto che potremmo aver trovato il secondo Luxor."

Lusk si accorse della reazione del suo corpo nella stanza; una semplice deglutizione, ma comunque una risposta inquietante. Cosa si aspettava l'Umbra? Attaccare il re nel suo palazzo era una missione rischiosa e con scarsa probabilità di successo, a prescindere da tutto il resto! Ancora una volta, la forma di Lusk si morse la lingua e trattenne l'ira. Il suo disagio infastidì evidentemente l'Umbra, la cui forma assunse un cupo cipiglio.

Lusk si ritrovò a fare pensieri pericolosi, pensieri rischiosi in presenza dell'Umbra, che sicuramente li avrebbe potuti percepire se si fossero intensificati. Eppure Lusk non poté fare a meno di porre la curiosa domanda che gli venne in mente proprio in quel momento: si chiedeva se l'Umbra avesse il pieno controllo di sé e delle sue capacità. In effetti, il tenente di Noctiferus si era sbagliato parlando del re, riferendosi a "un uomo", come se non sapesse più chi fosse il re. E aveva fatto quella strana pausa. Qualcosa non andava nell'Umbra. Se questi erano effettivamente segni del suo declino, ciò era un bene o un male per Lusk? Vagò con la mente e non osò nemmeno sperare che la sua forma non rivelasse i suoi pensieri infidi.

"Umbra, hai detto che il re potrebbe essere il secondo Luxor. Significa che hai localizzato il primo?"

"L'ho fatto. Ma non è affar tuo."

L'Umbra terminò l'incontro proprio in quel momento, ma non prima di ricordare a Lusk, tramite velate minacce, l'importanza del suo incontro con il loro maestro il giorno seguente. Il guaritore, convertito a Temptatore, chinò la testa rassegnato e confermò — con più sicurezza di quel che sentisse — che sarebbe stato pronto e che non avrebbe messo l'Umbra in imbarazzo.

Sensi Soggettivi

Un silenzio pesante e travagliato pesava sulle due Lux Baiulae, intente a esaminare i corpi delle loro Sorelle cadute. L'obitorio, situato al piano seminterrato della Domus Lucis, profumava d'incenso e di morte.

Tania e la sua assistente avevano degli sguardi cupi dipinti sui loro volti; le rughe della donna più anziana, seppur meno evidenti delle rughe di una comune novantacinquenne, indicavano la sua preoccupazione per la Sorellanza — un'organizzazione a cui si era unita qualche decennio prima, con la speranza di poter fare qualcosa per migliorare il mondo — mentre il viso di Elia, che aveva solo un terzo dell'età della Fascia Bianca, mostrava le sue frustrazioni e preoccupazioni.

Le due stavano studiando da più di dieci ore gli organi delle loro Sorelle defunte, alla ricerca di segni di veleno o di sostanze tossiche, ma non avevano trovato nulla. Avevano anche sondato estensivamente la flora microbica interna ed esterna dei loro corpi e, comunque, non avevano trovato alcun indizio su cosa avrebbe potuto paralizzare le loro Sorelle, prima che venissero uccise. Non restavano molte piste d'indagine e c'era poco tempo ormai per seguirle.

Con un pizzico di stanchezza, Tania disse: "Elia, sei in grado di sondare i corpi per studiare la chimica del sangue?"

La Fascia Gialla gemette. "Ho familiarità con gli elementi e le molecole che monitoriamo per mantenere l'omeostasi, ma non conosco così bene le migliaia di molecole estranee che possono entrare nel corpo."

Tania gettò i guanti sporchi nel lavandino con un movimento irritato e iniziò a camminare per la stanza, pensando ad altri modi per ottenere la risposta prima che altre Sorelle finissero in quel modo.

L'alta, magra e bella Elia disse: "Tania, sai che non serve a niente metterti sotto pressione. E qualcosa mi dice che le cose probabilmente peggioreranno prima di migliorare."

L'esasperazione di Tania intensificò il suo accento, mentre rispondeva: "Sei una Gialla o una Violla, Elia, per dire cosse cossì sciocche? Certo che peggiorerà!"

Elia lanciò alla donna anziana uno sguardo ferito e poi si chiese se questa nuova minaccia avrebbe rivelato al mondo che la fredda razionalità delle Lux Baiulae era solo una facciata. Disse: "Tania, la mia affermazione non era sciocca. E demoralizzarsi non ci aiuterà certo a capire come fare. In ogni caso, penso che ci *sia* qualcosa che possiamo provare."

La dichiarazione di Elia illuminò il viso della donna anziana, prima che abbassasse gli occhi, scusandosi. Quel rapido cambiamento sorprese Elia. Ma il Capo Medico era una donna molto orgogliosa, orgogliosa non solo di se stessa, ma anche del Fasciato Bianco — che proteggeva strenuamente. Tutto ciò che metteva in crisi la reputazione della sua divisione, incluso il proprio comportamento, era per lei un vero e proprio anatema. La sua contrizione era, quindi, reale e profondamente radicata in lei.

Quando finalmente recuperò la calma, disse con impazienza: "Qual è l'idea, Elia?"

"Beh, noi tutte ci sottoponiamo regolarmente alle sondazioni, per assicurarci che il nostro corpo e la nostra mente siano in buona salute. Quando lo facciamo, cerchiamo segnali specifici che siano indicativi del corretto funzionamento dei nostri organi. Ma mentre lo facciamo — e più lo facciamo — sviluppiamo anche un senso soggettivo di come dovrebbero essere le cose quando siamo in buona salute. Questo senso soggettivo non è quantificabile, ma può dirci se c'è qualcosa di insolito che accade… O qualcosa di strano in circolo. Penso che possiamo sfruttare questo senso per sondare i corpi delle nostre Sorelle."

Tania guardò perplessa la sua collega, le braccia incrociate accentuavano la sua perplessità: "Vuoi dire che dobbiamo solo sondare... ma alla ricerca di cosa?"

"Sondiamo in cerca di ciò che cerchiamo di solito, per sapere se tutto è come dovrebbe essere, mentre cerchiamo di percepire anche tutto il resto, aprendo i nostri sensi a ciò che si trova in sottofondo. Se qualcosa non va, lo percepiremo. Se entrambe percepiamo la stessa cosa, sapremo di aver potenzialmente scoperto la ragione per cui sono morte le nostre Sorelle. Se poi restringiamo la nostra attenzione sulla fonte di quella sensazione, dovremmo essere in grado di individuarne l'origine. Se è in un organo, o nel sangue, possiamo... Beh, portare dei campioni al laboratorio di Urbs Lucis, dove possono isolare il veleno o le sostanze tossiche. E se K'Tara ce lo concede, loro capiranno di cosa si tratta."

"Mmm, quindi cerchiamo qualcosa di insolito?"

"No, sondiamo come al solito, ma *apriamo* i nostri sensi a qualsiasi cosa di discordante."

"Saremo più lente."

"No, sarà più veloce. Forse sai, che se un furaniere cerca di dirigere ogni movimento del suo destriero, mentre attaccano un bersaglio a tutta velocità, probabilmente finirà per schiantarsi. Questo perché la mente cosciente può gestire solo una parte delle informazioni; i calcoli più complessi e l'identificazione dell'ignoto vanno lasciati alla mente inconscia."

Il Capo Medico sbatté le palpebre, sorpreso dalla fiducia della Sorella più giovane in quella sua notevole teoria: "Va bene allora. Proviammo."

Elia capì dall'accento marcato che colorò le parole di Tania che la donna era eccitata dall'esperimento, ma anche ansiosa di trovare una risposta che avrebbe aiutato la Sorellanza a difendersi da questa nuova arma che gli assassini avevano usato per uccidere tre delle loro.

Prima che entrassero nel Legame per sondare i corpi, Elia diede alla Fascia Bianca ulteriori istruzioni, una dopo l'altra, volte a cercare meglio le tracce del composto che aveva annientato le Sorelle.

Cosa non Dovrebbero Fare le Sorelle

Bilena, che indossava un lungo abito bianco ornato con delle trame d'un giallo brillante, oltre alla fascia gialla che la contraddistingueva come leader della sua Assemblea, mosse le dita con un'agitazione sintomo del fatto che aveva trattenuto le sue preoccupazioni troppo a lungo. Guardò prima Saara, poi si rivolse a Krystiana e disse: "Mater, si fida davvero del fatto che Elyana dia priorità ai bisogni — e alla reputazione — dell'Ordine? Anche nel momento in cui la sua mente verrà sopraffatta dal desiderio?"

Krystiana si accigliò e disse: "Da come parli pare che una Sorella non abbia più alcun controllo sul suo corpo o sulle sue emozioni, Bilena. E dimentichi che Elyana è una Fascia Viola. Non lo sarebbe, se non avesse dimostrato una padronanza assoluta delle sue azioni e reazioni. Lo *sai*."

Bilena riconobbe la verità nelle parole della Magna Mater, ma per lei era una questione di principio. Tamburellò le dita sul braccio sinistro, guardando la leader del Fasciato Bianco in cerca del sostegno che, come sospettava, la vecchia probabilmente non le avrebbe concesso. In effetti, Saara aveva delle strane opinioni su ciò che le Sorelle *potevano* e *non potevano* fare. Già il fatto che Saara vedesse la prima come una possibilità e la seconda come un ammonimento e non un'interdizione, la rendeva ambigua agli occhi di Bilena.

Saara si schiarì la gola e disse con voce roca: "Sono d'accordo con le tue preoccupazioni, Bilena. Il rapporto di Elyana con il Gran Principe ha il potenziale per danneggiare lei e l'Ordine."

La Pracfecta Philosophas socchiuse gli occhi con diffidenza mentre aspettava che la sua collega completasse l'esposizione dei suoi pensieri.

"Ma può anche espandere la sua comprensione del mondo e di se stessa. In quanto Fascia Viola, è quasi sicuramente una buona cosa per lei e per la Sorellanza. Vero, la relazione potrebbe distrarla, ma conosciamo tutte le priorità di Elyana. E, poi, il Consiglio di Selezione potrebbe porre fine alla relazione in ogni caso, anche se non lo faremo noi. Eppure, una Lux Baiula non dovrebbe inibire la sua femminilità al punto da considerarsi una castrata."

Bilena guardò malissimo la vecchia. Non era affatto quello che sperava di sentire da lei.

Krystiana si alzò e si diresse verso le sfere sulla sua scrivania. Sentì la fiamma del globo blu, mentre ci giocherellava. La aiutava a districare la matassa, quando la sua mente era turbata o quando aveva bisogno di trovare le parole giuste per rispondere a una domanda o affrontare una sfida.

Dopo qualche secondo, in cui la Praefecta Philosophas continuò a lanciare occhiate furibonde alla Praefecta Medicas, Krystiana si girò sui talloni e disse: "Per ora è tutto, Praefectae. Ci rivedremo al Prandium."

Saara non si stupì dell'improvviso congedo. Con un cenno di speranza rivolto alla Magna Mater e un'occhiata irritata a Bilena, se ne andò.

Bilena, invece, era leggermente sorpresa dalla mancanza di una decisione in merito alla questione. Si voltò esitante, chiedendosi se dovesse insistere, per avere conferma che il rapporto di Elyana con il Gran Principe sarebbe finito. Ma la Magna Mater la guardò con uno sguardo che le diceva "Ti preoccupi troppo, Bilena, andrà tutto bene". Così, esibì a Krystiana il consueto saluto e se ne andò senza dire una parola di più, affrettandosi per non incrociare Saara.

Quando Chiama il Maestro

Lusk aveva trascorso sveglio la maggior parte della notte nelle sue stanze — nella sezione residenziale dell'edificio riservata ai visitatori stranieri — o passeggiando nei giardini del santuario interno. Tuttavia, camminando aveva attirato su di sé l'attenzione sgradita di un paio di Barriere dall'aspetto minaccioso, quindi si sentì costretto a tornare nei suoi appartamenti e cercare di dormire.

Gli ci era voluta un'altra mezz'ora per distaccarsi definitivamente dal pensiero cosciente. Quando si risvegliò, alle sei post-altanotte, il Sole Blu era già visibile nel cielo gelido, mentre il Sole Rosso, subito dietro, iniziava a mescolare i suoi raggi dorati con quelli del suo gemello più freddo. La luce verdastra che ne risultava conferiva a quel secondo giorno del mese di Undecimus un aspetto quasi apocalittico, mentre passava attraverso le dense nuvole cumulonimbus. Lusk sentì un brivido attraversarlo, ma non era stato il freddo a provocarlo.

Mancava meno di un'ora all'incontro con Noctiferus. Si avvicinò al lavabo nell'angolo della sua camera da letto e si lavò il viso con movimenti automatici. Fatto ciò, si asciugò, sospirò, prese lo spazzolino e iniziò a pulirsi i denti. Dopo un attimo, si rese conto di aver dimenticato di mettere la pasta ossea sullo spazzolino. Aveva voglia di imprecare, o forse di lanciare lo spazzolino nel lavello, afferrare tutte le sue cose e... e niente. Terminò il suo rituale mattutino, poi andò a sedersi in un angolo nella sua Stanza della Contemplazione e appoggiò la testa contro il muro. In una giornata comune, avrebbe dovuto accendere il bastoncino delle erbe purificanti. Ma a cosa serviva purificarsi? Si stava preparando ad incontrare il Male, non a meditare per trovare la pace. Quindi, rimase con la testa contro il muro ancora un po', cercando di non pensare a nulla.

Ahimè, i minuti che scorsero non gli portarono alcuna calma, quindi, con un grugnito, decise di eseguire comunque quell'inutile rituale. Si alzò e andò ad accendere il bastoncino di erbe purificanti, in cima a un piedistallo in pietra bianca — l'unico mobile presente nella stanza, oltre al morbido tappeto e alle lampade vive, che emanavano una luce rossa, dolcemente incandescente. Cominciò a mormorare una formula, intanto prese il bastoncino e lo mosse intorno al suo corpo, profumandosi con il fumo delle erbe. La sua mente inizialmente si oppose a quel rituale, ma alla fine accettò di procedere e mettere da parte i pensieri conflittuali che l'affollavano. Quindi, fece un respiro profondo e calmo, poi si diresse verso il centro della stanza e si sedette sul tappeto.

Lì, iniziò il conto alla rovescia per entrare nel Legame. Mentre contava, sentì il suo cuore iniziare a sfrecciare, come se stesse per schizzargli fuori dal petto. Fece una pausa, respirò profondamente e, quando il polso rallentò di nuovo, riprese la sua discesa nel Legame.

La luminosità in quello spazio all'interno del mondo etereo, lo accecò, ma era abituato, quindi non fece altro che aspettare un momento — o quello che sapeva essere un momento, anche se non c'era il tempo lì — finché le immagini si fecero più nitide. Proprio in quel momento, pensò di ritirarsi nella propria zona franca, uno spazio nel Legame che creava per se stesso, quando aveva bisogno di riflettere su una problematica o elaborare emozioni difficili. Avrebbe voluto entrarci anche la notte prima, quando non riusciva a dormire, ma aveva paura di trovarci dentro Noctiferus. In ogni caso doveva aspettare che l'Umbra lo convocasse e lo portasse al cospetto del loro Maestro, perciò rimase dov'era, nel mezzo della vastità del Legame.

Lusk non si preoccupò nemmeno di immaginare nulla di più piacevole dell'onnipresente luce bianca brillante, ma fu contento quando alla fine la sua mente si adattò e cominciò a notare la miriade di filamenti colorati che indicavano la presenza di altri umanoidi, la maggior parte dei quali occupavano quello spazio per via dei loro sogni; solo alcuni — tipo le Lux Baiulae — entravano intenzionalmente nel Legame, per un motivo o per l'altro. Lusk doveva diffidare di questa minoranza, perciò si muoveva cauto tra le migliaia di impulsi dei sognatori, laddove poteva attendere la sua convocazione in maggiore sicurezza, rimanendo accessibile alla chiamata mentale dell'Umbra.

Lusk sentì la propria tensione svanire in mezzo agli innumerevoli sogni, spiandoli, osservando la selvaggia immaginazione dei milioni di sognatori. Molti sogni erano spaventosi, altrettanti erano eccitanti ed emozionanti. Si chiese se il mondo sarebbe stato diverso, se tutti avessero potuto vedere i sogni altrui. Non tutti gli Erranti ci riuscivano, ma lui sì. Ciononostante, aveva sempre avuto difficoltà ad interpretarli e non si era mai preoccupato di apprenderne il significato. Usava questo suo potere soltanto per intrattenersi.

"Lusk Methrim."

La mente di Lusk sobbalzò sentendo il suo nome e il suo corpo cominciò a tremare nella Stanza della Contemplazione. Nonostante avesse sentito quella voce solo una volta prima, ricordava fin troppo bene il suo timbro oscuro, opprimente e spaventoso. Lo zebuloniano faticò a contenere il proprio battito cardiaco, ma doveva stare calmo: sarebbe stato un guaio perdere la connessione con il Legame proprio ora.

Stavolta, lo chiamò qualcun altro: *"Vaedrin!"*

Era l'Umbra, che non capiva perché lui non rispondesse al richiamo del Fondatore. Lusk concentrò la sua mente sulle vibrazioni dell'Umbra, vibrazioni che gli erano sempre sembrate fin troppo perfette e monoritmiche. Dopo un istante, si ritrovò in mezzo a un paesaggio alieno: una sorta di altopiano desertico con altezze vertiginose che separavano le vette; le formazioni rocciose sembravano molto antiche per quelle loro creste affusolate. Il cielo era scuro e punteggiato di stelle che Lusk non riusciva a riconoscere, e una luna altrettanto irriconoscibile illuminava lo spazio con una luce bianca austera. Non era Alba, colei che illuminava il cielo notturno k'tarano col suo soffice e caldo bagliore purpureo.

Lusk mise da parte tutte le sue paure; rinchiuse le sue emozioni in fondo alla propria coscienza, lasciando agire esclusivamente la parte logica e razionale della propria mente. S'inginocchiò davanti all'Umbra e la salutò come da consuetudine: *"Umbra, sono qui per rispondere alla chiamata del nostro Maestro."*

Ringhiando un pochino, l'Umbra disse: *"Certo."*

A quel punto, lo zebuloniano sentì pronunciare il suo nome da una voce che esprimeva il potere e l'autorità di un dio, riecheggiando in quel vasto paesaggio alieno.

Lusk provò a rispondere, ma iniziò a farsi prendere dal panico quando non ricordò più cosa doveva dire. Ma si riprese rapidamente e trasmise la sua risposta con un tedioso monotono: *"Sono qui e attendo la benedizione della vostra presenza, Fondatore."*

Una forma si definì davanti a Lusk. Era la forma imponente di un uomo, vestito con un'uniforme blu scuro rifinita d'oro, una toga rossa che gli drappeggiava le spalle larghe e degli stivali, che aderivano alla linea perfetta delle sue gambe — l'immagine esatta dell'icona del

Fondatore accanto ad Aiala'Rhi, l'Originatrice, nella religione Rhiiana.

Lusk non poté fare a meno di abbassare lo sguardo, quando il Dio lo guardò; sentì il suo cuore battere forte e si allarmò, il che fece sì che la sua forma si dissolvesse momentaneamente.

Il Fondatore congedò l'Umbra, che uscì dal Legame in un batter d'occhio, e Lusk si fece di nuovo prendere dal panico. Non gli piaceva l'Umbra, ma la sua presenza era qualcosa a cui potersi aggrappare e a cui potersi rivolgere, se il Dio fosse stato insoddisfatto delle sue risposte.

Con una voce leggermente meno riverberante ma più nitida di prima, Noctiferus disse a Lusk: *"Sai perché sei qui, Lusk?"* Lusk rispose di sì, ma non alzò lo sguardo. *"Bene. Sappi che meriti la mia gratitudine per aver svolto bene il tuo compito iniziale. Ma penetrare nei ranghi del nostro nemico non è sufficiente."* La forma di Lusk si dipanò per un istante, tra l'ultima parola del Fondatore e la successiva. *"Dimmi: quale pensi sia il motivo di questa missione? Perché pretendo ciò che chiedo? E perché tu, l'Umbra, e la Serpe mi servite?"*

Lusk si aspettava di essere interrogato, e sapeva che non si scambiavano convenevoli con un dio, ma essere messo alla prova senza alcun preavviso faceva a pezzi i suoi nervi; la sua mente barcollò, poi s'affrettò per trovare una risposta, ma poteva *lui* sapere cosa voleva davvero un Fondatore? Sperando di compiacere il dio, diede la sua risposta in Lingua Antica: *"Da veniam, Domine. mentem tuam non scire possum. Servio quod rogatus sum.*[15]*"*

Noctiferus rispose allo stesso modo: *"Et mihi bene servis, Lusk Methrim. Discere tamen debes me homini inscienter servienti, vel conscio non amplius eodem ardore servienti, fidere nequire.*[16]*"*

---

[15] Mi dispiace, Maestro. La tua mente non è qualcosa che posso conoscere. Io servo perché mi è stato richiesto.

[16] E mi servi bene, Lusk Methrim. Devi imparare, tuttavia, che un uomo che serve senza sapere il perché o quando lo apprende non continua a servire con lo stesso fervore, o non è un uomo di cui posso fidarmi.

Dopo aver ascoltato le parole del Fondatore, Lusk si aspettava che la *Sua* ira si abbattesse su di lui per ragioni che neanche avrebbe mai potuto cogliere. Non riuscì a impedire alla propria forma di dissolversi di nuovo, facendo così accigliare il viso marmoreo del Dio, sebbene anche Lui fosse lì presente solo in forma di pensiero.

Ma Noctiferus non lo punì, disse: *"Non temere le mie parole, Lusk Methrim; non sono un segno di malcontento. Tuttavia, devo essere certo che tu mi serva con gli occhi ben aperti perché solo così il tuo fervore raggiungerà i livelli necessari per svolgere con successo i compiti che ti attendono."*

La forma di Lusk rivolse uno sguardo perplesso a Noctiferus, mentre trasmetteva: *"Io... non capisco, Fondatore."*

"Allora cerca di capire, Lusk Methrim."

In un attimo, Lusk venne avvolto interamente, dall'interno e dall'esterno, da qualcosa d'irriconoscibile ed estraneo a tutti i suoi sensi. Immagini e pensieri che non erano suoi si fecero largo nella sua mente, mostrandogli e dicendogli cose che non riusciva né a guardare né ad ascoltare. Quelle trasmissioni lo sopraffecero; non riusciva a dare un senso alle immagini, e capiva solo in parte ciò che Noctiferus gli stava rivelando. Nel marasma di parole, udì: *"...portare la pace... deve perire... i fedeli... nel nostro mondo, tra i vostri dei."*

Ci volle un po' di tempo affinché Lusk si concentrasse nuovamente abbastanza per ascoltare il Fondatore, mentre quest'ultimo continuava a sciorinare una serie di promesse che lo zebuloniano coglieva solo in minima parte. Quando rifocalizzò la propria attenzione, Lusk sentì: *"Sappi che, se la maggior parte dei tuoi simili agisce secondo la loro fede, senza conoscere i miei desideri, è solo perché non hanno i compiti che affido a te, dunque, per me, i loro fallimenti sono di scarsa importanza, seppur possano essere consequenziali per loro. Tu, invece, hai grandi responsabilità e i tuoi sacrifici devono essere sostenuti dalla reale conoscenza. Continuerai a servirmi e a eseguire i tuoi compiti con diligenza e fervore, ora che hai ottenuto la piena coscienza dei nostri obiettivi, Lusk Methrim?"*

Intorpidito com'era, e anche se si rese conto di non aver sentito la metà di ciò che aveva detto il Fondatore, Lusk chinò il capo e tese la mano rivolta verso il Dio, dicendo: *"Lo farò, Fondatore."*

A quel punto, l'aria tutt'intorno generò un boato; rombava intensamente, un suono simile a quello prodotto da mille varagoti che ruggiscono soddisfatti, dopo essersi riempiti il ventre di cibo dopo un mese di digiuno. Noctiferus disse: *"Come segno della mia gratitudine, ora ti concedo un momento con tua... madre. Ma sappi che, anche se l'esperienza può o non può essere piacevole per te, questa è la mia ricompensa."*

La forma di Lusk rivolse uno sguardo incredulo al Fondatore. Nel mondo fisico, si sentiva inghiottito, sia da una sensazione d'ansia allo stato puro — dovuta al pensiero di rivedere sua madre dopo tanto tempo e dopo essere diventato quello che era — sia da una sensazione d'incredulità. Un dio non cercherebbe di ingannarlo, no? I suoi dubbi caddero nel vuoto quando un'immagine apparve alla destra di Noctiferus, mostrando l'interno di una baracca sconosciuta.

Continuò a guardare con apprensione e con speranza, le due emozioni che combattevano in lui. Chiese al Dio quando avrebbe rivisto sua madre, come avrebbe fatto un bambino alla stazione delle carrozze, che aspetta il ritorno di un genitore da un lungo viaggio, ma non vede il suo volto tra la calca di persone.

Noctiferus non rispose. Semplicemente indicò l'immagine e, presto, una femmina con la pelle color latte di noci e i capelli grigi apparve sulla sinistra.

Quella donna *era* la sua madre biologica, Oolviana Methrim. Lusk deglutì di nuovo e non poté impedire ai suoi occhi di far sgorgare le lacrime liberamente.

Voleva entrare in quella visione e toccarla, ma era sufficientemente consapevole di non poterlo fare, o forse sì? Noctiferus poteva permettergli di parlarci o di toccarla? O era solo un sogno che quel Dio stava alimentando nella sua mente? No, era reale. Doveva essere così. Sembrava davvero reale.

Chiese al Fondatore se poteva andare da lei e parlare con lei. Il Dio rispose di no.

Lusk fece scattare la testa verso la visione, non volendo perdersi nulla, e continuò a guardare Oolviana, l'unica persona che lo aveva amato veramente e che si era presa cura di lui. Si ritrovò a guardare furtivamente Noctiferus con un senso di... *gratitudine*? Quella sensazione lo fece arrabbiare, ma lasciò perdere, non volendo rovinarsi il momento.

Oolviana sembrava più vecchia, molto più vecchia di quanto ricordasse, e zoppicava. Era invecchiata così tanto dall'ultima volta che l'aveva vista? Forse il Fondatore gli aveva fatto uno scherzo, ma riconosceva Oolviana — era proprio lei. L'avrebbe riconosciuta anche se l'Oscuro l'avesse tenuto in gabbia per altri mille anni; non avrebbe mai potuto dimenticare il volto della propria madre biologica.

In quel momento, vide in lei un'espressione di dolore, mentre si trascinava lentamente verso il tavolo per apparecchiare... per tre persone. Aveva una nuova famiglia? Quando Oolviana si recò nel vecchio armadietto sul retro della stanza per recuperare due copriseduta, Lusk capì, ma ne rimase confuso. La tradizione prevedeva che i copriseduta dei familiari scomparsi prima del dovuto venissero posti comunque sulle sedie durante i pasti. Capì che Oolviana stava preparando un posto per lui, ma per chi era l'altro?

Gemette silenziosamente quando vide un ritratto di se stesso adolescente — un po' paffuto e biondo, senza strisce di pelo rosso — sul telo che Oolviana pose sopra la sedia di fronte. La seguì con crescente curiosità e tensione mentre si spostava verso la postazione all'estremità destra del tavolo, dove posse un telo con l'immagine di... una ragazza.

Lusk non ricordava di avere una sorella; Oolviana doveva aver partorito la ragazza dopo che lui era stato portato via dalle Janarae all'età di sei anni. Anche la sua sorella biologica era stata portata via, quindi? O era morta per qualche malattia? Fissò il ritratto della ragazza per un po', cercando di riconoscerla — nel caso in cui lui e la ragazza avessero la stessa madre creatica — o Oolviana — nel caso in cui la ragazza fosse la figlia creatica di Oolviana. L'angolazione rendeva difficile il riconoscimento, ma qualcosa nei lineamenti del ritratto lo colpì. Si sentì nauseato e il Fondatore gli chiese se stava male.

La risposta di Lusk fu trasmessa con la stessa rigidità che la sua voce avrebbe avuto nel mondo fisico. Disse: *"Fondatore. La ragazza sul copriseduta... è mia... Chi è?"*

Noctiferus rispose semplicemente, apparentemente senza capire in alcun modo le ragioni dello stato di panico e terrore di Lusk: *"È la prole di Oolviana. Si chiama Ooldrina."*

La mente di Lusk vacillò. Gli ci volle un momento, o forse un'eternità, per riacquistare finalmente il controllo di sé. Accadde mentre la sua parte più dubbiosa pensava: *Ovvio che si chiama Ooldrina. Come altro potrebbe chiamarsi la figlia di Oolviana? Sei uno sciocco!*

"Lusk Methrim! Vedo che ti preoccupi della ragazza. Sappi che anche se è stata partorita da tua madre, non è tua sorella. Non lasciarti turbare. Per quel che riguarda tua madre, lei è al sicuro e

rimarrà al sicuro finché la nostra missione non sarà conclusa con successo."

Ah, i modi contorti attraverso cui l'Oscuro li manipolava. La precedente gratitudine di Lusk minacciò di trasformarsi in odio, ma lui represse i propri sentimenti, per timore di rivelarli. Ebbene, Noctiferus aveva tenuto sua madre al sicuro, ma ciò era costato a Lusk la sua anima, anche quel poco che gli rimaneva. Sua madre lo avrebbe a malapena riconosciuto se lo avesse rincontrato. In un certo senso, era contento di non poter comunicare con lei. *Ma quella ragazza...* Quando Lusk cercò di scrutare di nuovo la figura sul copriseduta, la visione svanì senza preavviso, sostituita dall'oscurità del paesaggio straniero che li circondava. Lusk rivolse occhi supplicanti al Dio che scosse la testa. *È meglio così. Non voglio davvero saperlo...*

Noctiferus interruppe quel pensiero, dicendo: *"Lusk Methrim, è arrivato il momento di discutere questioni meno piacevoli, come il fallimento dell'ultima missione."* L'essere divino pronunciò le parole successive in un modo così avvincente che tutti i pensieri su sua madre e sua sorella svanirono, come se non fossero mai esistiti: *"Parlamene."*

Quando Lusk esitò a rispondere nonostante l'irresistibilità della richiesta, il Fondatore aggiunse: *"Non avere paura, Lusk Methrim. Il motivo del nostro incontro non è certo punirti — sei ancora troppo prezioso per questo — bensì farti conoscere le ragioni dei tuoi sacrifici, che ti ho già rivelato, e per darti personalmente i tuoi nuovi ordini."*

"Ora, raccontami del fallimento."

Le parole dell'Oscuro sembravano una pressa da frutta che spremeva il succo da una platoya. Lusk fece un lungo respiro e rispose alla domanda, rassegnato. Quando ebbe finito di spiegare il fallimento degli assassini — e il suo fallimento, dato il suo ruolo nella pianificazione — Lusk abbassò lo sguardo e attese il verdetto del Dio.

Il Fondatore sembrò considerare il racconto di Lusk per un po', confrontandolo forse con le visioni arrivate a *Lui* tramite i venti stellari o, forse, più semplicemente confrontandolo con qualsiasi cosa l'Umbra gli avesse detto. Quando *Lui* fu soddisfatto, posò i Suoi occhi profondi su Lusk e disse: *"So che sei un servo meticoloso, Lusk, e che per questo il tuo progresso è spesso lento. Ma questo ha portato al fallimento della missione altrui. Impara dagli errori e affidati alle verità che oggi ti ho rivelato."*

Dopo una pausa che sarebbe potuta durare un secondo — o dieci, o cento — Noctiferus disse: *"Ora, ti darò i tuoi nuovi incarichi."*

Ciò che il Fondatore riferì a Lusk, in relazione alla sua nuova missione, gli provocò un conato di vomito. Fortunatamente, solo al suo corpo fisico, non alla sua forma nel Legame.

"Cognovi quanta sacrificia mihi per mei obedientiam facere debeas, Lusk Methrim, sed scito te frustra toleravisse, nam beatitude te matremque tuam expectat.[17]*"*

Noctiferus fece un movimento e il paesaggio arido venne sostituito dagli ambienti più lussureggianti che Lusk avesse mai visto. Il Fondatore gli stava forse mostrando il paradiso?

Noctiferus continuò: *"Hic est domus mea, ubi animae tuae in aeternam vitam procul ab existentiae K'Taran tuae lite recipientur.*[18]*"*

Lusk sentì il suo cuore sussultare al pensiero di riunirsi alla madre, lontano da tutto il male di cui aveva fatto esperienza. Ma questo paradiso descritto dagli Dei esisteva davvero? Se così era, perché Noctiferus non si accontentava della sua vita lì? Perché voleva conquistare K'Tara? Gli occhi di Lusk, sia sulla sua forma nel Legame che sul suo corpo nella Sala della Contemplazione, si socchiusero, tradendo i suoi dubbi.

"Vedo che non ti fidi di me, Lusk Methrim. E perché mai? Parla."

Lusk voleva farsi piccolo e sparire, ma resistette strenuamente alle proprie paure e disse, con tutto il coraggio possibile: *"Non voglio mettervi in discussione, Fondatore. Vi prego, perdonatemi. Ma il corpo di mia madre non è degno. Perché dovreste riceverla?"*

Noctiferus lo fissò con quegli occhi infiniti, come per scrutare dentro di lui e capire come un semplice mortale potesse decidere di *interrogarlo* in quel modo. Con uno sbuffo, che Lusk percepì sulla propria forma come una brezza, uno sbuffo accompagnato da un sottile allungamento delle Sue labbra, Lui disse: *"Un corpo può non essere un degno ricettacolo per un Dio, ma il suo spirito può comunque essere degno dell'eternità."*

---

[17] Comprendo quanti sacrifici devi fare per obbedirmi, Lusk Methrim, ma sappi che la tua sofferenza non sarà vana, perché in realtà, la beatitudine è ciò che attende te e tua madre.

[18] Questa è la mia dimora, qui i vostri spiriti saranno accolti   per vivere nell'eternità, lontano dalla lotta della vostra esistenza k'tarana.

Quando la forma di Lusk continuò a mostrare segni di dubbio, delle increspature irritate si manifestarono attraverso il Legame e passarono attraverso la forma di Lusk. Il Dio chiese di porgli l'ultima domanda.

Lusk si distese ed espirò con calma nella sua stanza prima di dire: *"Vi prego, perdonatemi, Fondatore. È solo la mia ignoranza che mi fa apparire dubbioso. Ma il corpo è reso indegno da una mente negligente, intenzionalmente o meno. Come potete ricevere lo spirito della mia madre biologica, se lei ha lasciato che il suo corpo si degradasse in quel modo?"*

Le labbra del Dio si tesero in un sorriso che mostrava i segni della sua impazienza. Disse: *"Clementia hoc sinet, Lusk Methrim, clementia pro fide tua, ministerio tuo, sacrificiis omnibus tuis data.*[19]*"*

Se quel Dio aveva progettato di consolidare l'impegno di Lusk verso la causa, con quella *Sua* risposta non ottenne l'effetto sperato. Lusk fu costretto a sommergere i suoi pensieri, emozioni e dubbi — persistenti o rinnovati — nel punto più recondito della propria coscienza, per timore che Noctiferus li percepisse. Eppure, lui non desiderava altro che tornare da sua madre e non era affatto sicuro che sarebbe mai stato effettivamente in grado di ribellarsi. Perciò, decise di aggrapparsi alla speranza che il Dio aveva riposto nella sua mente: la possibilità di un paradiso per lui e sua madre. Perciò, annuì accettando la sua missione: finire di convertire le Alterintranti selezionate a Urbs Lucis, per poi tornare a Furania e infiltrarsi tra il personale del re, ottenendo la collaborazione di uno di loro per completare la missione precedentemente fallita. Entrambi i compiti, andavano portati a termine, con l'uso di qualsiasi mezzo possibile. Lusk sapeva cosa comportava tutto ciò. Il pensiero di quello che avrebbe dovuto fare inondò la sua mente d'odio; odio nei confronti di se stesso, che il suo corpo fisico avrebbe sicuramente rigettato nella Sala della Contemplazione, se il distacco emotivo che lui stesso si era auto-imposto non avesse contrastato la nausea.

Le ultime parole di Noctiferus coprirono la sua mente d'una sporcizia oscura e oleosa che gli impedì di emettere anche un semplice gemito.

---

[19] La clemenza lo permetterà, Lusk Methrim, clemenza data in cambio della fede, del tuo servizio e dei tuoi continui sacrifici.

"Il tuo corpo è degno dell'unione. I compiti che ti sono stati assegnati ti metteranno alla prova, più di qualsiasi altra cosa che ti abbia mai chiesto. Lo so, lo vedo. Ma ora sai perché servi, il tuo spirito troverà la forza di portare a termine queste fatiche. Tutto ciò ti renderà ancora più degno, Lusk Methrim."

Dopodiché, Lusk non sentì Noctiferus richiamare l'Umbra. Lusk non ascoltava più, né guardava più nulla — la sua mente era vuota. Rimaneva solo un pensiero, ripetuto con ostinazione: *Io servo. Mia madre vive. Io servo. Mia madre vive. Io servo. Mia madre vive...*

Non sentì l'Umbra dirgli che il loro Maestro se n'era andato, né la vide uscire. Lusk rimase lì solo, in mezzo al nulla, in quel mondo oscuro e alieno, con il bagliore di quella luna bianca e austera. Non poteva dire per quanto tempo ancora rimase nel Legame, prima di fare ritorno al suo corpo fisico, ma, non appena lo fece, crollò e non riuscì a trattenere il vomito.

Il Prigioniero

Nel seminterrato di una grande ma fatiscente casa sul lato nord-ovest di Kartak, una donna e due brutti ceffi stavano affrontando un uomo dall'aspetto insolitamente pallido. La donna sembrava un ragazzo magro e muscoloso più che di una femmina, ma aveva degli occhi decisamente ammalianti. Uno dei maschi era un tipo grosso dall'aspetto lurido; se ne stava seduto, sputando a terra con noncuranza i pezzi delle sue unghie sporche e rosicchiate. L'altro era un uomo pulito, ben proporzionato e dallo sguardo acido.

Dopo aver tremato per la centesima volta, il prigioniero chiese con un debole gemito: "Come... mi avete trovato?"

La donna rispose con una risatina sarcastica: "Questa è la tua prima domanda? *Come ti abbiamo trovato?* Non *dove* siamo? Beh, ti racconterò come ti abbiamo trovato: abbiamo localizzato il tuo complesso grazie a una sacerdotessa di Kynaria, molto gentile e competente, che si è unita di recente alla nostra… cooperativa. Siamo stati ancor più fortunati ad avere tra le nostre schiere qualcuno che fosse immune alle vibrazioni stupefacenti che nascondono le tue pareti. Ci ha condotti lui fin là. Ma lascia che ti dica che catturarti è stato complicato, proprio come avevo previsto; per essere un centenario, sei ancora bravo a usare il Legame."

Marcus cercò di sbuffare cinicamente, ma il suono che gli uscì dalle narici non fu udibile agli altri. Dopo essersi ripreso da un altro brivido incontrollabile, riuscì a porre le altre due domande che aveva in serbo: "Cosa volete da me? E cosa mi avete *fatto*?"

"Noi niente, dobbiamo consegnarti a qualcuno che ha un particolare interesse per gli uomini con abilità vincolate. Per quanto riguarda quello che ti abbiamo fatto: ti abbiamo semplicemente dato una ripassata. Ma non preoccuparti, ti riprenderai se non te ne diamo un'altra."

Marcus gemette e forzò un paio di "Cosa?" fuori dalla gola.

"Cosa ci farà smettere?" Marcus il Lettore scosse la testa. "La tua collaborazione, naturalmente."

Questa volta, lo sbuffo di Marcus fu forte e chiaro e fu seguito da un lamento accorato: "Io... non—"

"Oh, lo farai. Credimi, ti convertirai. Hai presente? Una *conversione?* Se sei mai stato tentato da qualcosa prima di esserti isolato in quella villa, beh, quando ti convertiremo sarai libero di seguire i tuoi desideri, di non resistere più ad essi. Non solo *dovrai* servire il nostro Maestro, ma *vorrai* farlo. E non pensare che non sarà così, sono capace di convertire anche persone come te."

Marcus non rispose, non cercò di ribellarsi alle affermazioni della donna. Fece un altro gemito esausto e fiacco, poi si lasciò sprofondare di nuovo nell'incoscienza.

Rivolgendosi al ragazzo pulito e acido, la donna disse: "Di' a Kina di preparare il letto per il nostro prigioniero e di renderlo morbido e confortevole. Dille anche di preparare una soluzione leggermente più debole del detergente inibitorio; voglio iniziare già domani la sua conversione."

Eenosh si voltò con un ringhio e andò a fare come ordinato, ma non prima di lanciare alla Leate uno sguardo risentito.

Decisione

Mentre il vento fischiava fuori dal Palazzo della Luce e i nuvoloni grigi si muovevano svelti sopra la città-stato, sei donne discutevano la missione pianificata a Zebulonia. Erano sedute nell'ufficio di Bilena.

Larca disse: "Bilena, credi che le ragazze siano pronte ad andare oppure no? Questa è l'unica cosa che voglio sapere."

Il fatto che Larca non parlasse mai direttamente con le Sorelle di altri Fasciati, se non per inveire contro di loro, irritava alquanto Bilena. Ma conosceva la donna ormai da svariati decenni e sapeva che era inutile sollevare un polverone. Con un sospiro rassegnato, Bilena rispose: "Lo sono, Larca. Clara può confermarlo."

In realtà, Clara non era così sicura che le ragazze fossero pronte. Ooldrina era diventata ribelle e depressa nell'ultimo periodo, quasi pretendeva di essere mandata in missione. Clara non era sicura del perché, ma... non riusciva proprio a capirla. Tuttavia, le ragazze avevano già imparato tutto quello che avevano bisogno di sapere per la loro missione. Clara disse: "Certo, Praefecta, loro sono pronte. Ma non sono ancora sicura che questa missione sia una buona idea."

Larca sputò fuori: "Non sei sicura? Cos'altro vuoi che facciamo? Mandiamo una di noi che non conosce la lingua?!"

Krystiana trattenne un sospiro. L'atteggiamento più collaborativo di Larca, che aveva adottato all'epoca in cui era stata nominata Generale dell'apparato bellico, era stato un mero interludio, la Fascia Rossa era presto tornata alle sue vecchie maniere. Quanto avrebbe voluto essere lì Krysytiana, trent'anni prima, a impedire l'ascesa della donna alla guida del suo Fasciato. Ma ahimè, non importava quanto si sforzasse a cercarla, Krystiana non riusciva a trovare una buona ragione per cui le persone continuassero a promuovere individui che non avevano la stoffa per capeggiare nemmeno se stessi. Questo, per lei, rimaneva il più grande mistero di sempre.

Sapendo di dover intervenire per evitare che la discussione si degradasse, Krystiana disse: "Larca, sai bene come tutte noi che mandare due ragazze — che hanno a malapena l'età di partorire — a spiare il nostro nemico è una proposta *molto* rischiosa. Ma *è* l'unica opzione che abbiamo." Guardò Bilena e Clara, mantenendo una postura decisa: "Non voglio più sentire nessuna dubitarne."

Clara abbassò le spalle rassegnata mentre il viso di Bilena s'incupì, il che diede a Krystiana una nuova preoccupazione. Ma le cose stavano così e, quando Bilena annuì, Krystiana disse: "Bene. Quando le manderemo in missione?"

Bilena rispose: "Appena possibile. Entro la fine di questo quarto, dovrebbero essere di ritorno da Furania dove, come sapete, Elyana le ha portate per mostrare loro per chi mettono a repentaglio la propria vita. Dovranno volare sui furani fino al confine, poi procederanno con i vorani attraverso il Sagr, dove l'uomo del Gran Re le incontrerà.

L'inizio del prossimo quarto sarebbe il momento migliore per le condizioni di viaggio. Verso la fine dovrebbero essere al confine, poi in Zebulonia... pochi giorni dopo."

La Magna Mater e le altre annuirono.

Per Strada, Verso Urbs Lucis

Scendendo da Kaless — un giovane furano, discendente diretto della sua primissima cavalcatura: Lumos — e ricambiando al contempo i saluti del sergente Tamas, Octavius ringhiò e si massaggiò la schiena.

Il re e la sua scorta avevano volato per due lunghi giorni, avevano affrontato anche le bollhorae ed erano appena arrivati all'avamposto del Lago Montagna. La loro destinazione era Urbs Lucis, dove il re doveva incontrare la Magna Mater per "discutere" le sue abilità vincolate, mai rivelate prima — abilità che aveva usato per mettere fuori combattimento il suo aspirante assassino.

Octavius era accompagnato in questo viaggio dalla sua guardia personale, che ora includeva un nuovo guardiano, assegnatogli per rimpiazzare la dipartita di Almiar. Il re non era sicuro di potersi fidare del soldato, ma Julian aveva garantito per lui. Con loro c'era anche Dana Lux Baiula — l'unica Sorella sopravvissuta al tentato regicidio — e altri quattro guardiani; non tanto per la sua protezione, quanto per rassicurare tutti che il re non si sarebbe eclissato di nuovo, sparendo come aveva fatto qualche mese prima.

Tamas ricevette il re con il suo tipico atteggiamento gioviale, anche se con una certa moderazione, ovvero limitandosi a esprimere la propria gioialità per vie verbali, senza esibire le strette di mano e le pacche sulle spalle che riservava al principe Toras.

"Per favore, badi ai nostri furani, Sergente, e ci faccia anche preparare del cibo; ho fame."

"Certamente, mio Re."

Dana aveva osservato dubbiosa il re durante il loro primo giorno di volo, ma col passare del tempo, la sua perplessità era mutata in sorpresa. Octavius aveva notato il suo sguardo; l'aveva persino sentita sbuffare a un certo punto, nonostante il vento contrario. Sapeva di esserne la causa.

In quel momento, lo stava guardando di nuovo con la coda degli occhi, mentre lui s'aggiustava l'uniforme. Primus Julian, che stava togliendo la sella al furano accanto a lei, le disse: "È un uomo di parola, Lux Baiula, sa da che parte sta nel grande gioco. Va a Urbs Lucis perché l'ha promesso, ma..."

"Sa che non subirà alcuna conseguenza."

Julian disse: "Beh, nulla che possa minare la sua autorità, se non altro."

"A quanto pare, il casato Coriolis subisce il fascino dei Fondatori."

Julian sbuffò: "Non glielo direi; non è credente. Hanno i loro problemi e le loro difficoltà, come chiunque altro. Ma il Re è l'uomo più autorevole che io abbia mai conosciuto e i suoi figli non sono poi così diversi da lui. Vorrei solo che i Principi riuscissero più spesso a ottenere i risultati prefissati."

"Sì, ho sentito della decisione del Principe Toras di deviare a Galior per difendere il villaggio dalla Serpe. È stato sfrontato... ma ammirevole."

Quando Julian rilevò un accenno di emozione nella risposta del Lux Baiula, chiese: "Conosce qualcuno a Galior?"

La donna annuì, ma indurì il viso, tagliandola breve.

Julian sbuffò e la lasciò in pace. Princìpi. Il principe *aveva fatto* qualcosa che in pochi avrebbero fatto, e lo aveva fatto per seguire i suoi princìpi, sebbene gli fosse costato caro. Ma Julian stava pensando ad altro; stava pensando alla morte della propria sorella gemella. Avrebbe voluto che il re avesse agito secondo i suoi princìpi quando la Serpe stringeva sua sorella col becco, invece di lasciare che qualcun altro dettasse le sue scelte; sua sorella avrebbe potuto essere ancora viva. Ma, naturalmente, sapeva che le cose non erano così semplici. Julian allontanò quei pensieri, si scusò e se ne andò per occuparsi dell'allestimento delle tende.

Dana si diresse verso il luogo in cui avevano depositato gli averi della compagnia reale per recuperare le armi, la zucca e la borsa. Nel mentre, la donna notò gli sguardi curiosi che alcuni uomini dell'avamposto lanciavano verso di lei. Socchiuse gli occhi e li guardò a sua volta e i soldati distolsero lo sguardo. Dopo aver afferrato le sue cose, andò a sedersi vicino a un albero, per entrare nel Legame e informare Urbs Lucis sui progressi di viaggio della compagnia. Quando si sedette, gli uomini ripresero a sbirciare verso di lei.

Il fatto che le fosse una Fascia Rossa, e per di più una Barriera, li affascinava. Sembravano così feroci, eppure erano estremamente fascinose in quelle loro uniformi aderenti. Ma ai soldati dell'avamposto erano anche giunte delle voci sulle "guardiane vincolate" del re: su quattro, solo una era sopravvissuta — Dana Lux Baiula — mentre solo uno degli uomini che avevano affrontato gli assassini era stato ammazzato. Gli uomini si chiedevano, probabilmente, se la loro reputazione fosse gonfiata. Se lo chiedevano osservando Dana, cercando di determinare se fosse il suo caso.

Dana riusciva a percepire la curiosità degli uomini, anche se aveva gli occhi chiusi; immaginò per un altro attimo cosa stesse passando per le loro teste: paura, perplessità, timore, perplessità. Se solo sapessero quanto facilmente avrebbe potuto spezzare i loro colli, forse avrebbero smesso di fissarla, pensò. Ma, in fondo, perché non avrebbero dovuto farlo dopo che le temute Lux Baiulae avevano fallito così miseramente nello svolgere il loro dovere? Dana sperava che Elia e Tania riuscissero a scoprire la causa della morte delle Sorelle in modo che tutte le altre potessero prepararsi al prossimo attentato alla vita del re. Quello che, invece, *non* aspettava con ansia era l'interrogatorio di Praefecta Larca, una volta arrivata a Urbs Lucis. La leader del Fasciato Rosso detestava il fallimento, più di chiunque altro, ed era molto severa — da far paura — con coloro che fallivano. In qualità di capo dell'unità speciale per la protezione del re, Dana era responsabile delle azioni — e delle morti — delle sue sottoposte. Beh, le cose erano andate così, quindi la Fascia Rossa si rassegnò al fatto che presto l'ira della Praefecta Milites si sarebbe abbattuta su di lei. Per quanto spiacevole fosse, non sarebbe stato nulla in confronto alla punizione a cui Dana aveva deciso di sottoporsi e che in un certo senso, non vedeva l'ora di affrontare.

Il re trascorse un po' di tempo in compagnia degli altri soldati, mentre si rifocillava. Non prese parte alla conversazione, ma rispose alle poche domande che gli pose Tamas. Quando deglutì l'ultimo morso di cantarbusto tritato[20] si alzò in piedi, lasciò delle istruzioni a Tamas riguardo la loro partenza al mattino e si congedò dando a tutti la buonanotte, seguito dalla sua Guardia Praetoriana.

Una volta dentro la tenda, si sedette su una piccola sedia, si appoggiò allo schienale e pensò ancora un po' al risultato che si

---

[20] Una pianta dal sapore di carne, di cui si cibavano gli armenti al pascolo, la quale emetteva un suono simile a quello di una canzone quando il vento sfilava contro lo stelo, attirando gli impollinatori.

aspettava dal suo incontro con la Magna Mater — e il Consiglio, se lei lo avesse richiesto.

Il re non era troppo preoccupato poiché non c'era nulla che la Sorellanza potesse fare riguardo ai suoi poteri vincolati, né tantomeno potevano costringerlo a trattenersi a Urbs Lucis per sottoporsi a un addestramento! Tuttavia, il solo fatto di dover essere interrogato da loro e di dover rispondere a tutte le loro domande, lo indisponeva. D'altra parte, era preoccupato che potessero cercare di imporre restrizioni al suo uso del Legame, o che potessero costringerlo ad allenarsi con Mitsuko o qualche altra Lux Baiula a Furania. Avrebbero certamente anche voluto sottoporlo a dei test, ma lui aveva già deciso che avrebbe categoricamente rifiutato. *Non è che una scocciatura, in verità, perché posso rifiutare di fare qualsiasi cosa che non desidero fare. No, quello che mi preoccupa veramente è che mi interroghino riguardo Marcus e qualsiasi azione che potrebbero intraprendere contro di lui — e a cui non potrei oppormi — come ad esempio espellerlo dall'Aquinos. Anche se, con la guerra alle porte..."*

Il lamento di un cinguino notturno lo fece sussultare e, mentre la bestia s'ostinava a cantare imperterrita, il pensiero di sua moglie in piedi, paralizzata e con un coltello alla gola, prese il sopravvento sulla sua mente. Non era la prima volta che avevano rischiato le loro vite, ma era la prima volta nella loro lunga vita che lei si era trovata fisicamente in pericolo. Poteva vederla, esattamente com'era l'altro giorno, nella loro camera da letto, con il terrore negli occhi e l'orrore nei propri. Ringhiò.

Avrei dovuto farla tornare a Kynaria. Avrei dovuto... una vita così lunga, eppure, quanto ci siamo davvero divertiti insieme? *Ed ora questa guerra che non darà scampo a nessuno, ammesso che la si superi. Avrò mai modo di conoscerla come moglie e non più come Regina consorte? Vivremo entrambi abbastanza a lungo da permettere ad Aithen di...*

Octavius si fermò prima di deprimersi ulteriormente. Deglutì una tazza di latte lasciata lì apposta per lui, si sdraiò e provò a dormire per placare le sue preoccupazioni.

Ci vollero altre otto ore il giorno successivo affinché la compagnia del re raggiungesse la sua destinazione, Urbs Lucis. La città-stato era grandiosa e magnifica, con quelle sue mura bianche e i suoi pinnacoli d'un blu cristallino. Octavius si chiese quanto l'Ordine spendesse complessivamente per mantenere tutte quelle strutture in modo così meticoloso, nonostante i secoli trascorsi dalla sua fondazione, avvenuta quasi seicento anni prima. Gridò questa domanda a Dana e lei gli rispose che l'Ordine pagava degli Alterintranti non affiliati che usavano Legami sonattivi sulle superfici per ripulirle da alghe, muschio e polvere. Octavius fece un verso che esprimeva tutto il suo stupore, ma si disperse rapidamente al vento.

Poi scrutò i campi che circondavano la città; da quell'altezza, erano semplicemente incantevoli: l'erba rossa ricopriva i pezzi di terra non coltivati, cioè quasi la metà degli appezzamenti circostanti. Le coltivazioni, ormai pronte per il raccolto, creavano un fantastico contrasto con i loro gialli brillanti e i verdi scuri. Quando furono abbastanza vicini per vedere oltre le mura esterne della città e per cogliere i suoni provenienti dal palazzo, Octavius fu sorpreso dal trambusto e gridò un'altra domanda.

Dana rispose che sempre più cittadini venivano dalle regioni confinanti a chiedere aiuto o consiglio all'Ordine, in preparazione alla guerra. Inoltre, gli sforzi di reclutamento dell'Ordine dopo l'attacco alla città di Furania — anche se non avevano avuto il successo che s'aspettava la Magna Mater — avevano portato centinaia di nuove reclute, aumentando così l'attività in città.

Octavius riconobbe la verità di quelle parole quando notò gruppi numerosi di donne vestite di bianco nell'area sul retro del Sancta Sanctorum.

Una volta atterrati, il re fu accolto dalla Seconda Barriera Sasha, una donna squadrata con spalle larghe e braccia muscolose come quelle di un pescatore. La Lux Baiula li accolse con un cenno e disse al re che lui e la sua compagnia sarebbero stati condotti negli appartamenti per gli ospiti diplomatici prima dell'incontro con la Magna Mater, così che potessero darsi una rinfrescata. Scambiò poi con Dana il consueto saluto tra Barriere: il pugno appoggiato al petto con le dita tese in giù verso la pancia e poi spostato via, come per infilare e togliere un pugnale.

Octavius, curioso di conoscere le nuove reclute, chiese: "Qualcuna delle nuove arrivate vi ha già sorpreso con le sue abilità?"

La Seconda Barriera Sasha grugnì e disse: "Non ancora. Ma si spera che presto accadrà, Sire. Stiamo reclutando una dozzina, circa, di donne ogni quarto, ma la maggior parte sono soltanto adeguate, nel migliore dei casi."

Circa una dozzina ogni quarto. Non molto. Octavius annuì e lasciò che la donna li accompagnasse alla residenza degli ospiti.

Speranze

Camminando con Raaviana alla sua destra, Elyana alla sua sinistra e il Gran Principe alla sinistra di Elyana, Ooldrina ascoltava distrattamente. Una guardia di otto uomini li circondava, non per proteggere lei e la sua compagna, ma per proteggere il principe, in modo da prevenire altri agguati ai membri della famiglia reale.

Il principe si era sentito un po' a disagio inizialmente nell'aggiungersi a loro. Comunque, nonostante il fatto che la Manu Dextra avesse già raccontato a lei e a Raaviana dell'attentato al padre, avvertendole che il principe potesse non essere proprio tranquillo, Ooldrina aveva deciso di essere diffidente nei suoi confronti. La propria reticenza aumentò quando si chiese perché il principe volesse unirsi a loro in una passeggiata per la città, mentre il popolo zebuloniano si preparava a invadere l'Alvinoria.

Camminando lungo la vasta e trafficata strada principale della capitale, Ooldrina notò alcuni furanieri che guardavano lei e Raaviana con sospetto e non riuscì a trattenersi dallo stringere la mascella. Era per la loro pelle color latte di noce, i capelli neri a strisce rosse e il viso largo? O semplicemente perché erano zebuloniane? E stavano concentrando i loro sguardi su di lei in particolare perché in qualche modo sapevano che era sporca? Si prevenì dal completare quel pensiero e cercò di non digrignare i denti. Ma la Manu Dextra se ne accorse e la guardò storto.

Il principe cominciò a raccontare a lei e a Raaviana le libertà di cui godevano tutti gli uomini e le donne d'Alvinoria in seguito alla stesura della Carta Coriolana. Raaviana ascoltava con stupore e speranza. Forse sognava di diventare alvinoriana. Invece, tutto ciò a cui Ooldrina riusciva a pensare era fuggire via di lì.

Quando il principe finì, lei si chiese se avrebbe tentato anche di spiegare loro perché dovessero essere felici di essere state trovate dalle Lux Baiulae e di aiutare il regno a difendersi dal popolo del loro paese natale. Ma il principe non lo fece. Chiese invece a lei e alla sua amica se avessero studiato la Carta Coriolana.

Raaviana intervenne per dirgli che l'aveva studiata un pochino e che l'autore della Carta doveva essere davvero saggio. Il principe rispose che non era diverso dagli altri, tranne per il fatto che aveva deciso di mettere per iscritto le verità che ogni umano già conosce intrinsecamente, facendo di esse le leggi del regno, in modo che venissero rispettate.

Ooldrina sbatté le palpebre sorpresa e sentì la sua diffidenza scomparire per un attimo. Il fatto che il principe *non* cercò di prendersi i meriti di ciò che il suo antenato aveva fatto, né tantomeno di *nominarlo,* — Elyana Lux Baiula aveva detto alle ragazze che l'autore della Carta era il bis-bis-bisnonno del principe, Re Lucius il Primo — la sorprese. Forse il principe *era* un buon... no. Non le importava.

Mentre passavano davanti a una spazzina, il principe ne approfittò e iniziò a parlare dei sistemi che mantenevano la città pulita e salubre, e così Ooldrina tornò a diffidare.

A quel punto, Raaviana chiese in un alvinoriano quasi perfetto: "Abbiamo sentito da alcune Junior, a Urbs Lucis, che quando un apprendista infrange le regole della Sorellanza, vengono utilizzate per pulire i deflussi della città. È vero?"

Il principe sollevò un sopracciglio, sorpreso. Elyana stava per rispondere ma lui alzò il braccio, prendendosi la responsabilità di rispondere alla domanda di Raaviana: "È vero che i deflussi vengono sanificati in parte con l'uso del Legame e che a volte le Junior vengono spedite nei Campi di Purificazione per punizione. Ma la punizione è inflitta dalle loro superiori, non dalla Corona né da nessun altro al di fuori dell'Ordine. La maggior parte della pulizia è in realtà eseguita meccanicamente e con l'uso di microbi estremofili. Le supervisori — le donne incaricate di supervisionare il funzionamento dei Campi — sono Sensori di basso rango, che chiedono di essere abilitate a fare questo lavoro, perché rende bene. Controllano le colonie microbiche e apportano aggiustamenti che non saprei ben spiegare, per renderle più efficienti e ripristinarle, quando le tempeste o l'eccesso di rifiuti dopo i festeggiamenti minacciano di comprometterle. E i loro aiutanti — talvolta Sorelle apprendiste che finiscono lì per punizione, le aiutano a sterilizzare i deflussi."

Ooldrina si scambiò con Raaviana delle espressioni indispettite; forse quelle Junior — Moradien e le sue seguaci — avevano ragione ad arrabbiarsi con le autorità dell'Ordine.

Il principe passò i successivi quindici minuti a rispondere alle domande di Raaviana sull'istruzione, la sanità e la religione nel regno. Ooldrina non chiese nulla. Il che sembrò preoccupare la Manu Dextra, che la guardava con occhi inquisitori. Ma Ooldrina evitava il suo sguardo.

Dopo aver risposto a tutte le domande di Raaviana, il Gran Principe fece *loro* alcune domande a sua volta, alle quali Raaviana rispose con gioia. Ogni tanto, il principe guardava Ooldrina con un'espressione speranzosa in volto, senza insistere troppo. Dopo la quinta o sesta volta che cercò di strapparle qualche risposta, le parlò con un'espressione inquietante in volto; era la stessa espressione che aveva la madre di Ooldrina, quando la vedeva turbata da qualcosa e voleva farle capire che era lì per lei. *Perché quest'uomo dovrebbe guardarmi in quel modo? È solo un giovane nobile pieno di sé, a malapena grande abbastanza per avere dei figli.*

Mentre queste domande e pensieri correvano svelti nella mente di Ooldrina, i quattro arrivarono al mercato centrale. Era un luogo affollato e, nonostante i plebei tenessero una distanza rispettabile da loro, e così anche i patrizi, seppur meno distanti, erano tutti molto più vicini, abbastanza vicini per distinguere correttamente le caratteristiche di Ooldrina e Raaviana.

Tutti si voltarono a inchinarsi al principe e fecero un cenno alla Lux Baiula. Tuttavia, in molti — troppi — cercarono di nascondere il loro dispiacere alla vista delle due ragazze. Ooldrina era certa che i furanieri le odiassero. E il fatto che loro due indossassero abiti che le distinguevano come apprendiste dell'Ordine della Luce non faceva alcuna differenza.

Un gruppo di persone a una bancarella a circa cinque metri da loro aveva persino iniziato a puntare il dito e a coprirsi la bocca per fare chissà quali commenti mediocri su di lei e Raaviana. Ooldrina voleva scagliarsi contro di loro, ma la sua amica dagli occhi verdi scrollò le spalle e fece un gesto per invitarla a calmarsi.

Quando Ooldrina si voltò verso il principe con un'espressione arrabbiata, ferita e risentita, lui non se ne accorse perché stava già guardando male i suoi compatrioti. Il gruppo di commercianti rispose con delle espressioni mortificate e si scusarono vistosamente, attirando l'attenzione degli acquirenti su di loro. Chiunque fosse lì al mercato capì che non si tolleravano mancanza di rispetto nei confronti delle ospiti del principe, nonostante fossero zebuloniane.

A quel punto, il principe le guardò entrambe con un sorriso rilassato e Ooldrina si bloccò, poi sbatté le palpebre e deglutì. Il principe sembrava non aver notato il suo disagio e stava ancora sorridendo quando si voltò verso il mercante davanti a loro e gli chiese dei frutti chiamati platoye.

Dopo aver pronunciato invettive destinate alle orecchie del gruppo insolente della bancarella vicina, il negoziante diede loro il più sincero benvenuto che Ooldrina avesse mai sentito da un maschio e chiese al ragazzo dietro di lui di scegliere le migliori platoye per i suoi esimi clienti, mentre chiedeva al principe delle ragazze.

Un attimo dopo, l'adolescente che aveva fatto il giro del bancone si schiarì la gola e porse a ciascuno un frutto giallo, polposo e profumato, mentre si inchinava profondamente.

Ooldrina si sentì sconcertata e rimase lì con il frutto in mano mentre Elyana Lux Baiula e Raaviana fecero per dargli un morso.

Notando la sua esitazione, il principe la spronò con un cenno e poi assaporò lui stesso il frutto.

Per quanto si fosse promessa di non lasciarsi impressionare dal frutto, per quanto buono fosse, Ooldrina non poté fare a meno di lasciarsi sfuggire un verso di godimento.

Il principe la sentì e disse ad alta voce, più forte del necessario in realtà, come per farsi sentire da tutti nelle vicinanze: "Sono contento che ti piaccia. È anche uno dei miei frutti preferiti. E devo dire che, vedendo l'espressione su entrambi i vostri volti e avendo sentito fatti su Razeb e sulle montagne del Sagr che non avevo mai sentito prima, mi ritrovo a sperare che più persone del vostro popolo *scelgano* di venire qui, in modo che possiamo imparare da voi tanto quanto voi potete imparare da noi. So che la guerra limiterà i movimenti nel futuro prossimo, ma non appena sarà finita, discuterò l'idea con il Re e con Magister Setarcos e cercheremo di stabilire un programma per farlo."

Ooldrina e la sua amica si scambiarono sguardi confusi, ma speranzosi. Quest'uomo non era il loro principe, né suo padre era il loro re. Ma se tutti i governanti del nord erano come lui, avrebbero potuto effettivamente considerare di diventare alvinoriane.

Si voltarono verso Elyana. La donna sorrise, poi fece cenno di proseguire e condusse il gruppo in un grande negozio in fondo alla strada, uno dei più grandi, che vantava anche la varietà di mercanzia più appetitosa del mercato.

L'uomo che li accolse interruppe immediatamente tutto ciò che stava facendo, chiedendo a un giovane, che sembrava essere suo figlio, di continuare a prendersi cura del cliente che stava servendo. Quando ebbe finito di dire al principe e alla Lux Baiula quanto fosse contento di rivederli entrambi, accolse Ooldrina e Raaviana con lo sguardo. Disse: "Mia Signora Elyana, che i Fondatori mi possano bruciare se mi sbaglio, ma giurerei che queste due bellissime giovani apprendiste sono zebuloniane."

"Infatti è così, Maestro Brak; sono Ooldrina e Raaviana — novizie della Sorellanza. Non provengono dal regno, ma da un villaggio isolato del sud, di confine, chiamato Razeb, dove... alcuni zebuloniani hanno fondato una colonia molto tempo fa. Hanno trascorso gli ultimi tre mesi formandosi a Urbs Lucis e ho pensato che forse è il momento per loro di fare esperienza di alcune delle prelibatezze che l'Alvinoria ha da offrire, così le ho portate qui. Siccome volevo che provassero il miglior cibo che Furania ha da offrire, le ho portate nel suo negozio. Penso che si godrebbero un assaggio dei vostri involtini di floscia."

"Mie signore, sarà per me un gran piacere deliziarvi." Detto ciò, Maestro Brak andò a preparare alcuni involtini freschi per il gruppo.

E alle ragazze piacevano davvero gli involtini così come i bocconcini di strombo speziato. Dopo qualche altro convenevole da parte del pescatore e qualche domanda alle ragazze su quello che pensavano della capitale più meravigliosa al mondo, piuttosto che delle prelibatezze più esotiche del luogo, alle quali Raaviana era ben felice di rispondere con la sua solita loquacità, mentre Ooldrina si limitava a rispondere con poche parole e con dei cenni, finalmente, il principe e la Lux Baiula ringraziarono l'uomo e i quattro lasciarono il mercato, recandosi verso il carro che li aspettava al lato sud della città.

Quindici minuti dopo, erano arrivati a Domus Lucis. Elyana e le ragazze scesero dal carro. Raaviana voleva ringraziare il principe e fece cenno alla sua amica di aggiungersi a lei. Dopo un brevissimo momento di esitazione, Ooldrina seguì l'esempio della ragazza dai capelli rossi, ed entrambe si inchinarono profondamente per mostrare la loro gratitudine. Ooldrina non poté fare a meno di provare un senso di colpa facendolo, e così si voltò frettolosamente per andarsene, prima di scoppiare in lacrime.

Il giorno dopo, con un cielo terso sopra le loro teste, Aithen ed Elyana cavalcavano i vorani, dirigendosi verso la Baia Reale, dove avevano un appuntamento nel tardo pomeriggio. E sebbene l'aria fosse mite, si erano già tolti i giubbotti perché altrimenti si sarebbero surriscaldati presto, sia a causa del calore proveniente dai loro destrieri, sia a causa della fatica di cavalcare di per sé.

Aithen stava accarezzando il collo di Magnus per ringraziarlo del suo eccellente trotto allungato. Con una certa irritazione nella sua voce, forse perché stava ancora lottando per far rallentare del tutto la sua cavalcatura — un vorano irritabile nella sua fase femminile — Elyana disse: "Quindi, la Locara che è in te..."

Aithen interruppe subito la Lux Baiula e disse: "Lei non *è* in me."

"Giusto, la Locara che ha messo un pezzo di sé in te..." Elyana aspettò di vedere il principe alzare gli occhi al cielo prima di proseguire: "Ha informato il loro leader? È pronto a incontrarmi per rivelarci come creano questi monitor?"

Apparve una piega tra le sopracciglia di Aithen mentre rispondeva: "No, ha solo confermato che è disposto a incontrarti. Niente di più."

"Mmm, pensi che vorrà discutere dei monitor?"

Aithen si rivolse a Elyana con un'espressione e un gesto che diceva di non esserne sicuro, ma anche che sperava che Torrente avrebbe accettato di scendere a patti con loro.

Elyana scosse la testa sconsolata, ma ci sperava.

Schiarendosi la gola, Aithen chiese: "Cosa pensi infastidisca tanto la nostra zebuloniana dai capelli scuri? Ce l'ha con l'Ordine? Non voleva venire a Urbs Lucis quando l'avete portata via da Razeb?"

Elyana fece qualche sospiro frustrato, prima di sbottare: "Francamente, non capisc'."

Aithen sollevò il sopracciglio destro, come era solito fare quando metteva in discussione qualcosa in modo sarcastico. Elyana reagì mostrando perplessità a quella sua espressione e lui le disse: "Hai usato una contrazione."

Elyana si bloccò per un attimo, parve auto-analizzarsi.

Aithen si sentì in colpa e tornò all'argomento principale: "Beh, qualunque cosa sia, Ooldrina *sta* lottando contro qualcosa. Se non si tratta dell'addio a Razeb che l'ha turbata, allora deve essere qualcosa che ha sperimentato da quando si trova a Urbs Lucis."

"Già. Tempo fa non era così. È iniziato tutto circa due quarti fa. Sia io che Clara, la loro istruttrice, l'abbiamo interrogata, ma lei non ha voluto dire nulla. Abbiamo anche interrogato Raaviana, ma non ne sa niente, o forse lo sa ma pensa che passerà presto, qualunque cosa sia."

"Non mi sorprende. Raaviana non sembra preoccuparsi molto in generale, anche se farebbe bene... a preoccuparsi almeno un po', ad esempio, della loro missione in Zebulonia ormai prossima."

"Certo."

Il principe e la Lux Baiula continuarono a cavalcare in silenzio per un po', ammirando i colori cangianti della costa, allorché l'inverno si avvicinava. Le foglie degli alberi stavano diventando gialle e verdi, mentre le foglie dei semprerossi si ricoprivano di uno strato denso e ceroso che le avrebbe protette dalle pesanti nevi invernali. L'ispessimento si manifestava insieme all'allungamento e all'allargamento delle foglie che al termine della crescita autunnale avrebbero creato un riparo intorno ai tronchi degli alberi, proteggendo gli alberi stessi e creando una copertura di cui anche gli animali si sarebbero serviti una volta iniziato l'inverno.

Mentre osservava un piccolo gruppo di ululoni, i quali stavano attraversando la loro alterazione di genere lunga un quarto — diventavano stranamente comici durante il picco della trasformazione, con proporzioni e colori del tutto sbagliati — Elyana disse: "Hai idea del perché Torrente sia rimasto nella sua fase maschile per tutti questi anni? Se hai incontrato il locaro per la prima volta dieci anni fa, avresti dovuto vederlo cambiare già più volte."

"No, non lo so. Forse non cambiano sesso."

"Può essere." Attualmente, il vorano di Elyana saltò per superare una roccia che ostacolava il sentiero. Dopo essersi riappoggiata alla sella, la Lux Baiula aggiunse: "Forse il leader mantiene una forma piuttosto che l'altra, una volta che diventa capo della specie. O forse il leader mantiene sin dalla nascita la forma maschile." Parlando con se stessa, aggiunse: "Dovrò chiedere a una delle Fasce Gialle se ci sono altri casi di specie in cui i leader bloccano l'alternanza di genere."

Aithen ascoltava distrattamente, non perché fosse disinteressato alla domanda di Elyana, ma perché gli aveva ricordato di un'altra questione che si era posto dopo aver appreso alcuni fatti incredibili da

Torrente. In quel momento, sentì un forte bisogno di parlare con Elyana di ciò su cui stava rimuginando.

Aithen rallentò Magnus con un rapido e gentile strattone, e anche il vorano di Elyana — un animale alto, nero e marrone, con una proboscide insolitamente rumorosa — rallentò immediatamente il proprio ritmo per eguagliare quello di Magnus.

Elyana chiese: "La tua mente sembra essere altrove. Hai sentito cosa ho detto?"

"L'ho sentito... beh, in parte."

"A cosa stai pensando, Aithen?"

"Ti sei mai chiesta perché gli umanoidi e altre specie non correlate sono le uniche su K'Tara che non alternano il sesso?"

"Mmm, no. No, in realtà. *È* una questione teleologica e il fatto che non riusciamo a capire come qualcosa possa essere accaduto, non cambia nulla."

L'angolo sinistro delle labbra di Aithen si sollevò, mostrando la sua sorpresa.

"La domanda che la maggior parte dei saggi si pone e continua a porsi è se la non-alternanza sia effettivamente ciò che ci ha permesso di evolvere la nostra capacità di comunicare?"

Aithen si accarezzò il viso, perplesso.

"Si ipotizza che l'alternanza costante abbia impedito la formazione di una sequenza stabile di pensiero e degli schemi interpretativi necessari per generare la parlata. Naturalmente, nessuno sembra interessarsi al fatto che altre specie non-alternanti non hanno sviluppato la capacità di parlare."

Aithen scosse la testa e si girò sulla sella per guardare in faccia Elyana. "*Non* è una questione teleologica. Almeno, non per me."

"Vuoi dirmi cosa ti passa per la testa, Aithen?"

Con un sospiro, Aithen iniziò: "Qualche mese fa, Torrente mi ha rivelato una cosa che non mi è mai stata detta; una storia che sconvolge tutto ciò in cui crediamo. Ha detto che non siamo di questa sfera, ma che Aiala'Rhi ci *ha portati* qui e ha lasciato qualcuno qui con noi, che si prendesse cura della nostra specie. Infatti, dal modo in cui racconta la storia, sembra che siamo, beh, discendenti dei Fondat—"

Elyana interruppe il principe, dicendo: "Cosa?! Aithen, non sono per niente certa che i Fondatori siano delle divinità, come ci è stato insegnato. Ma sicuramente non crederei in una dichiarazione talmente assurda, senza avere nessuna prova."

"Lo so, lo so. Ma se metti insieme i pezzi, logicamente, tutto combacia e comincia ad avere senso."

"Come ci avrebbe portati qui Aiala'Rhi? La mente attraversa il Legame e forse può raggiungere l'intero universo, se è abbastanza potente, ma il corpo no. Per questo la nostra religione ci dice di mantenere degni i nostri corpi, affinché nel Giorno dell'Unione i nostri Fondatori possano arrivare e unirsi a noi, incarnandosi in noi, poiché sono spiriti privi di forma."

Aithen fece un gesto sprezzante: "So che non sei una credente, Elyana. Comunque, penso che quello che sto dicendo abbia senso. E il fatto che *non* riesco a spiegare come l'Originatrice possa averci portato qui non significa che non possa essere successo."

Elyana rimase in silenzio per un momento. Sembrava chiedersi di lui, delle sue convinzioni. Lei gli aveva insegnato molte cose, ma perlopiù di politica e psicologia, non di filosofia o scienza — Magister Setarcos si occupava di quelle materie.

Aithen continuò a guardarla, mentre i loro vorani salivano su una collinetta. Gli sembrò di vedere della preoccupazione in lei. Le disse: "Ti chiedi come mai i filosofi dell'Ordine non sappiano queste cose — intendo quello che mi ha detto Torrente — ammesso che siano vere?"

Elyana inarcò un sopracciglio: "Quindi anche tu sai leggere nel pensiero adesso?"

"No, ma ho imparato a riconoscere le tue espressioni, e mi sono posto la stessa domanda anche io."

"Capito. Ma mi chiedo anche quante altre volte mi sorprenderai con cose che non dovresti essere tu a sapere."

Aithen la guardò indignato, poi estrasse il suo disco dalla tasca e notò che erano già le cinque PAS. Il disco del tempo, un dispositivo che solo i più ricchi potevano permettersi, funzionava per mezzo di una colonia microbica nel quadrante e andava resettato ogni giorno a mezzogiorno. Una volta ripristinato la colonia illuminava il segno di mezzogiorno sul disco e con il passare del tempo, l'intensità delle emissioni dei microbi diminuiva, facendo illuminare i segni delle ore successive. I dischi più costosi avevano quadranti metallici abbastanza sensibili da segnare cambiamenti nelle emissioni ogni quindici minuti; i dispositivi più economici segnavano il tempo ogni ora.

"Probabilmente dovremmo accelerare un po' se vogliamo essere puntuali."

Elyana annuì e i due spronarono i loro vorani affinché proseguissero al trotto. Talvolta si lanciavano degli sguardi furtivi. Elyana si chiedeva ancora quanti altri segreti Aithen le stesse nascondendo. Forse temeva solo di essere giudicato strano o pazzo. Nel frattempo, Aithen rise tra sé, mentre ripensava a ciò che gli avversi alla teoria delle origini extraorbitali avrebbero fatto, se avessero saputo che anche lui ci credeva. Si chiese anche cosa avrebbero pensato suo padre e i suoi fratelli delle sue convinzioni; suo padre forse non l'avrebbe trovato poi così sciocco. Ori potrebbe reputare interessante quella teoria. Toras probabilmente avrebbe sbuffato con irritazione.

Venti minuti dopo, i loro vorani erano sulla spiaggia della Baia Reale. I loro piedi calpestarono dolcemente la sabbia bianca e fine. La scogliera sul lato nord della baia non era più così luminosa; ora le alghe erano marroni e le conferivano un aspetto decisamente più cupo dell'ultima volta. In quel periodo dell'anno, la maggior parte delle persone non nuotava più all'aperto, a causa della brezza fredda. Ma l'acqua era ancora piuttosto calda, finché si rimaneva *in* acqua era ancora possibile godersi il mare.

Dopo aver prontamente smontato il suo vorano indispettito, Elyana chiese: "Li lasciamo liberi?"

"Massì, non possono andare lontani."

Il principe e la Lux Baiula tolsero le selle dai loro supporti e poi estrassero dalla bisaccia gli indumenti da bagno.

Aithen si sentì improvvisamente in ansia. Guardò Elyana, la quale scrollò le spalle e si voltò per cambiarsi. Aithen decise che tanto valeva cambiarsi lì, dato che Elyana non sembrava preoccuparsene. Mentre si spogliava, pensò a Kil. Il povero ragazzo sarebbe sicuramente svenuto se avesse visto il suo padrone spogliarsi nudo davanti alla Lux Baiula, anche se tecnicamente non era davanti a lei, poiché non si stavano guardando l'un l'altro, o meglio, lei non stava guardando lui. D'altra parte, non riusciva a trattenersi dallo sbirciare e, nel mentre, ansimava un poco.

La vide togliersi i vestiti da equitazione, ovvero dei pantaloni sotto una gonna con spaccatura. La guardò sfilarsi le maniche e poi togliersi la veste e i pantaloni. Deglutì involontariamente quando la donna scoprì il petto mostrando lo strophium e la pancia fino alla biancheria intima.

Aithen sentì il suo polso accelerare alla vista della sua pelle. E non fu per mancanza di esperienza che reagì così, aveva già vissuto relazioni intime con alcune donne. Eppure, pareva proprio che l'inaspettata apparizione dell'avambraccio o del collo, piuttosto che della spalla o del piede di una donna desiderata, fosse in grado di congelare un uomo, fosse anche nel bel mezzo della battaglia. Per di più, essendo Elyana una Sorella dell'Ordine della Luce, normalmente era coperta dalla testa ai piedi. Così, quando Aithen vide — o meglio spiò — la pelle soda e tonica di Elyana, del colore di certi fiori rosa pallido, e i suoi fianchi, che curvavano tanto piacevolmente, il suo cuore si fermò, per poi accelerare al galoppo.

Il principe si allarmò quando la sua mente iniziò a immaginare quello che non poteva vedere; s'impedì di proseguire oltre. Tuttavia, i suoi pensieri erano ormai concentrati sulla donna e sulle proprie reazioni, non stava più prestando attenzione a ciò che faceva, perciò inciampò, mentre le sue mani andavano a tirare su il costume da bagno che aveva portato per l'occasione. Elyana girò la testa sentendolo cadere e lo vide lì a terra con i pantaloncini tirati su solo per metà. Aithen arrossì furioso, poi si concentrò e finì di rivestirsi, maledicendosi sommessamente.

Dopo aver finito di vestirsi e aver ripreso il contegno, non sapendo bene cosa fare ma desiderando lasciarsi alle spalle ciò che gli era appena successo, chiese in modo insolitamente brusco, senza guardare Elyana: "Hai fatto?"

"Quasi... finito!"

Per la prima volta nella sua giovane vita, Aithen si sentì veramente stupido e non sapeva proprio come reagire quando Elyana si voltò e lo guardò. Avrebbe pregato i Fondatori per essere in grado d'interpretare l'espressione della donna. Si sentiva come lui? O lo riteneva uno sciocco, troppo giovane e immaturo per stare con una donna come lei? I due si erano mostrati intimi al ballo, cioè avevano camminato a braccetto e avevano danzato con la passione negli occhi, amplificata dalla clandestinità dei loro sentimenti. E le loro mani, che non si erano toccate, erano come ardenti, bruciavano per il desiderio di toccarsi, un desiderio reso ancor più impetuoso dalla distanza. Sicuramente, sapeva che lui non era un giovane sconsiderato, che poteva controllare i suoi impulsi come chiunque altro, o meglio di chiunque altro, dato che in certi ambienti si diceva che nessun uomo potesse resistere a una Lux Baiula che decideva di corteggiarlo.

Elyana potrebbe voler...

A che penso? Proprio ora?! Non potrebbe, anche se volesse! Non prima di aver presentato una petizione al Consiglio di Selezione.

Elyana lo spaventò dicendo: "Beh, continuerai a fissarmi o entriamo in acqua per incontrare i Locari?"

"Sì. Cioè, no. Scusa, Elyana." Aithen deglutì. "Sei bella."

Se il principe avesse saputo cosa comportavano quelle due parole, forse avrebbe scelto di non pronunciarle. Ma non lo sapeva, quindi le disse. Poi, vide Elyana smettere di respirare, iniziare a muovere le dita nervosamente, chiudere gli occhi. Allora la donna fece qualche respiro profondo per calmarsi e, infine, riaprì gli occhi e disse senza alcun cenno di emozione in viso: "Andiamo?"

L'improvviso dissiparsi della tensione che sentiva nel proprio corpo confuse Aithen. Sbatté le palpebre un paio di volte prima di replicare: "Giusto, i Locari. Andiamo allora."

Quando Elyana rispose con il suo solito incedere pragmatico, Aithen la ringraziò silenziosamente per la sua capacità di rimediare anche alle peggiori situazioni. Ma quando si avvicinò a lei per darle alcune istruzioni finali prima di entrare in acqua, lo fece con minore sicurezza di quel che mostrasse e con più autocontrollo di quel che desiderasse.

Non c'erano molti pesci nelle acque della baia; la maggior parte era migrata verso acque più calde e profonde, intorno alle isole tra l'Aquinos e Mo'Tarkoth. Le poche specie rimaste abitavano i fondali, e avrebbero fatto la loro parte — nel corso dell'autunno e dell'inverno — nel riciclare la materia sul fondo, banchettando con i detriti depositati lì dalla miriade di pesci e lucertole che si stabilivano nella baia durante i mesi più caldi.

In quel momento, Aithen si voltò verso Elyana e si sorprese nel vederla nuotare così agilmente. La toccò con un dito e indicò la superficie.

Quando Elyana riemerse, svuotò il naso dall'acqua e riaprì gli occhi, lui le disse: "Qui è dove li incontreremo. Fai qualche respiro profondo, poi torniamo giù. Ricorda, ti avvolgeranno con una bolla d'acqua in acqua, nella quale potrai respirare."

"Acqua in acqua... strana espressione."

"Beh, è così che traduco il pensiero. Non ho idea di cosa ci sia dentro la bolla, ma non è aria. È una specie di fluido, un fluido respirabile."

"Va bene. Sono pronta."

"Sei sicura di poter resistere quei cinque o dieci minuti che potrebbero volerci prima che arrivino?"

"Sì. Rallenterò il mio metabolismo."

Aithen annuì, così i due fecero diversi respiri profondi e tornarono sott'acqua.

Dopo che passarono circa sette minuti, senza che nessuno si fosse ancora presentato, Aithen strattonò il braccio di Elyana per chiederle come stesse. La Lux Baiula congiunse le dita, facendogli capire che stava bene, quando, all'improvviso l'acqua la spinse indietro di un metro o giù di lì, come se fosse sulla scia di una nave enorme. Aithen osservò Elyana che si raddrizzava — i suoi capelli si scompigliarono intorno a lei, come una ragnatela stellare — mentre il suo viso gonfio d'aria assumeva un'espressione di assoluta meraviglia. Aithen pensò: *Non è meraviglioso quanto il Legame?*

Elyana si voltò verso di lui, i suoi occhi erano un misto di paura e meraviglia. Proprio in quel momento, i Locari si posizionarono in cerchio attorno al principe e alla Lux Baiula, e una sfera di fluido più leggero dell'acqua li avvolse entrambi, in contemporanea, l'uno e l'altra. Elyana non riuscì a prevenire un sussulto e si fece prendere dal panico per un momento, pensando di annegare una volta che l'acqua le fosse entrata nei polmoni. Ma quando il liquido pervase le sue vie respiratorie, si rese conto di poter respirare tranquillamente.

Aithen la vide aprire bocca per fare una domanda, e lui disse con una voce distorta: "Puoi parlare. Ma è inutile. Non ti sentiranno." Elyana non afferrò tutto. Allora, lui si indicò la propria fronte, poi indicò i locari e disse: "Ascolta i loro pensieri."

Elyana annuì e imitò Aithen, volgendosi verso una delle creature, la più grande di loro, che doveva essere il loro leader, quella che Aithen conosceva come Acqua Corrente, anche se il suo vero nome sembrava essere Torrente. Dopo un momento che parve fin troppo lungo, ricevette la trasmissione di un pensiero, e la sua espressione passò dalla meraviglia allo stupore.

Sembrava un benvenuto ma era una rappresentazione in immagini, accompagnate da pensieri piuttosto che da parole. Le immagini erano delle pinne a contatto e di un giovane umano.

"Le pinne si toccano, Giovane del Cammino." Il Locarus non si presentò subito a Elyana.

Mentre la Lux Baiula aspettava la risposta di Aithen, rimproverò se stessa per non aver suggerito che si collegassero in modo da sapere anche lei cosa percepiva e inviava. Tuttavia, riuscì a percepire una serie di vibrazioni provenienti da Aithen, proprio in quel momento, quindi si concentrò su di esse, ansiosa di capire come funzionasse la loro comunicazione. L'immagine che ricevette era di Aithen prostrato di fronte al Locarus che galleggiava al centro di un mite ruscello. *Si sta scusando? Sta chiedendo qualcosa?*

"Le pinne si toccano, Acqua Corrente."

Una trasmissione di un altro tipo li raggiunse a quel punto; arrivò come discorso umano — non era perfetto, ma era intelligibile. Sebbene avesse una qualità leggermente diversa.

"Le pinne si toccano, Aithen."

Elyana seguì lo sguardo di Aithen, che si posò su un Locaro, alla sinistra di Acqua Corrente. Il principe sembrò confuso dall'aspetto dell'essere. Aithen trasmise immagini di vari Locari, uno dei quali più nitido, intenso, la cui vibrazione portava con sé la sensazione di una corrente e di una domanda. Ripeté la sequenza un paio di volte prima che il Locaro rispondesse.

Aithen si chiedeva se quel Locaro fosse Flusso?

La risposta assunse la forma di uno specchio d'acqua che vorticava rapido in un mare, palpabile e immutabile, tranne che per quel suo movimento. Elyana supponeva che si trattasse davvero di Flusso, la Locara collegata ad Aithen.

La risposta di Aithen arrivò sotto forma di linguaggio umano. Trasmise: *"Flusso! Ora sei maschio."*

Elyana non capì la trasmissione successiva di Flusso. Quindi, aspettò la risposta di Aithen.

Sembrava che Aithen non sapesse come rispondere, perché aggrottò la fronte momentaneamente. Elyana pensò che il suo cipiglio fosse particolarmente buffo nella bolla d'acqua in acqua, poiché entrambi apparivano gonfi.

Intanto, il cervello di Aithen sembrava quasi emettere vapore, era diventato bollente nel cercare di dare la corretta rappresentazione di "maschio". Come poteva rappresentarlo? Con l'immagine di un maschio, con i genitali? No. Come immagine di... genitali? Certo che no. *Ah! Sì. Come l'immagine di un Locarus e di una Locara, con un'enfasi sul primo elemento.*

Quando Aithen annuì tra sé e sé e trasmise i suoi pensieri, Elyana sentì di comprenderli, così come comprese la risposta di Flusso, che confermò la dichiarazione di Aithen. Elyana sorrise con visibile eccitazione. Comunicò ad Aithen: *"Penso di iniziare a capire le loro trasmissioni."*

Aithen sembrò sorpreso e sembrò anche volerle fare una domanda, quando arrivò un pensiero diretto alla Lux Baiula.

La sensazione bizzarra della trasmissione permise di identificare Flusso come sua origine: *"Una che il vivo e il non vivo può collegare."*

Elyana si prese un momento per elaborare le immagini; pensò di capirle, ma non sapeva come replicare. Aithen rispose al posto suo. Trasmise una risposta positiva, una replica di ciò che aveva trasmesso Flusso, ma più intensa, di conferma.

Elyana voleva fare una domanda, ma si accorse che trasmettere non era facile come capire. Così, continuò a osservare, diventando leggermente frustrata al pensiero che Aithen avrebbe dovuto tradurre le sue domande.

Nel frattempo, Aithen sentì un forte bisogno di interrogare ulteriormente Flusso riguardo alla sua trasformazione. Certo, la maggior parte delle specie animali su K'Tara si alternava tra i sessi, ma quindi anche le specie capaci di parlare? Così, inviò un altro pensiero al Locaro riguardo alla sua metamorfosi, ma decise di continuare a usare il linguaggio naturale e di accompagnarlo a delle immagini per aiutarli a imparare la lingua umana, così come per aiutare Elyana a imparare il loro linguaggio.

"Questa è la prima luna in cui mi sei apparso maschio."

Seguì l'immagine di una Locara alternata a quella di un Locarus, mentre diversi cicli lunari si susseguivano e, infine, la trasmissione si fermò sulla forma di un Locarus.

Flusso rispose con pensieri che mostravano il susseguirsi di diversi cicli lunari, mentre nella sua forma attuale prima di cambiare, che Elyana interpretò più o meno come un "Cambierò di nuovo, tra molte lune". Flusso continuò con delle immagini di un pesce che si separava dal banco e se ne andava da solo, e il banco lo inseguiva per riportarlo indietro. Elyana non capì e chiese l'interpretazione di Aithen. La logica di tutto ciò la stupì e si voltò a guardare meravigliata i Locari.

Aithen rispose di nuovo con il linguaggio umano: *"Scusa, per questa digressione."* Poi, trasmise le immagini di lui che arrossiva, con lo sfondo azzurrognolo del mare.

Elyana notò una contrazione delle pinne pettorali del Locarus e in seguito il loro rilassamento.

Desideroso di arrivare all'obiettivo dell'incontro, Aithen spostò lo sguardo verso il leader dei Locari. Inviò un pensiero alla creatura, seguito dalle parole umane: *"Acqua Corrente, grazie ancora. La mia amica — la Collegatrice — è qui per chiederti il permesso di imparare la creazione dei monitor da Flusso."*

Per un momento, Acqua Corrente osservò Elyana, con la pelle che passava dal tipico rosso scuro a una tonalità blu scuro, mentre scrutava la nuova arrivata. Sembrava chiedersi se avesse preso una saggia decisione nel rivelare la loro esistenza a una Collegatrice. Dopo un altro momento di tensione, in cui Elyana lo osservò provando una costante ma celata fascinazione, lui trasmise: "La *richiesta della tua amica asseconderò, Giovane del Cammino."*

Elyana non rispose, Aithen tradusse per lei e le ricordò di usare le immagini che le aveva insegnato, in modo che potesse ringraziare il leader per la sua accoglienza. Elyana annuì e provò a trasmettere: *"Spero che anche le nostre pinne si tocchino, Grande Capo."* Poi aspettò.

Un attimo dopo, Torrente replicò: *"Una che sa aprirsi al diverso tu sei, Collegatrice. Felice di questo sono."*

Dopo che Aithen le spiegò quest'ultima parte della trasmissione di Acqua Corrente, Elyana sentì svanire qualsiasi residuo della sua iniziale apprensione. Il Leader dei Locari l'aveva accettata, l'aveva accolta. Aithen non ne fu sorpreso; era una Fascia Viola dopotutto, una delle migliori.

Acqua Corrente — o Torrente — Flusso, Elyana e Aithen passarono una trentina di minuti a discutere le condizioni in cui i Locari avrebbero insegnato alle Lux Baiulae a creare un monitor. Il che includeva la pulizia di una porzione della memoria di Elyana per rimuovere qualsiasi cosa che fosse indicativa del luogo in cui si era svolto il loro incontro.

Elyana aveva quasi rifiutato questa condizione, ma Torrente le aveva assicurato che non era negoziabile e che non le avrebbero fatto alcun danno. Quando Elyana acconsentì, Flusso pose in lei un monitor. La procedura — se poteva definirsi una procedura — fu questione di un istante, in cui Elyana dovette resistere all'impulso di opporsi a quell'invasione del suo cervello. Flusso passò qualche minuto a testare il monitor, inviando pensieri a Elyana e aspettando la sua risposta. Le prime due... richieste di connessione — così aveva deciso di chiamare la sensazione che provava — la fecero sobbalzare nella sua bolla d'acqua in acqua, non riuscì a impedire che il suo imbarazzo filtrasse attraverso la sua espressione.

Ecco come ci si sente. Ora capisco perché Aithen si era disconnesso dalla realtà quella volta, durante l'attacco della Serpe a Furania e poi al Ballo Reale. Potrei aver bisogno di lavorare con Bilena per trovare un modo per rendere questo... impianto meno pervasivo.

Quando fu tutto terminato e Flusso fu soddisfatto della corretta integrazione del pensiero di segnalazione nella mente di Elyana, trasmise: *"Domani, mi collegherò con te, quando i Soli saranno più alti. Lo accetti?"* Elyana annuì. *"L'insegnamento inizierò allora... E... Ma..."*

Aithen interruppe Flusso e mandò, *"Anche se?"*

Flusso annuì piegando il suo viso triangolare in quel suo strano modo e finì la frase: *"Anche se puoi provare a studiare te stessa il monitor."*

Elyana non sapeva come esprimere consenso nella lingua dei Locari, ma provò a trasmettere gratitudine — come facevano le Lux Baiulae — con uno schiocco di dita, o meglio con il pensiero di quel gesto. Ma il Locarus la fissò con un'espressione chiaramente confusa.

Giusto. Non hanno le dita, quindi quel suono o quel pensiero non significa nulla per loro. Argh!

Elyana inclinò la testa, sperando che lo avessero imparato da Aithen. E pareva di sì, perché Flusso rispose con le parole umane "Tutto è accordato", seguite dal suono di mani che colpivano l'acqua. Elyana proiettò l'immagine di se stessa, prostrata davanti al Locarus, in segno di ringraziamento. Poi girò lo sguardo verso Acqua Corrente con un'espressione mesta. Non sapendo come rappresentare ciò che voleva chiedergli, trasmise la sua domanda a Flusso.

Flusso ci pensò per un attimo, poi riferì la domanda di Elyana a Torrente.

Il colore del leader si trasformò in un nero scuro, mentre rispondeva attraverso Flusso, che continuava a trasmettere i pensieri nel linguaggio della sua specie per poi tradurli in linguaggio umano.

"Ci sono traditori tra la tua specie. Li sento come sento il Hrackmol! La maggior parte delle brutte vibrazioni che ricevo dalla tua città sono deboli, ma una è molto forte e ce n'è un'altra anche. In grado di... distinguerle non sono, ma forse posso condividere con te la sensazione del Hrackmol!"

Le vibrazioni che Elyana ricevette dal Locarus erano inquietanti, e si potevano percepire come oleose, sporche. Rabbrividì, pensando che questa sensazione venisse da una o più delle sue Sorelle. In effetti, sperò che il Locarus si sbagliasse. Ma sembrava così sicuro di sé, quella sicurezza era quasi disumana. Forse era l'età; Aithen le aveva detto che aveva più di mille anni.

Elyana ringraziò Acqua Corrente, e l'incontro si concluse con lo scambio della consueta espressione di separazione diretta ad Aithen.

"Ancora una volta, le pinne si toccheranno quando la luna tutto il mare illuminerà." Elyana dovette pensarci un attimo, poiché il messaggio era stato trasmesso da Acqua Corrente e i suoi pensieri seguivano un ordine insolito.

Subito dopo, i Locari se ne andarono, la bolla d'acqua in acqua scomparve ed Elyana tossì, quando l'acqua salata le entrò in gola. Si precipitò in superficie e continuò a tossire per un lungo minuto. Quando si riprese, Aithen la accompagnò verso riva.

Lì, afferrò gli asciugamani che aveva portato con sé, ne diede uno a Elyana e iniziò ad asciugarsi. Ma Elyana continuava a tossire, e un vento freddo iniziò a soffiare da est, facendola rabbrividire. Aithen si chiese perché non riuscisse a scaldarsi usando il Legame. Lo chiese, ma Elyana rispose che non lo sapeva e continuò a tremare e ad asciugarsi.

Aithen prese un altro asciugamano dalla bisaccia, si avvicinò a lei e le avvolse l'asciugamano intorno alle spalle e al corpo. Poi la avvolse più stretta. Ma lei continuava a tremare. Così, tolse gli asciugamani, la strinse con il suo corpo e si avvolse nell'asciugamano insieme a Elyana. La sentì tirarsi indietro, forse mossa da un senso di pudicizia, o per orgoglio — non lo sapeva. La lasciò indietreggiare, ma la guardò con occhi preoccupati e supplichevoli. Alla fine, gli permise di stringerla e si abbracciarono a lungo.

Parlarono poco, ma di tanto in tanto Elyana raccontava ad Aithen la sensazione di meraviglia che aveva provato in presenza dei Locari e di quanto lui fosse fortunato ad aver conosciuto creature così magnifiche. Lo rimproverò anche per non averle detto di prepararsi alla scomparsa della bolla. Aithen si scusò sinceramente ed Elyana si lasciò sprofondare ancora di più nel suo abbraccio.

Il Compromesso

Krystiana camminava ad un ritmo ostinato nel suo ufficio, dopo aver ascoltato ancora una volta il racconto di Octavius sul suo uso del Legame. L'unica cosa che la confortava era il fatto che l'aveva usata un numero sorprendentemente basso di volte nei suoi centoquarantadue anni di vita, ammesso che potesse fidarsi di quel che diceva lui. Ma sapeva che le sue Praefectae avrebbero voluto sapere la portata delle sue abilità e se lui avesse il potere di influenzare la mente di un'altra persona, inoltre avrebbero voluto che Octavius si fosse lasciato sondare, all'interno e all'esterno, cosa che lui avrebbe sicuramente rifiutato. Le Praefectae avrebbero cercato di fare qualcosa che gli impedisse di violare un'altra volta la mente di qualcuno. Si strofinò la fronte e si avvicinò alla scrivania, chiuse gli occhi e attirò verso la sua mano le fiamme vincolate che avvolgevano le sfere di marmo che rappresentavano l'Ordine — e i due soli gemelli di K'Tara.

Octavius, seduto vicino alla finestra dell'ufficio, sembrava calmo, ma anche determinato a uscirne illeso. Disse: "Può chiedere a Elyana di verificare le mie dichiarazioni. Non mi darebbe fastidio. Lei può confermarle che durante i trentatré anni in cui mi ha servito, non mi ha mai sorpreso a usare alcun vincolo né tantomeno a influenzare o danneggiare chicchessia, nemmeno in battaglia; ho sempre ritenuto che un sovrano debba essere rispettato e amato, non temuto — e se proprio dev'essere temuto, dovrebbe esserlo per le sue abilità naturali e intellettuali."

La Magna Mater sospirò. "Sì, Octavius. Ma è proprio questo il punto: non vi ha *visto*. Come sappiamo che non avete usato le vostre abilità per influenzare le persone quando non eravate in presenza di Elyana?"

"Mater! In che modo l'uso del Legame per influenzare gli altri da parte mia — se mai lo avessi usato per questo scopo — sarebbe meno accettabile dell'uso che ne fate voi?"

"La differenza risiede nel fatto che coloro che incontriamo sono consapevoli delle nostre capacità, mentre nessuno sapeva delle vostre fino ad ora. E in ogni caso, non usiamo vincoli per influenzare le menti altrui senza la loro approvazione; è vietato. Tutto ciò che possiamo fare è percepire le loro emozioni per prevedere la direzione più probabile che possono prendere i loro pensieri e le loro decisioni.”

“Va bene, quindi ritorniamo al fatto che deve fidarsi di me.”

“Non solo io; *sta a noi tutte* fidarci. Non siamo vostri sudditi. La Sorellanza è talmente intrecciata agli aspetti politici, economici e sociali del vostro regno che non sarà un bene per nessuno se qualcuna di noi dovesse sospettare che voi usiate il Legame secondo principi diversi da quelli a cui noi stesse giuriamo obbedienza.”

La reazione iniziale di Octavius accrebbe la tensione del suo corpo, pronto a battagliare, ma presto riconobbe la verità nelle parole della Magna Mater e, poco dopo, annuì e accettò di giurare obbedienza alla legge dell’Ordine in futuro, al cospetto dell’Assemblea della Luce — il consiglio direttivo di Urbs Lucis.

Krystiana voltò le spalle al re per prendere in mano la sfera blu. L’aveva sempre preferita a quella rossa, forse perché le indicava la verità in modo più chiaro. Dopo un momento di riflessione, la ripose al suo posto sopra le fiamme rosse e fece una pausa per sentire il loro calore. Poi si strofinò le dita sul palmo come se le vibrazioni delle fiamme e della sfera blu le avessero rivelato qualcosa. Inclinando la testa verso il re senza girarsi immediatamente, disse con un pizzico di ansia nel respiro: “Rimane, come sapete, una questione molto più seria di cui discutere, Sire, e non può che avere un finale amaro; una questione che avremmo dovuto risolvere già qualche mese fa dopo il vostro ritorno da… Spiritii.”

Octavius tacque a lungo, l’unico suono udibile, per coloro che avevano un udito sufficientemente sensibile, era quello delle sue unghie che sfregava le une contro le altre. Poi incrociò le braccia e appoggiò il mento sulla mano. Infine, sbuffò e chiese: “Mater, lei è d’accordo che siamo tutti fallibili, indipendentemente dalla nostra autorità? Che nessuno di noi può essere certo di conoscere *la verità su qualsiasi* evento, anche se l’ha sentita con le proprie orecchie o vista con i propri occhi?”

Krystiana guardò Octavius con uno sguardo sospettoso e risentito e non replicò.

Lui disse: “Pensa che la mia domanda può indurla a dare una risposta che preferirebbe non dare? Eppure, lei è troppo intelligente per essere ingannata da qualcuno, per questo penso che lei non voglia dar spazio alla possibilità che suggerisco.”

"Di che parlate, Octavius? Avremmo sbagliato — tutti — nel giudicare Marcus Vrol colpevole del crimine di violazione?"

Octavius rispose con un tono fermo e sicuro: "Sì."

"E cosa vi porta a credere che abbiamo sbagliato?"

Anche se Octavius aveva preparato a lungo questo incontro, non aveva una risposta accettabile a riguardo. Avrebbe dovuto dirle che lui stesso era entrato nella mente di Marcus? Octavius si era riproposto di dare questa risposta, cento volte, e cento volte aveva riso di sé. Con tutto ciò che stava accadendo attualmente, non gli avrebbe giovato aggiungere questa complicanza alla situazione.

Alla fine il re si alzò, fece qualche passo intorno all'ufficio di Krystiana, si girò verso di lei e disse: "So la verità, Mater, proprio come so che il come è una rivelazione da fare un altro giorno. Come ho già spiegato a Elyana, sono andato da Marcus dopo che mi ha contattato per avvertirmi che la sicurezza del regno dipendeva dal fatto che ci incontrassimo. Nonostante il crimine che pensate io abbia commesso, Marcus era il mio suddito più leale e avrebbe dato la vita per salvare la mia, cosa che in effetti ha fatto più volte, e non lo dico in senso metaforico. Ho cercato di ottenere le informazioni da lui tramite un corriere, ma lui mi ha detto che potevano essere condivise solo personalmente e che chi era in possesso di queste informazioni non le avrebbe condivise senza ottenere qualcosa in cambio, cosa che io potevo dargli solo incontrandolo a Spiritii. Così sono andato. Ciò che ho appreso dal Maestro Lub Methor è stato confermato dal suo connazionale Lusk Methrim, che ora è qui a Urbs Lucis. Vero, avrei potuto sapere dell'invasione da Maestro Methrim, ma non lo conoscevo prima di partire per Spiritii e Maestro Methor mi ha offerto qualcosa che Maestro Methrim non offre: un mezzo per prevenire l'invasione."

Krystiana alzò un sopracciglio e stava per interrogarlo a tal proposito, ma Octavius la prevenne e disse: "E, per dirla tutta, avrò bisogno dell'aiuto della Sorellanza per eseguire il mio piano."

"Octavius! Siete qui per essere interrogato riguardo le vostre trasgressioni e per porre dei limiti ai vostri poteri. Invece mi dite che dovete discutere con me di questioni diplomatiche e... chiedere il nostro sostegno?!"

"Mater, sappiamo entrambi che non può punirmi per aver incontrato Marcus o limitare la mia libertà per il fatto che sono un Legante. Sì, potreste scatenare l'inferno contro Marcus, ma io mi opporrei se lo facesse, perché, ora come ora, lui è di vitale importanza per la sicurezza del regno. E potreste rendermi le cose difficili... ma lei sa bene, Mater, che c'è una guerra in corso, che potrebbe benissimo inghiottirci tutti."

Krystiana stava ribollendo dentro e i muscoli del suo viso si contraevano furiosamente. Come riusciva il re a invertire così facilmente la direzione della freccia? Come faceva a imporre su di lei la *propria* volontà? E a imporla sulla Sorellanza?

"Krystiana, mi conosce da molto tempo ormai, così come mi conoscono la maggior parte delle Praefectae ed Elyana, naturalmente. Voi *tutte* mi conoscete; conoscete la forza delle mie convinzioni e dei miei princìpi; conoscete la verità delle mie parole perché le pronuncio da più di cento anni. Sì, ho nascosto qualcosa a molti, eppure scoprirete che non ho abusato di nessuno. Non basta a convincervi che la fiducia in me non è mai stata mal riposta, oggi come ieri?"

Krystiana lanciò un'occhiata furtiva alle sfere sulla sua scrivania; le guardò come se le odiasse. Si può davvero imparare dal passato? Può davvero fornirci informazioni utili sugli eventi presenti, quando una miriade di condizioni possono differire, anche quando le situazioni a confronto presentano una certa somiglianza? Stava cominciando a dubitarne.

"D'accordo, Sire. Dite che adesso Marcus è di vitale importanza per la sicurezza del regno. E perché mai? Perché non dovremmo espellerlo o spedirlo all'Osservatorio?"

Octavius si accigliò per la menzione dell'Osservatorio. Era il posto in cui Urbs Lucis mandava le contaminate — Alterintranti che erano troppo pericolose per rimanere libere e che non potevano essere guarite — che venivano quotidianamente depurate con antimicrobici e intrugli a base di soppressori nocivi. Krystiana avrebbe fatto meglio a impedire che il suo Consiglio rinchiudesse lì Marcus, perché lui l'*avrebbe* recuperato con la forza, se necessario.

"Mi faccia cominciare da capo, allora." E il Gran Re tornò a sedersi sul o vicino al balcone dell'ufficio. Trascorse quasi un'ora a spiegare alla Magna Mater tutto ciò che l'aveva convinto a visitare Marcus nella sua villa nascosta, a chiedere perdono dopo essersi convinto della sua innocenza e, infine, a incontrare Lub Methor, rappresentante dell'Organizzazione per la liberazione dei maschi zebuloniani. Raccontò a Krystiana della richiesta dell'Organizzazione di sostenere la loro ribellione contro Zebula — ribellione che poteva garantire che la violenza rimanesse arginata in Zebulonia e che i piani di invasione della regina andassero in fumo — e del successivo consenso di Octavius a dare sostegno all'OLMZ.

Krystiana ascoltò pazientemente, poi chiese: "E avete deciso di accettare subito la richiesta di Maestro Methor, anche se sapevate già che avrebbe richiesto il nostro coinvolgimento?" Octavius fece un sorriso imbarazzato. Krystiana scosse la testa, stupita dalla fortuna di Octavius. Come poteva un uomo essere così fortunato da distogliere completamente ogni flusso negativo da sé? Le vennero alla mente diversi episodi in cui il re aveva evitato piccole scocciature e gravi catastrofi; pareva proprio che i Fondatori fossero dalla sua, e se non tutti, almeno uno di loro doveva esserlo per forza. Sapeva che Elyana, lei stessa, se lo era spesso chiesto nel corso degli anni, e ricordava i figli del re discutere la sua fortuna in varie riunioni. Krystiana continuò: "Non importa. Elyana mi aveva già informato delle intenzioni di Zebula prima che voi tornaste a Furania quest'estate; ero, dunque, pronta per affrontare questa richiesta. Infatti, stiamo per inviare due... spie in Zebulonia."

"Spie? Avete a disposizione delle Sorelle che vengono da quel regno?"

Con una nota imbarazzante nell'intonazione, la Magna Mater rispose: "Sono novizie; due ragazze Alterintranti di Razeb, un piccolo villaggio di espatriati zebuloniani sul confine settentrionale del Sagr."

"E lei vuole affidare a due ragazze inesperte una missione così cruciale?"

"Non abbiamo altra scelta e i vostri Frumentarii non potrebbero fare di meglio. Tutto ciò che queste ragazze dovranno fare è tenersi in contatto con una di noi, per trasmettere le informazioni. Per il resto, non dovrebbero avere difficoltà ad adattarsi in quanto sono di estrazione zebuloniana. Inoltre, Maestro Methrim ci assicura che il loro lessico, che lui diceva essere vecchio di almeno vent'anni, ora ingannerà anche gli istruttori della Corte. Lui stesso ha formato le ragazze riguardo gli usi e i costumi della Corte di Zebula. Sono più pronte di quanto potremmo mai essere noi."

Il re disse: "Questo è un piano coraggioso. Ma abbiamo bisogno di maggiori informazioni sul nostro nemico. Capisco che usare spie donne sia efficiente, considerato lo status degli uomini nel Regno del Sud, ma le due ragazze che state inviando probabilmente non sono abituate a quello che troveranno in quella Corte."

Octavius non era sicuro se le dita di Krystiana si fossero contratte nervosamente, ma gli parve di notarlo, poi proseguì: "Quando partiranno in missione?"

"Entro la fine del mese."

Octavius ora si prese un momento per riconsiderare la sua situazione e disse: "Quindi, come la mettiamo, Kry— Magna Mater?"

Stava per rivolgersi a lei chiamandola per nome, ma si fermò, non volendo creare l'impressione che le sue trasgressioni e le sue azioni stessero rimanendo impunite a causa del loro rapporto personale.

Krystiana capì il motivo dell'improvvisa correzione del re, lo elaborò, poi disse con evidente irritazione: "Ora voi siete in una posizione più comoda della mia, perché a quanto pare la vostra difesa spetta a me e sarò io a dover convincere le mie Praefectae che dovremmo continuare a fidarci di voi e che non dovremmo imporre alcuna restrizione né a voi né a Marcus Vrol. Tutto questo sulla base della vostra parola... e della vostra logica contorta con cui mi avete intrappolato."

Un sorriso colpevole si stampò forzosamente sul volto del re: "Se può parlarne lei al posto mio, Mater, gliene sarei molto grato. Ma *sono* pronto a rivolgermi personalmente all'Assemblea della Luce. Tuttavia, poiché non parlerei in un modo altrettanto limpido, come ho fatto con lei, potrei non essere in grado di convincere le altre e ciò comporterebbe senz'altro un dibatt—"

Con un impeto irritato e sprezzante della mano — un gesto che solo lei poteva permettersi di fare davanti al Gran Re — Krystiana disse: "Sì... lo so. Va bene, parlerò io per voi."

Octavius annuì ringraziando e stava per congedarsi dalla Magna Mater quando lei alzò un dito.

"Tuttavia, dovrete concederci qualcosa, Octavius."

Il re fece un respiro profondo e si preparò a qualsiasi cosa la Magna Mater avesse architettato per garantire che la Sorellanza non ne uscisse del tutto a mani vuote.

In contrasto con il precedente sorriso del re, un'espressione scaltra si dipinse sul volto di Krystiana quando disse: "È per il bene delle apparenze — che giustamente vi preoccupano — ma anche per il vostro bene e per la nostra tranquillità. Qualche mese fa abbiamo saputo che cercate un assistente personale. Indicheremo un candidato e lo accetterete. In questo modo, solo i più stretti, e alcuni all'interno di Urbs Lucis, sapranno la verità su quest'assunzione. A tutti gli altri, parrà una vostra decisione."

"Non può dire sul serio, Krystiana! Sono *già* circondato dalle vostre..."

Krystiana alzò una mano: "La persona che vi assegneremo non è una Lux Baiula. Ma comunque lui è uno di noi, uno Junior."

La fronte di Octavius si corrugò con sorpresa e confusione. "Un Alterintrante maschio? Apprendista?"

"Sì, l'unico. È un giovane brillante, con una passione per le scienze mediche e per le faccende amministrative, vi tornerà molto utile in qualità di Assistente Privato. I suoi unici doveri, oltre a quelli che sceglierete voi di assegnargli, saranno di assicurarsi che il vostro uso del Legame non sia d'influsso negativo e di informarmi, se qualcosa lo dovesse preoccupare."

Octavius si prese un momento per riflettere sul compromesso che gli veniva imposto. Mentre faceva ciò, la sua espressione passò lentamente dall'incredulità, alla rabbia più pura, dalla considerazione di soluzioni alternative che avrebbe potuto offrire a Krystiana, al rifiuto e, infine, all'accettazione. A quel punto, acconsentì e chiese di ricevere il curriculum vitae del ragazzo.

"Grazie, Sire. Sarà di grande aiuto per placare l'Assemblea della Luce. Ora, c'è un'altra questione che vorrei discutere con voi."

Il tono della Magna Mater, che sembrava indicare che la questione l'avrebbe toccato ancora più personalmente della nomina di un assistente personale. Ciò fece risuonare nella mente del re ogni sorta di campanello d'allarme. Ma lui si calmò e, con un sospiro rassegnato, disse: "Di cosa si tratta, Krystiana?"

"Presumo che siate a conoscenza dell'interesse del principe per la mia Manu Dextra?"

Octavius era abituato a cambiare argomento senza preambolo per sbilanciare qualcuno, ma questa volta non aveva lo scopo di prendere l'interlocutore alla sprovvista. Erano entrambi onestamente preoccupati, sia lui che Krystiana. Rispose con le labbra corrucciate: "Lo sono, Mater."

"Avete intenzione di fare qualcosa? Sapete che il Consiglio di Selezione si opporrà, così come dovrò farlo anch'io."

Octavius stava per rispondere, ma prima si sdravaccò sulla poltrona. Poi sbuffò e sospirò, esitando. Fece un respiro profondo e, infine, disse: "Non lo farò, Mater. Ho parlato della situazione con mio figlio e so che è consapevole dei rischi. Lascio a lui la decisione."

Krystiana abbassò la mascella e lo guardò con gli occhi sbarrati. In un attimo, la sua mente elaborò le motivazioni del re: "Anche se la vostra decisione è scioccante, non mi sorprende, Octavius. Voi siete... un sovrano unico nel suo genere. Questo mi dice che confidate molto nel fatto che qualunque sia la decisione di vostro figlio, questa non danneggerà il vostro regno o il nostro Ordine. Ma i vostri calcoli non possono confliggere con i miei e, per quanto ami e rispetti Elyana, la mia mente mi dice che la loro unione creerebbe solo problemi. Pertanto, io mi opporrò se l'unione verrà presentata al Consiglio di Selezione, anche se, con la guerra alle porte, dubito fortemente che tale richiesta venga presentata a breve."

Octavius sorrise, mostrando un briciolo di gratitudine. Krystiana avrebbe mantenuto la parola, ma non stava proibendo il loro corteggiamento. Forse, credeva che la guerra avrebbe rimesso le cose a posto, in un modo o nell'altro. Il re si congedò e tornò nei suoi alloggi all'ultimo piano del palazzo.

Quando una Sorella Fallisce

Nella quiete delle terme di Urbs Lucis, intanto che il mondo là fuori era in subbuglio e alcuni leader discutevano sul da farsi, mentre altri progettavano o creavano il caos, Dana si preparava ad entrare nel bagno di tormento. Le Lux Baiulae, in genere, si immergevano alle terme per ringiovanirsi, facendo un bagno rilassante e depurante, per poi stendersi su un tappetino microbico rigenerante nelle stanze sul retro dell'edificio.

Ma Dana non era qui per calmare la sua mente o il suo corpo; era qui, come dicevano loro, per tormentarsi. La vasca era ricca di specie microbiche nocive che uccidevano una percentuale significativa dei microbi che già vivevano su una Sorella. Questo processo provocava un dolore lancinante, ma resettava anche le energie della Sorella, conferendole una sensazione rinvigorente di freschezza. Dopodiché le assistenti l'avrebbero sciacquata con dell'acqua contenente microbi benefici per ripristinare la flora perduta.

Innanzitutto, Tera Lux Baiula, la Custode delle Terme, e la sua assistente Lotaria Lux Baiula avrebbero creato un nodo mentale con

Dana. Il che permetteva loro di monitorare i suoi parametri vitali e il suo metabolismo dall'interno del Legame, dato che non avrebbero avuto accesso diretto alla loro Sorella, finché restava sommersa nella vasca.

Tera, una donna alta e pallida, fece cenno a Dana di avvicinarsi a loro. Dopodiché si disposero in un triangolo e la Custode delle Terme cominciò: "Sorores, nostris mentibus nunc nos ligare!"

I capelli delle donne si sollevarono in direzione delle altre, mentre i fasci di luce blu si estendevano tra loro. Nastri eterei, folgoranti e scoppiettanti, collegarono le donne per due lunghi minuti, apparentemente interminabili. Quando le tre Sorelle sussultarono — il loro cervello si era connesso e quindi aveva iniziato a ricevere il triplo degli input sensoriali — aprirono gli occhi e Tera chiese a Dana di svestirsi.

Facendolo, Dana si maledisse per quello che sarebbe successo. Ma che altra scelta aveva? La perdita di tre delle sue Sorelle e la sua cattiva gestione dell'episodio avvenuto nella camera da letto del Gran Re le imponevano di subire questa punizione e ricominciare da capo. Dopo aver gettato la propria biancheria intima — ne avrebbe ricevuta di nuova, esente da ogni traccia della sua futura ex-flora microbica — entrò nella lussuosa vasca gialla in ardamantis con determinazione.

Tera Lux Baiula annuì e Dana chiuse gli occhi e fece diversi respiri profondi e iperventilanti, per poi immergersi completamente nell'acqua calda. Una volta sommersa, rallentò il polso, facendo del suo meglio per non stringere i denti, in previsione del dolore che stava per arrivare, e discese in uno stato meditativo profondo.

Soddisfatta, la Custode delle Terme fece cenno alla sua assistente di recuperare il grande vaso posto sul davanzale della finestra — un vaso pieno di una miscela rosso scuro contenente una dozzina di specie di microbi — e di versarlo nella vasca.

Dana represse il desiderio di aumentare la tensione della propria pelle quando sentì il latte microbico fluire intorno a lei. L'acqua del bagno era ora di un rosa opaco e le donne presenti non potevano più vedere Dana, così entrarono nel Legame per monitorarla e schermarla.

Il ringiovanimento attraverso il bagno di tormento non era un processo lungo, anche se il dolore che causava poteva bastare per una vita intera.

Quando i microbi tossici avevano interamente ricoperto la pelle della Barriera e penetrato ogni anfratto del suo corpo, iniziarono a replicarsi e una crescente sensazione di bruciore iniziò a scottare Dana. Mentre ogni centimetro quadrato del suo corpo iniziava a divampare come se venisse cotto in padella, Dana cominciò a ripetere tra sé e sé: *Lo farò. Mi purificherò. Ripristinerò il mio corpo e la mia mente. La prossima volta che ci sarà pericolo sarò pronta e agirò evitando i danni e la morte di coloro a cui devo la mia vita. Lo farò, mi purificherò. Lo farò, mi purificherò. Lo farò...*

I microbi invasori stavano costringendo parte della sua flora nativa ad un frenetico ciclo di autodistruzione. L'improvviso rilascio di grandi quantità di materiale cellulare nel corpo di Dana innescò una risposta immediata e furiosa del suo sistema immunitario e del suo fegato, era una vera e propria corsa per la sopravvivenza. Dana non cercò di rallentare il suo metabolismo; il dolore era necessario, portava con sé un nuovo inizio.

Dietro le sue palpebre chiuse, anche i suoi occhi venivano passati in rassegna dagli implacabili microbi. Il dolore penetrò nel cervello di Dana causandole pulsazioni palpitanti. Lei urlò nella sua mente e cacciò un urlo terribile nel Legame. Sebbene avesse saltato alcuni versi della cantilena, continuava a ripetere: *Lo farò, mi purificherò. Lo farò, mi purificherò.*

Tera e l'inquietante Lotaria, con quel suo collo corto, grasso e rugoso, osservavano e monitoravano la loro Sorella. Avevano già visto donne sottoporsi a questa procedura, non di rado. Infatti, ogni anno, almeno una dozzina di Sorelle giungevano alle terme per purificarsi, anche se in realtà non si fustigavano più come facevano un tempo i membri dell'Ordine. Attualmente, le Sorelle si sottomettevano a questa pratica sia per infliggersi una punizione che per effettuare il rituale di purificazione, atto a ringiovanire la loro flora microbica; tutte ci dovevano passare, chi più chi meno.

Le urla di Dana, nel Legame, erano senz'altro atroci, ma Tera e Lotaria avevano già sentito altre donne agonizzare, e i loro lamenti avrebbero potuto resuscitare i morti, se non fossero state schermate dalla Custode delle Terme e dalla sua assistente.

Contenere le urla di una Sorella non era un compito facile per loro, spesso le prosciugava al punto che avevano bisogno di alcuni giorni per riprendersi. Eppure, monitorare il metabolismo della penitente era ancora più difficile. Infatti, la procedura inondava il flusso sanguigno della penitente di sostanze chimiche di ogni tipo, trasformandolo in un vero e proprio vortice. Tera doveva setacciare le miriadi di molecole e tenere traccia di quelle che potevano rappresentare un pericolo, nel caso in cui non fossero state rapidamente inattivate dal corpo della donna. Se avesse identificato un composto di quel tipo, avrebbe immediatamente interrotto la procedura. Tera era forse il migliore Sensore tra le Sorelle, addirittura migliore di Elia Lux Baiula. Per via dei suoi sensi altamente discriminanti, le veniva spesso chiesto di partecipare alle indagini sulle morti misteriose.

A quel punto Dana iniziò ad avere degli spasmi e i suoi movimenti sollevarono degli schizzi d'acqua che finirono sulle altre due Sorelle. Tara trasmise una chiamata mentale a Lotaria; era tempo d'invertire la procedura. La donna iniziò a pulire il bagno termale con un flusso di acqua fresca e rilassante, la quale conteneva microbi benefici e una miscela di tutti quei microbi che conferivano a Dana le sue abilità. La zuppa rosa e tossica si drenò lentamente, lasciando spazio all'acqua pulita che scorreva sopra e intorno a Dana. L'acqua le penetrò nelle narici, negli occhi e nelle orecchie, così come in ogni altro orifizio del suo corpo e la risciacquò.

Mentre i microbi tossici venivano puliti via, per poi essere eliminati nelle vasche di trattamento termico, la temperatura di Dana scese lentamente a venti pietre — appena sopra la media — e lei uscì dal Legame, vedendo con i suoi occhi arrossati la propria carne viva e le sue Sorelle pronte ad assisterla. Poiché le ci sarebbero voluti uno o due giorni per riprendersi completamente e apparire di nuovo presentabile, Dana sarebbe rimasta a riposare presso le terme, passando il suo tempo a canticchiare: *"L'ho fatto; sono pronta a sopportare. L'ho fatto; sono pronta ad agire"* avanti e avanti fino a quando tutte le tracce delle sostanze tossiche che avevano inondato il suo corpo vennero metabolizzate. Presto sarebbe tornata a svolgere le sue mansioni, pronta a difendere chiunque fosse sotto la sua protezione.

Il Tormento di Lusk

Dopo l'incontro con Noctiferus, Lusk aveva passato due giorni intrisi d'odio, ma alla fine si era rassegnato al suo destino e si era impegnato a corrompere per davvero i membri della Sorellanza.

Aveva già iniziato a cambiare Moradien, una ragazza brillante, che avrebbe potuto avere un futuro straordinario davanti a sé, se non fosse stata così ribelle, un tratto di cui lui aveva ovviamente approfittato. Stava diventando corrotta, proprio come lo zebuloniano, ma lei avrebbe eseguito gli ordini dell'Oscuro a sua insaputa. A Lusk dispiaceva, ma che scelta aveva? Nessuna possibilità che il suo cervello fosse in grado di elaborare, o che la sua ragione gli permettesse di perseguire.

Quel che doveva fare a questo punto era completare il lavoro cominciato su Luvius, che aveva già iniziato a convertire e a cui aveva già affidato la sua prima missione: diventare amico dello scudiero del principe al Ballo Reale e, attraverso di lui, ottenere una posizione nella corte del Gran Re. Una volta introdotto, Luvius avrebbe iniziato a stringere amicizia con il personale di corte e poi si sarebbe infiltrato sempre più vicino al re, fino a quando non sarebbe stato assegnato al servizio personale del re o non sarebbe riuscito ad acquisire influenza su qualcuno che gli aprisse un varco diretto per arrivare al monarca. Il processo sarebbe stato lento e lungo. Ma la fortuna aveva bussato alla porta di Lusk in quest'ultimo quarto, quando seppe che il giovane Alterintrante, Koricki Dar'Muntake, era stato assegnato al re per servire come suo assistente personale. Lusk ora aveva l'obiettivo perfetto per Luvius. Mentre ci ripensava, percepì un intimo sollievo nel non dover corrompere Koricki stesso, come aveva dapprima pianificato di fare, poiché il giovane era una delle persone più oneste, buone ed eticamente corrette che avesse mai incontrato in vita sua. Meglio lasciare a qualcun altro il compito di corromperlo.

Luvius, d'altro canto, era stato una vittima facile; era bello, pigro e arrogante, quindi Lusk poteva più facilmente giustificare le proprie azioni, anche se ciò che implicavano continuava a procurargli un dolore fisico, oltre che spirituale.

Incapace di sopportare la vista e il pensiero dei propri misfatti, Lusk passò le ore a guardare fuori dalla finestra della sua stanza, con lo sguardo perso verso sud; un solo pensiero che teneva la sua mente viva e l'allontanava dall'alcol: sua madre, in quella casa che il Fondatore gli aveva mostrato.

Tania Lux Baiula camminava nervosamente nel suo ufficio a Domus Lucis con un rapporto in mano. Non la agitava perché trattava di problemi, bensì perché conteneva i risultati dei test che il laboratorio di Urbs Lucis aveva condotto quel quarto, sui campioni di sangue che lei ed Elia avevano spedito in precedenza — i campioni che avevano prelevato dai corpi delle loro Sorelle defunte.

"Elia, sei geniale! Il tuo metodo per sondare i corpi, quando non sapevamo più cosa cercare, è stato una rivelazione! Devi insegnarlo alle Sorelle dei nostri Fasciati."

Elia, forse una delle sorelle più umili di tutta l'Alvinoria, rispose scrollando le spalle.

Tania disse: "Elia, cara. Smettila di fare la modestta. È veramente una grande intuizione quella che hai avutto sul modo in cui le nostre menti lavorano, imparano e agiscono: il subconscio che prende il sopravventto sulla parte coscientte, quando quest'ultima potrebbe essere sopraffatta da troppe informazioni. Posso già immaginare tutte le applicazioni possibili di questa tecnica."

Elia si rassegnò alle lodi, ma spostò rapidamente la conversazione su questioni più pratiche, dicendo: "Grazie, Tania. *Comunque*, che facciamo adesso? Il laboratorio ha isolato la sostanza estranea che ha ucciso le nostre Sorelle, ma non abbiamo ancora trovato un modo per proteggerci da essa."

"Questo è il nostro prossimo compito." Tania si toccò nervosamente le labbra: "Potremmo provare a creare un antidotto per poi inviarlo al laboratorio e produrne fiale da distribuire alle nostre Sorelle in tutto il continente." Tania fece una pausa, si tamburellò di nuovo le labbra con le dita e disse: "Però questo non aiuterebbe le Sorelle a combattere l'effetto della tossina durante uno scontro con gli assassini."

"No, non sarebbe d'aiuto."

"Forse potremmo provare a immunizzarci, facendo replicare la sostanza dal laboratorio e ingerendone quantità sempre maggiori fino a neutralizzarla naturalmente."

Elia si accigliò riflettendo su quell'idea: "Sarebbe un processo molto lento. E avremmo bisogno di grandi quantità di tossina; non sono sicura che il laboratorio lo potrebbe gestire."

"Hai ragione. O Fondatori! Come *possiamo* fare?!"

Tania riprese a camminare, fermandosi di tanto in tanto per pronunciare un "no", mentre svariate idee le attraversavano la mente, fino a quando il suo viso brillò di gioia ed eccitazione. La donna sobbalzò.

"Che c'è, Tania? Ti è venuta un'idea?"

"Sì. M'è venutta! E c'entra con la tua scoperta precedente. Ho *detto* che avremmo potutto trovare tante altre applicazioni. Beh, senti qua: dobbiamo usare sia la nostra mente cosciente che quella subconscia per addestrare le nostre Sorelle a riconoscere la tossina e poi a neutralizzarla. Programmeremo una giornata di addestramento — nel Legame — in cui tu ed io ingeriremo la sostanza e apriremo la nostra mente — cosciente e subconscente — alle nostre Sorelle." A questo punto, una piega di preoccupazione increspò il viso di Elia. "È così che dobbiamo fare, Elia. Ingeriremo piccole quantità della sostanza mentre apriamo la mente alle nostre Sorelle, poi rintracceremo la tossina e la neutralizzeremo. Le nostre Sorelle ci osserveranno con la loro mente cosciente e subcosciente, in modo che l'apprendimento sia effettivamente completo."

Elia scosse la testa. "Sarebbe meglio per noi allenarci a riconoscere e neutralizzare prima la tossina, in quanto ciò ci permetterebbe di insegnare tutto ciò alle nostre Sorelle usando esclusivamente la nostra parte cosciente."

"Hai paura di condividere i tuoi pensieri inconsci? Ci vuole troppo tempo per condividere le nostre conoscenze usando solo la parte cosciente della mente e, nel frattempo, altre Sorelle morirebbero. Questto è il metodo più veloce. *Dobbiamo* percorrere questa via!"

Elia disse: "Mi fa paura, Tania, e non di certo perché ho qualcosa da nascondere. Ma hai ragione. Eppure, non ho mai sentito di un addestramento della Sorellanza di una tale portata."

"Questo perché non abbiamo mai avuto bisogno di allenarci tutte insieme per proteggerci da una particolare minaccia. Ma di fronte a nuove sfide, occorre trovare nuove soluzioni. Questa è la nuova soluzione!"

"Va bene, Tania. Ma prima, dovrai convincermi che l'apertura delle nostre menti subconsce, potenzialmente a qualsiasi Errante che vaghi per il Legame, possa avvenire in modo sicuro, perché non saremo mai in grado di connetterci selettivamente con oltre seicento Sorelle."

Tania rispose con la ferma fiducia di chi aveva sviluppato una certa intuizione dopo aver studiato a lungo la complessità del corpo e della mente umana.

Le due donne passarono le due ore successive a discutere quell'idea, discutendo innanzitutto i rischi di quell'approccio. Quando Elia si convinse che la certezza della morte per la tossina era più rischiosa della possibilità che le loro menti potessero essere violate durante il breve lasso temporale che richiedeva la sessione di allenamento, si arrese e iniziò a pianificare l'evento. Pianificarono ogni cosa: dall'ottenimento di quantità sufficienti di tossina da ingerire almeno quattro volte prima della grande sessione di allenamento, alla pianificazione di quattro sessioni di test — in cui avrebbero anche cercato di addestrare due delle Sorelle residenti a Furania, utilizzando lo stesso metodo proposto — e infine alle modalità in cui informare la Magna Mater dei loro piani.

In Fiera

La capitale era un brulicare di gente in quell'ottava giornata di Undecimus, che aveva due grandi eventi in serbo: la benedizione dei vettori partecipanti alla gara Transalvinoriana, che sarebbero stati trasportati al punto di partenza, e la cerimonia ufficiale per il ritorno sul campo della Furaneria, il cui addestramento era appena giunto al termine.

A sud delle mura della capitale, erano stati allestiti dei larghi tendoni per ospitare tutti i vettori. Questi sarebbero stati portati al loro punto di partenza a Bremini, a tremilacinquecento chilometri dalla capitale, in gabbie trasportate da una squadra di sei furani, presi in prestito dall'Arma Reale dal Signor Voltaguerra, Signore dell'Arsenale, nonché lo sponsor più prestigioso della competizione. I vettori sarebbero stati liberati il primo giorno del secondo quarto di mezzo, tra due quarti quindi, quando il Sole Blu si sarebbe nascosto dietro il suo gemello rosso e tutte le ore del giorno potevano essere utilizzate dai gareggianti per compiere il loro lungo viaggio di ritorno. I vettori che non morivano o che non abbandonavano la gara sarebbero tornati alle loro rispettive gabbiette, dove i loro proprietari li avrebbero accolti tra gli applausi — oppure no — avrebbero rimosso gli anelli di gara dalle loro zampe per timbrarli con la data e l'ora d'arrivo, tramite i cronometri per vettori e, infine, avrebbero portato i tempi al comitato di gara, che avrebbe determinato i vincitori dopo aver confrontato i timbri orari su tutti gli anelli restituiti.

A ovest delle mura della capitale c'era un'ampia tenda, appositamente piazzata per ricevere la famiglia reale e gli altri nobili della città, oltre ai patrizi in visita da tutto il regno. Davanti alla tenda, tremila unità furaniche si radunarono e attesero, più o meno pazientemente, l'inizio della cerimonia, affiancati da alcune squadre del reggimento vorani e della fanteria.

I venditori di cibo erano sparsi in entrambi i campi e alcuni ambulanti vendevano statuette dei vettori e dei furani preferiti dalla gente, altri vendevano spille dorate che rappresentavano la Furaneria e lamelle dorate di vettore, che rappresentavano l'antica tradizione della gara Transalvinoriana. Altri ancora vendevano cimeli della Corona Coriolana, i cui membri erano tutti presenti quel giorno, tranne il principe Toras, che purtroppo era stato trattenuto in occidente da un nuovo attacco di grugni.

Il re, la moglie, il loro erede e la vigilante si stavano recando in carrozza al campo ovest.

Il re, che era tornato nella capitale il giorno prima, non aveva ancora avuto la possibilità di discutere con suo figlio e sua moglie di cosa fosse successo a Urbs Lucis, e Aithen non poteva nascondere una certa apprensione nello starsene lì seduto di fronte alla coppia reale. Mitsuko invece era seduta alla loro sinistra.

Aithen guardava fuori dal finestrino della carrozza, di tanto in tanto, osservando la guardia personale aumentata del padre, cercando di valutare il loro atteggiamento: quattro nuove Fasce Rosse, tornate con Dana Lux Baiula, si erano aggiunte ai cinque uomini della Guardia Praetoriana. Ognuno sedeva orgogliosamente in groppa ai loro furani, scrutando le strade, la folla, i negozi e le case, in cerca di attività sospette. La vista sembrava intimidire in molti tra la gente di Furania, che a loro volta sembrava infastidire Octavius.

Il re disse: "Probabilmente si staranno chiedendo se a Urbs Lucis abbiano deciso di dovermi tenere d'occhio."

Incapace di contenere la sua curiosità più a lungo, e con un'intonazione vagamente sospetta, Aithen disse: "A quanto pare la risposta è che non è così. Dopotutto, sei qui e hai il pieno controllo sui tuoi movimenti, eri anche di buon umore fino a qualche secondo fa, finché non hai visto gli sguardi interrogativi di alcuni dei suoi sudditi. Se dovessi tirare a indovinare, direi che non solo non ti hanno messo restrizioni, ma che le cose sono andate... bene?! Cos'è successo, Padre?"

Capendo che suo figlio non avrebbe rinunciato a incalzarlo finché non avrebbe ottenuto risposta, Octavius sospirò e disse: "Suppongo che entrambi abbiate aspettato già abbastanza prima di saperlo."

Aithen annuì con fermezza, invece, sebbene Darya desiderasse sapere cosa fosse successo a Urbs Lucis, la sua espressione mostrò soltanto fastidio.

"L'incontro con Krystiana è stato teso, a tratti ostico, ma forse più per lei che per me. Comunque lei è un'ottima leader, sa come vanno le cose. Il suo unico vero crucc... beh, ne riparleremo."

Quando Aithen e Darya si guardarono perplessi, Octavius mise in chiaro con un gesto della mano che non avrebbe detto altro.

"Per quanto riguarda il mio incontro con l'Assemblea della Luce, beh, non è stato piacevole — anche se Krystiana garantiva per me. Comunque alla fine, hanno accettato di continuare a fidarsi di me. Hanno anche accettato di non punire Marcus per la mia visita quest'estate. E poiché la Sorellanza apprezza la logica, il fatto che abbiano accettato il mio uso di un... vincolo che viola la mente per difendere la mia vita le costringe ad accettare ciò che ha fatto Marcus quarant'anni fa, o meglio, quarant'anni dopo. Hanno quindi revocato il suo esilio, il che significa che ora è un uomo libero."

Aithen, invece di esserne contento, andò su tutte le furie. Darya cercò di calmarlo, capendo a cosa pensasse, ma non sembrava intenzionato a placarsi. Fortunatamente, non urlò, forse perché Mitsuko era lì o forse per non farsi sentire dagli altri. In ogni caso, Darya chiuse le imposte della carrozza per assicurarsi che nessuno vedesse le facce di bronzo del marito o del figlio.

Aithen disse: "Stai dicendo che non solo non c'è stata alcuna conseguenza per le tue trasgressioni o per l'uso del Legame senza aver ricevuto alcun addestramento, ma ne sei uscito addirittura in una posizione migliore? Com'è possibile, padre? Com'è che non subisci mai le conseguenze delle tue azioni come chiunque altro?"

L'espressione di Octavius si fece improvvisamente cupa e Darya appoggiò una mano sulla sua, mentre lui stava per ruggire il nome di suo figlio. Chiese ad Aithen di sbollire, ma lui continuò, imperterrito:

"So che tu sei il Re, padre. Ma non sei al di sopra della legge!"

A quel punto, Octavius scosse semplicemente la testa e sospirò, mentre Darya diceva a suo figlio di prendere fiato e di usare un attimo la ragione, prima che le cose gli sfuggissero di mano.

Mitsuko Lux Baiula si accigliò, non capendo perché il principe sembrasse sempre così arrabbiato e desiderando che si rivolgesse al re con toni più rispettosi. Ricordando la rivelazione che le aveva fatto Elyana quella mattina, Mitsuko si chiese se il principe si arrabbiasse così anche quando era in compagnia di *lei*. Probabilmente no, ma allora perché reagiva così con suo padre?

Avendo ritrovato la calma e rendendosi conto di ciò che stava facendo arrabbiare Aithen, Octavius cercò di ribaltare le carte in tavola e disse: "Aithen, anche tu potresti avere più fortuna se la lasciassi arrivare da te, se la invitassi ad essere tua. Ma anche se sei uguale a me sotto tanti altri aspetti, la tua visione della vita è sicuramente meno positiva e ciò ti impedisce di cogliere opportunità che avrebbero reso le cose più facili per te. In ogni caso, se un giorno farò qualcosa di sbagliato — qualcosa che arrecherà danno a coloro che mi circondano, o ai miei sudditi — puoi stare certo che pagherò il giusto prezzo. Ma questo non ti farà sentire meglio, Aithen. Piuttosto, dovresti aprirti a tutto ciò di positivo che la vita ha da dare e coglierlo; l'alternativa è accontentarsi. E comunque, io lo sono — contento."

Il principe rimase in silenzio per un po', spolverando la polvere inesistente dalle pareti di velluto della carrozza. Quando parlò di nuovo, fu con un qual certo senso di rassegnazione: "So che sei contento, padre. E io sono contento che tu sia libero da qualsiasi restrizione che la Sorellanza avrebbe potuto imporre a te o a Marcus, lo sono davvero. È solo che mi pare ingiusta la vita quando paragono la mia fortuna alla tua." Vedendo che Octavius stava per obiettare, Aithen aggiunse: "Sì, sì, lo so. Devo cogliere le opportunità quando arrivano. Suppongo di non sapere come si faccia."

Octavius considerò le parole del figlio, strofinando lentamente le mani e alla fine allargò le braccia per dire: "Comunque, quest'oggi almeno, tu hai qualcosa per cui andare fiero, figlio mio. La Furaneria sarà anche tecnicamente un'unità del mio esercito, ma tutto questo è opera tua e di Harlion. E in aggiunta al vostro successo di ieri con i Locari, grazie al quale le capacità della Sorellanza aumenteranno notevolmente, devi ammettere che per te sarà un quarto fantastico questo."

"Non sono sicuro di voler declinare la mia fortuna al futuro, padre. Chissà cosa porterà domani o anche questa sera... Preferisco godermi le cose belle così come sono, nell'immediato."

Questa volta, sia Octavius che Darya sospirarono pesantemente e scossero la testa per l'ostinata negatività di Aithen, che il principe preferiva chiamare realismo.

"Ma comunque sono... orgoglioso di quello che abbiamo fatto io e Harlion in così poco tempo. Non è stato facile. In particolare non lo è stato catturare, legare e addestrare le migliaia di furani di cui avevamo bisogno. La Sorellanza è stata di grande aiuto e suppongo di *essere* stato anche un po' fortunato."

Percependo che il nuvolone che copriva l'umore di Aithen si era ormai dissipato, Darya chiese: "A proposito della Sorellanza, dov'è Elyana? Ci incontrerà al campo?"

Aithen scrollò le spalle, ma Mitsuko Lux Baiula rispose al suo posto: "Dovrebbe unirsi a noi prima dell'inizio della cerimonia, Donna Darya."

"Grazie, Mitsuko. Irania la accompagnerà?"

"No, mi dispiace, mia Signora. Irania ha delle questioni urgenti da sbrigare."

Darya si sporse verso Octavius e disse: "Irania non dovrebbe passare più tempo a corte, Octavius?"

"Infatti, dovrebbe. Mi piace Irania e la rispetto, e i suoi consigli *sono* preziosi. Ma ho bisogno di una consulente che sia disponibile quando mi serve."

"Vorresti che tornasse Elyana?"

Octavius annuì.

Lo scambio tra re e regina non passò inascoltato da Aithen, che sentì il suo polso galoppare come un centinaio di vorani; ma non disse nulla. Anche Mitsuko ascoltava, sperando che il re non avrebbe tentato di ottenere anche questo; non che avesse qualcosa contro di lui o contro il fatto che non avesse subito conseguenze in seguito al Consiglio di Urbs Lucis. In realtà, col tempo aveva scoperto di rispettare molto quell'uomo straordinario, un sovrano diverso da qualsiasi altro avesse mai servito. Eppure, sapeva anche che lasciarlo agire a modo suo, ogni volta che voleva, poteva solo creare problemi a lungo termine. In ogni caso, lei avrebbe continuato a vigilare su di lui e a sperare che non diventasse necessario il suo intervento.

Ci vollero una trentina di minuti prima che la carrozza arrivasse a destinazione e che la famiglia reale e il suo seguito prendessero posto nel baldacchino sotto la Tenda Reale. Una volta seduti, il re, la moglie e il loro figlio maggiore salutarono il popolo, che li accolse affettuosamente.

Octavius si soffermò a osservare i soldati, i furani e i vorani disposti a raggiera davanti a loro. Era uno spettacolo grandioso per il re — a maggior ragione sapendo che un gran numero di quelle unità sarebbe stato inviato a Passo del Corno il giorno seguente, per dare una mano a Toras nella lotta quotidiana contro i grugni — e lo disse alla moglie. Darya commentò con la stessa meraviglia la potenza che proiettava quell'adunata.

Aithen guardava gli uomini e le loro cavalcature con un volto inespressivo. Rivolgeva occasionalmente un orecchio in direzione delle chiacchiere dei genitori, ma non partecipava attivamente alla conversazione. La sua mente era preoccupata da altro in quel momento. Di tanto in tanto scrutava suo padre con la coda dell'occhio.

Tutti i pensieri e le riflessioni cessarono quando i suoni suggestivi dei tabellari smossero l'aria e vibrarono in petto agli spettatori. Nello stesso momento, l'orgoglioso Harlion, il severo Kendor, Crassius, pelato e dalla pelle coriacea, e Rinius, dai baffi larghi, camminavano sul campo. Il Gran Capitano si posizionò su un palchetto accanto a Elia Lux Baiula, che si sarebbe occupata di amplificare la sua voce, i Primi si posizionarono invece di fronte ai loro rispettivi battaglioni alati.

Lontane dal reggimento alato, la squadra dei vorani e la fanteria attendevano solerti, ma senza troppe preoccupazioni; questo non era il loro giorno. Esibivano comunque un atteggiamento fiero nelle loro uniformi cerimoniali: i voranieri vestiti in uniformi rosse e dorate, seduti a cavallo di quelle magnifiche bestie dal manto grigio, nero o blu ghiaccio, e i fanti, altrettanto eleganti nelle loro uniformi rosse e nere. Nessun'altra nazione in tutte le Terrae Regis poteva vantare un esercito professionale come quello d'Alvinoria. Anche senza il suo reggimento alato, quell'esercito rimaneva impressionante e, sia i voranieri che i fanti lo sapevano e lo mostravano orgogliosamente tramite la loro postura.

Gli spettatori erano in visibilio. Il re si scambiò un cenno d'intesa con il Gran Capitano e l'ufficiale fece a sua volta un cenno al Tabellarius, che colpì il tamburo con una rapida sequenza, volta a far zittire il pubblico. Un silenzio d'attesa calò all'istante. I civili fissavano i loro vicini con gli occhi sbarrati e uno sguardo ansioso.

Elyana arrivò proprio in quel momento e si sedette dietro ad Aithen, accanto a Mitsuko. Fece un saluto veloce e rispettoso al re e alla regina consorte, poi ne fece uno più indulgente al principe, che ricambiò con un mezzo sorriso. Elyana sollevò un sopracciglio, ma il principe scrollò le spalle e le indicò con un altro gesto che ne avrebbero parlato più tardi.

Elyana sospirò e si voltò per salutare anche la Sorella, che ricambiò il saluto con un'espressione marmorea, quella tipica delle Lux Baiulae. Elyana capì dalle movenze della donna che si stava chiedendo quale decisione avesse preso riguardo al corteggiamento del Gran Principe. Mentre Elyana rispondeva con lo sguardo che non c'era bisogno di preoccuparsi, la sua attenzione fu catturata dalla voce riverberante di Harlion e lei si girò per guardare la scena insieme a tutti gli altri presenti.

"Mio Re, mia Regina. Mio principe. Donne e Signori. Oggi è un grande giorno. Segna l'inizio di un nuovo capitolo nella storia del nostro regno, la riattivazione della Furaneria che — pur non eguagliando i Diecimila Coriolani dei nostri antenati — rimane la forza più potente di tutte le Terrae Regis."

Lance e stivali colpirono il terreno in segno d'assenso e il riverbero di quei suoni si diffuse come un terremoto, fino alle sedie e alle panche sotto la Grande Tenda, fino ad attraversare le ossa del pubblico.

Proprio a quel punto arrivò una persona, ansimando, e si sedette alla sinistra della regina, chiedendo scusa per il ritardo, ma anche mostrando un'evidente eccitazione: "Padre, madre, ho corso più veloce che potevo. Non volevo perdermelo."

Darya inarcò un sopracciglio e disse: "E il Maestro Rackeli?"

Ancora con il fiatone, Ori rispose: "Sta arrivando."

Il re ridacchiò tranquillamente e rivolse il suo sguardo allo spettacolo. Darya accolse il figlio con un sorriso divertito ma caldo, che il ragazzo in trepidazione ricambiò con i suoi occhi luminosi e brillanti. Poco dopo aver distolto lo sguardo, Darya guardò di nuovo Ori, meravigliandosi della lucentezza della sua pelle. Qualcosa in lui sembrava diverso, ma non riusciva a capire bene cosa. Forse era solo il caldo. Mise da parte i suoi dubbi e riportò la propria attenzione sul campo.

Aithen, percependo l'eccitazione del fratello, mise da parte l'irritazione che provava ancora per l'innaturale fortuna di suo padre e gli disse: "Vorresti essere su uno di quei furani, fratellino?"

Il sorriso di Ori si allungò da un orecchio all'altro.

La voce di Harlion rimbombò nuovamente e catturò ancora una volta l'attenzione di tutti.

"Queste tremila unità furaniche sono pronte a servire nostra Maestà; pronte a vivere, combattere e morire per proteggere il nostro magnifico regno. Due terzi di loro hanno viaggiato a lungo per poter partecipare a questa cerimonia, Sire, e il fatto che siano freschi e splendenti, proprio come tutti gli altri, è una testimonianza della loro prontezza." In quel momento, un canto meraviglioso s'innalzò dai vorani, immediatamente accompagnato dal profondo canto gutturale dei voranieri e dei fanti. Fu un'esperienza travolgente, che fece scorrere innumerevoli lacrime sui volti degli spettatori. Ori osservava e ascoltava tutto, totalmente preso da quella scena.

Harlion fece un cenno al Tabellarius, che richiamò l'attenzione di ogni soldato e animale con tre colpi del suo tamburo.

Harlion continuò: "Sire, Primus Rinius, capo del battaglione alato dei lanceri!"

Il pubblico iniziò a battere le mani sulle gambe.

"Primus Crassius, capo del battaglione alato degli arcieri!"

Seguirono nuovamente gli applausi e gli urrà della gente.

"E infine, Primus Kendor, ex Guardia Nera e ora ufficiale della Guardia Reale, capo del battaglione alato d'assalto!"

I palmi delle mani colpirono ancor più furiosamente le gambe, accogliendo l'ufficiale che era già ben noto al popolo per il suo coraggio e carattere.

Harlion fece un altro cenno al Tabellarius e il giovane iniziò una nuova sequenza di colpi, ripresa in seguito dagli altri quattro Tabellari che circondavano il campo ovest. Ricevuto l'ordine di salire sui loro destrieri, i tremila furanieri montarono in groppa, e così fecero i loro capitani. Quando furono tutti pronti, il Gran Capitano si voltò e invitò il re a ordinare il decollo.

Octavius guardò Aithen con un sorriso riconoscente mentre si alzava, visibilmente eccitato. Dietro di lui, una giovane Fascia Gialla, appena arrivata, si preparò ad amplificare la sua voce. Quando il re si voltò e la donna confermò di essere pronta, lui cominciò:

"Guardiani! Questo è davvero un grande giorno, perché quel che vedo mi dà speranza, una speranza sostenuta dalla *consapevolezza* che siete maestri furanieri, addestrati e formati dai migliori — i vostri comandanti, il Gran Capitano Harlion e il Gran Signore Comandante Aithen." Octavius guardò il figlio per invitarlo ad autorizzare la partenza e un sorriso orgoglioso gli illuminò il viso.

Mentre il principe si alzava, non riuscì a nascondere la propria emozione e si morse le labbra di riflesso. Accettò l'invito del padre, si girò verso Elyana e — con un certo fervore nella voce reso inequivocabile dall'amplificazione della Fascia Gialla — diede il permesso al Gran Capitano di far decollare la Furaneria. Poi, per un istante, s'irrigidì come se fosse sorpreso, o forse imbarazzato, dall'intensità delle sue parole.

Il suono dei tabellari che trasmettevano l'ordine, seguito da quello dei tremila e tre furani che prendevano quota, sbattendo le ali e strillando, si sovrappose agli schiarimenti di gola del principe. Quel boato risuonò in tutta la capitale e oltre, spaventando qualsiasi essere vivente e diffondendosi a perdita d'occhio. Gli amanti dei furani che non avevano potuto assistere all'inaugurazione della Furaneria andarono in escandescenza quando il suono li raggiunse, mentre i presenti o si ammutolirono, o esultarono come non avevano mai fatto prima in vita loro, soprattutto i bambini che urlavano euforici.

Octavius si voltò a guardare il figlio maggiore, l'orgoglio trapelava dal suo viso canuto. Anche gli occhi di Aithen brillavano. Ma al di là del piacere che provava, il re doveva anche mostrarsi cauto, perciò si ricompose, in modo che gli altri lo notassero. Il principe capì a cosa pensava suo padre e cercò di fargli capire che aveva capito, con un cenno del capo e tendendo leggermente le labbra verso destra: era davvero sufficiente questo esercito per respingere la Serpe, i grugni e Zebula? Questa era la domanda e non era corretto fare calcoli sulla base delle loro speranze.

Proprio in quel momento, Elyana tossì e si sporse in avanti, verso Aithen. La sua voce impostata, per superare il rumore e le strida dei furani, disse: "Sono felice che tu non sia là con Xyre, o il polverone sarebbe insopportabile."

Aithen impiegò un attimo a capire che Elyana gli aveva parlato, e borbottò un "Mmm?" mentre inclinava leggermente la testa all'indietro per poterla sentire meglio.

"Ho detto che sono contenta che tu non sia là con Xyre, o il polverone che si sarebbe alzato sarebbe stato insopportabile."

Aithen si voltò ancora un poco verso di lei e le fece una smorfia scherzosa. Quando incrociò accidentalmente gli occhi di Mitsuko, pensò: *Mi chiedo perché continui a guardarmi in quel modo. Non è d'accordo con la nostra relazione, o ne è semplicemente sorpresa? Spero che Elyana mi insegni a leggere meglio le espressioni altrui.*

L'ennesimo tumulto di strida simultanee attirò tutti gli occhi verso lo spettacolo che si stava svolgendo in cielo, uno spettacolo che per secoli era rimasto inimmaginabile. Continuando ad utilizzare i Tabellari per trasmettere i suoi ordini, il Gran Capitano Harlion orchestrò una complessa coreografia delle tre squadre che si disposero in formazione per disegnare in cielo l'emblema di Casa Coriolis: il battaglione dei lancieri tracciava l'ala e la gamba sinistra, gli arcieri gli arti destri e il battaglione d'assalto in mezzo a comporre il corpo e le teste di un furano bicefalo. I furani e i loro condottieri creavano strane ombre che a terra s'interconnettevano creando un effetto particolare.

Rispondendo a un comando invisibile e non udibile, alcuni dei membri dei due battaglioni ai lati ruppero la formazione e scesero per incrociarsi e scambiarsi di posizione con movimenti perfetti e sincronizzati. Successivamente, le squadre ai lati si sciolsero e si riposizionarono rispettivamente dietro e sopra il battaglione centrale. Fatto ciò, l'intera Furaneria prese quota per poi ricadere giù in picchiata come fulmini, lanciando un ultimo stridio assordante all'unisono e atterrando in formazione, ricreando la forma di una lancia che puntava verso la Grande Tenda.

Il pubblico applaudì in visibilio per un lungo minuto e si calmò solo quando il re e la regina consorte, seguiti dai principi, si alzarono e scesero sul campo per congratularsi con gli ufficiali.

Un quarto d'ora dopo, l'inaugurazione terminò, soldati e animali tornarono alla base, e il corteo reale si diresse verso il campo sud.

Mentre camminavano, il Sole Rosso riapparve da dietro una massa di nuvole e riportò il sorriso sui volti di tutti, tranne quello di Mitsuko.

Infatti, le labbra della donna si alternavano tra il mostrare interesse e preoccupazione, sempre nella solita maniera contenuta delle Lux Baiulae, continuando a osservare il Gran Principe e la Manu Dextra. I due passeggiavano davanti a lei, a braccetto, e l'elettricità che scorreva tra loro poteva essere avvertita anche da una novizia qualsiasi dell'Ordine.

In particolare, una cosa che disse Elyana a quel punto fece scappare un rumoroso e divertito *"Ah!"* ad Aithen. Ciò fece sì che Darya si voltasse verso di loro.

La regina sussurrò a suo marito: "A quanto pare nostro figlio ha deciso di proseguire la sua relazione con Elyana."

Senza voltare la testa, Octavius rispose piano: "Pare di sì. Me l'ha comunicato stamattina."

Darya fece un breve cenno con la testa e non riuscì a impedire al proprio braccio di stringere quello di Octavius. Octavius trasmise a Darya un pensiero: *"Andrà tutto bene, amore mio."*

Darya sussultò, sorpresa da una comunicazione mentale inaspettata che non aveva percepito subito. Octavius trasmise di nuovo la stessa frase e la mascella di Darya cadde mentre si voltava verso il marito. Stava per sussurrare una domanda ma decise di trasmetterla invece: *"Non usi il Legame per comunicare da anni, anche quando avrebbe potuto favorire una negoziazione. Perché ora l'hai usato?"*

"Forse la mia vecchiaia mi sta finalmente aiutando a trovare la forza per liberarmi delle mie paure."

Darya trasmise una risposta sarcastica. Sapeva cosa aveva spinto suo marito a rivelare le sue abilità e non era affatto la vecchiaia. Tuttavia, dovette ammettere a se stessa che le piacevano molto le trasmissioni di Octavius; erano molto più intime della comunicazione orale. Lei gli strinse la mano, poi sospirò silenziosamente, quando si rese conto che quella era la prima volta da molto tempo che le piaceva usare il Legame per *qualsiasi* scopo, e sorrise.

Octavius sorrise con le sue labbra sottili, poi lasciò che la vista e i rumori della fiera lo assorbissero. Il re amava questo periodo dell'anno, tra Octavus e Dodecimus. C'erano tanti eventi che riunivano le persone, quasi uno ogni quarto, e la maggior parte della popolazione godeva di vacanze della durata di un quarto ogni mese, così che potessero divertirsi con la famiglia, con gli amici o con i colleghi.

Camminando alle spalle dei suoi genitori, Ori li osservava in silenzio interagire, chiedendosi cosa si stessero dicendo. Maestro Rackeli, che marciava accanto a lui, chinò la testa e disse con una voce non abituata a parlare — essendo lui un uomo taciturno: "Il Re e la Regina si sono sempre amati, giovane Principe. L'assenza di lei non è mai stata un segno di mancanza di affetto. Ma tua madre, di recente, sembra aver preso una decisione, che sta dipingendo sui loro volti dei sorrisi che non vedevo da tempo."

Ori continuò a guardare i suoi genitori e la speranza gli illuminava gli occhi.

Inclinando la testa verso Aithen, Elyana disse: "Allora, mi dirai perché mi hai guardata con uno sguardo crucciato, prima?"

Aithen si guardò cautamente intorno prima di sussurrare: "Beh, è solo che... mio padre ci ha raccontato di come... ha lasciato Urbs Lucis non solo restando un uomo libero, ma in qualche modo ora si trova in una posizione addirittura migliore rispetto a prima che fosse partito."

"Ah."

"Ah?"

"Sì. Conoscendoti, probabilmente non sei riuscito a trattenere la tua indignazione."

Aithen non rispose, se non con una sequela di scuotimenti di testa e ringhii.

"Beh, non sembra turbato dalla tua reazione, se non erro il suo atteggiamento è addirittura allegro."

"No, non è preoccupato. Ha detto che dovrei... accogliere pure io la fortuna."

Elyana ridacchiò in quel momento, il che fece irrigidire momentaneamente il principe.

Elyana disse: "Sai che ha ragione, vero?"

"Suppongo di sì."

Il principe e la Lux Baiula continuarono a camminare e guardarsi tranquillamente intorno ancora per un po', fino a quando il principe non comprese per davvero la verità nascosta dietro le affermazioni di suo padre. Quando la capì, sospirò e sbuffò silenziosamente, sentendosi... soddisfatto.

Ma il sentimento svanì quando notò che il senatore Sisipe, uno dei sostenitori del Signore Arotek nella capitale, lo guardava con la testa inclinata verso la moglie, sussurrandole presumibilmente qualcosa riguardo l'erede al trono. Quando l'uomo vide su di sé lo sguardo del principe, si affrettò a sorridere e fare cenni in direzione di Aithen ed Elyana. Tuttavia, non ingannò Aithen, il quale era consapevole del fatto che i chiacchieroni avrebbero continuato a spettegolare sulla "scandalosa relazione tra il Gran Principe e la Lux Baiula".

La gente... Come vorrei poter trovare tutte quelle malelingue che persistono a diffondere voci, già a partire da dopo il ballo. Sono certo che Aroteka sia una di loro e che abbia raccontato alla moglie di quel belatro di Sisipe del mio ballo con Elyana. E il Senatore è sicuramente una quinta colonna, non aspetta altro che una scusa per potermi attaccare. Quando troverò le prove, farò pentire Aroteka di ogni parola spregevole che è fuoriuscita da quella sua boccaccia. Almeno mio padre ha mantenuto la parola data e ha accettato la mia decisione.

Una voce contraddittoria irruppe nella mente di Aithen, dicendo: *"Io spero che tu non gliela faccia pagare."*

Aithen sentì strattonare la propria mano.

"Riesco a percepire i tuoi stati d'animo mutevoli. Continuano a passare dall'ira al contenimento e viceversa. A cosa stai pensando, Aithen?"

Evidentemente non avendo alcun desiderio di dire la verità in quel momento, Aithen si affrettò a cambiare discorso: "Hai scoperto qualcosa riguardo a... coloro su cui i Locari ci hanno avvertito?"

Elyana alzò un sopracciglio con fare sospettoso, ma non voleva essere invadente: "No, non ancora. Stamattina mi sono aperta al Legame, mantenendo più vivide che riuscivo le sensazioni che Acqua Corrente ha condiviso con me nella mia mente cosciente, ma non ho sentito nulla di simile, né qui né altrove; suppongo che sia meglio così. Devo ammettere che non mi piace l'idea di dover sondare le mie Sorelle senza che lo sappiano — per niente."

Aithen lanciò a Elyana uno sguardo empatico pronunciando anche alcune parole di incoraggiamento, di cui sospettava che lei non avesse troppo bisogno. Allora, strinse delicatamente la mano che lei gli aveva posto sul braccio. Quindi, i due misero da parte le loro preoccupazioni e tornarono a guardare gli artisti di ogni tipo sparsi lungo le vie della periferia, così come a respirare gli odori inebrianti che iniziavano a farsi strada dalla collinetta, in cima alla quale si trovavano i venditori di cibo.

Il corteo si avvicinò al campo sud, dove i versi dei vettori — alcuni nervosi per l'attesa della partenza e altri irritati dalla vicinanza di così tanti altri vettori estranei — iniziarono a propagarsi nell'aria. I loro cinguettii infervoravano alcuni dei membri della corte del re, mentre facevano rivoltare gli occhi di coloro che trovavano quei volatili ripugnanti.

Il Primo Senatore Leo, che procedeva in fondo al corteo, insieme all'Anzianissima Paula e alla senatrice Luma Kraelion, era uno di questi ultimi. Fece una smorfia e si lamentò con le due donne. Brontolò quando la senatrice Kraelion rispose che a lei piacevano molto i vettori, perché erano animali belli e intelligenti.

Leo disse: "Beh, per quel che mi riguarda, spero che la Sorellanza riesca nel loro tentativo di sviluppare altri mezzi per comunicare in modo costante e immediato. Così potremo eliminare in fretta tutti gli allevamenti di vettori e farla finita coi rumori e gli odori che emettono."

Il Primo Senatore ringhiò di nuovo quando entrambe le donne scossero la testa disapprovando il suo commento.

L'Anzianissima Paula disse: "Fortunatamente per lei, Leo, credo che il Re ci lascerà andare per la nostra strada ora, quindi—"

Proprio in quell'istante arrivò il Gran Capitano Harlion, che interruppe la conversazione dei senatori. Disse a Paula: "Mi perdoni, Anzianissima." Poi, rivolgendosi a Leo: "Primo Senatore, il Gran Re desidera la sua compagnia durante la visita al tendone dei vettori."

L'espressione del senatore era delle peggiori, non si sarebbe sentito tanto contrariato nemmeno se avesse appena subito una disfatta in un dibattito. Quando la fronte del Gran Capitano cominciò a mostrare dei solchi, il senatore Leo sorrise mostrando l'elasticità che ci si aspettava da lui, accettò l'invito e disse all'ufficiale che sarebbe arrivato subito. Dopo che Harlion se ne andò, Leo si rivolse a Paula e disse con aria beffarda: "Stava dicendo qualcosa, Paula?"

La donna alzò le mani, sulla difensiva: "Questo è un buon segno Leo. L'invito del Re indica che dà ancora importanza al Senato. Questo dovrebbe aiutarti a tollerare la *puzza* dei volatili."

"Suppongo che lei abbia ragione. A più tardi, allora."

Quando Leo arrivò verso l'inizio del corteo, il re lo accolse con allegria, il che portò Leo a chiedersi cosa stesse tramando. In ogni caso, rispose con tutta la gioia che riusciva a mostrare in quel momento e seguì il monarca.

I dieci uomini e le dieci donne che componevano la scorta della coppia reale, tuttavia, innervosirono ben presto il Primo Senatore con la loro presenza. Aveva sentito parlare dell'attentato alla vita del re all'inizio di quel quarto e della morte di tre delle quattro Lux Baiulae che erano state assegnate alla sua Guardia. Se gli assassini ci avessero riprovato, lui *sarebbe stato* al sicuro o sarebbe stato una possibile vittima collaterale? In ogni caso nessuno avrebbe provato ad avvicinare il re in un luogo pubblico così affollato, no?

Leo venne catapultato fuori da quei suoi pensieri spaventosi da Octavius stesso, che esclamò: "Primo senatore! È da un po' che volevo sentire la sua relazione sull'integrazione della gente di Passo del Corno che ha deciso di restare invece di tornare al Passo. Come stanno le cose?"

"Ah! La gente del Passo. Sì. Venti famiglie hanno deciso di rimanere qui, cioè poco più di cento individui. Ci sono ancora dei furanensi che temono che i figli degli stranieri possano avere una cattiva influenza sui loro." Notando l'improvviso e pericoloso cambio d'umore del re, Leo si affrettò ad aggiungere: "*Ma* il resto dei nostri concittadini ha accettato gli occidentali e li ha accolti come membri rispettabili della nostra città, proprio come il Gran Principe aveva giustamente predetto.”

Leo osservò le labbra di Octavius arricciarsi verso sinistra; sembrava che l’accoglienza della maggioranza dei cittadini non rendesse più accettabile il comportamento degli altri ai suoi occhi.

Il re disse: “Sono contento che la gente si stia comportando per lo più bene, Primo Senatore.” Continuò con una voce un poco fredda: “Ma che dire di chi si lamenta? Perché temono che i ragazzi del Passo possano influire negativamente sui loro figli?”

Il Primo Senatore si strinse il colletto, come se il fatto che fosse allentato gli stesse improvvisamente dando fastidio. Rispose: “Loro sono... semplicemente preoccupati che i figli della gente del Passo contaminino il loro linguaggio e... che possano avere una cattiva influenza in generale.”

Octavius rispose in modo diretto e conciso: “Capisco.” Non disse altro. Intanto, il gruppo finalmente entrò in un’ampia tenda piena di gabbie contenenti i vettori che cinguettavano ed emettevano strida acute. Octavius rimase inquietantemente tranquillo mentre gli altri intorno a lui reagivano con udibile sorpresa, eccitazione o repulsione alla vista, ai suoni e agli odori; i suoi pensieri erano occupati a ponderare una risposta al bigottismo del suo popolo. Finalmente, giungendo a una conclusione, Octavius sorrise e disse abbastanza forte affinché lo sentisse tutta la scorta: “A quanto pare alcuni furanensi potrebbero beneficiare di uno scambio di dimora temporaneo, Primo Senatore, e anche se il regno non è sicuro come un tempo, potrebbe comunque essere utile trasferire questa gente e i loro figli a Passo del Corno per qualche mese.”

Si fermarono tutti, anche solo per un istante, prima di riprendere con le loro faccende, fingendo di non aver sentito, o capito, ciò che aveva detto il re.

Il vecchio Leo quasi s’inciampò e si guardò intorno con circospezione prima di distogliere lo sguardo dalle altre persone che li attorniavano, poi si voltò verso il re e disse: “Io... devo aver sentito male, Sire. Avete detto—”

“L’ho detto, Primo Senatore. E sono assolutamente serio. Forse ricorda che un tempo era una pratica comune questa, sotto la reggenza di mio padre. Ha contribuito a instaurare la fiducia tra i vari popoli del regno.”

“Ma con la guerra...”

"Non c'è ancora la guerra. Anche se vorrei proprio sapere come chiamare questa situazione... di stallo. Saranno al sicuro a Passo del Corno, tanto quanto lo sono qui."

Il Primo Senatore cercò di catturare lo sguardo della regina consorte o della vigilante sperando in un sostegno dell'uno o dell'altro contro i piani irragionevoli del re, ma nessuna delle due lo guardò, così Leo continuò da solo: "Ma Sire, sono certo che vostro padre non ha mai allontanato le famiglie in tempi d'incertezza."

"A dire il vero, Leo, l'ha fatto. Ha senso quando il pericolo si fa sotto e mostra le zanne. Provi a immaginare come sarebbe se più cosiddetti stranieri dovessero rifugiarsi nella capitale durante un periodo di conflitto e i furanensi fossero ancora impantanati nella loro ignoranza. No. C'è ancora tempo per porre rimedio all'oblio che divide il nostro popolo e instaurare un minimo senso di fiducia tra la gente, prima che arrivi il vero assalto del nemico. Lo faremo, proprio perché se dovesse arrivare il momento in cui la capitale diventerà un luogo di rifugio o se dovessimo abbandonare la *capitale* per spostarci in qualche altra città, le persone saranno più accoglienti l'una con l'altra."

Leo deglutì intensamente e lo sguardo penetrante di Octavius lo fece deglutire ancora una volta prima che riuscisse a trovare la forza di fare un sorriso e parlare: "Mio Re, devo dire che avete sempre avuto opinioni insolite su come dovrebbe funzionare il mondo, e io... non sono sicuro di comprenderle appieno. Ma, vostra Maestà, voi siete il più saggio, sosterrò le vostre decisioni."

"Bene. Bene, Primo Senatore. Ora dimentichiamoci per un po' della politica e godiamoci i festeggiamenti."

Detto ciò, il gruppo si separò. Aithen, Elyana e Harlion si diressero verso la sezione dei volatili da esposizione, mentre il re, sua moglie e il resto del gruppo si diressero verso la sezione dei corridori, porgendo visita a un avicoltore dopo l'altro. Octavius indagò sulle origini degli avicoltori, sui loro volatili e sulle probabilità di vittoria di ciascun animale. Leo faceva una smorfia disgustata di tanto in tanto, mentre Darya — essendo una decente lettrice animale, come la maggior parte dei chierici di Kynaria — forniva opinioni incoraggianti sulla salute fisica e mentale dei partecipanti alla gara. Per quanto riguardava Mitsuko, lei si limitava a osservare il re maneggiare un vettore dopo l'altro con grandissimo interesse. Chi sapeva leggere le leggerissime contrazioni e i piccoli movimenti delle sue labbra poteva affermare che la Lux Baiula era sinceramente sorpresa dall'uomo.

Octavius si fermò davanti a una gabbia finemente lavorata, che conteneva il più bel vettore che avesse mai visto. Stava per chiedere chi fosse il proprietario quando una voce giovane e titubante parlò alle sue spalle.

Era un giovane di quindici o sedici anni. Era vestito con un tessuto ruvido, ma pulito e integro, pantaloni e camicia. Il ragazzo era lì fermo in piedi e lo guardava con un sorriso onesto e teso stampato in viso, un viso che iniziava a mostrare la prima peluria rossastra.

Octavius disse: "Questo vettore è magnifico, giovanotto. Maestro...?"

Con una balbuzie un po' nevrotica, il ragazzo rispose: "Albo, Sire."

"Maestro Albo. Come ha fatto a trovare un esemplare così bello?"

Il giovane perse improvvisamente il sorriso e si allarmò.

Octavius si rese conto di ciò che spaventava il ragazzo e disse: "Non ho dubbi che sia il suo. L'ho chiesto solo perché un volatile così bello si vede raramente da queste parti. Devi venire da lontano."

Il giovane non sembrava convinto dalle parole rassicuranti del re, ma gli capitò di vedere il sorriso di Ori, quindi fece cenno di sì e si rilassò, nonostante la confusione che provò quando il giovane principe si degnò di sorridergli. In effetti, tutti gli altri nobili che conosceva lo deridevano sempre. Eppure, il principe sembrava genuino.

Albo si leccò le labbra e disse: "Sì, Sire. Sono originario del Passo. I miei genitori mi hanno lasciato portare qui i miei volatili quando ci siamo trasferiti quattro mesi fa e sono riuscito a trovare una cooperativa per tenerli e continuare ad addestrarli. Lui è un vettore rosso occidentale. Sono originari dell'Alta Alvinoria, ma il mio *babbo* ci va di tanto in tanto e me l'ha portato due anni fa. È il mio miglior vettore da gara che ho, e sono sicuro che potrebbe battere anche uno dei vettori della Sorellanza. È un volatile forte e molto agile, perciò sfugge facilmente ai volatili predatori, anche se gli riesce meglio quando è nella sua forma femminile. L'ho visto schivarli svariate volte."

Octavius ridacchiò e chiese: "Parla sempre così a lungo quando qualcuno le fa una domanda, Maestro Albo?"

"Perdonatemi, Maestà. All'inizio, pensavo che voi pensaste... beh, ad ogni modo, non lo pensavate e la mia famiglia e io — tutta la gente di Passo del Corno in realtà — abbiamo tutti molto rispetto per voi e per il Gran Principe e..."

Il ragazzo si fermò per evitare di andare avanti ancora per un'eternità e abbassò lo sguardo.

Il re disse: "Non deve vergognarsi, giovanotto."

Quell'ingiunzione fece arrossire il ragazzo. Mentre pensava a un modo per spostare la conversazione, un'idea germogliò nella mente del re, e alzò un po' la voce per essere sicuro che il Primo Senatore lo sentisse: "Sono felice di sapere che lei e la sua famiglia vi sentiate i benvenuti a Furania. Come ho detto a ministri, senatori e soldati, anche chi viene dal Passo è alvinoriano e merita di essere trattato come tale. Ora, mi parli del suo vettore. Cosa lo rende un corridore tanto speciale?"

Mentre il ragazzo spiegava gli adattamenti che permettevano al suo vettore di volare a velocità maggiori rispetto agli altri e per tempi più lunghi, un altro avicoltore — che aveva osservato a lungo il principe e la compagna luciana chiacchierare poco più in là — si avvicinò e ascoltò la conversazione tra il re e il ragazzo da dietro la scorta reale.

Albo aveva impressionato il re con la sua profonda conoscenza del lignaggio del proprio vettore e degli adattamenti fisici da questo assunti, ma quando cercò di spiegare i creatici che conferivano al suo volatile quegli adattamenti vincenti, tentennò e arrossì. Stava per scusarsi per la sua ignoranza quando l'ascoltatore indiscreto lo interruppe e disse: "Sire, credo che il ragazzo alluda all'*eterozigosi* del vettore. È un principio biologico che permette alla progenie che viene da genitori molto diversi tra loro di adattarsi meglio alle condizioni ambientali rispetto alla progenie che viene da genitori con caratteristiche simili."

Il re guardò la donna con aria perplessa. Tuttavia, quando vide la sua veste si fidò e le chiese di partecipare con loro a quella conversazione.

"Mi dispiace per l'interruzione, Sire. Sono Emissa, l'avicoltrice di Urbs Lucis."

"Lux Baiula, se non erro, lei è la vincitrice della Transalvinoriana dell'anno scorso."

"È così, Sire."

"Prego, partecipi pure alla nostra conversazione."

La donna annuì ringraziando e i guardiani del re le permisero di avvicinarsi.

Octavius continuò: "Dice, quindi, che la progenie di genitori diversi è spesso migliore di quella con genitori più simili?" La donna annuì. "È questo che lei cercava di dire, Maestro Albo?"

"Sì, vostra Maestà. Non mi veniva la parola giusta."

"Beh, sappia che ci sono parole che io stesso non ricordo, Maestro Albo. Lei ha una mente brillante e *sarebbe* bello vederla espandersi ulteriormente."

Rivolgendosi a sua moglie, che aveva ascoltato in silenzio per tutto il tempo, disse: "Che ne dici se offriamo al giovane Maestro Albo un posto nella classe di Magister Setarcos, amore mio?"

La regina consorte rispose con il sorriso più caloroso che il giovane avesse mai visto, escluso quello del proprio padre.

Albo rimase muto fin troppo a lungo, poi ringraziò a parole il re e la regina ripetutamente e calorosamente, tutti gli altri li ringraziò con lo sguardo.

Quando il ragazzo si esaurì e si tacque di nuovo, un po' scioccato, il re gli disse di venire a cercare Maestro Rackeli a palazzo, il quale gli avrebbe dato il permesso richiesto per unirsi alla classe di Magister Setarcos. Gli augurò buona fortuna per la gara e se ne andò con il suo seguito, tranne Ori e il Maestro Rackeli, che rimasero un po' più indietro.

Albo guardò quell'uomo severo, pensando che avrebbe detto qualcosa, ma lui non disse nulla e semplicemente fece un cenno con la testa. Il ragazzo spostò cautamente lo sguardo verso il giovane principe, pensando che potesse essere dispiaciuto che il re avesse ricompensato un villano di un tale onore. Ma il sorriso genuino del principe cancellò ogni paura in Albo, pur lasciando l'incredulità dipinta sul suo volto.

Ori disse: "Magari ci vedremo nella classe di Magister Setarcos; frequento alcune delle sue lezioni con altri studenti."

Albo rimase immobile, troppo teso per rispondere o fare qualsiasi cosa. Il principe e il maggiordomo si congedarono per raggiungere il corteo reale.

Mentre uscivano dalla tenda, Octavius si sentì felice. Erano cose così semplici quelle che potevano far sorridere una persona, facendogli dimenticare momentaneamente i suoi problemi. Il re prese un'altra volta il braccio della moglie e la avvicinò a sé, quando un dardo lo colpì dritto al collo e le tenebre presero il sopravvento su di lui. Il Gran Re barcollò e cadde a terra prima che chiunque potesse reagire. A quel punto, Darya cacciò un urlo e il caos scoppiò tutt'intorno.

Primus Julian gridò qualcosa e si inginocchiò accanto al re, mentre Dana e le sue Sorelle dispersero immediatamente la folla e formarono un cordone attorno alla famiglia reale.

Julian scuoteva il re, chiamandolo per nome, ma invano. Appoggiò un orecchio al petto del re e tirò un sospiro di sollievo sentendo il cuore battere ancora: "Il re è vivo, ma il suo respiro è lento. Mitsuko, chiami qui Tania, immediatamente!" Julian si voltò con uno sguardo omicida, scrutando la folla in cerca dell'aggressore. Non vedendo nessuno correre via, gridò di nuovo: "Emilio! Trova il Gran Principe o il Gran Capitano; dobbiamo bloccare tutte le uscite dalla regione. Corri!"

Il nuovo membro della Guardia Praetoriana se ne andò di corsa, schivando e saltando sopra coloro che gli si paravano davanti, alla ricerca di Aithen o Harlion.

Jashan, intanto, tratteneva la regina consorte e il giovane principe, Mitsuko sondava il re e trasmetteva una chiamata di riflessione a Tania Lux Baiula, e Primus Julian continuava a perlustrare il quartiere della fiera.

"Dove sei? Dove sei? Dove... là!"

Indicando una figura a circa duecento metri di distanza, che sembrava dirigersi correndo verso il lato del campo in cui erano legati i vorani, i carri e le carrozze dei visitatori, Julian ordinò l'inseguimento.

Non un attimo più tardi, tre Praetoriani e tre Lux Baiulae erano già lanciati alla rincorsa. Tuttavia, ormai il panico aveva travolto la folla, rendendo difficile, se non impossibile, un inseguimento rapido.

Merr si fermò, sperava di fermare il fuggitivo con una freccia. Ma sputò e riprese a correre, dopo essersi reso conto che era più probabile colpire un civile dell'assassino.

Le Lux Baiulae non ebbero affatto più successo nei loro tentativi di lanciare proiettili vincolati.

Così, i guardiani e le Sorelle ripresero l'inseguimento. Primus Julian — anche se non era il più veloce della compagnia — correva come un vorano da battaglia, passando sopra chiunque gli ostacolasse la strada. La sua particolare concentrazione, unita all'odio che provava ancora per l'Oscuro e per tutti i suoi tirapiedi, dopo che la Serpe aveva ucciso sua sorella, raddoppiò il dolore che si sviluppava nelle sue ossa e nei suoi muscoli. I suoi piedi bruciavano il terreno e il suo corpo evitava, scansava, saltava e cadeva.

Da destra finalmente giunsero il Gran Capitano e il principe Aithen. Harlion correva veloce, poiché le sue gambe erano rafforzate da decenni di addestramenti marziali. Guardandolo correre, non gli si davano sessant'anni, se non per il rossore in faccia e il respiro affannoso.

Gli inseguitori avevano ancora un centinaio di metri o più da recuperare prima che qualcuno di loro potesse effettivamente mettere le mani sul fuggitivo e, in quel momento, Dana vide un altro dardo partire dalla cerbottana dell'assassino. Con la sua vista super-efficiente, vide il dardo volare verso Julian, che era il più lontano del gruppo. Dana esitò per un secondo, o meglio per una frazione di secondo, nel decidere se continuare a correre dietro all'uomo o cercare di aiutare Julian. Presa la sua decisione, rallentò il polso e dalla bocca soffiò un vincolo sonattivo che avrebbe dovuto far inciampare l'ufficiale. Dopo il secondo tentativo ci riuscì, giusto in tempo affinché il dardo lo mancasse.

Tuttavia, questo non fermò il fuggitivo che stava aspettando il momento giusto per scagliare i suoi proiettili avvelenati contro — Harlion e Aithen!

Dana pensò di far inciampare i due uomini come aveva fatto con Julian, ma c'erano ancora troppe persone di mezzo, così urlò per avvertirli, ma ahimè era impossibile. Cercò un'altra soluzione. L'unica linea visiva aperta era verso l'assassino, quindi decise di scagliare una freccia vincolata contro l'uomo, nonostante il rischio per i civili. Tuttavia, una mano imponente le afferrò il braccio, fermandola prima che potesse generare il vincolo.

Era Elyana. Senza proferire parola e con uno sguardo assassino, l'ex Fascia Rossa, una delle poche detentrici di un potere proibito, entrò nel Legame quando vide l'aggressore puntare l'arma contro il capitano e il principe, che ora era anche... il suo amante. Proprio in quell'istante Harlion si bloccò e cadde a terra; il principe rallentò, voltandosi verso il capitano. L'assassino aveva colto la sua prima occasione. Senza esitare oltre, Elyana allungò la mano verso la mente dell'uomo e la penetrò con tutta la forza che aveva nel proprio cervello, intenta ad abbatterlo.

Non solo il suo vincolo fermò l'uomo, l'agonia provata da quest'ultimo e l'elettricità nell'aria terrorizzarono chi non era ancora riuscito a fuggire via. Nel caos generale, la gente riprese a correre ancor più veloce.

Dana Lux Baiula guardò la collega con un'aria scioccata, e con una voce contrita, disse: "Elyana, cosa hai fatto?"

Elyana serrò la mascella in risposta, poi ordinò alla donna di assicurarsi che l'assassino fosse inerme, mentre lei sarebbe andata dal capitano e dal principe.

Dana eseguì gli ordini, ma lo fece con un'apprensione che aveva raramente provato, una sensazione che le strinse l'intestino mentre decine di supposizioni si facevano largo nella sua mente.

Mettendosi in ginocchio accanto ad Harlion, Elyana guardò Aithen, che teneva l'orecchio appoggiato sul petto del capitano.

Aithen si sedette. Con uno sguardo disperato e la voce tremante, disse: "Non vedo alcun dardo. Non so cosa sia successo, ma è caduto stringendosi il petto."

Elyana iniziò a sondare il capitano. La sua espressione facciale era facilmente leggibile questa volta ed era increspata di ansia e preoccupazione.

Mentre lei sondava Harlion, Aithen chiese del re e apprese con sollievo che Tania, la quale aveva soccorso il re prima che Elyana si unisse all'inseguimento, aveva detto che suo padre sarebbe sopravvissuto.

"E Harlion, invece?"

Elyana scosse la testa. Non era un medico, ma il suo sondaggio aveva rilevato segnali preoccupanti provenienti dal cuore e dal cervello. Aithen sentì tutto il proprio corpo sotto pressione e iniziò a tremare miseramente. Subito dopo, il suo viso s'incupì e corse con due occhi pieni d'odio verso l'assassino, che giaceva lì a terra non troppo distante, in preda ai lamenti e al pianto.

A Solinor

Con un tono di estrema gioia e sconcerto, Aria disse alla sua amica: "Cari, è stato proprio... come posso descriverlo? Incredibile! Ma è stato anche strano."

Le amiche di Aria erano lì, in camera sua.

"Che vuoi dire?"

"Voglio dire, le cose che Ylana mi ha mostrato erano fuori da questo mondo! Non sapevo che una sacerdotessa potesse fare tutte queste cose. Nessuno dei nostri insegnanti ce l'ha mai detto e i nostri libri di testo non ne parlano. Ma è stato anche strano, non riesco a capire bene perché volesse mostrarmi quei vincoli. Perché a me?"

"Aria, di cosa parli? Cosa ti ha mostrato?"

"Mi ha mostrato il modo in cui una vera Sacerdotessa riesce a controllare le creature."

"Tutto qui? Già ci insegnano come leggere la mente degli animali e come influenzarli."

"Non è di questo che sto parlando. L'influenza non è nulla in confronto a quello che mi ha mostrato la Somma Sacerdotessa. Lei è una vera maestra. Ora so come voglio diventare."

Carasina si strofinò la fronte perplessa, non capendo ancora bene di cosa parlasse Aria.

"Cari, Ylana può controllare — *controllare* in tutto per tutto — dieci, venti, cento animali, tutti in una volta. E lo fa senza alcuno sforzo, come se stesse dirigendo le Voces Creatoris."

"Voces Creatoris?"

"*Uff!* Il coro reale dell'Alvinoria. Li dirige come se fossero un coro. Ha fatto sì che tutti i volatili — tutti! — nel bosco dietro casa sua cantassero all'unisono. Volatili di specie diverse, che rispondevano al canto degli altri in perfetta armonia. E poi..." Aria allungò la testa all'indietro e gemette: "Poi li ha fatti volare su e si sono esibiti per noi in una coreografia magica."

"Sembra incredibile. Ma se può fare tutto questo, perché non ne abbiamo mai sentito parlare?"

"Pensi che non gliel'abbia chiesto? Ylana ha detto che lei è simile a mio zio; non le piace usare i suoi poteri per mettersi in mostra, soprattutto perché non molte persone possono fare quello che fa lei."

"Aria, penso che tu mi stia prendendo in giro. I kynariani non sono Leganti; siamo tra i migliori Sensori, sì, ma non proprio abili nell'usare le abilità di Vincolo."

"Cari, non ti prendo in giro. Ha detto che alcune di noi *possono* creare vincoli e ha detto anche che io ne ho il potenziale."

Cari sbatté le palpebre e Aria aggiunse: "Non volevo crederci, Cari, ma lei era così convincente che mi sono lasciata persuadere e ci ho provato anche io. Ho passato i tre giorni successivi ad imparare i suoi vincoli e alcune sue abilità di sensazione, e..."

"E cosa?"

"Ha ragione. Posso farcela. Ce l'ho fatta! Non sono al suo livello, ma ho fatto cantare una dozzina di volatili all'unisono. Con la pratica, io stessa potrei diventare una maestra di oratoria animale."

"Intendi una maestra di lettura animale?"

"Oratoria animale."

"Non ho mai sentito parlare di *oratoria animale*. In ogni caso è davvero incredibile. Ma suppongo che, se sei stata in grado di sviluppare un modo unico per comunicare con i lincot selvatici, nonché quelli da laboratorio su cui ci esercitiamo, tu *abbia* un talento insolito; dopotutto non sei nemmeno una vera e propria kynariana."

Il viso di Aria si oscurò in seguito a quelle parole.

"Scusa Aria, non volevo dire che sei... che non sei una di noi. Certo che lo sei. Ma la tua natura potrebbe essere collegata alle tue capacità insolite."

"Quindi stai forse dicendo che la Somma Sacerdotessa non è una kynariana purosangue?"

"Cosa? No, certo che no. Oh, mi dispiace, Aria. Era completamente fuori luogo e illogico per di più."

"Tranquilla."

"Perciò vuoi diventare un... un'oratrice?"

Aria annuì: "La Suprema ha detto una cosa che mi è rimasta impressa, quando mi sono scoraggiata a un certo punto. Ha detto che il nostro Ordine rappresenta la società non per il suo potere politico, ma perché ci lega alla nostra esistenza e ad ogni essere vivente su questo globo. Ha detto che siamo il collante della nostra gente, che la nostra capacità di influenzare le creature ci aiuta a mantenerci al sicuro, così come la capacità di controllarle."

"Eppure, il controllo sugli animali non ci viene insegnato per evitare di causare danni."

"Esatto, ma alla fine ha detto che me lo vuole insegnare perché potrei averne bisogno per essere d'aiuto nel difenderci da ciò che sta arrivando."

Cari si stravaccò su una sedia e non rispose. Confusione e paura, e anche un pizzico di gelosia, conquistarono i suoi pensieri e li annebbiarono.

Assumersi i Rischi, o Hybris

Con una voce più gracchiante del solito, la vecchia Praefecta disse: "Maestro Methrim, per favore si sieda."

Quando lo zebuloniano si sedette, Saara continuò: "Bilena Lux Baiula ci ha tenute informate sui progressi nell'istruzione delle ragazze in preparazione alla loro missione in Zebulonia. Sembra che le loro abilità linguistiche siano migliorate molto, ma Ooldrina è diventata piuttosto ribelle e si è chiusa in se stessa. Poiché trascorre tanto tempo con lei, vorrei sapere cosa ne pensa. Non so cosa potrebbe succedere quando arriverà il momento della valutazione finale, ma sicuramente, se questo suo atteggiamento dovesse persistere, non farebbe ben sperare per la missione."

Lusk si era preparato con cura per quest'incontro serale, voleva iniziare a lavorare anche la mente della leader del Fasciato Bianco. Aveva avuto solo un'ora di preavviso, ma l'aveva trascorsa testando i suoi metodi e affinando le sue abilità su una cultura di cellule cerebrali umane che teneva nel laboratorio medico di Urbs Lucis in cui aveva libero accesso, in qualità di guaritore. Osservando i cambiamenti di colore del campione poteva capire se le sue vibrazioni stavano avendo l'effetto desiderato. In quel momento, modulò la propria voce per avviare una cascata neurochimica, che avrebbe dovuto aprirgli un varco d'accesso alla mente della vecchia. Disse: "Grazie, Praefecta." E molto delicatamente sondò la sua reazione.

Saara fece una pausa inaspettata, sorprendendo anche se stessa, e finse di sfogliare alcuni documenti che aveva lì sulla sua scrivania, mentre elaborava quella sua reazione.

Perché mi ha ringraziato? E perché ho tentennato?

Non trovando risposta a nessuna delle due domande, rivolse lo sguardo a Lusk. Facendolo, venne assediata da un desiderio inspiegabile nei confronti dell'uomo. Mentre si sedeva di fronte a lei, il suo viso, il suo corpo, il suo "rigonfiamento", tutto ciò divenne improvvisamente travolgente per la Lux Baiula. Sentì il sangue scorrerle nelle vene con un'impetuosità che non provava da tempo. Chiuse gli occhi per un breve istante, cercando di riprendere il controllo di sé. Scoprendosi in grado di riportare il polso al suo precedente ritmo, placido ma vigile, tirò un silenzioso sospiro di sollievo.

"La prego, mi dica, cosa pensa che stia turbando la ragazza?"

Modulando le vibrazioni vocali con la precisione di un chirurgo, Lusk diede alla Praefecta la spiegazione che si era preparato, pronta da dare a chiunque lo interrogasse sullo stato d'animo della ragazza. Si aspettava di convincerla con la stessa facilità con cui aveva convinto tutte le altre, compresa Clara Lux Baiula, l'istruttrice della ragazza.

Tuttavia, Saara Rucius, leader dell'Assemblea della Fascia Bianca e la più vecchia Lux Baiula vivente, non rispondeva alle sue parole come si sarebbe aspettato e la situazione stava iniziando a innervosirlo. Infatti, di tanto in tanto, la donna poneva una domanda che sembrava scaturire da qualche sospetto inconscio che rimaneva in lei, indipendentemente dalle vibrazioni opacizzanti che lui trasmetteva per stimolare la produzione di endorfina da parte della donna.

Lusk decise di cambiare tattica e concentrarsi semplicemente sul tentare la donna, a partire da quel momento. Era ciò che si era preparato a fare in ogni caso, esercitandosi sulle colture cellulari ad attivare risposte ormonali e poi rapidamente facendole tornare al punto di partenza. Era capace di tentare la maggior parte delle donne senza destare sospetti, ma la Praefecta Medicas non era come "la maggior parte delle donne".

Dopo che la Lux Baiula annuì pensierosa in risposta alla sua ultima affermazione, Lusk modulò di nuovo la sua voce, accompagnandola a vibrazioni destinate a causare una piccolissima crescita degli ormoni sessuali della donna e disse: "Praefecta, forse Ooldrina beneficerà di un giorno libero e magari potrei portarla a visitare la regione con me, Clara Lux Baiula e Raaviana. Se le piace la campagna, potrebbe unirsi anche lei, per aiutarci a osservare la ragazza."

Saara sentì il polso accelerare di nuovo all'idea di essere in compagnia di quel giovanotto in un'eventuale scampagnata fuori città. Spolverò la scrivania, mentre prendeva in considerazione il suggerimento. *Non dovrebbe succedermi.* Un'altra parte di sé rispose: *Perché no, poi? Non lo so. Non molto tempo fa hai detto a Bilena che le Lux Baiulae non dovrebbero essere castrate.* La prima parte di

Saara riconobbe la verità in quella dichiarazione, ma c'era qualcos'altro di preoccupante nella sua reazione.

Alzando lo sguardo, disse: "Grazie per il suggerimento e l'invito, Maestro Methrim. Ci penserò meglio."

Lusk annuì.

Avendo preso una decisione, Saara fece un respiro profondo e tranquillo e disse: "Se posso chiedere il suo aiuto, vorrei che mi sondasse lei, adesso; ho provato strane sensazioni in questi ultimi minuti che non riesco a spiegarmi. Le dispiacerebbe sondarmi?"

Lusk fece del suo meglio per nascondere la sua incertezza: "Ne è sicura, Praefecta? Non sarebbe meglio che lo facesse Sarrinia Lux Baiula?"

"Lo so. Ma le procedure di Sarrinia sono troppo lunghe e noiose, non ho tempo da perdere. E, dato che lei era un Guaritore della regina, direi che *è* qualificato a sondare anche me."

Le spiegazioni della Praefecta erano perfettamente sensate; la guaritrice delle Portatrici di Luce era sicuramente molto lenta nelle sue diagnosi. Così, riprendendo controllo di sé, Lusk disse: "Ha ragione, Praefecta, le mie scuse per aver titubato. Sarò lieto di esaminarla."

Saara chiuse gli occhi per entrare nel Legame e si preparò all'esame, in cui aveva intenzione di sondare segretamente colui che doveva sondarla. Non avrebbe voluto lasciare che Maestro Methrim entrasse nella sua mente, ma aveva bisogno di un modo per entrare nella mente dello zebuloniano mentre aveva la guardia abbassata.

Una delle sue memorie trasferite riemerse proprio in quel momento, i ricordi di Liboria Lux Baiula, una donna che era stata una potente ma spericolata Barriera durante la Guerra Trioniana, quasi cinquecento anni prima. I ricordi della donna dicevano: *Proteggi la tua mente con un impulso intermittente. Lui sarà in grado di passare, ma tu sarai in grado di tagliare le sue vibrazioni se dovesse dimostrare di avere cattive intenzioni.*

Ben consapevole dell'imminente presenza di Lusk Methrim nel Legame, Saara obiettò sbrigativamente: *Non conosco questa tecnica di schermatura.*

I ricordi di Liboria Lux Baiula le risposero: *Si fa così.* Saara accettò la lezione ed eseguì prontamente le istruzioni ricevute, poi lasciò entrare Maestro Methrim.

Il Completamento della Conversione

La Leate si era appena sdraiata sul letto ed era entrata nel Legame per connettersi alla mente di Marcus Vrol. Non lo raggiunse subito, tuttavia; il giorno prima, era stato commesso un errore nella somministrazione del farmaco soppressivo e, quando era entrata nella mente del loro prigioniero, lui era quasi riuscito a imprigionarla lì. In seguito a quest'incidente la Leate aveva dato a Kina una bella ripassata, la quale aveva promesso di non commettere più errori.

Ma la potenza di Marcus nel Legame non era l'unica sfida. Quell'uomo si stava dimostrando assai più difficile da convertire, più di quanto la Leate si aspettasse. Infatti, sebbene avesse trascorso giorni interi a studiarlo e provocarlo, cercando di scoprire le sue debolezze e i suoi desideri più reconditi, tutto ciò che aveva scoperto era che desiderava ardentemente una compagnia femminile — non per placare gli impulsi sessuali, ma per soddisfare i suoi bisogni emotivi — e l'attaccamento emotivo era il metodo più lento e difficile per corrompere una persona. Soddisfare i suoi desideri sessuali, l'appetito per il potere o il bisogno di evasione sarebbe stato ben più facile da usare come leva, non richiedeva nemmeno l'uso del Legame.

Era un uomo anziano, anche se aveva solo sessanta o settant'anni, quindi probabilmente aveva sensibilità emotive uniche e inflessibili che si erano sviluppate nel corso dei suoi decenni di vita da esule. La Leate aveva capito che senza l'uso del Legame non aveva alcuna possibilità di convertirlo in tempo per compiere la loro missione. Così, decise di provare a imparare il vincolo che le serviva grazie al suo contatto a Urbs Lucis, un vincolo che aveva poi testato sui suoi adepti, con conseguenze a dir poco fastidiose. Eppure, aveva funzionato ed era proprio ciò di cui *aveva bisogno* per poter lavorare su Marcus. Dopotutto lui era un Alterintrante e, se ci fosse riuscita, avrebbe potuto trasformarlo in un Temptatore davvero formidabile, forse ancor più di Lusk Methrim. *Deve funzionare. Ho solo bisogno di rilasciare al punto giusto abbastanza neurotrasmettitori, facendo breccia in lui; una volta entrata, farò il resto a modo mio.*

Dopo essersi convinta della solidità del suo piano e aver sondato il suo prigioniero per verificare che i suoi poteri fossero correttamente soppressi, lo raggiunse nel Legame.

Lo trovò rapidamente, distinguendolo tra la miriade di vibrazioni altrui. Dopo aver sondato ancora una volta la sua mente, accertandosi che fosse completamente privo di sensi, si avvicinò alla sua forma. Cambiava continuamente geometria e posizione, com'erano solite fare le menti in stato d'incoscienza. *Devo agganciarlo sul posto, altrimenti stare con lui sarà come cercare di tenere il passo con un volatile e non mi va, per nulla.*

La Leate generò l'immagine di una donna che aveva visto nella mente dell'uomo qualche sera prima. Non era molto brava a rievocare ricordi visivi ma le voci le imitava piuttosto bene. Così, dopo aver controllato la propria forma in uno specchio da lei generato in quel momento e dopo averla trovata accettabile — se non perfetta — immaginò un campo erboso, poi si concentrò sull'uso della propria voce. Un sorriso apparve sul volto della sua forma quando si sentì soddisfatta della resa vocale.

Proprio mentre l'uomo stava per scomparire un'altra volta, lei si concentrò e sussurrò: *"Marcus, caro."*

La forma dell'uomo rispose producendo un boato che scosse tutto l'ambiente circostante, ma subito dopo cominciò a dissolversi.

La Leate non perse tempo e disse: *"Marcus, la pianta di melone rosso; sta iniziando a crescere."*

Aveva imparato durante la sfortunata incursione nella mente dell'uomo, il giorno prima, che i meloni avevano sempre avuto un significato speciale per lui e che i suoi primi ricordi a riguardo erano in compagnia della donna da cui aveva preso in prestito la voce.

La forma di Marcus emise un altro boato, poi si placò e rimase calma un po' più a lungo. Abbassò lo sguardo sul melone che la Leate aveva posto lì di fronte a lui e poi fissò direttamente lei.

La Leate ci mise tutta la sua volontà e passione nel ricreare la forma della donna e si preparò ad incontrare lo sguardo dell'uomo con un sorriso tenero, caldo e amorevole.

Marcus incrociò lo sguardo della Leate. Stava funzionando... finché i suoi occhi si spalancarono allarmati e lui scomparve.

Sull'orlo dell'esasperazione, la Leate ci riprovò, o meglio, ci riprovò altre due volte. All'ultimo tentativo, riuscì a calmare la mente dell'uomo, collocando se stessa — o meglio l'immagine della donna che lui aveva amato — all'interno di una rappresentazione della villa di Marcus, rappresentata in dettaglio per l'evenienza. Apparentemente, quel ricordo lo rilassò, anche se per lui quella era stata una prigione per oltre quarant'anni. Poi, cominciarono a camminare insieme, ma lei non lo prese per mano, per paura di non poter rendere correttamente i ricordi tattili che lui aveva della donna.

Si sedettero sotto il portico e cominciarono a conversare, mentre lei tagliava il melone rosso per lui. Quando gli porse una fetta, la sua mano toccò la sua e, dopo un attimo di esitazione, lasciò che la sua apprensione si trasformasse in passione. Marcus Vrol si alzò in piedi e le afferrò le braccia. Sentendo il successo a portata di mano, lei cominciò a trasmettere delicate vibrazioni nel suo cervello per fargli rilasciare neurotrasmettitori di attaccamento.

Lei aspettò, osservando la reazione dell'uomo. Quando lui afferrò la forma della Leate, portandola verso di sé, lei tirò un sospiro di sollievo ed entrò, un'altra volta, nella mente di Marcus Vrol.

XV DOLORI E TIMORI

In Seguito al Secondo Attentato

Era ormai tarda mattinata. Il re si era risvegliato da un sonno agitato e irrequieto. Eppure, nonostante la sua fiacchezza, aveva convocato lì la sua famiglia, gli officiali della sua Guardia Privata, nonché Elyana e Mitsuko Lux Baiulae, per discutere insieme a loro dell'ultimo tentato regicidio; l'umore generale era turbato e pesante.

Il re era sopravvissuto e ci si aspettava una sua completa guarigione. Invece, Kiron e Sikka Lux Baiula erano stati colpiti anch'essi dai dardi avvelenati e Harlion aveva subito un arresto cardiaco; loro stavano combattendo per la loro vita nel padiglione medico di Domus Lucis.

Irremovibile sul fatto di non voler essere visto sdraiato a letto malconcio, il re aveva fatto mettere al suo assistente personale, il giovane Koricki Dar'Muntake, una sedia lacora dietro la sua scrivania, in modo che potesse ricevere i suoi ospiti da una postazione più dignitosa. Ma si capiva, dalla pelle arrossata e dalla postura leggermente ricurva, che Octavius soffriva ancora gli effetti della tossina. Darya lo guardò, pregando che la sua imprudenza non finisse per costargli la vita.

Octavius si rivolse al figlio maggiore e al capitano della sua Guardia, entrambi intenzionati a prendersi le responsabilità dell'attacco. Intanto, Ori li ascoltava senza guardare, mentre modellava e rimodellava la sedia in foglie di lacora su cui era seduto all'estremità opposta della stanza. Il suo viso sembrava preoccupato e muoveva gli occhi freneticamente, mentre elaborava le parole del padre con tutta la comprensione della sua giovane mente. Pur sentendosi debole, Octavius alzò la voce, poiché voleva farsi sentire dall'ultimogenito dall'altra parte dell'ufficio: "Voi due smettetela con queste sciocchezze ora. Non avrei dovuto camminare così liberamente in pubblico, date le circostanze. Ma l'ho fatto perché tutti abbiamo giudicato male il nemico. Sono certo che nessuno di noi commetterà di nuovo questo errore. Pertanto, adesso discuteremo esclusivamente la nostra risposta a questo secondo attentato alla mia vita. Sappiate questo però: *non* tollererò alcun interrogatorio sulle azioni di Elyana

Lux Baiula nella mia corte. Non posso proibire né impedire l'indagine di Urbs Lucis sulla questione: è un loro diritto farla. Tuttavia, finché lei è qui, Elyana sarà libera di continuare a fare ciò che ha sempre fatto, libera e senza limitazioni di alcun tipo."

Tutti abbassarono o scossero la testa, tranne Dana.

Dopo essersi asciugato la fronte, Octavius aggiunse: "So cosa sta pensando, Dana: prima il Re e ora anche la Manu Dextra. Quante altre persone hanno poteri che non dovrebbero avere? Per quanto ne so io, non dovrebbe esserci nessun altro con il potere di... violare la mente altrui, come si dice nel vostro Ordine. Ma non è questa la domanda da porsi. Piuttosto, ci si dovrebbe chiedere, quelli che hanno usato questo potere, l'hanno usato esclusivamente per difendere la propria vita, o quella di qualcun altro?"

Octavius lanciò a Elyana uno sguardo svelto e teso, sperando che Dana lo interpretasse esclusivamente in relazione al suo turbamento nel menzionare ancora una volta ciò che lui stesso aveva fatto un quarto prima. Elyana, naturalmente, sapeva la vera ragione per cui il re l'aveva guardata così. Non era stato del tutto sincero.

Dana non rispose; aveva imparato la lezione e avrebbe permesso a Irania, in qualità di rappresentante di Urbs Lucis a Furania, di gestire il crimine di Elyana. Ma la Fascia Viola lo avrebbe davvero perseguito, considerato il fatto che Elyana era la Manu Dextra? Sarebbe davvero andata da Krystiana con una notizia del genere per forzare un provvedimento che sarebbe potuto effettivamente andare contro gli interessi della Sorellanza? Forse Irania avrebbe semplicemente detto a Ramela che, in quanto capo del Fasciato Viola, era lei la responsabile delle azioni delle sue sottoposte; in modo da lasciare che fosse lei ad occuparsi della questione personalmente, in privato. Ovviamente, Dana sapeva che le azioni di Elyana avevano salvato il principe e il capitano. Ma potevano essere giustificate? Il suo viso si fece duro come una pietra, mentre i suoi occhi si muovevano, mostrando il contrasto nei suoi pensieri. Infine, Dana annuì.

Detto ciò, Octavius chiese: "Come sta Harlion?"

Elyana rispose in modo chiaro e fattuale, nonostante fosse consapevole dei sentimenti che motivavano la domanda del re: "Tania si è rifiutata di fare prognosi, Sire."

Octavius represse un'ondata di rabbia, ma provò a tagliare dritto al punto: "Vivrà?"

Elyana continuò con il suo atteggiamento stoico: "Tutto quello che lei potrebbe dirvi è che è in condizioni critiche, Sire. Mi dispiace."

Rendendosi conto che era irragionevole insistere, solo perché era il re, Octavius sbalordì i presenti calmandosi e dicendo: "Non c'è bisogno di scusarsi, Elyana. Suppongo che lo vedremo."

Sbuffi, sospiri e tacite maledizioni risuonarono per tutto l'ufficio del re. Sguardi angosciati si incrociarono, prima tra Octavius ed Aithen e poi tra Aithen ed Elyana. Darya osservò lo scambio e si rese conto che, sebbene lei e Octavius non si fossero mai separati, lei non era ancora un membro di quella cerchia ristretta, e questo la rattristò, finché il re non la guardò e lei si rese conto che si stava comportando da sciocca.

Il re si asciugò di nuovo la fronte umida, quando un'ombra scurì il suo volto secolare, nel momento in cui considerò la propria vulnerabilità in seguito all'improvviso tracollo del suo ufficiale di lunga data. Una certa amarezza gli pizzicò le labbra proprio in quel momento. "Supponendo che si riprenda, cosa pensi che potremmo fare per lui, Aithen? Potremmo mai degradarlo senza arrecargli un'offesa?"

Aithen esitò un attimo, sentendosi particolarmente a disagio al cospetto degli sguardi tristi e ansiosi di tutti gli altri presenti nella stanza, che conoscevano e amavano il capitano sessantenne.

"Forse potremmo dimezzare la sua carica, padre; farlo continuare a essere capo della tua Polizia Segreta, ma... *e* nominare Primus Kendor capitano della Guardia; Harlion lo rispetta e probabilmente non gli dispiacerebbe vederlo prendere il suo posto da Gran Capitano — se proprio deve essere qualcuno."

Per quanto la sua mente fosse un po' sopita, Octavius notò l'autocorrezione di suo figlio e sorrise orgoglioso: "Un giorno sarai un buon Re, figlio mio."

Tutti quanti si mostrarono d'accordo con le parole del re, inclusa Darya, che guardò Elyana con un sorriso calmo.

Elyana stentò a contenere una scarica di emozioni, nel chiedersi se la regina avesse accettato o meno la sua relazione con Aithen.

Intravedendo il disagio di suo figlio nei suoi movimenti inquieti — ad Aithen non era mai andato a genio di essere al centro dell'attenzione, se non mentre si discuteva una questione in dettaglio, o mentre doveva esporre qualche argomentazione — Octavius disse: "Così sia, allora. Quando Harlion si sarà ripreso, gli annunceremo il cambio di ruolo, come parte di un'altra cerimonia per ringraziarlo per la sua lunga—" Le ultime parole del re vennero tagliate da degli impulsi dolorosi che travolsero il suo corpo, facendolo soprassalire.

Darya si precipitò a chiedere se stesse bene e se dovessero lasciarlo riposare. Quando si voltò per chiamare Koricki, il re li fermò entrambi con un ringhio: "*Non* sto bene, Darya; ma conosco i miei limiti e non li ho ancora raggiunti. Mi basta che Tania si occupi di me dopo che avremo finito qui."

"Non sarebbe meglio rimandare l'assemblea finché non sarai completamente guarito?"

Con una voce seccata ma determinata, Octavius rispose: "No. Conosco bene il mio corpo, Darya. Sto bene."

La regina consorte annuì e il re sorprese tutti con la sua prossima domanda, ma non tanto per il suo consueto cambio di discorso repentino. Disse: "A proposito, cos'è successo alla corsa dei vettori?"

"Il Maestro Cerimoniere è venuto a trovarmi per chiedermi se fosse il caso di annullare l'evento. Gli ho detto di procedere, dato che non era facile preparare da capo i vettori, in caso di rinvio. Ma la musica e gli spettacoli *sono* stati cancellati."

"E come ha reagito il pubblico, ammesso che sia ritornato?"

"Hanno mostrato comprensione."

"Bene. Sono contento che la nostra gente capisca che non tutte le cose possono continuare ad andare avanti come prima. Grazie, amore mio."

In quel momento, gli occhi di Octavius si spostarono da una parte all'altra mentre cercava di ricordarsi una cosa. Poi li puntò su sua moglie quando gli venne in mente: "Darya, puoi assicurarti che il giovane avicoltore… Maestro Albo riceva il permesso d'ammissione alla classe di Magister Setarcos, entro oggi o al massimo domani? Non voglio che dubiti della mia promessa dopo quello che è successo."

Darya rispose sbuffando, sospirando e, infine, sorridendo.

A quel punto, il re spostò la conversazione sull'indagine condotta per identificare il suo aggressore e sui progressi compiuti nel realizzare un siero efficace contro la tossina. Octavius sentì prima Aithen e poi Julian dirgli che l'ultimo aspirante assassino era probabilmente un membro dello stesso gruppo che l'aveva attaccato lo scorso quarto, anche se il loro prigioniero non sembrava intenzionato a parlare. Il re si rivolse a Elyana per chiedere se la Sorellanza avesse cercato di ottenere informazioni dall'uomo. Elyana rispose che ci avevano provato, ma che l'uomo era in uno stato critico e confusionale, e — poiché non potevano violare la sua mente, affermazione che dipinse un cipiglio cinico sul volto di Dana — erano a mani vuote, proprio come lo erano gli uomini del re. Octavius stava per suggerire loro di violarlo, ma ci ripensò meglio e si limitò a lanciare un'imprecazione.

Dopo aver placato una nuova scarica di dolore, Octavius disse: "Allora portate il prigioniero al Frumentariato e fatelo interrogare da loro. Otterranno le risposte."

Anche se il loro fallimento nel far parlare il prigioniero li frustrava, sia Aithen che Julian si sentirono sollevati al pensiero di coinvolgere il Frumentariato, perché in effetti erano noti per avere tecniche... più efficienti, anche se nessuno sapeva davvero quali fossero. Le poche volte che Aithen aveva chiesto ad Harlion qualcosa a riguardo, l'uomo si era sempre rifiutato di dare una risposta diretta e aveva raccomandato che il principe si tenesse alla larga da ciò che succedeva nel Frumentariato. Il principe aveva trovato quell'affermazione inquietante, ma aveva comunque seguito il consiglio del Gran Capitano. Questa volta, però, data la situazione, forse sarebbe riuscito a scoprire come agivano i Servizi Segreti. Ma voleva davvero saperlo?

Octavius trascinò Aithen fuori dalle sue cogitazioni congedando tutti i presenti, tranne la moglie, dopo aver ascoltato il rapporto di Elyana sull'antidoto.

Sentendosi un po' smarrito, il Gran Principe si rallegrò quando il suo fratellino si avvicinò e iniziò a riferirgli ciò che gli era sfuggito. Ogni tanto, Aithen guardava Elyana — che camminava alla sua destra — per essere sicuro che Ori avesse sentito bene.

Una volta che gli altri se ne furono andati, Octavius cominciò a strofinarsi e a stringersi la nuca, facendo delle smorfie, talvolta. Guardò Darya agguantare una sedia dall'altro lato della scrivania e spostarla affianco a lui.

Darya si sedette, prese le mani del marito, le strinse nervosamente, poi disse: "Devo tornare a Kynaria." La regina osservò suo marito smettere di respirare per un secondo, ma lui non disse nulla e lei continuò: "Mi dispiace davvero, Octavius. Vorrei poter rimanere finché non ti sarai ripreso del tutto, ma Ylana mi ha richiamato."

Per quanto debole si sentisse, Octavius si sporse in avanti e avvicinò a sé la moglie: "Starò bene, Darya. Anche se mi sono abituato alla tua presenza e sarà difficile non averti più al mio fianco."

Darya fece un respiro profondo e colpevole.

"Quando parti?"

"Tra due giorni."

Octavius annuì e si stiracchiò.

"Andrai per nave o su furano?"

Con un sorriso rimproverante, Darya disse: "Sai che non salirò mai su un furano. Partirò con il traghetto di Maestro Brak. Sarà più veloce e confortevole."

Con un sussulto che fece rabbrividire la spina dorsale di Darya, il re disse: "Maestro Brak. *Ecco*, un uomo utile, affidabile e tranquillo. Vorrei poter venire con te. Ma non posso venire lì più di quanto tu non possa restare qui. Comunque, sarebbe bello passeggiare di nuovo insieme nella baia di Lardos. Un giorno, forse... se la fortuna ce lo permetterà."

Il senso di colpa afferrò Darya: "Octavius, *tornerò* presto; te lo prometto." Fece una pausa, aspettando la reazione del marito. Quando vide nei suoi occhi che la prospettiva di riaverla presto lo rassicurava, continuò: "In effetti, ho già discusso con Ylana il mio desiderio di trascorrere più tempo qui, e lei ha accettato di parlarne al mio ritorno."

Octavius strinse la mano della moglie con un sorriso cauto e agrodolce. Lei lo abbracciò, come per ribadire la sua promessa.

Allorché il silenzio della fiducia reciproca li avvolgeva in un manto di tranquillità, Octavius rimuginava su un pensiero che gli era appena passato per la testa, poi si voltò verso la moglie un paio di volte come se fosse incerto su come lei avrebbe ricevuto ciò che stava per dire.

"Che c'è, Octavius?"

Rispondendo all'invito della moglie, il re disse: "Vorrei che portassi Ori con te."

Non c'era bisogno di lacrime per mostrare l'intensità di ciò che provò Darya, nonostante fosse incerta di aver davvero sentito Octavius suggerirle di portare con sé il loro figlio più piccolo.

"La guerra sta arrivando, Darya, e può raggiungere presto la capitale. Siamo lontani dal confine con la Zebulonia, ma preferirei che Ori fosse in un luogo più sicuro, anche se..."

Darya guardò Octavius incuriosita.

"Anche se alla fine la guerra potrebbe raggiungere le coste di Kynaria, proprio come raggiungerà l'Alvinoria. Ma non abbiamo nessun altro alleato a cui rivolgerci, per ora. Speriamo che gli altri si presentino prima o poi."

"Ti riferisci a Unumia."

Octavius annuì.

"Hanno rifiutato la tua delegazione?"

"Già. Il loro continente non ha subito alcun attacco e non vogliono che li trasciniamo con noi nei nostri problemi."

"Ci riproverai?"

"Sì. Dopotutto, non sto chiedendo il loro sostegno; chiedo solo la loro accoglienza nel caso in cui non ci sia altra scelta e io abbia bisogno di mandare lì parte della nostra gente."

Trascorso un momento, Octavius disse: "Comunque... Ori?"

Un vibrato inaspettato d'emozione accompagnò la risposta di Darya: "Lo porterò con me. Ma sai che non sarà felice. Ti ama molto e a me... mi conosce a malapena, anche se *ci siamo* avvicinati col tempo."

"Allora questa sarà l'occasione perfetta per voi due per rafforzare il vostro legame. E ho un nuovo ruolo per lui; un ruolo importante, che potrà assolvere solo stando nella tua patria."

Darya sollevò le sopracciglia mostrandosi incuriosita.

"Lo sentirai quando lo dirò anche a lui."

Darya non insistette. Conosceva suo marito. I segreti erano segreti, non importava se fossero grandi o piccoli, e a lui piaceva sorprendere le persone.

"Trovi sempre un modo per rendere le mie partenze agrodolci."

Octavius sorrise, sussultando. Darya si chinò, lo baciò e andò a chiamare Tania Lux Baiula.

Riposo Forzato

Allorché il Sole Rosso raggiunse il suo apice — il suo gemello blu era nascosto subito dietro, in questo primo quarto di mezzo — la voce dura e indispettita di una yerlayana, scontrandosi con la morbida luce gialla del Sole Rosso, apostrofò Octavius: "Non penso che dovrestte essere così attivo, Sire, non finché la tossina non sarà completamente smaltitta dal vostro sistema nervoso. Ciò non farà che esacerbare le condizioni precarie del vostro corpo."

Octavius stava per obiettare, quindi Tania aggiunse rapidamente: "Ma sono sicura che sarete in grado di riprendere le vostre normali attività entro domani, se darete al vostro corpo un giorno per riposarsi, in modo che possa finire di neutralizzare la tossina e riparare i danni subiti." Quando Octavius sembrò ancora voler obiettare, Tania disse: "Sire, lo sto dicendo in qualità di medico esperto, non come medico generico, ma, soprattutto, in qualità di medico privato di Vostra Maestà."

Octavius ringhiò, irritato dall'insistenza della Lux Baiula: "*Arrgh.* D'accordo."

Tania annuì soddisfatta e si voltò verso Darya e Koricki. I due promisero, una con una parola e l'altro con un cenno del capo, che avrebbero fatto il possibile affinché il re mantenesse la promessa.

Octavius notò lo scambio di sguardi e si schiarì la gola per interromperlo: "Darya cara, non c'è bisogno di fare accordi segreti con Tania Lux Baiula. Mi riposerò fino a domani, e se dovessi essere tentato di fare qualcosa di più che sdraiarmi nel mio letto tutta la notte, sono certo che il giovane Koricki, *qui*, avviserà tutta la corte che devo tornare a letto."

Il giovane apprendista dell'Ordine della Luce si muoveva a disagio al cospetto dello sguardo sarcastico del re, ma Octavius presto gli tolse gli occhi di dosso e disse: "Ora che abbiamo stabilito il mio trattamento, *Capo Medico* Tania, c'è una cosa che desidererei sapere."

Tania e Darya sospirarono insieme, avendo intuito all'istante — dallo sguardo apprensivo sul volto del re — ciò che desiderava sapere.

"Mi dispiace, Sire, il Gran Capitano Harlion non ha ripreso conoscenza prima che lasciassi Domus Lucis per venire qui. Il suo cervello è rimasto senza ossigeno per un bel po' e anche attraverso l'uso del Legame, non riusciamo a rimediare ai danni subitti."

Fu con uno sguardo profondamente turbato che Octavius domandò: "Ma vivrà?"

"Non lo so, Sire. È possibile. Dovrebbe. Dopotutto era un uomo che viveva in modo sano, senza vizi di alcun genere; sì, dovrebbe riprendersi. Potrebbe riprendere conoscenza nel giro di un'ora o di un giorno; non possiamo saperlo finché certe regioni del suo cervello non si riattiveranno. Tutto quello che possiamo fare per ora è prenderci cura di lui e tenerlo sotto osservazione."

Scuotendo la testa rassegnato, il re disse: "Va bene. Grazie, Tania." Poi si fermò un momento e aggiunse: "La prego, mi lasci riposare ora, ma mi tenga informato di eventuali aggiornamenti sulle condizioni del Gran Capitano."

Il Capo Medico inchinò rispettosamente la testa, indicò con dei gesti le proprie istruzioni a Koricki Dar'Muntake e se ne andò. Darya la seguì poco dopo, per lasciare riposare il marito. Mentre passava davanti al giovane Dar'Muntake, diede anch'essa degli ordini taciti all'assistente privato del marito le sue silenziose istruzioni per assicurarsi che Octavius riposasse e facesse ciò che aveva promesso.

Poche ore dopo, proprio mentre il re terminava il brodo che Koricki aveva chiesto per lui, arrivò qualcuno a cui non poteva rifiutare un'udienza.

Quando il re vide il maestro Rackeli, chiese cosa avesse tra le mani di così urgente per venire a disturbarlo in quel modo.

"Perdonatemi, mio Re, ho una missiva urgente."

"Una missiva urgente? Da parte di chi? E che dice?"

Il Maestro Rackeli esibì la parte frontale della lettera in modo che il re potesse riconoscerne il sigillo. Il re sbuffò e si coprì il volto con la mano, confuso.

"Beh, legga pure, Alturo."

Rackeli si schiarì la voce un paio di volte, palesemente a disagio nello svolgere questo suo compito, ma cominciò: *"Sire, vi mando questo messaggio perché non posso esporvi personalmente il mio caso. Tuttavia, vi esorto a considerarlo valido come se ve l'avessi presentato di persona.'"* Alturo Rackeli alzò la testa per controllare l'umore del re. Quando vide il suo sguardo impaziente, il maggiordomo si schiarì di nuovo la voce e finì di leggere la breve lettera.

"'Ho sentito che la regina consorte sta tornando a Kynaria e che avete intenzione di mandare Ori con lei.'"

I lineamenti di Octavius si fecero duri dopo aver sentito quelle parole, ma lasciò che Rackeli continuasse, senza interromperlo.

"'Se posso permettermi, vi consiglierei di farli rimanere qui, Sire. So che credete che il rischio sia maggiore in Alvinoria, ma per quanto il continente occidentale sia lontano da questo caos, il pericolo è destinato a visitarli prima o poi. Questo lo so per certo. Se credete

che le mie preoccupazioni siano fuorvianti, vi esorto a mandare almeno un Guardiano Reale con loro. Il vostro servo, come sempre.""

La rabbia deformò il volto del re. Per quanto fosse aperto alle idee di tutti, odiava fare passi indietro rispetto alle proprie decisioni. La sua agitazione era evidente, dai suoi movimenti scattosi, così come dai suoi ripetuti sbuffi e scuotimenti di testa.

"Sire, volete spedire una risposta?"

Dopo un altro sbuffo e una breve esitazione, disse: "No. Non ora; apprezzo la preoccupazione di quest'uomo, ma non sono d'accordo con la sua valutazione. E come può...? *Argh*! Non importa. Non importa. La prego, mi lasci in pace ora, Alturo, le farò sapere quando avrò una risposta. E se ci sono altre questioni urgenti, la prego di riferirle al Gran Principe. Ora ho bisogno di riposare."

Il Maestro Rackeli si inchinò rispettosamente e salutò il suo re per poi lasciare la stanza, guardando Dar'Muntake mentre usciva.

Quando la porta si chiuse, il re domandò a Koricki: "Perché tutti continuano a guardarti come se ti stessero sfidando o se si aspettassero qualcosa da te, apprendista Koricki?"

Rispondendo con meno abilità nel deviare il discorso, ma quasi con la stessa compostezza di una Lux Baiula — tradì la propria perplessità deglutendo, una volta sola — Koricki disse: "Suppongo che ognuno abbia le sue ragioni, Sire. Ma..."

Ancora incensato dalla lettera che il maestro Rackeli gli aveva appena letto, il re interruppe il kynariano con un tono più duro di quello che aveva intenzione di usare: "Hai iniziato bene, apprendista. *Non* rovinare tutto con un *"ma"*."

Il giovane deglutì ancora e rispose: "Grazie, Sire. Mi dispiace. Tutti volevano semplicemente esortarmi a fare in modo che voi vi riposaste come promesso... Mi ritirerò ora e vi lascerò in pace anch'io. Dormirò nell'anticamera nel caso in cui aveste bisogno di me. Buonanotte, Sire."

Il re bofonchiò la sua risposta poi guardò il giovane Alterintrante andarsene via; quel ragazzotto che gli era stato affibbiato dalla Sorellanza. *Almeno si fa i fatti suoi... ed è attento e utile.* Il re sospirò a lungo, lentamente, frustrato, e intanto un centinaio di pensieri bellicosi invasero la sua mente, fermò quella deriva solo per sussultare quando un improvviso impulso di dolore gli attraversò il corpo. Non avrebbe dormito molto quella notte, nonostante le ingiunzioni di tutti i suoi collaboratori più stretti.

Seduto dietro la sua scrivania a frugare tra le carte, prestando solo in parte attenzione al suo scudiero, il Gran Principe chiese: "Chi hai detto che è questo Luvius, Kil?"

Con un qual certo disagio, che il principe scambiò per la sua tipica timidezza, Kildare rispose: "Mio Principe, Luvius Arco è un amico di mio cugino, Rovere. Mio cugino ci ha presentati al Ballo. Il Maestro Arco vorrebbe ricevere un colloquio alle scuderie, per qualificarsi come apprendista di Maestro Vorak."

"Mmm, *e perché* io o Maestro Vorak dovremmo volerlo come apprendista?"

Kildare esitò, poi disse: "È un giovane di Antar, brillante e di buona famiglia, mio Principe. E lui... è difficile spiegare... Beh... È semplicemente molto persuasivo. Ma... ma voi e il Re avete sempre detto quanto sia importante "costruire ponti" attraverso tutto il regno." Kil scrollò le spalle e aggiunse: "E attualmente non abbiamo ponti per la corte da Antar."

"E hai pensato che avrei quindi gradito questo tuo suggerimento?"

Kildare iniziò a strofinarsi le mani nervosamente. Il suo padrone era ovviamente preoccupato da altro e molto dispiaciuto da questa interruzione superflua: "Mi dispiace, mio Principe. Questo è il momento sbagliato per presentarvi una proposta del genere. Dirò al Maestro Arco che posso fare un'altra petizione per lui quando non sarete così occupato."

Reagendo alle scuse del suo scudiero, Aithen lasciò cadere i documenti e alzò lo sguardo. "No, no. Va bene, Kil. Io e il Re riteniamo fondamentale costruire legami con i patrizi minori, e presumo che in un momento di incertezza come questo, sia ancora più importante. Le scuderie sono il suo unico ufficio di interesse?"

"Credo di sì, mio Principe."

"Mmm, il Magister Furanum[21] raramente ha accettato di affidare questo ruolo a chi non ha mai pulito le stalle, né si è preso cura degli animali. Ma se il Maestro Luvius ha le credenziali giuste e il Maestro Vorak lo accetta, io non mi opporrò di certo."

---

[21] Maestro dei furani.

"Grazie, mio Principe. Andrò da Maestro Vorak e gli consegnerò la lettera d'introduzione di Luvius." Kildare si inchinò e si girò per uscire dalla stanza. A quel punto gli venne in mente una cosa, si fermò e domandò al principe cosa stesse cercando prima.

"Cosa cercavo? La relazione delle finanze di stamattina. Devo averla smarrita. Prima di andare dal Magister Furanum, per favore trovami Neaj e mandamelo qui."

"Sì, mio Principe."

Neaj Trebloc arrivò poco dopo e si mise subito sull'attenti, pronto a ricevere gli ordini del principe. Aithen stava tornando alla sua scrivania con un passo frustrato.

"Maestro Trebloc! È forse tornato qui a prendere la relazione di stamattina? Non riesco a trovarla."

Prima di rispondere, il giovane Neaj fissò la scrivania del principe. Dopo aver esaminato per qualche secondo le pile di documenti, disse: "No, mio Principe, ma penso di vederla."

Aithen gli lanciò uno sguardo incredulo e girò la testa verso la sua scrivania. Tutti i documenti erano uguali: fogli di carta color crema impilati uno sopra l'altro: "Riesce a vederla?"

"Sì, mio Principe. Vedo una pila in particolare i cui fogli sono tutti perfettamente allineati, tranne uno, e anche lo spessore della pila sembra essere quello giusto."

"In tal caso, le sarei profondamente grato se me la potesse indicare."

Neaj Trebloc si avvicinò alla scrivania con i suoi tipici movimenti ordinati e diligenti e trovò il rapporto esattamente dove credeva di averlo visto. Lo porse al principe esibendo un minimo di orgoglio attraverso le sue labbra dritte e sottili.

"Maestro Trebloc! Lei è fantastico. Giuro, ho cercato in quel mucchio diverse volte senza trovare il rapporto.

Dopo un momento di silenzio mentre rifletteva su alcune cose, Aithen disse: "Ho un incarico speciale per lei."

Le pupille di Neaj si dilatarono per l'eccitazione e poi tornarono rapidamente al loro stato ridotto e penetrante: "Sono al vostro servizio, mio Principe."

"Un amico del cugino di Kildare è interessato a fare da apprendista nelle nostre scuderie. Normalmente, lascerei l'indagine e la decisione al Maestro dei Furani Vorak, ma qualcosa sul comportamento di Kil mi preoccupa e voglio sapere cosa sta succedendo, ammesso che stia succedendo qualcosa."

"Credete che Kil abbia fatto il suo nome controvoglia, mio Principe?"

"No, non è così. È solo che informandomi sui Temptatori che si infiltrano nel regno, la mia mente mi mostra possibilità che non avrei mai considerato prima. Sia chiaro che non sospetto in alcun modo Kil, ma vorrei che indagasse di nascosto sulle azioni del suo conoscente, così come sulle finanze di questo giovane e della sua famiglia e che mi facesse rapporto tra due giorni. Pensa di farcela?"

Neaj sbatté le palpebre e chiese: "Mio Principe, sapete che sono un contabile e trovo facile esaminare i registri finanziari, ma non sono un Frumentarius."

"Lo so. Eppure, se ci pensa, Maestro Trebloc, la sua abilità è in qualche modo quella di intravedere gli schemi. Penso che lei possa sfruttarla per indagare sulle abitudini delle persone e sulle loro finanze. Inoltre, con il Gran Capitano Harlion attualmente fuori combattimento e per il fatto che non ho particolare familiarità con i suoi sottufficiali della polizia segreta, ho pensato di affidare a *lei* quest'incarico."

Neaj Trebloc accettò l'incarico con un fermo cenno del capo e dopo aver ricevuto il nome della persona da indagare, se ne andò con la promessa di tornare con dei risultati entro due giorni.

Sono contento che mio padre mi abbia assegnato lui. Ed è bello sapere che ci sono persone affidabili intorno a me; aiuta a controbilanciare la mia continua preoccupazione per la qualità inferiore delle nostre reclute.

Quest'ultimo pensiero ricordò ad Aithen la sorte del suo capitano e un cipiglio cupo solcò la sua fronte. *Vorrei che Harlion potesse continuare a servire a capo dell'esercito. So che Kendor farà un ottimo lavoro, ma so anche che Harlion non aveva immaginato in questo modo i suoi ultimi anni di servizio. O Fondatori!*

Una Sensazione

Quando un'altra lunga giornata stava giungendo al termine, con il dessert ancora lì intonso sulla tavola, Aithen chiese a Elyana: "Domani tornerai a Urbs Lucis?"

"Sì. Devo discutere quello che ho fatto ieri con Krystiana e Ramela." Elyana si fermò e permise ad Aithen di vedere la sua esitazione, nei suoi tratti ammorbiditi.

Aithen scosse la testa: "Questo dovrebbe essere un momento emozionante per te, Elyana, dico tornare a Urbs Lucis con l'insegnamento dei Locari, fondamentale per l'Ordine. Invece, ci torni portandoti appresso il fardello di una preoccupazione immeritata."

"È così che vanno le cose, Aithen." Elyana prese il cucchiaio e iniziò a picchiettarlo sulla spessa tovaglia che copriva in parte la tavola, producendo un suono ovattato.

Aithen chiese nervosamente: "Cosa pensi che diranno o faranno Krystiana e l'Assemblea della Luce?"

Ancora una volta, Elyana esitò prima di rispondere: "La cosa avrà sicuramente delle ripercussioni, perché le Praefectae collegheranno i puntini e capiranno come Krystiana e io abbiamo scoperto ciò che abbiamo scoperto quando abbiamo cercato la Serpe nel Legame la scorsa estate. Capiranno che Krystiana ha mentito. E potrebbero iniziare a mettere in discussione la sua leadership, se ne concludessero che le nostre azioni hanno indirizzato le attenzioni della Serpe e di Noctiferus sulla Sorellanza."

Aithen si chiese quanta paura e angoscia Elyana stesse celando dietro la maschera. Il suo ammorbidirsi e poi indurirsi era solo una proiezione della sua volontà. Per quel che lo riguardava, la possibilità che Elyana potesse essere punita dall'Ordine gli intrecciava le budella.

Sul volto di Aithen apparve un sorriso incerto, portato allo scoperto da una scomoda speranza, unita all'ardente desiderio di dare coraggio a quella donna che innegabilmente stava iniziando ad amare. Disse: "Forse accetteranno semplicemente la tua abilità e quella di Krystiana, così come l'hanno accettata nel caso di mio padre."

"Non so, Aithen. Quello che ha fatto il Re, l'ha fatto nell'intimità delle sue stanze, solo te e la sua Guardia potevate testimoniare le sue azioni, sebbene il fatto che una dei testimoni fosse una Lux Baiula ha effettivamente complicato le cose. Quello che ho fatto io... davanti a tutti... specialmente in quanto Fascia Viola... è inaccettabile; non dovremmo essere viste come assassine. Molte persone già diffidano di noi. Se si voci che una *Fascia Viola* ha ucciso qualcuno attraverso il Legame, in quel modo, la nostra posizione può uscirne gravemente compromessa."

La risposta di Elyana lo sconcertò. Aithen infilzò il dessert che aveva iniziato a stuzzicare con il cucchiaio. "Ma Elyana, è una follia! Hai *salvato* qualcuno e fermato un assassino. E sì certo, ora è morto, ma non era un povero malcapitato."

Quando Elyana non rispose se non con la sua tipica espressione vacua, Aithen continuò: "Tu mi dici sempre che la Sorellanza venera la logica. Beh, le Praefectae hanno accettato che esista questa abilità non solo in mio padre, ma anche in Marcus. *Devono* solo applicare la stessa logica e fare lo stesso per te e Krystiana!"

Elyana guardò il principe per un momento. Era un uomo notevole, intelligente e colto, ma era ancora preda di visioni idealistiche, visioni che coloravano la sua comprensione e ispiravano le sue risposte.

Non è proprio per questo che ti sei innamorata di lui?

Ma lei non era come lui.

"Forse." Disse lei.

Aithen fece una smorfia e posò intenzionalmente il cucchiaio sul legno del tavolo, che provocò un tintinnio: "Devono accettarlo Elyana. Ne sono convinto!"

Elyana sospirò e sorrise, ma il suo sorriso non indicava speranza, bensì rassegnazione. "È solo 'na... una sensazione che provo nel veder crollare tutto ciò che ci sembra di sapere."

Sentire Elyana fare quella dichiarazione con un tale distacco turbò Aithen. Decise di cercare di alleggerirle l'umore cambiando argomento, proprio come piaceva fare a lei: "Elyana, ho notato la contrazione che stavi per usare. Mi dice più di ogni altra cosa che *sei* veramente preoccupata. Tuttavia, come ti piace tanto dirmi, preoccuparsi non aiuta. Anzi, è..."

"Anzi, è solo peggio, sì lo so." Elyana fece un respiro profondo, poi ringraziò il principe.

Aithen allungò la mano per stringere quella di Elyana, che aveva lasciato andare il cucchiaio per appoggiarlo sul tavolo. Il suo tocco la scaldò. "Ti va di fare una passeggiata?"

Elyana si voltò verso il balcone, vide che il cielo era ancora limpido. Si girò verso Aithen e annuì con una dolcezza indescrivibile — anzi, supplichevole.

Aithen si alzò da tavola ed Elyana — la sua mano ancora tra le sue — lo seguì nei giardini senza opporre la minima resistenza.

Sulla Strada per Zeblinia

Seduta dietro a un guardiano corpulento e calmo, in groppa a un furano piuttosto nervoso, Ooldrina si voltò a guardare la sua amica che cavalcava insieme a un altro soldato. Erano partite quella mattina per dirigersi verso Wakideb, un remoto villaggio sulle montagne Sagr da dove sarebbero state poi espatriate in Zebulonia.

Raaviana sembrava nervosa; certo, aveva imparato a padroneggiare correttamente la lingua zebuloniana, così come aveva padroneggiato anche la comunicazione criptata che Molara Lux Baiula, la loro supervisore, aveva insegnato loro, per garantire che potessero comunicare eventuali scoperte e ricevere istruzioni senza far saltare la loro copertura mentre erano in Zebulonia. Ma era ancora nervosa; nervosa di dover entrare in una nazione che, per qualche motivo, aveva rifiutato i loro antenati e li aveva costretti a vivere come rifugiati al confine tra i due regni.

Ooldrina non provava lo stesso nervosismo. In realtà, era contenta di andarsene e di allontanarsi il più possibile da Urbs Lucis, anche se significava andare in quel luogo lontano, di cui la madre surrogato non le parlava mai. Avrebbe voluto dirlo a Raaviana, ma come avrebbe potuto farlo senza poi essere costretta a spiegarne il motivo? Si rese conto di non riuscire a esternare le cose orribili che aveva subito, dopo averci provato due volte senza successo e facendosi prendere dal panico. No, era meglio dimenticarsi tutto quanto, e quindi andare il più lontano possibile dal suo aggressore.

Una cosa la preoccupava: dire alla sua amica, quando sarebbe arrivato il momento, che non sarebbe tornata. Guardò brevemente Raaviana provando un forte senso di colpa, poi si voltò e fissò i suoi occhi mesti sulle praterie e le foreste che scorrevano sotto di lei, senza notarle nemmeno.

Sentimenti Problematici

La Praefecta Medicas era seduta sul balcone del suo ufficio, lasciava che l'aria fresca e gli odori dolci dell'ennesima pioggia autunnale le placassero la mente.

Sul bordo della terrazza giaceva sdraiato Kinu, il suo furano verde. La Praefecta aveva acquisito l'animale l'anno in cui si rese conto che la sua età avanzata stava iniziando a lasciare dei segni sul suo corpo. Un giorno, sarebbe morta e non voleva essere sola quando sarebbe successo, anche se i suoi ricordi sarebbero stati probabilmente trasferiti, ammesso che l'avessero trovata prima che le sue attività cerebrali cessassero.

Erano passati due decenni da quell'anno ed era ancora viva e in buona salute. Presto avrebbe compiuto centosettantasei anni di vita e, tutto sommato, aveva vissuto una vita soddisfacente, nell'Ordine a cui si era unita quando era ancora una ragazza innocente. Aveva certamente avuto una carriera di successo, avendo partecipato allo sviluppo di numerose tecniche di guarigione, e aveva senz'altro conferito lustro e influenza al Fasciato Bianco, dislocando le amministratrici della sua Assemblea in diverse città di tutto il regno.

Ma l'aspetto personale... Beh, questo era tutta un'altra questione. Di certo non era stata poi così liberale, come Bilena sembrava credere. Certo, aveva conosciuto vari uomini nel corso dei decenni, ma i suoi doveri avevano sempre avuto la precedenza, limitando le sue esperienze a storie di breve durata, che aveva voluto e di cui si era accontentata.

Quando Lusk Methrim aveva sondato la sua mente, tuttavia, era accaduto qualcosa, qualcosa che né si aspettava né era stata in grado di comprendere. Ora, non desiderava altro che sperimentare nuovamente quella connessione. Quella sensazione aveva interferito con tutti i suoi doveri all'ordine del giorno.

"Cosa mi sta succedendo, Kinu? Tu lo capisci? Lo senti *tu*?"

Kinu si alzò e si avvicinò alla padrona emettendo un morbido gnaulio pieno di empatia. Quel furano, di mezza età, era nella sua fase femminile attualmente, quindi riusciva a percepire particolarmente bene le emozioni di Saara. Quando Saara gli accarezzò la testa, Kinu scosse le ali, scagliando in aria una miriade di goccioline d'acqua. Queste crearono un effetto nebulizzante giallastro, nel momento in cui i microbi che l'acqua piovana aveva assorbito dal corpo di Kinu rifransero la luce del sole. Saara non si aspettava di vederlo ed esclamò: "Ah! Ti stai avvicinando di nuovo alla tua fase fertile,

Kinu?" Poi notò delle goccioline luminescenti sulla propria veste e aggiunse: "O stai forse cercando di dirmi che in qualche modo, qualcosa... o *qualcuno*, tipo Lusk Methrim, mi sta facendo rivivere una nuova primavera?"

La furana verde non rispose; non aveva risposte alle domande della sua padrona. "Oh, Kinu. Com'è possibile che si possa vivere per decenni e secoli senza imparare nulla, per poi commettere sempre gli stessi stupidi errori e non essere in grado di salvaguardarsi?!"

La voce roca di Saara rese la sua affermazione doppiamente stridente e Kinu indietreggiò all'improvviso, mostrando preoccupazione sul muso verde.

Quando la vecchia Praefecta notò la reazione del suo furano sussultò, si scusò con lui e si risedette. Poi chiamò Kinu al suo fianco e passò l'ora successiva in cerca di un senso da dare alla propria condizione, sondandosi di tanto in tanto e promettendo al suo furano di andare a farsi vedere dalla guaritrice delle Portatrici di Luce il giorno dopo — o di sottoporsi a un bagno di tormento presso le terme — se non fosse riuscita a trovare un modo per placare quegli sciocchi impulsi. E, nonostante una parte della sua mente le dicesse che le cose stavano diversamente, respinse l'idea che la sua condizione attuale fosse stata provocata volontariamente dallo straniero.

PERMANERÉ USQUE AD FINEM

XVI CHI VIENE CHI VA

Una Missione

Sulla cima di un picco che si affacciava su quella che sembrava essere Kartak, l'Umbra trasmise alla Serpe: *"Dominus noster nos in inceptum mittit, Alis Domini."*[22]

La Serpe rispose con trepidazione, seppur con una certa frustrazione dovuta alla difficoltà che aveva con la Lingua Antica: *"Inceptum, dicis? ad Kynariam, ut spero. Tempus est ospita nostros opprimere."*[23]

"Minime, non iam, sed proximum. Ille in conventu nostro mihi duabus abhinc quartis dixit se velle ut nos Yeltchek adiremus."[24]

"Perché? E per favore, Umbra, basta con la Lingua Antica."

"Per valutare se i suoi abitanti rappresentano una minaccia ai Suoi piani; se dovrebbero essere lasciati in pace o sfruttati in qualche modo."

"Non è un po' tardi per preoccuparsi di un altro popolo?"

"Non è un popolo, come dici tu, ma una vera e propria nazione con delle capacità forse ancora più avanzate di quelle umane, kynariane o zebuloniane."

"Se è così, perché non ci hai pensato tu a investigare?"

La forma dell'Umbra si scosse e si distorse con rabbia pericolosa ma contenuta. Quando ebbe ripreso la calma, trasmise con vibrazioni glaciali: *"Ricordati chi sei, Alis Domini. Nonostante il tuo nome, non sei il comandante di nostro Signore qui, ma solo una creatura al suo — o al mio — servizio, da usare in base alle esige... esigenze della nostra Grande Missione."*

La forma della Serpe si contorse per l'indignazione e per l'odio provato in quel momento.

---

[22] Il nostro Maestro ci sta mandando in missione, Alis Domini.

[23] Una missione? A Kynaria, spero. È ora di iniziare a schiacciare i nostri nemici.

[24] No, non ancora. Ma sarà la prossima. Mi ha informato durante il nostro incontro, due quarti fa, che vuole che andiamo nello Yeltchek.

L'Umbra, intanto, si malediva per la sua improvvisa balbuzie. All'apparenza, però, non fece altro che osservare il lucertolone con indifferenza e attendere che la bestia si calmasse, per poi continuare: *"Ora, sei pronta a discutere la nostra missione?"*

Non ricevendo alcuna replica dalla Serpe, l'Umbra disse: *"Così va meglio. Ci incontreremo sulle montagne del Sagr tra tre giorni, vicino a un villaggio chiamato Razeb. Porta qualcuno dei tuoi rokon per avere una protezione aggiuntiva. Da lì, voleremo verso le montagne vicino a un villaggio costiero a sud-ovest di Yeltchika, dove c'è un uomo che può assicurarmi un'udienza con chi ha le informazioni e le risorse di cui ho bisogno. Quanto a te, te ne starai con i tuoi fratelli, lontano da sguardi indiscreti, ad aspettarmi."*

La forma nebbiosa della Serpe si agitò ancora più indignata: *"Non sono miei fratelli; non sono affatto come me."*

"No, tu sei qualcosa di più, in tutti i sensi, ma non posso correre il rischio che gli yeltcheki sospettino di me, vedendomi con te."

La Serpe trasmise un ringhio di accettazione poi chiese: *"Posso chiederti come hai intenzione di carpire le informazioni che cerchi? Non conosci la loro lingua, né i loro modi di fare, né tantomeno assomigli a loro."*

"In verità, conosco la loro lingua e ho un'idea abbastanza accurata dei loro usi e costumi. Ma quest'uomo, che faciliterà la mia introduzione, mi dirà tutto ciò che devo sapere per essere accolto nella capitale. È un tizio che conosco per via dei suoi traffici illegali in Zebulonia. E per quanto riguarda il mio aspetto, non preoccuparti."

"D'accordo, Umbra. Ci vediamo tra tre giorni, allora."

"Vicino a Razeb."

Con ciò, la Serpe scomparve. L'Umbra, invece, non tornò subito al suo corpo fisico. Rimase lì, digrignando i denti mentre ripensava alla domanda della Serpe: perché non aveva pensato di fare una ricognizione a Mo'Tarkoth? Non lo capiva, si preoccupò. Scosse la testa e guardò la rappresentazione di Kartak che aveva ricreato, annuendo. Poi si spostò su un'alta collina vicino a Urbs Lucis e mandò un vortice di fuoco giallo diretto contro la città immaginaria, mentre il suo odio nei confronti di quelle donne prendeva il sopravvento. Alla fine, si diresse a Solinor, la capitale di Kynaria, e la sua smorfia venne sostituita da un ghigno malvagio. *Hic incipit*.[25]

Moradien e la sua Cricca

Moradien camminava in cerchio nella sua stanza, mentre aspettava che le sue complici arrivassero con delle ragazze che avevano apparentemente convinto a unirsi alla loro causa.

Parlando tra sé e sé, disse: "Spero che non solo le abbiano convinte, ma anche persuase fino in fondo. C'è troppo in gioco per permettere a qualcuno di unirsi a noi senza troppa convinzione. Con una nuova Battaglia Oscura in arrivo, tutti devono essere pronti ad unirsi alla causa."

Prima che Moradien potesse pensare al suo prossimo pensiero, qualcuno bussò alla porta.

"Chi è?"

"Siamo noi, Lis e Morla... Siamo in compagnia."

Finalmente: "Entrate."

Lisandeka entrò per prima dalla porta, con un'aria sospettosa. Carrain e Lopenia la seguivano insieme ad altre sei ragazze; Morla chiudeva il gruppo. Moradien sembrava soddisfatta, ma non accolse immediatamente Carrain o Lopenia. Anzi, le guardò con sospetto e disse: "Sono felice di vedervi. Non che dubitassi del vostro arrivo. Questa è una buona causa e siamo sempre di più."

Dopo le presentazioni e i convenevoli per dare il benvenuto alle nuove ragazze, Moradien le invitò tutte a sedersi per terra, intorno a due grandi ciotole piene di stuzzichini.

Moradien chiese: "Sapete perché siete qui?"

Le ragazze si guardarono nervosamente tra loro, sperando che qualcuna prendesse l'iniziativa e rispondesse. Il viso di Moradien si oscurò un po' quando né la piccola e bruna Carrain né la castana Lopenia risposero; sembravano ancora insicure sul da farsi.

---

[25] Si comincia.

Una ragazza magra e dalla carnagione scura parlò, e il viso di Moradien si ammorbidì, anche se solo momentaneamente: "Per cambiare le cose. Per essere pronte alla prossima Battaglia Oscura."

Rivolgendo prima lo sguardo verso le due disertrici, Moradien disse: "Esatto! Nakira, giusto?"

La ragazza arrossì mentre annuiva.

Moradien disse: "La Sorellanza non è più quella di una volta, e se non facciamo qualcosa al riguardo, nessuna di noi sopravviverà quando arriverà la guerra."

La ragazza magra chiese: "Perché reclutano ragazze immeritevoli?"

"Questo è poco ma sicuro, ma anche perché non ci stanno insegnando ciò che ci serve davvero per proteggerci."

Un'altra ragazza, più alta e paffuta, disse: "Sono d'accordo. So di essere in grado di spiare i pensieri altrui, ma le stupide regole della Sorellanza mi impediscono di sviluppare le mie abilità. Potrei davvero aiutare la nostra causa, spiando i sovversivi e i traditori, ma non me lo permetteranno mai. Allora, cosa vogliono che faccia? Che impari a fare stupide palle di fuoco che non riescono nemmeno a scalfire quella stupida lucertola?"

Moradien diventò euforica: "Esatto! Sanno che il nostro mondo è sull'orlo del baratro, ma sono bloccate da una cieca obbedienza alle regole che ci governano sin dai tempi antichi. Beh, questi sono tempi nuovi."

Nakira batté le mani per parlare. Si guardò intorno, incerta su come avrebbero reagito le altre: "Ho sentito il Primo Chierico Galadrin fare un discorso di recente. Ha detto che l'Originatore ha liberato Noctiferus per punire i peccatori e i non credenti prima che arrivi il Giorno dell'Unione e ha detto anche che i credenti devono...rivelarsi attraverso le loro azioni."

La ragazza si fermò per valutare le reazioni degli altri. Vedendo che la maggior parte delle ragazze, incluso Moradien, la ascoltava con vivo interesse, aggiunse: "Credo che il Primo Chierico abbia ragione e che l'unico modo in cui saremo in grado di trovare e fermare gli ingiusti sarà imparando ad usare appieno i nostri poteri."

Lopenia si sentì oltraggiata e la sua voce stridula rifletteva il suo stato d'animo: "Perché dici questo? Voglio dire, sono d'accordo che le cose non vadano esattamente nel modo giusto in questo mondo, ma la nostra terra non è piena di *deviati*.”

Incapace di contenere la sua delusione nei confronti delle disertrici, Moradien intervenne e disse: “Ah, no? Che dire delle Sorelle che vendono le loro prestazioni a dei luridi, dando piacere sessuali agli uomini attraverso il Legame?”

Lopenia obiettò: “Mora, lo sai che non è vero!”

“Ah no? Ho sentito Elyana Lux Baiula parlarne con la nostra *altissima* Magna Mater di recente. A quanto pare, lo permettono perché aiuta a tenere i soldati in riga. *È* così, Lopenia.”

Uno sguardo pietoso di confusione e orrore deformò il viso della ragazza dai capelli castani, che si tacque nuovamente.

Incoraggiata dalla loro leader, Nakira aggiunse: “E sappiamo tutti dell’ateismo della famiglia reale. A quanto pare sta facendo infuriare gli dei.”

Un’altra ragazza chiese: “Allora, come possiamo aiutare a cambiare le cose?”

Gli occhi e la voce di Moradien si indurirono: “Chiedendo che la Sorellanza aggiorni le sue regole e rimuova le sue interdizioni. Altrimenti...”

Diverse ragazze fecero eco alle parole di Moradien, ma Carrain chiese con timore: “Altrimenti?”

“Altrimenti ci tapperemo le orecchie e ascolteremo nuove voci, voci che apporteranno i cambiamenti necessari. E continueremo a reclutare persone al nostro fianco, fino a quando non ne avremo abbastanza per forzare i cambiamenti di cui abbiamo bisogno o per creare una nuova Sorellanza.”

I mormorii si divamparono rapidi come le fiamme. Alcune delle ragazze si guardavano tra loro eccitate, altre lo facevano palesando la loro ansia.

Qualcuna chiese: “Come dovremmo agire, Moradien?”

“Attraverso ogni mezzo possibile.”

Carrain fece un passo indietro e chiese cosa intendesse.

Moradien incluse tutte le ragazze in quel suo sguardo indemoniato prima di soffermarsi sulla ragazza piccola e bruna. “Carrain, *attraverso qualsiasi mezzo possibile* significa esattamente quello che pensi. Perché a nessuno importerà se perdiamo attenendoci alle vie dell'Ordine. Preferisci rispettare la legge della Sorellanza a costo di vederci morte — o peggio, ridotte in schiavitù?"

Tutte le ragazze scossero la testa, tranne Lopenia e Carrain.

L'intonazione di Moradien ribolliva d'incredulità, disse: "Voi due *preferireste* essere schiave?"

Carrain s'irrigidì e rispose: "Sono disposta a fare certe cose, sì, per salvarci, ma..."

"Ma cosa?"

"Ma non agirò *male*. La prova della bontà di una persona non viene dal rimanere fedeli alla nostra fede o ai nostri princìpi quando è facile, bensì quando è più difficile."

Moradien sbuffò: "Sei fuorviata." Poi, guardando le altre, aggiunse: "Carrain deve aver letto un libro che non ho mai letto, in cui si dice che è proibito usare i nostri poteri per fermare i malfattori o il nemico, perché potrebbe essere immorale... o andare contro la nostra fede."

Stringendo e allentando i pugni e con voce tremante, Carrain disse: "Non mi unirò a voi... qualunque cosa tu stia cercando di fare."

Ignorando l'osservazione di Carrain, Moradien si voltò a fissare l'amica della ragazza. Poi, disse: "E tu Lopenia? Sei delle nostre?"

Lopenia non rispose subito, lanciò alla sua amica uno sguardo pieno di angoscia.

Carrain disse con un gracidio: "Mi dispiace, Lopenia. Non posso assecondare tutto questo."

Avendone avuto abbastanza e desiderando spostare la discussione su altre questioni, Moradien disse: "D'accordo! Puoi tirarti indietro, Carrain, ma per favore non andartene." Appoggiando un dito sulle labbra rosse e addolcendo la sua intonazione, aggiunse: "Anzi, mi aspetteresti nella mia camera da letto? Vorrei parlarti in privato, prima che tu te ne vada."

Carrain fece per fare come richiesto ma poi si fermò. Sembrava confusa e spaventata.

"Che c'è, Carrain?"

"Io... io... Perché dovrei aspettarti? Me ne vado."

Le altre ragazze — eccetto Lopenia il cui viso si sbiancò, per paura della reazione dell'amica — la guardavano affascinate e con degli sguardi spaventati.

Usando una voce sorprendentemente morbida e allettante questa volta, Moradien rispose: "Perché te l'ho chiesto gentilmente, Carrain."

Carrain lanciò un'occhiata alla sua amica; stava combattendo per qualcosa che non riusciva a vedere ma che sentiva dentro di sé. Lopenia unì le mani per supplicarla.

Dopo un lungo momento di tensione, Carrain cedette. Le linee sul suo viso mostravano paura e confusione, mentre si girava e si dirigeva verso la camera da letto di Moradien. Dopo aver chiuso la porta, si lasciò cadere a terra e singhiozzò in silenzio, chiedendosi se potesse riuscire a raggiungere una delle Sorelle attraverso il Legame, per chiedere aiuto.

Intreccio

Col favore delle tenebre, dopo aver atteso la chiusura notturna della locanda, Ksarina Lux Baiula, una Fascia Rossa, si fece strada nell'osteria di Kartak, che aveva scelto come obiettivo di spionaggio in seguito a un giro di ricognizione in città, svolto a inizio mese. Gina Lux Baiula, una Fascia Gialla, entrò con cautela dietro di lei.

Dopo aver trasmesso delle attente vibrazioni di sondaggio attraverso l'edificio, per assicurarsi che i proprietari stessero dormendo, Ksarina creò uno scudo acustico e portò Gina sul retro della taverna, dove si trovava una piccola alcova privata.

La locanda era frequentata regolarmente da gente che Ksarina riteneva coinvolta negli attacchi al Gran Re e con la cellula Temptatori, che l'Ordine seguiva da un paio di mesi. Questa era una locanda leggermente più pulita e rispettabile delle altre che si trovavano a Kartak, grazie alle regole severe dettate dal proprietario, che nemmeno i clienti abituali del posto osavano sfidare. Ma per quanto pulita fosse, l'odore di fumo e birra pervadeva l'intero locale.

A quel punto, Ksarina Lux Baiula indicò a destra dell'alcova l'area in cui il dispositivo doveva essere posizionato, vicino al tavolo.

Gina si avvicinò con cautela al muro, assicurandosi di non urtare nessuna sedia, nonostante lo scudo acustico. Con ancora più attenzione, spostò la sedia accanto al muro e infine ispezionò la superficie, passandoci sopra qualche volta la mano, avanti e indietro, sussurrando: "No, non questo. Forse questo... No. Neanche questo. No. No..." E così via.

Quando finalmente percepì ciò che cercava, sbottò un "Ecco!", facendo comparire un morbido ghigno sul volto di Ksarina.

La Fascia Rossa si aspettava che la missione sarebbe stata facile e veloce, purché Gina non avesse incasinato tutto. E, infatti, la bocca larga di quella donna rischiava di comprometterle. Quanto era stanca di mettere a rischio la sua vita per le Bianche, le Gialle e le Viola... Ksarina non riusciva a capire perché il Fasciato Rosso non fosse responsabile di tutte le attività della Sorellanza. Certo, Larca era stata nominata Generale Supremo in campo bellico dalla Magna Mater pochi mesi prima, ma a lei e alle Sorelle del suo Fasciato continuavano a servire le altre.

Gina si concentrò sul mattone e iniziò a trasmettere delle vibrazioni dall'aspetto di nastri di luce blu sui giunti di malta.

Gli occhi di Ksarina si spostavano di qua e di là mentre inviava vibrazioni di sondaggio attraverso tutta la locanda in modo da prevenire che venissero colte sul fatto. In effetti, i proprietari dormivano lì dentro, al secondo piano dell'edificio.

La malta scomparve lentamente, granello dopo granello, e mentre scompariva, il mattone si allentò. Gina inviò una vibrazione proculactiva con la mano sinistra per evitare che il mattone cadesse. Un minuto dopo, il mattone uscì del tutto, e Gina rivolse un sorriso soddisfatto a Ksarina, che grugnì guardando con apprensione i gradini che conducevano alla stanza da letto dei proprietari.

Quando Gina mise il vecchio mattone nella borsa, la Fascia Rossa sussurrò: "Non potevi semplicemente far sparire il vecchio mattone?"

"Non abbiamo tempo, hai detto."

Ksarina espirò con impazienza e disse: "D'accordo, sbrigati."

Gina prese il dispositivo dalla sua borsa, un mattone intrecc*iato* che aveva un suo corrispettivo "gemello" a Urbs Lucis. Si prese un breve momento per ammirarlo, con la bocca spalancata per lo stupore, poi sperò, anzi pregò, che funzionasse.

Ksarina alzò le mani impaziente e sussurrò aspramente: "Sbrigati! Non sappiamo se i proprietari dormono sonni tranquilli e non ci tengo a scoprirlo. Per quanto qui siano tutti cattivi, preferirei non dover fare del male al locandiere o a sua moglie, né allarmare la città intera."

Gina aggrottò la fronte e disse: "Ho solo bisogno di qualche altro minuto."

Proprio mentre la Fascia Gialla dava gli ultimi ritocchi al mattone, usando il Legame per modellare la sua superficie in modo da farlo assomigliare a quelli vicini, Ksarina sentì un rumore al piano di sopra. Si rivolse a Gina e le sussurrò con maggiore urgenza di sbrigarsi.

Mentre Gina richiudeva il suo zaino, un altro rumore, più forte questa volta, giunse dal piano di sopra. Sembrava una persona pesante, visto il cigolio delle assi del pavimento. Il corpo e il viso di Ksarina s'irrigidirono mentre Gina iniziò ad ansimare.

Una voce femminile chiese cosa stesse succedendo. Una voce maschile rispose: "Non lo so. Ho appena sentito un rumore strano giù di sotto."

Gina rischiò di sussultare, ma si controllò, e disse piano: "Non hai insonorizzato la stanza?"

Ksarina rispose solo con un sibilo e uno sguardo accigliato.

L'uomo iniziò a scendere gli scalini, chiedendosi perché sentisse dei formicolii lungo gli arti. Spostò la lampada per cercare di illuminare la locanda. La luce non arrivava lontano, ma gli bastò per intravedere due sagome scure che si muovevano verso la porta d'ingresso. Gridò: "Chi va là?"

Quando la porta si aprì, l'uomo vide le due ombre uscire e chiudere la porta, ma non sentì nulla, tranne uno strano rumore scoppiettante e poi nient'altro che la tipica quiete della stanza a quell'ora della notte. Il padrone della taverna non si lanciò alla caccia, ma scese al piano di sotto per controllare il magazzino e la sua cassaforte.

Correndo, Gina chiese alla sua compagna come fosse possibile che l'uomo avesse sentito qualcosa. La Fascia Rossa rispose con evidente frustrazione che non aveva idea di come fosse successo, ma sperava che il mattone fosse stato piazzato correttamente e che avrebbe funzionato, perché non voleva dover tornare per un secondo tentativo.

Le due donne raggiunsero i loro vorani tra la boscaglia. Ksarina li aveva coperti con un'illusione per nasconderli meglio. E, nonostante l'ora tarda, vestite con gli abiti locali, uscirono dalla città sane e salve, senza destare alcun allarme.

Mentre cavalcavano, Gina entrò nel Legame e trasmise una chiamata mentale alla sua collega di Urbs Lucis. Non ci volle molto per stabilire la connessione e per far sentire a Gina il rintocco da essa generato, dato che la sua collega era in attesa di quel contatto. I pensieri di Gina erano pieni di preoccupazioni: *"Kelysia, il test ha avuto successo? Mi hai sentito?"*

"Sì, anche se il suono era stridulo e intermittente. Ma ho sentito anche la voce di un uomo. Siete state scoperte?"

"Quasi, ma abbiamo evitato di venire beccate. E che i Fondatori mi brucino se ho idea di come abbia fatto il proprietario a sentirci, nonostante lo scudo acustico."

Kelysia trasmise: *"Beh, come sai, chiunque reagisce in modo diverso, e certe persone — anche se sono nonsensanti — hanno i sensi più acuti degli altri. È possibile che il proprietario abbia sentito la distorsione sonora causata dallo scudo."*

"Suppongo di sì. Quindi, ora non resta che aspettare?"

"Adesso aspettiamo."

Accoglienza

Vestito con dei pantaloni marroni, sporchi di stalla, e un gilet color cuoio, un uomo di mezza età consegnò una lettera di ammissione per un apprendista che era sicuro avrebbe causato inquietudine tra le ragazze. Ma data la lettera di raccomandazione presentata dal giovane e il rapporto che certificava la sua affidabilità, aveva deciso di assumerlo. Con un forte e tagliente accento kirgadi e l'ennesimo sguardo perscrutante, il Magister Furanum Vorak disse: "Puoi comminciare subbito. Vai da Maestro Rackeli che t'assegnerà una stanza vera e propria. Il pranzo verrà servito a breve; puoi manggiare insieme al personale d'palazzo per conoscerli meglio. Torna qqui dopo pranzo; Ti farò fare n'giro della stalla, così sai quel che c'hai a disposizione." dopo pranzo."

Il bel ragazzo dai capelli rossi si assicurò di aver capito bene le istruzioni, poi sorrise e se ne andò. Non era stato assunto come direttore delle scuderie, ma non era nemmeno stato assegnato alla pulizia delle stalle. Avrebbe cominciato mettendo in ordine i registri degli oltre diecimila furani attualmente di proprietà della Corona, sparsi in tutto il regno d'Alvinoria e in Kynaria.

Dopo aver incontrato Maestro Rackeli, che gli consegnò la sua uniforme e l'incarico di assunzione — inarcando le sopracciglia e guardandolo con sospetto — e dopo aver indossato l'abito regale di servizio, Luvius si diresse verso gli spazi comuni, situati al piano terra dell'ala nord-orientale del palazzo. Lì, cominciò a cercare un giovane kynariano, con uno sguardo da predatore, e lo trovò seduto da solo all'estremità del refettorio.

Luvius sorrise e si diresse verso il retro. Intanto, si guardò intorno alla ricerca di qualcun altro — lo scudiero del principe — e si rallegrò nel vederlo lì seduto con un gruppo misto di giovani uomini e donne. Lo salutò con la mano.

Kildare ricambiò con un sorriso esitante e tornò rapidamente alla sua conversazione, come se avesse paura di indugiare troppo a lungo su Luvius.

Il Maestro Arco scrollò le spalle e continuò a procedere verso Koricki.

"Ahem!"

L'assistente personale del re alzò lo sguardo con uno sguardo non particolarmente accogliente, cosa che, tuttavia, non scoraggiò Luvius dal chiedere: "Posso sedermi qui con te?"

Koricki attese un lungo momento prima di acconsentire facendo un gesto con il dito.

Il figlio del mercante si sedette di fronte al kynariano, gli porse la mano e disse: "Mi chiamo Luvius. Sono appena stato assunto tra il personale della scuderia e non conosco nessun altro, tranne Kildare Kildari. Ma non c'è spazio lì con loro e ho la sensazione che tu accoglieresti favorevolmente un po' di compagnia."

Koricki non rispose, né accettò di stringere la mano dello straniero. Si morse un labbro e tornò a badare al suo pasto.

Senza infastidirsi per quella fredda accoglienza, Luvius continuò imperterrito: "Penso di averti già visto a Urbs Lucis qualche mese fa. Stavi facendo la spesa al mercato centrale della cittadella. Ho pensato, ecco un tipo sicuro di sé, uno che vorrei avere per amico. Sfortunatamente, non ne ho mai avuto occasione. Ma ora, eccoci qui!"

Questa volta Koricki alzò la testa con un'espressione un po' più incuriosita e disse con il suo leggero accento Kynariano: "Parli molto."

"Solo quando voglio qualcosa, o quando incontro qualcuno che mi piace o che penso possa piacermi."

L'apprendista medico della Sorellanza dalla pelle marrone e dai capelli riccioli si morse di nuovo il labbro, fece per alzare lo sguardo ma poi rivolse la sua attenzione alla rossura che aveva nel piatto e aggrottò la fronte quando si rese conto che non gli era rimasto abbastanza pane da immergere nella salsa.

"Che buon profumo il tuo piatto..."

"È rossura speziata. Se vai in cucina ora, potrebbero averne ancora un po'."

"Penso che lo farò. Torno subito."

Quando Luvius tornò, si sedette senza dire una parola e diede a Koricki un pezzo di pane. Il giovane alterintrante lo guardò con diffidenza.

Luvius disse: "Ho notato che ti sei infastidito quando hai visto che non ne avevi più. Quando ho sentito l'odore del pane fresco in cucina, ho pensato di portartene un po'."

Koricki disse: "Qualunque cosa tu stia cercando di fare, non funzionerà con me. Ma siccome non ho altra compagnia, sei il benvenuto, se vuoi restare."

Luvius non sembrò offeso dalle parole di Koricki; anzi, sembrava stuzzicato dalla sua diffidenza e rifletté per un po' sulla risposta da dare. Le mutevoli espressioni del suo volto mostravano la progressione del suo pensiero. Infine, disse: "Beh, lo prendo come un buon auspicio. Posso sapere il tuo nome?"

"Koricki."

"Solo Koricki?

"Dar'Muntake."

La reazione espressiva di Luvius alla presenza di un parente della Somma Sacerdotessa di Kynaria provocò un sospiro frustrato e irritato in Koricki, e il figlio del mercante decise che era giunto il momento di smettere di parlare e di assaggiare invece un po' di cibo. Quindi immerse il pane scuro nella salsa, come aveva visto fare a Koricki, tirando su anche un po' di rossura. Quando mise tutto in bocca, il suo viso si illuminò e gli sfuggì un gemito di puro piacere. Accorgendosi con la coda degli occhi che Koricki lo stava osservando, sollevò la testa e guardò a sua volta l'assistente del re. Il kynariano distolse lo sguardo, esitò, e Luvius annuì, mentre un sorriso ben celato prendeva possesso delle sue labbra.

Chiacchiere da Bar

All'interno di una locanda affollata della città bassa, un uomo dalla pelle color latte di noce discuteva tranquillamente con la sua compagna dalla faccia stretta, dalla schiena dritta e dalla fascia rossa, nonostante il rumore tutt'intorno a loro.

La popolazione di Urbs Lucis si era abituata a vedere lo straniero — ex cittadino di una nazione nemica — in città, anche se c'era ancora chi lo trattava con diffidenza e chi a volte lo sfidava quando lo incontrava in giro da solo la notte, ignorando le possibili conseguenze di sfidare un uomo con le abilità di Lusk. Ma quella sera era accompagnato da una Sorella e anche i luciani più attaccabrighe lo lasciarono in pace.

Dopo aver preso un altro sorso del suo sidro, Lusk disse: "Ho sentito che hai completato la tua missione a Kartak con successo."

Ksarina rispose con un ghigno: "Nonostante tutto."

Lusk annuì coscientemente. "Come si dice nel mio paese, la bellezza e la perfezione possono nascere solo dal caos."

Ksarina alzò un sopracciglio con fare sospettoso.

"Pensa ai nostri Soli. *Sono* il caos. Ma è proprio questo caos a infondere vita e bellezza in tutto ciò che conosciamo. La nostra civiltà è il prodotto stesso di questo caos. In gioventù, la civiltà si oppone al caos in modo da creare un ordine. Ma quest'ordine non è statico, la civiltà continua a evolversi. Quando una società diventa troppo pesante e troppo vecchia — proprio come in questo momento — non può più riadattarsi; quindi, ritorna al caos che l'aveva concepita in principio."

"Non capisco cosa abbia a che fare questa analogia con la missione a Kartak."

"Voglio semplicemente dire che le tue azioni sono il risultato di questo disordine crescente. Si sommano ad esso, per certi versi, ma è giusto così. Le cose devono andare in questo modo."

Ksarina stava per prendere un altro sorso della sua bevanda quando cominciò a capirlo davvero, allora si fermò ad aspettare che Lusk concludesse.

"Per rigenerare la bellezza e la libertà originarie nate dal caos, , tutto ciò che esiste *deve* essere annientato."

Dopo una breve pausa, in cui le espressioni facciali di Ksarina passarono dall'essere marmoree all'essere eccitate, la donna balbettò euforicamente: "Mio padre — sia il suo corpo degno — era solito dire: una buona guerra è necessaria ogni tanto per far ripartire le cose." Allora non capivo, ma ora lo capisco."

"Aveva ragione."

Lusk bevve l'ultimo sorso del sidro, poi disse: "Hai mai visitato Domus Medici?"

"Solo quando ero un'apprendista, molto tempo fa. A volte mi chiedo cosa stiano facendo lì dentro oggigiorno."

"Forse puoi accompagnarmi. C'è qualcosa che vorrei mostrarti, qualcosa che ti farà capire perfettamente ciò di cui parlo."

Ksarina sorrise complice, finì il suo alcolico e insieme a Lusk Methrim se ne andò, facendo ritorno al Sancta Sanctorum.

Una Partenza

Seduto nella carrozza reale, Ori ascoltò suo padre con due occhi insicuri che mostravano emozioni contrastanti, anche se trattenne fino all'ultimo le lacrime che desideravano fare breccia. Non sapeva cosa pensare della richiesta di suo padre di farlo partire con la madre. Non che la disprezzasse, anzi, però non la conosceva molto. Le poche volte che ogni anno lei visitava Furania non erano state sufficienti per costruire una relazione stabile tra loro. I suoi amici avrebbero potuto ribattere che aveva sviluppato un affetto smisurato anche per suo zio Claudius, nonostante lo vedesse solo una o due volte all'anno, ma il suo tempo con lo zio era sempre stato dedicato a una cosa sola: il piacere. Mentre sua madre aveva dedicato le sue visite annuali a "conquistarlo", a conoscerlo o a interrogarlo su tutte le cose che si era persa; c'erano state poche possibilità per loro di sviluppare un sentimento di complicità. Fino a quell'anno.

In qualche modo le cose erano cambiate negli ultimi tempi. Infatti, Darya aveva trascorso molto tempo insieme a lui, imparando a conoscerlo per davvero e le era piaciuto. Anche lui si era sentito amato dalla madre. Inoltre, sembrava proprio che Darya avesse deciso di rimanere lì con loro, di essere una madre per lui e una moglie per suo padre. E invece, ora, lei doveva andare via e Octavius stava mandando via anche lui. Ori era diviso tra il desiderio di rimanere con il padre, per continuare a imparare da lui, e l'amore sempre più forte nei confronti della madre, unito al desiderio di non perderla un'altra volta.

Octavius disse: "Ori, non ti mando in un luogo incolto; Kynaria è una terra splendida e piena di saggezza. Sarai in grado di imparare cose laggiù che potresti non vedere mai qui."

"Ma non voglio imparare la filosofia o... o vedere la *bellezza*. Voglio imparare cosa significa guidare un popolo e voglio impararlo osservando *te*."

Queste parole scaldarono inaspettatamente il cuore di Octavius. Diede una rapida occhiata colpevole alla moglie, poi replicò: "Ori, in qualsiasi altra situazione, ti avrei lasciato stare al mio fianco. Ma il nemico che stiamo affrontando questa volta è... l'incarnazione del male. Non so se posso garantire la tua sicurezza tenendoti qui con me." Ori stava per obiettare di nuovo. Octavius alzò una mano per anticiparlo e aggiunse: "Inoltre, io ho una missione per te, una missione molto importante, che può essere compiuta solo da te in Kynaria."

Ori sollevò le sopracciglia sospettoso. Suo padre stava cercando di indurlo ad andarsene con l'inganno? Sua madre si girò verso Octavius, chiedendosi cosa avesse escogitato per rendere più facile la partenza del figlio.

"Mentre sei in Kynaria, vorrei che registrassi tutte le azioni e gli eventi pubblici, siano essi iniziati dal governo, o dal popolo, e le reazioni conseguenti. Te lo chiedo perché, per quanto tu sia giovane, sei una delle persone più obiettive che io conosca. Puoi aiutarmi a capire come la plebe e il patriziato di quella nazione stia reagendo alla posizione della Somma Sacerdotessa riguardante gli eventi che interessano l'Alvinoria."

Il viso di Ori si illuminò di cauta eccitazione, e Octavius continuò: "D'altronde, non vai mai in giro senza carta e penna, il che significa che sarai sempre pronto a trascrivere ciò che vedi e senti intorno a te."

"Me l'hai insegnato tu."

"*Tu* l'hai imparato."

Ori gonfiò il petto, orgoglioso.

"Dirò a Octavian di spedirti là il registro degli eventi avvenuti qui in Alvinoria." Ori stava per obiettare di nuovo e Octavius lo interruppe alzando la mano un'altra volta: "So che il progetto è suo. Ma il suo focus non è politico. Tu ti concentrerai sulla raccolta d'informazioni dalla prospettiva di un governatore. Octavian integrerà le tue osservazioni nella sua ricerca. Una volta che sarà tutto finito, sarà bene capire come siano andate le cose e come i nostri popoli e governi hanno agito e reagito agli eventi."

"Mi stai chiedendo di fare la spia?"

"No! Ecco perché ho detto di registrare le azioni e gli eventi *pubblici*. Ti mando via per essere più al sicuro; non ti metterei mai in pericolo facendoti fare spionaggio."

Ori stava riflettendo sulla sua "missione". Scrutò il padre a lungo, sbuffando e scuotendo la testa di tanto in tanto. Guardò entrambi i suoi genitori con il suo tipico sguardo ponderato.

Darya guardò Octavius e Ori, spostando il suo sguardo dall'uno all'altro. Come avrebbe voluto che la sua vita fosse stata diversa. Come avrebbe voluto essere più presente nella vita di Ori. *Saremo in grado di avvicinarci ora? Almeno, Aria sarà felice di avere suo cugino lì.*

"Perché mamma non può farlo?"

Octavius avrebbe dovuto aspettarsi questa domanda, ma non l'aveva fatto. Darya venne in suo aiuto e disse: "Sfortunatamente, impegnata come sono dai miei doveri ufficiali, sento solo quello che dicono gli altri funzionari. Tu, d'altro canto, non avrai i miei stessi limiti. La tua cerchia sarà più varia e meno guardinga."

Ori si prese un momento per riflettere sul commento della madre, poi alzò lo sguardo verso suo padre con la determinazione e la sicurezza che lo avevano sempre contraddistinto, e disse: "Accetto la *missione*."

"Mmm, il tuo tono suggerisce che dubiti ancora di ciò che ti ho detto. Ma... quindi sei comunque intenzionato ad accettare?"

"Sì, la farò diventare una vera missione. Suppongo che i kynariani parleranno delle tue decisioni e reagiranno in base ad esse o in base a quelle che credono essere le tue ragioni. Imparerò come fai politica attraverso gli occhi di coloro che sono soggetti alle tue decisioni."

Octavius e Darya sembravano sconcertati da quel ripensamento repentino e dalle sue... accuse? "Pensi che le mie azioni *li* influenzeranno?"

"Già lo fanno. Ho visto lo sguardo della Somma Sacerdotessa quando avete lasciato i giardini, dopo la riunione tenutasi durante il ballo. Penso che tu stessi chiedendo qualcosa a lei o a Kynaria e che lei non fosse d'accordo."

Darya e Octavius fissarono il figlio con gli occhi sbarrati per un momento, poi si guardarono con un segno d'intesa.

Il re disse: "Va bene. Credo sia giunto il momento per voi due di imbarcarvi, se le urla di Maestro Brak sono dirette a voi... Pronti?"

Ori cercò di esibire un sorriso coraggioso mentre Darya rispose con un sospiro agrodolce.

La nave in partenza per Kynaria era una nave per il trasporto di passeggeri d'ogni sorta, dai plebei ai più nobili, veloce e di medie dimensioni, che collegava le due nazioni, due volte al mese. Le sezioni riservate erano custodite e protette da una guardia appartenente alla Fascia Rossa, ingaggiata dalla compagnia mercantile di Brak.

Circondata dalla Guardia Praetoriana, la famiglia reale incontrò Maestro Brak sulla passerella. Dietro di lui c'erano tre Lux Baiulae dall'aspetto fiero, che si scambiavano dei cenni con le loro colleghe assegnate alla Guardia del re. Sul ponte non c'erano più altri passeggeri, erano già andati sottocoperta ed erano stati accompagnati alle rispettive cabine, in previsione dell'arrivo dei passeggeri regali.

Il profumo intenso del mare e i canti dei volatili accompagnavano la disarmante accoglienza a braccia aperte di Maestro Brak: "Mio Re, mia Signora! Ed ecco il giovane principe Ori; mi fa ancor più piacere, oggi, avere un ragazzo così a modo come voi sulla mia nave. Se siete interessati e mi fate l'onore di aiutarmi... So quanto vi piace tutto ciò che è scientifico, e pilotare una nave *è* una cosa scientifica, soprattutto attraverso le barriere coralline diffuse in tutta la costa... Beh, vi prometto un'esperienza assai più piacevole e senz'altro memorabile, mio Principe."

Ori, come si aspettavano tutti, non esitò neanche per un istante e accettò subito l'offerta del mercante, dopodiché il re abbracciò la moglie il più teneramente possibile lì davanti al mercante, poi prese per le spalle il figlio, mostrandogli tutto l'amore che provava per lui, reprimendo al contempo un'improvvisa scarica di emozioni per evitare di finirne travolto, e alla fine lo lasciò andare.

Mentre Darya e Ori salivano a bordo, Octavius si lasciò sfuggire un sospiro, poi guardò la nave salpare e allontanarsi dal porto.

Sul ponte, Ori ascoltava il capitano di Maestro Brak dare gli ordini alla sua ciurma. Al contempo osservava sua madre salutare il padre con la mano, ma in quel momento gli apparve Darya in una terribile visione, che lo fece sprofondare temporaneamente in uno stato catatonico. Poi, confuso, e incapace di togliersi di testa ciò che aveva visto, urlò. Tutti gli altri si voltarono verso di lui, allarmati. Così l'incantesimo si ruppe. Sentendosi in imbarazzo, mentre era ancora confuso e spaventato, Ori corse sottocoperta nelle cabine private, ignorando i richiami della madre.

Mia Regina, dato che la corte alvinoriana ha rifiutato la nostra offerta di pace in cambio dei loro maschi, è tempo di schierare le nostre truppe.”

Zebula sospirò rassegnata mentre guardava il suo amante giocare con delle corde nel cortile interno. I suoi movimenti — mentre si posizionava per afferrare la palla e poi lanciarla di nuovo al suo avversario — erano affascinanti come lo erano stati quella prima volta, quando lei lo aveva scoperto in quel Concorso di Shutsha.

“Presumo che abbiate completato la vostra analisi della situazione politica e militare in Alvinoria?”

Nihildrina annuì.

“E lei, Generale? È d’accordo con l’Eterna Consigliera? Può garantirmi una campagna trionfale?”

Il generale strizzò gli occhi con diffidenza verso il consigliere della regina prima di rispondere. “Se sono autorizzato a infoltire i ranghi della fanteria con i duecentomila maschi che ho richiesto, sì.”

La regina guardò il suo consigliere per assicurarsi che la richiesta del generale fosse accettabile.

“Secondo i miei calcoli, la loro assenza non dovrebbe essere altro che un modesto inconveniente temporaneo per la nostra società, a condizione che il Generale riporti qua un numero sufficiente di prigionieri di qualità che ci permettano di ringiovanire i nostri creatici e una quantità altrettanto consistente di prigionieri che prendano il posto dei maschi zebuloniani che inevitabilmente cadranno in guerra, in modo da garantire il funzionamento continuativo dell’economia del regno.”

Zebula rivolse uno sguardo dolente al suo amante.

Quando l’espressione della regina cominciò a indurirsi, Nihildrina disse: “Mia Regina, capisco la vostra esitazione, ma sapete che è importante che anche voi rafforziate la vostra linea creatica assimilando del sangue nuovo.”

“Sangue straniero.”

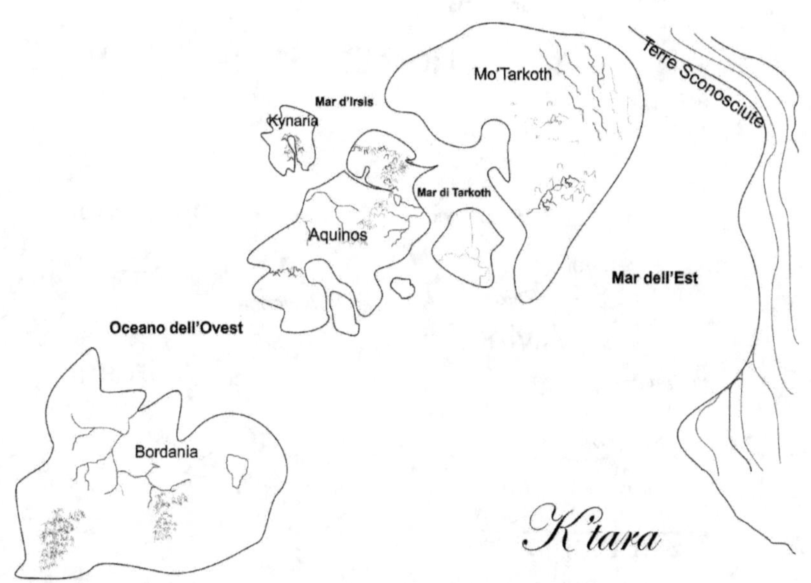

Mo'Tarkoth
Terre Sconosciute
Mar d'Irsis
Kynaria
Mar di Tarkoth
Aquinos
Mar dell'Est
Oceano dell'Ovest
Bordania
K'tara

Kynaria
Mar d'Irsis
Lago della Luce
Solinor
Rokoth
Furania
Amalor Ovest
Alta Alvinoria
Mar di Tarkoth
Città d'Unumia
Jarah
Pargah
Bassa Alvinoria
Alvinoria
Unumia
Yerlah
Lago Corallino
Grand Lac des ombres
Zeblinia
Zebulonia
Le Terre del Re

Rokoth
Sommo
Morkor
Monti Rokoth
Cime dei Furani
Passo del Corno
Antar
Furania
Amalor Est
Urbs Lucis
Kartak
Sonagli
Amalor Ovest
Fiume Argon
Passo Argon
Melinor
Alta Alvinoria
Galior
Jarah
Praeghe
Cime dei Colossi
Jarad
Pargad
Pargah
Bassa Alvinoria
Kirgad
Alvinoria
Yerlah
Uragano
Yerlaya
Spiritii
Grand lac
des ombres
Shadin
Montagne di
Sagr
Zeblinia
Karlina
Isola Ignota
Zebulonia
Città dei Bremini
Vermina
Ïsola di Bremin
Scala: Vermina a Sommo = 5000 Km
L'Aquinos

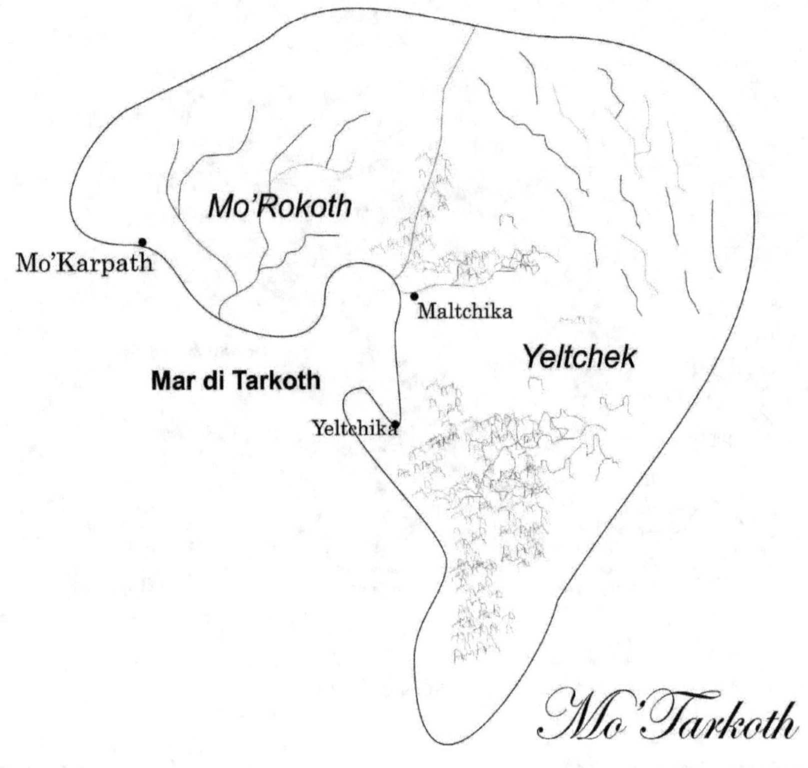

Mo'Rokoth
Mo'Karpath
Maltchika
Mar di Tarkoth
Yeltchek
Yeltchika
Mo'Tarkoth

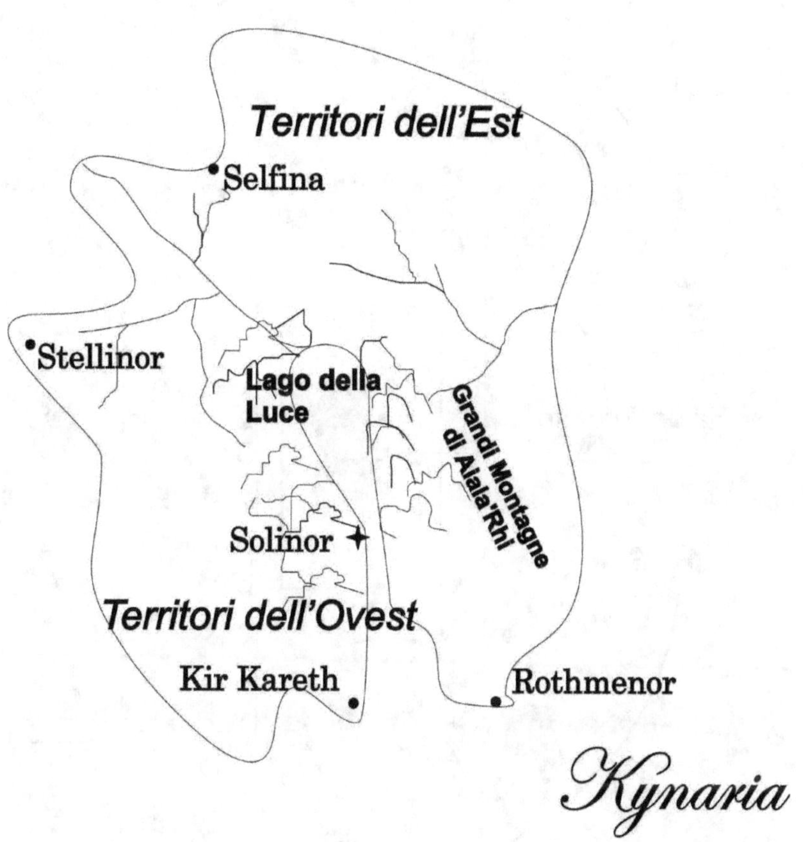

Territori dell'Est
Selfina
Stellinor
Lago della Luce
Grandi Montagne di Alala'Rhi
Solinor
Territori dell'Ovest
Kir Kareth
Rothmenor
Kynaria

Furania

Domus Lucis
Via Imperiale
Strada ministeriale
Via del Triomfo
Casa reale
Camera del Senato

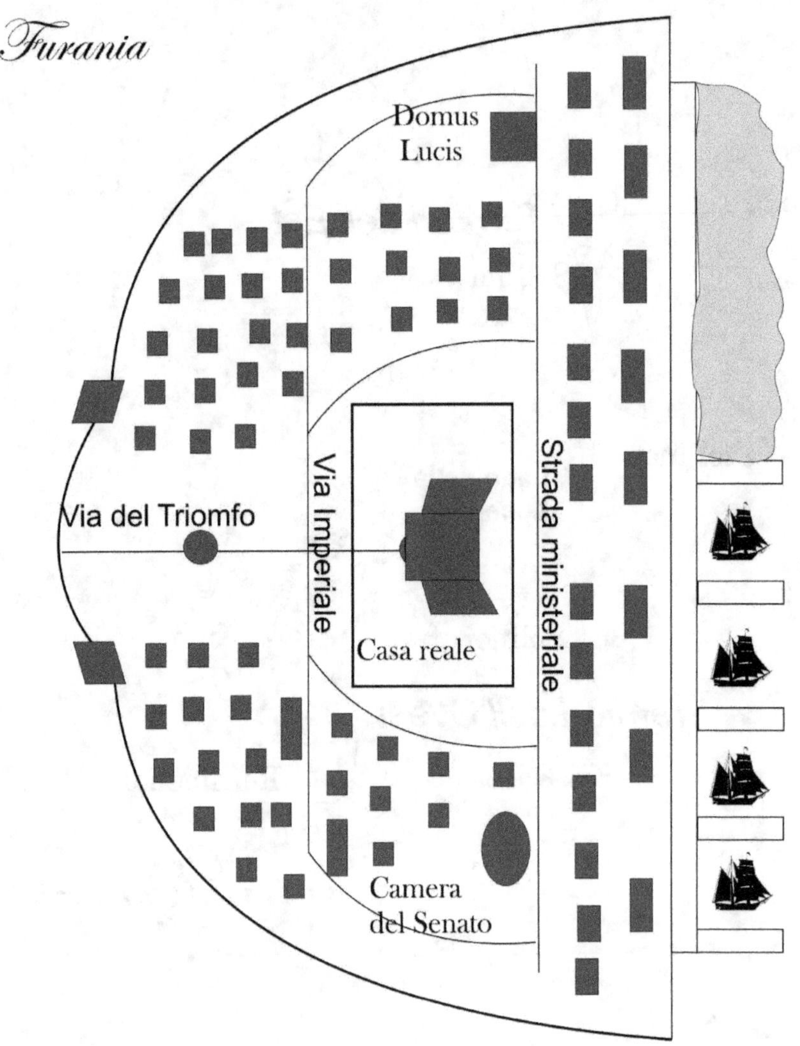

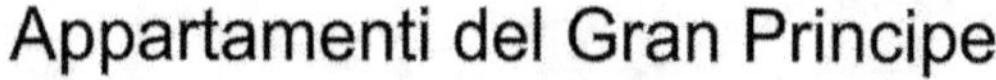

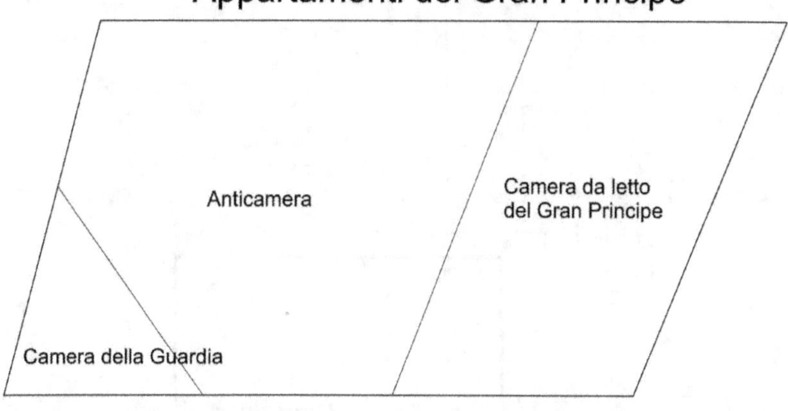

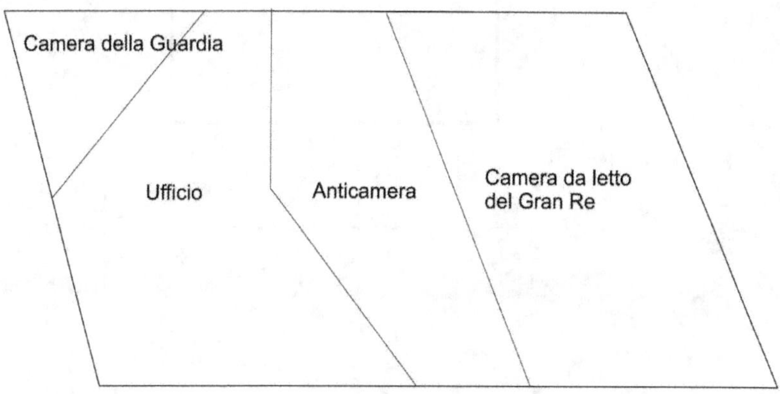

Appartamenti del Gran Re

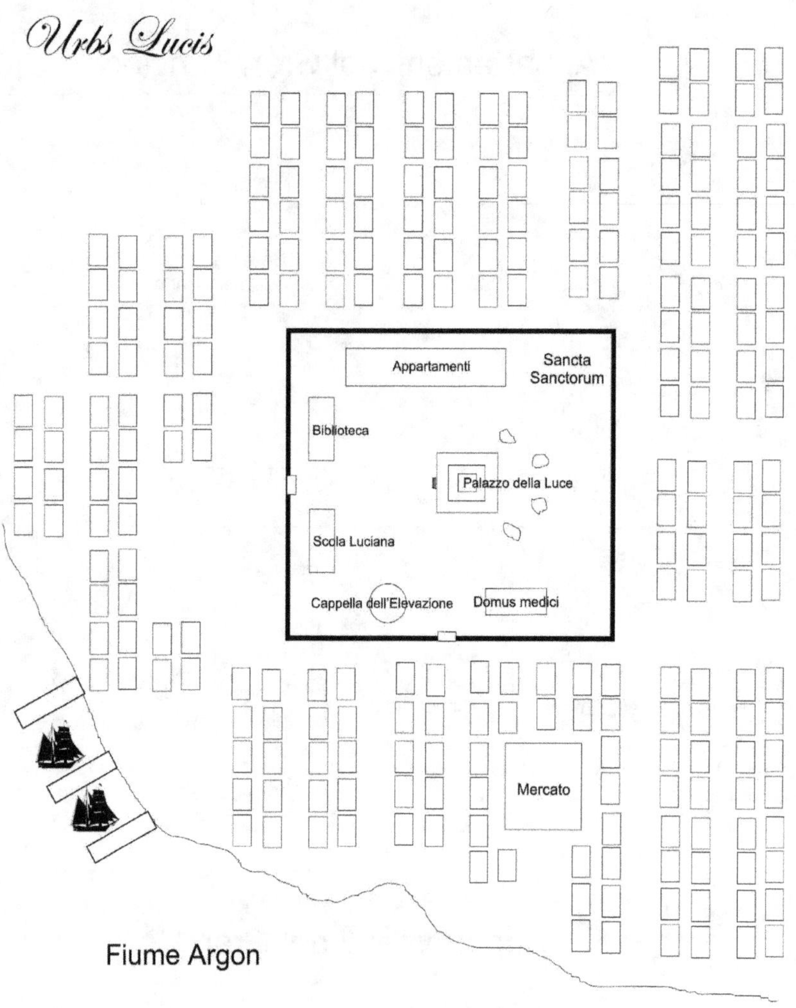

Urbs Lucis
Appartamenti
Sancta Sanctorum
Biblioteca
Palazzo della Luce
Scola Luciana
Cappella dell'Elevazione
Domus medici
Mercato
Fiume Argon

APPENDICE II – PERSONAGGI NUOVI, O CHE SONO CAMBIATI RISPETTO A CATTIVI PRESAGI

Guardia nera

1. **Bartus:** Un giovane soldato.
2. **Corian**: Soldato morto nelle grotte.
3. **Domar**: Soldato morto nelle grotte.
4. **Francis**: Soldato morto nelle grotte.
5. **Larus**: Un membro della missione di sterminio dei grugni nelle grotte.
6. **Mirko**: Un membro della missione di sterminio dei grugni nelle grotte.
7. **Ruvio**: Un membro della missione di sterminio dei grugni nelle grotte.
8. **Yaris**: Un soldato di mezza età, di piccola statura; facilmente impressionabile.
9. **Yuuto**: Secundus; viene dalla nazione di Pargah; profondamente religioso.
10. **Zeb**: Morto nelle grotte.

Guardia Reale

11. **Boros**: Guardiano di servizio durante il primo attentato alla vita del re.
12. **Crassius**: Primus; capo del battaglione alato degli arceri; pelato e dalla pelle scura e coriacea.
13. **Emilio**: Nuovo membro della Guardia Praetoriana.
14. **Kendor**: In precedenza Primus della Guardia Nera, poi messo a capo del battaglione alato d'assalto della Guardia Reale.
15. **Rinius:** Primus; a capo del battaglione alato dei lancieri; baffi larghi e spalle squadrate.

Altri

16. **Elnon**: Un Frumentarius veterano, comandante del Frumentariato, aveva una postura estremamente rilassata e un'espressione vacua in volto, se non per l'irritazione rivelata dagli spasmi occasionali delle sue labbra, appena percettibili.

Civili

17. **Albo**: Un giovane avicoltore.
18. **Eenosh**: Un uomo che lavora per la Leate.
19. **Kina**: Una donna che lavora per la Leate.
20. **Leate, La**: Leader degli Assassini e dei Temptatori.
21. **Luvius Arco**: Capelli rossi, carnagione chiara, alto. Un bel ragazzo, figlio di un ricco mercante; affascinante, pigro e pretenzioso.
22. **Moradina Solis, Donna**: Signora di Antar, la città dove il Gran Re Octavius possiede la sua residenza estiva.
23. **Neros**: Mastro falegname di Passo del Corno.
24. **Octavian**: Il figlio del Gran Capitano Harlion; fu Octavius stesso a dargli il suo nome; ha diciassette anni.
25. **Rakel**: Un assassino.
26. **Rovere**: Un cugino di Kil.
27. **Vorak:** Maestro dei furani.

Urbs Lucis

28. **Clara Lux Baiula**: Fascia Gialla; Sorella responsabile dell'addestramento di Ooldrina e Raaviana; aveva i capelli ricci ramati, il naso dritto, lo sguardo profondo e un viso liscio.
29. **Dana Lux Baiula**: Fascia Rossa e una Seconda Barriera; assegnata alla guardia potenziata del re Octavius.

30. **Elyana Lux Baiula**: Fascia Viola ed ex Fascia Rossa; ex consigliere del re Octavius e ora Manu Dextra della Magna Mater.

31. **Emissa Lux Baiula**: Un'avicoltrice Fascia Gialla; parla un dialetto popolare.

32. **Gina Lux Baiula**: Fascia Gialla, un membro della squadra di spionaggio dell'Ordine.

33. **Ksarina Lux Baiula**: Fascia Rossa; ha aiutato Gina Lux Baiula a posizionare il mattone intrecciato a Kartak.

34. **Laiella Lux Baiula**: Prima Barriera, nonché Primo Ufficiale di Toras; era una guerriera alta e severa con abilità mortali; nativa di Bremin Island, aveva una carnagione verde pallida e i capelli rossi.

35. **Larca Lux Baiula**: Praefecta Milites, leader del Fasciato Rosso e attualmente Generale Supremo.

36. **Lina Lux Baiula**: Fascia Gialla a Passo del Corno; un membro del team Fanale.

37. **Lira Lux Baiula**: Fascia Rossa; ha collaborato durante l'assalto ai grugni.

38. **Lorina Lux Baiula**: Fascia Bianca al servizio di Donna Moradina.

39. **Lotaria Lux Baiula**: Fascia Bianca; assistente della custode delle Terme; era una donna dall'aspetto divertente con un collo corto, grasso e rugoso.

40. **Mitsuko Lux Baiula**: Fascia Viola; vigilante del Gran Re Octavius; è un'immigrata dal continente di Beltania, quindi biascica un po' le "r".

41. **Na'Riina Lux Baiula**: Fascia Rossa e Seconda Barriera.

42. **Ooldrina**: Una rifugiata di Razeb e un'Alterintrante; la sua pelle ha il colore del latte di nocciola, ha un viso largo come tutte le femmine zebuloniane, lunghi capelli scuri, occhi scuri; è una Novizia della Sorellanza.

43. **Raaviana**: Una rifugiata di Razeb; un'Alterintrante; ha un viso largo, capelli lunghi rossastri e occhi verdi; una Novizia della Sorellanza.

44. **Sasha Lux Baiula**: Fascia Rossa e Seconda Barriera; donna quadrata con spalle larghe e braccia muscolose, come quelle di un pescatore.
45. **Silla Lux Baiula**: Fascia Viola al servizio di Donna Moradina.
46. **Sikka Lux Baiula**: Fascia Rossa; membro della guardia personale potenziata del re.
47. **Tania Lux Baiula**: Fascia Bianca e Capo Medico a Furania; 95 anni compiuti.
48. **Tera Lux Baiula**: Fascia Bianca; custode delle Terme.

Kynariani

49. **Koricki Dar'Muntake**: Cugino di secondo grado di Ylana Dar'Muntake; altezza media, pelle marrone, bocca piccola, capelli ricci; onesto e umile, leggermente insicuro, nonostante sia un apprendista della Sorellanza.
50. **Yuri**: Sacerdote geologo.

Furani

51. **Ardito**: Il furano di Yuuto; ucciso da uno dei grugni.
52. **Griso**: Il furano di Elmanon.
53. **Kaless**: Furano discese da Lumos, il primo furano di Octavius; cavalcato dal re per recarsi a Urbs Lucis.
54. **Radice**: Il furano di Laiella; ha dei peli fulvi nel mezzo della sua pelliccia nera, e un becco tozzo e piatto.
55. **Celeres**: Il furano di Secundus Sheffar.

APPENDICE III – FLORA E FAUNA

Vettore: Volatile di medie dimensioni, usato per spedire messaggi e comunicare in tutte le Terrae Regis.

Raccoglitori: Piccoli animali che uscivano dal terreno per raccogliere i resti degli animali morti e i residui vegetali sparsi in giro in seguito alle tempeste.

APPENDICE IV - GLOSSARIO

Maestro dei furani: Persona responsabile dell'addestramento dei furani per conto dell'esercito alvinoriano.

Corae Sentiens: La capacità di percepire una presenza.

Elak: Sostantivo zebuloniano per indicare un maschio.

Bagno di tormento: Le Lux Baiulae si recavano alle Terme, vicino a Urbs Lucis, per purificarsi nel bagno di tormento, una vasca piena di specie microbiche nocive che uccideva una percentuale significativa dei microbi che già vivevano simbioticamente nelle Sorelle, attraverso un processo molto doloroso. La flora microbica esterna veniva in seguito ringiovanita da microbi benefici, che resettavano le sue energie e le conferivano un impulso fresco e rinvigorente.

Frumentarius: un agente dei servizi segreti alvinoriani.

Frumentariato: I servizi segreti d'Alvinoria.

Calamo: Un dispositivo di scrittura costituito dai tubi che sostengono le penne membranose nelle ali di un volatile.

Shustha: Un epiteto zebuloniano per identificare i maschi. La parola rimandava non solo alla loro forma biologica, ma anche al loro stato di schiavitù e al fatto che fossero "oggetti sacrificabili".

Voces Creatoris: Il coro di Furania. Il coro cantava dalla mattina alla sera, tutto l'anno sei giorni ogni quarto. I cantanti si alternavano per tutto il giorno. Le loro voci venivano amplificate attraverso tutta la città dai vincoli di alcune Lux Baiulae in pensione.

L.A. Di Paolo è italo-americano, canadese di nascita e trilingue. Vive a Pottstown, Pennsylvania. Di giorno, grazie alla sua esperienza in scienze e business, gestisce progetti di sviluppo nel campo della farmaceutica. Di notte, cavalca e scrive, sebbene il suo cavallo non sia per lui una fonte d'ispirazione. Le domande che lo arrovellano riguardano piuttosto: l'evoluzione, la natura e la condizione umana. E ha iniziato a scrivere per poter esplorare queste domande e le loro risposte, dapprima sui giornali studenteschi, poi su una rivista che ha scritto e pubblicato, e ora qui — nel suo primo romanzo.

Se sei interessato a saperne di più su L.A. Di Paolo o su questo romanzo, visita il suo sito web all'indirizzo https://ladipaolo.net o scansiona il codice.

Paolo Pilati è un traduttore italiano nato e cresciuto in Trentino. Ora, vive a Torino, dove si è laureato in Traduzione e ha iniziato la sua attività di traduttore. I suoi studi letterari l'hanno portato a esplorare testi di natura profondamente diversa, con un particolare focus sulla traduzione delle letterature 'ibride' del periodo coloniale e post-coloniale.

Oltre alla letteratura e alla traduzione, la sua passione è la musica, passione espressa attraverso il progetto Electric Circus, attivo dal 2014.